ROBERT BRYNDZA

Né en Angleterre, Robert Bryndza a commencé une carrière d'acteur à Londres avant de se lancer dans l'écriture de comédies romantiques. Son premier polar, *La Fille sous la glace* (Belfond, 2018), connaît un succès phénoménal. Traduit en 26 langues, la première enquête de l'inspectrice Erika Foster a séduit plus de un million et demi de lecteurs en Angleterre et dans le monde. Le deuxième tome de la série, *Oiseau de nuit*, a paru chez le même éditeur en 2019. Robert Bryndza vit en Slovaquie.

Retrouvez toute l'actualité de l'auteur sur :
https://robertbryndza.com/
ou sur sa page Twitter :
https://twitter.com/robertbryndza

LA FILLE
SOUS LA GLACE

ROBERT BRYNDZA

LA FILLE
SOUS LA GLACE

Traduit de l'anglais
par Véronique Roland

belfond

Titre original :
THE GIRL IN THE ICE
publié par Bookouture, une marque de StoryFire Ltd,
United Kingdom

MIXTE
Papier issu de
sources responsables
FSC® C003309
FSC
www.fsc.org

Pocket, une marque d'Univers Poche,
est un éditeur qui s'engage pour la préservation
de l'environnement et qui utilise du papier fabriqué
à partir de bois provenant de forêts gérées
de manière responsable.

*Pour Ján, qui partage ma vie
sur le chemin de la comédie
et maintenant du drame*

PROLOGUE

Andrea Douglas-Brown se hâtait dans l'avenue déserte et silencieuse dont les trottoirs brillaient sous la lune. Le cliquetis de ses talons hauts résonnait irrégulièrement, révélant qu'elle avait bu beaucoup, beaucoup de vodka. L'air de janvier était vif et mordait ses jambes nues. Dans leur sillage, Noël et le jour de l'An n'avaient laissé qu'un vide glacial et stérile. Les vitrines des magasins se succédaient, toutes plongées dans l'obscurité, à l'exception d'un débit de boissons crasseux qu'éclairait par intermittence un réverbère défaillant. Il y avait bien un Indien, assis à l'intérieur, penché sur l'écran lumineux de son ordinateur portable, mais il ne remarqua pas Andrea.

Elle était si galvanisée par la colère, si résolument pressée de laisser loin derrière elle le pub dont elle sortait, qu'elle n'avait pas cherché à savoir où elle allait. Et elle ne commença à se poser la question que lorsqu'elle constata que de grandes maisons en retrait du trottoir avaient remplacé les magasins. Le squelette d'un orme lançait ses branches vers un ciel sans étoiles. Andrea fit une pause et s'appuya contre un mur pour

9

reprendre son souffle. Le sang battait dans ses veines, et l'air glacé lui brûlait les poumons quand elle inspirait. En se retournant, elle vit qu'elle s'était beaucoup éloignée et qu'elle avait gravi la moitié de la colline. En dessous d'elle, la route descendait comme une coulée de mélasse à laquelle la lumière des lampes au sodium donnait une couleur orange. En bas, l'obscurité se refermait sur la gare.

Le silence et le froid l'oppressaient. L'haleine qui s'échappait d'entre ses lèvres formait un nuage de vapeur en entrant au contact de l'air, mais, à part ça, tout était figé. Elle coinça sa pochette rose sous son bras et, certaine qu'il n'y avait personne aux alentours, retroussa l'ourlet de sa minirobe et récupéra l'iPhone qu'elle avait glissé sous l'élastique de sa culotte. L'éclairage orangé de la rue fit paresseusement scintiller les cristaux Swarovski de la coque. L'écran indiquait qu'il n'y avait pas de réseau. Andrea pesta, remit l'iPhone en place, puis ouvrit la fermeture Éclair de sa pochette. Un autre iPhone, d'un modèle plus ancien et auquel il manquait des cristaux, était niché à l'intérieur. Sur celui-ci non plus il n'y avait pas de réseau. Andrea sentit monter la panique et regarda autour d'elle. Les maisons étaient à distance de la rue, cachées derrière des haies de haute taille et des portails en fer forgé. Si elle voulait capter un signal, il fallait qu'elle grimpe jusqu'au sommet de la colline. Et là, merde ! tant pis, elle appellerait le chauffeur de son père. À elle de trouver une explication pour justifier sa présence au sud de la Tamise… Elle boutonna sa petite veste de cuir, s'enveloppa de ses bras, et se mit en chemin tout en serrant son iPhone au creux de sa main comme s'il s'était agi d'un talisman.

C'est à ce moment-là que le moteur d'une voiture se fit entendre dans son dos. Elle se retourna. Les phares l'aveuglèrent, puis leur faisceau joua sur ses jambes nues, lui donnant l'impression d'être prise dans un piège. D'abord, elle espéra que c'était un taxi ; mais le toit de la voiture était trop bas ; et il n'y avait pas de signal jaune. Alors elle reprit sa marche. Le bruit du moteur monta en puissance ; bientôt, les phares la capturèrent, projetant un grand cercle de lumière sur le trottoir.

Les secondes s'écoulèrent. Les phares étaient toujours braqués sur elle, si près qu'elle aurait pu en sentir la chaleur. Elle jeta un coup d'œil par-dessus son épaule. La voiture ralentit et serra le trottoir quelques mètres derrière elle.

La rage s'empara d'elle : elle venait de reconnaître la voiture. Elle tourna de nouveau les talons, fouettant l'air de ses longs cheveux, et pressa le pas. Le conducteur accéléra un peu pour la rattraper. Lancée à plein volume dans l'habitacle, la sono vibrait jusque dans la gorge et les oreilles d'Andrea. Exaspérée, elle s'arrêta net. Le conducteur s'arrêta à son tour. Puis il fit marche arrière pour revenir au niveau d'Andrea. La musique se tut. Le moteur ronronna.

Elle se pencha et scruta l'habitacle. En vain. La vitre noire d'encre lui renvoyait son propre reflet. Alors elle tenta d'ouvrir la portière. Verrouillée. Elle frappa à la vitre avec sa pochette et tenta de nouveau d'ouvrir.

— Je ne plaisantais pas, tout à l'heure ! hurla-t-elle. Ce n'étaient pas des paroles en l'air ! Ou tu ouvres la portière, ou… ou…

La voiture resta immobile, moteur au ralenti.

Ou quoi ? semblait-elle dire. Elle salua le conducteur d'un doigt d'honneur. Calant son sac sous son bras, elle repartit d'un pas raide à l'assaut de la colline. Un gros arbre s'élevait à cheval sur la rue et le bord du trottoir. Protégée de la lumière des phares par son tronc imposant, elle vérifia de nouveau son téléphone et chercha à capter en le tenant à bout de bras. Elle aurait presque pu toucher la nébulosité orange de pollution lumineuse tant celle-ci paraissait épaisse et lourde.

La voiture avança. S'arrêta à côté de l'arbre.

Cette fois, la peur l'envahit tout entière. Elle ne fit plus un geste et, sans quitter l'ombre de l'arbre, jeta des regards autour d'elle. Des deux côtés de la route, les trottoirs étaient bordés de haies épaisses dont le ruban grimpait la colline et s'effaçait progressivement dans l'obscurité de la banlieue. En face, en revanche, elle repéra une issue : une contre-allée s'enfonçait entre deux maisons imposantes. Elle ne distinguait qu'un petit panneau : Dulwich 1 ¼.

— Essaie un peu de m'attraper, murmura-t-elle.

Elle prit sa respiration, puis s'élança en courant pour traverser la rue.

Mais son pied buta contre une racine qui émergeait par une fissure. La douleur la foudroya ; elle s'était tordu la cheville. Elle tomba sur le bord du trottoir tandis que son sac et son téléphone lui échappaient et glissaient sur la chaussée. Puis sa tête heurta le goudron. Un son creux. Sonnée, elle s'affala en plein dans la lumière des phares.

Le conducteur coupa le contact et elle se retrouva dans l'obscurité. Elle entendit s'ouvrir la portière et essaya de se redresser, mais le sol se dérobait sous elle et la tête lui tournait. Elle distingua d'abord des jambes, un jean. Puis l'image floue et dédoublée d'une paire de chaussures de sport. Chères. C'était une silhouette familière, alors elle tendit le bras, certaine qu'on allait l'aider à se lever. Au lieu de quoi, elle sentit une main gantée de cuir se plaquer vivement sur son nez et sa bouche. Puis on lui rabattit les bras dans le dos. Le cuir du gant était souple et chaud, mais la force de la poigne la terrifia. Elle fut redressée sans ménagement, traînée rapidement jusqu'à la portière arrière et jetée de tout son long sur la banquette. La portière claqua, laissant le froid dehors. Andrea se sentait comme hébétée, en pleine confusion. Qu'est-ce qui venait de lui arriver ?

La voiture oscilla légèrement au moment où le conducteur s'installait sur le siège passager, à l'avant, et fermait sa portière. Le système central de verrouillage cliqua et vrombit. Puis Andrea entendit qu'on ouvrait la boîte à gants, qu'on y froissait quelque chose, puis qu'on la refermait d'un coup sec. La voiture oscilla de nouveau ; l'homme passa par l'espace qui séparait les sièges avant et vint s'asseoir lourdement sur son dos, lui coupant la respiration. L'instant d'après, elle avait les poignets ligotés à l'aide d'un fil de plastique qui lui sciait la peau. D'un geste agile et vif, on la changea de position et elle se retrouva prisonnière dans l'étau de cuisses puissantes qui pesaient sur ses poignets. Elle reconnut le bruit haché d'une bande de ruban adhésif qu'on déroule, et bientôt ses chevilles aussi furent attachées, aiguillonnant la douleur de son entorse. À l'odeur entêtante de désodorisant parfumé au pin se mêla celle du cuivre, et Andrea se rendit compte qu'elle saignait du nez. Une brusque poussée de colère lui redonna un semblant de lucidité.

— Qu'est-ce que tu fous ? lança-t-elle. Je vais crier. Je suis capable de crier vachement fort, je ne t'apprends rien !

En retour, le conducteur se tourna et s'agenouilla sur elle. De nouveau, elle eut le souffle coupé. Une ombre passa dans son champ de vision, puis quelque chose de dur et de lourd lui frappa l'arrière de la tête. Une nouvelle douleur explosa et des points lumineux dansèrent devant ses yeux. Puis le bras s'abattit une nouvelle fois sur elle. Tout devint noir.

Le silence retomba sur la rue toujours déserte. Les premiers flocons de neige tombèrent en valsant paresseusement. La voiture racée aux vitres teintées démarra presque sans bruit et se fondit dans la nuit.

1

Lee Kinney sortit du petit pavillon où, bien qu'il ait passé l'âge, il vivait encore avec sa mère. Il contempla la grand-rue sous son manteau de neige, tira un paquet de clopes de la poche de son pantalon de survêtement, en alluma une. Il avait neigé tout le week-end et ça tombait encore. La neige fraîche recouvrait d'une couche pure le désordre des empreintes de pas et des traces de pneus. Au pied de la colline, pas un bruit ne montait de la gare de Forest Hill. Les banlieusards du lundi matin qui, d'habitude, déferlaient devant lui pour rejoindre les bureaux du centre de Londres étaient probablement pelotonnés au chaud dans leurs lits, à profiter de cette grasse matinée inespérée avec leur moitié.

Une chance de cocu.

Depuis qu'il avait quitté l'école, six ans plus tôt, Lee était sans emploi. Seulement voilà, l'époque des bons vieux jours passés à flemmarder en attendant que les allocations tombent toutes cuites était révolue. Désormais, le nouveau gouvernement conservateur prenait des mesures fermes contre les chômeurs au long cours, et Lee devait travailler à plein-temps s'il voulait toucher son chômage. Cela dit, on lui avait trouvé une place vraiment peinarde comme jardinier au Horniman Museum, juste à dix minutes de marche de chez lui. Ce matin, il aurait bien coincé la bulle comme tout le monde mais le Jobcentre Plus[1] ne s'était pas manifesté pour annuler la journée de travail. Sans compter que ç'avait chauffé entre sa mère et lui ; elle lui avait affirmé que, s'il ne montrait pas son nez au boulot, on lui couperait le chômage. Et alors plus question qu'il vive ici, il faudrait qu'il se trouve une autre piaule.

Justement, sa mère frappait au carreau. Son visage hâve s'encadrait dans la fenêtre. Elle lui fit signe de dégager. Lee lui répondit par un doigt d'honneur, et commença à grimper la colline.

Quatre adolescentes, jolies, arrivaient face à lui. Elles portaient l'uniforme de la Dulwich School for Girls : blazer rouge, jupe courte et chaussettes montant jusqu'aux genoux. Tout en pianotant sur leurs iPhone, un casque blanc de marque sur les oreilles dont le fil dansait sur la poche de leurs vestes, elles se racontaient avec excitation de leurs voix haut perchées de snobs comment l'école les avait renvoyées chez elles. Elles occupaient toute la largeur du trottoir et ça leur aurait fait mal de se séparer pour laisser passer Lee, si bien qu'il fut obligé de descendre sur la chaussée et de mettre les pieds dans une flaque sale de neige fondue, négligée par la sableuse. L'eau glacée pénétra dans ses chaussures de sport toutes neuves. Il lança aux filles un regard furieux mais elles étaient bien trop absorbées par

1. Pôle Emploi local. *(Toutes les notes sont de la traductrice.)*

leurs petites affaires, à rire et à crier, pour lui prêter attention.

Des gamines gâtées pas foutues de se décoller, putain !

Comme il atteignait le sommet de la colline, la tour de l'horloge du Horniman apparut à travers les branches nues des ormes. Un crachin de neige s'était collé par paquets sur les briques de grès jaune. On aurait dit du papier-toilette mouillé.

Lee s'engagea dans la rue résidentielle qui, sur sa droite, longeait les jardins du musée protégés par une grille de fer. La rue grimpait dur. À mesure qu'on montait, les maisons devenaient plus majestueuses. Une fois en haut, il fit une pause et reprit son souffle. La neige lui piquait les yeux. Depuis l'endroit où il se tenait, par temps clair, on pouvait voir tout Londres jusqu'à la grande roue du London Eye, au bord de la Tamise. Mais, aujourd'hui, le ciel bas et blanc permettait à peine de distinguer l'impressionnante expansion urbaine d'Overhill sur la colline d'en face.

Le petit portail des jardins était verrouillé. Le chef d'équipe des jardiniers était un vieux con pitoyable qui l'obligeait toujours à attendre qu'il lui ouvre. Le vent soufflait de front et Lee grelottait. Il s'assura que la rue était déserte, et passa par-dessus le portail avant de s'engager dans l'allée tracée entre de hautes haies.

Une fois à l'abri des hurlements du vent, il se retrouva plongé dans un silence sinistre. À mesure qu'il avançait, la neige fraîche et abondante recouvrait aussitôt ses empreintes.

Le Horniman et ses jardins s'étendaient sur plus de huit hectares. Les dépendances réservées à l'outillage et à la maintenance se trouvaient tout à fait au fond, sur la droite, adossées à un grand mur. Mais, ébloui par la blancheur de la neige et du ciel, Lee avait du mal à s'orienter et il fut surpris de déboucher à côté de la serre de l'orangerie, bien plus loin qu'il ne l'avait voulu. Il retourna sur ses pas et se retrouva à un point où l'allée se divisait.

J'ai pourtant parcouru ces foutus jardins des dizaines de fois !

Il prit par la droite. L'allée menait à un jardin encaissé. Le vent sifflait entre de petits anges de marbre blanc posés sur leurs piédestaux de brique. Il eut le sentiment qu'ils le regardaient passer, de leurs yeux vides. Il s'arrêta, se protégea de la main contre les assauts de la neige puis s'efforça de se frayer le chemin le plus court jusqu'au hall d'accueil des visiteurs. Normalement, l'équipe d'entretien des jardins n'avait pas le droit d'entrer dans le musée, mais on se gelait et la cafétéria devait être ouverte, alors merde, il avait bien l'intention d'entrer profiter de la chaleur au même titre que n'importe qui !

Son téléphone vibra au fond de sa poche. C'était un texto du Jobcentre Plus.

« En raison des intempéries, vous êtes autorisé à ne pas vous rendre sur votre lieu de travail. »

Il rempocha son téléphone. Les anges semblaient avoir tourné la tête vers lui. Étaient-ils déjà dans cette posture, tout à l'heure ? Il eut de nouveau l'impression qu'ils le suivaient du regard, lentement, tandis qu'il cherchait son chemin dans les jardins. Cette pensée le mit si mal à l'aise qu'il se dépêcha d'échapper à leur présence dérangeante, tête baissée pour mieux se concentrer.

Il arriva dans un espace dégagé autour d'un lac destiné autrefois au canotage. L'endroit était calme. Lee s'arrêta et plissa les yeux pour percer le rideau des flocons tourbillonnants. Sur le lac gelé, une barque d'un bleu passé était comme posée au milieu d'une sorte d'auréole de neige immaculée. De l'autre côté du lac, il y avait un petit hangar à bateaux délabré. Sous l'avant-toit, Lee distinguait péniblement la bâche qui recouvrait une autre vieille barque.

Il avait les pieds trempés et sa veste ne le protégeait pas suffisamment, si bien qu'il était transi. Glacé jusqu'aux os. Par-dessus le marché, à sa grande honte, il se rendait bien compte qu'il avait peur. Il fallait absolument qu'il trouve son chemin et sorte de ces jardins. S'il réussissait à retourner au jardin encaissé, il finirait par tomber sur l'allée qui faisait le grand tour et donnait sur London Road. Là, la station-service serait sûrement ouverte ; il pourrait racheter des clopes et du chocolat.

Il était sur le point de repartir quand il entendit un bruit. Un genre de bruit métallique qui venait du hangar à bateaux.

La panique le saisit.

— Hé ! Qui est là ? cria-t-il.

Le bruit cessa. Avant de se répéter quelques secondes après. Et, cette fois, il reconnut la sonnerie d'un téléphone portable. Peut-être celui d'un de ses collègues ?

Il décida d'aller voir. Comme la neige effaçait la limite entre l'eau et l'allée, il suivit prudemment la ligne d'arbres qui bordaient la rive du lac. À mesure qu'il approchait, son impression se confirmait : la sonnerie provenait bien du hangar.

Une fois sur place, il se pencha pour inspecter l'intérieur. Derrière la barque, il vit une lumière, celle de l'écran du portable. Puis la sonnerie cessa et la lumière s'éteignit. Lee poussa un soupir de soulagement. Dieu merci, ce n'était qu'un téléphone. Il n'y avait personne. Aucun de ces toxicos ni de ces SDF qui escaladaient les grilles, la nuit. Tous les jours, les jardiniers trouvaient des portefeuilles abandonnés là une fois délestés de l'argent et des cartes de crédit qu'ils avaient contenus, mais aussi des capotes usagées et des seringues. Ce téléphone aussi, on avait dû le jeter… Sauf que… Pourquoi se débarrasser d'un téléphone ? Il fallait vraiment qu'il soit naze.

Il fit le tour du hangar. De la couche de neige émergeait la barrière d'un petit embarcadère qui poussait jusque sous le toit. Là où la neige n'avait pas pu s'accrocher, on voyait que le bois était pourri. Lee suivit les planches de l'embarcadère, tête baissée pour passer sous le toit incliné d'où pendaient des toiles d'araignées, fines comme des cheveux. Arrivé près de la barque, il découvrit que, de l'autre côté du hangar, sur un rebord de bois, il ne s'agissait pas d'un téléphone tout simple… C'était un iPhone.

À la peur succéda l'excitation. Un iPhone de ce modèle, il n'aurait aucun problème pour le revendre, en bas, au pub. Il poussa la barque du pied. Elle ne bougea pas. Solidement prise dans la glace. Il la contourna par-devant et, agenouillé, se pencha et dégagea avec sa manche la couche de neige poudreuse qui lui cachait la croûte de glace. Sous la surface, l'eau était claire au point qu'on pouvait voir, tout au fond, nager avec indolence des poissons aux écailles rouge et noir. Ils laissaient échapper un filet de bulles minuscules qui montaient vers la surface, avant de rencontrer la glace et de s'égailler dans toutes les directions.

Lee sursauta et faillit glisser. La sonnerie du téléphone l'avait surpris avec sa mélodie ringarde. De là où il était, il voyait distinctement son écran. L'appareil était posé sur le côté, juste au-dessus de l'eau gelée. Une coque en strass le protégeait.

Tout en conservant un pied solidement ancré sur la jetée, il posa l'autre pied dans la barque pour vérifier qu'elle ne craquerait pas sous son poids. Ça tenait bon. Alors il grimpa franchement dans l'embarcation. Mais, même comme ça, l'iPhone restait encore hors de portée. Il en aurait fallu davantage pour arrêter Lee. Rien qu'à imaginer l'argent de la vente, cette grosse liasse de billets qu'il glisserait dans sa poche, il se sentait tous les courages.

Accroché au bord de la barque, il éprouva la solidité de la glace au risque de se mouiller le pied. Elle était suffisamment épaisse. Il tendit l'oreille, guettant d'éventuels craquements inquiétants. Fit un pas. Puis un autre, définitivement rassuré. Il avait l'impression de marcher sur du béton.

Pour attraper l'iPhone, il allait devoir se glisser sur les fesses sous l'avant-toit incliné du hangar. À l'instant où il s'accroupissait, l'écran s'éclaira et révéla de vieilles bouteilles en plastique, des détritus à moitié pris dans la glace, et…

Lee se figea. Ce qu'il voyait là… on aurait dit… le bout d'un doigt.

Son cœur se mit à battre à cent à l'heure. Il toucha le doigt, le tâta... C'était à la fois glacé et caoutchouteux. L'ongle était verni d'une laque violette. Lee frotta la glace tout autour. L'éclairage de l'iPhone projetait une lumière d'un vert glauque sur la surface et, dans l'eau, dessous, il distingua la main dont le doigt était le prolongement, puis, sans doute, le bras, moins visible.

Le téléphone se tut. Un silence oppressant s'abattit de nouveau sur le lac.

Et, soudain, Lee vit ce qu'il redoutait.

Pile sous lui. Le visage d'une fille. Elle le fixait de son regard vide, de ses yeux gonflés aux pupilles d'un brun laiteux de noyée. Une mèche de ses cheveux était comme emmêlée dans la glace. On aurait dit qu'elle était sur le point de parler, avec ses lèvres entrouvertes. Un poisson indifférent frôla sa bouche.

Lee recula en hurlant et se redressa brusquement. Sa tête frappa si fort l'avant-toit du hangar à bateaux au-dessus de lui qu'il bascula en avant, glissa sur la glace et tomba violemment. Il resta là, étourdi, un bon moment. Un faible craquement lui rendit ses esprits. Pris de panique, il se débattit sur la glace et lutta pour essayer de fuir, d'échapper à la fille morte aussi vite que possible. Mais il n'arrivait à rien, ses jambes se dérobaient sans arrêt sous lui. Cette fois, la surface céda, Lee fut avalé par l'eau glaciale. Il sentit les membres flasques de la noyée se mêler aux siens, il sentit le contact visqueux de sa peau. Et plus il bataillait pour se dégager de ce piège, plus il s'y enfonçait, emprisonné entre les bras et les jambes de la fille, gagné par un froid aigu, impitoyable, la bouche envahie d'eau infecte.

Il se débattit de plus belle. Et, enfin, sans trop savoir comment, il réussit à se hisser sur la glace et à se traîner jusqu'à la barque. Une intense envie de vomir monta en lui. Vendre l'iPhone ? Il n'y pensait même plus. Mais il aurait tout donné pour l'attraper : juste pour appeler au secours.

2

Cela faisait une demi-heure qu'Erika Foster patientait dans la salle d'attente sordide du poste de police de Lewisham Row. Impossible de trouver une position confortable sur sa chaise de plastique vert, une chaise semblable à toutes celles du rang fixé au sol, décolorées et patinées par des années à supporter les fesses de coupables. Derrière la grande fenêtre qui donnait sur le parking, le périphérique, une tour de bureaux et un immense centre commercial livraient bataille contre le blizzard pour rester visibles. Une traînée de neige fondue courait en diagonale depuis l'entrée principale jusqu'au bureau de la réception derrière lequel était assis un agent, la joue molle et l'œil las, plongé dans l'observation de son écran d'ordinateur. L'air absent, il se curait les dents et retirait le doigt de sa bouche pour inspecter ses trouvailles, avant de repartir à la pêche.

— Le chef ne devrait pas tarder, annonça-t-il.

Il toisa Erika comme s'il prenait note de son ossature délicate, et de sa tenue – un jean délavé, un pull en laine et un bomber violet. Son regard s'attarda sur la petite valise à roulettes qu'elle gardait près d'elle, à ses pieds. Erika lui retourna son regard puis ils cessèrent de s'intéresser l'un à l'autre.

Un fouillis d'affichettes destinées à informer le public couvrait le mur, derrière elle. Sur l'une d'elles, on pouvait lire : NE SOYEZ PAS LA VICTIME D'UN CRIME !

N'importe quoi. Comme si ce genre de phrase avait sa place dans la salle d'attente d'un poste de police minable de banlieue londonienne.

Enfin, une porte grinça et s'ouvrit, laissant passer le Chief Superintendent Marsh qui entra dans la salle d'attente. La dernière fois qu'Erika l'avait vu, ses cheveux coupés ras ne grisonnaient pas encore. Il avait changé. Semblait épuisé. Pourtant, il restait bel homme.

Elle se leva et ils échangèrent une poignée de main.

— DCI Foster, désolé de vous avoir fait attendre.

Il poursuivit tout en la débarrassant de ses effets personnels.

— Votre vol s'est bien passé ?

— Le décollage a été retardé par le mauvais temps, monsieur... Ça explique que je sois encore en civil, excusez-moi.

— Cette maudite neige arrive vraiment au plus mauvais moment, pesta Marsh, avant d'ajouter : Sergeant Woolf, je vous présente la DCI Foster ; elle nous vient de Manchester et intègre l'équipe. Attribuez-lui un véhicule aussi vite que possible.

Woolf acquiesça.

— C'est noté, monsieur.

— J'aurais aussi besoin d'un téléphone, précisa Erika. Si vous pouviez me trouver un vieux modèle, simple, de préférence à touches. Je déteste les écrans tactiles.

— Au boulot, maintenant, déclara Marsh. On y va.

Sur ces mots, il inséra sa carte de police dans le lecteur de la porte, qui se déverrouilla.

— Espèce de connasse prétentieuse, maugréa Woolf, sitôt la porte refermée sur Marsh et Erika.

Erika emboîta le pas à Marsh dans un long corridor bas de plafond. Ils remontèrent un flot d'officiers en uniforme et de personnel, pris par les urgences. La tension se lisait sur les visages et tous affichaient des mines hivernales de papier mâché. En fond sonore, des téléphones résonnaient de tous les côtés. On avait punaisé au mur un jeu de Fantasy Football, avec la tête des joueurs, et, un peu plus loin, un tableau du même genre, à ceci près que la légende qui chapeautait les photos proclamait : TUÉ DANS L'EXERCICE DE SON DEVOIR.

Erika préféra fermer les yeux ; elle ne les rouvrit que lorsqu'elle fut certaine d'avoir dépassé le panneau. Si bien qu'elle faillit bousculer Marsh qui venait juste de s'arrêter devant une porte sur laquelle on pouvait lire : SALLE DES OPÉRATIONS. À travers les lamelles des stores à moitié baissés sur la cloison de verre, elle vit qu'il y avait foule dans la salle. L'angoisse s'empara d'elle et lui serra la gorge. Soudain, elle eut trop chaud. Quand Marsh s'apprêta à ouvrir la porte, elle le retint.

— Monsieur, vous deviez me briefer d'abord…

— On n'a pas le temps, répliqua-t-il.

Il poussa la porte avant qu'Erika ait pu réagir et lui fit signe de le précéder. Elle entra dans la pièce. Le silence se fit aussitôt. Une vingtaine d'officiers devenus muets. Aux aguets dans leur open space crûment éclairé par des tubes au néon. Le revêtement de sol portait la trace du passage incessant vers les imprimantes et les photocopieuses, ainsi que celle des allées et venues entre les bureaux et les tableaux accrochés au mur. Comme Marsh entrait à son tour, elle se dépêcha de déposer sa valise et la rangea près d'une photocopieuse qui débitait des feuillets à grand bruit. Puis elle alla s'asseoir sur un coin de bureau.

Marsh commença son brief.

— Bonjour, tout le monde. Je n'apprends rien à personne, Andrea Douglas-Brown, une jeune fille de vingt-trois ans, est portée disparue depuis quatre jours. Résultat, un véritable merdier médiatique. Ce matin, juste après 9 heures, un corps correspondant à la description d'Andrea a été découvert au Horniman Museum de Forest Hill. L'identification semble confirmée par le téléphone trouvé sur place et enregistré au nom d'Andrea, mais il nous faut encore une authentification formelle. La police scientifique est en route, seulement la neige ralentit tout...

La sonnerie d'un téléphone interrompit le Superintendent. Il patienta un bref instant et, voyant que personne ne décrochait, il lança :

— Réveillez-vous, les gars ! On est sur les dents ! Répondez au téléphone, nom de Dieu !

Au fond de la salle, un officier obtempéra à voix basse.

— S'il s'avère que le corps est bien celui d'Andrea, reprit Marsh, alors nous avons affaire au meurtre d'une jeune fille étroitement liée à une famille des plus influentes du pays. Il va falloir garder une longueur d'avance sur la presse sur ce coup. Ne pas se laisser déborder. On nous attend au tournant.

Les journaux du jour étaient étalés sur le bureau situé en face d'Erika. Avec les gros titres bien visibles : « Disparition de la fille d'un pair du Parti conservateur. » Et aussi : « KIDNAPPING D'ANDIE : UN SCÉNARIO D'HORREUR ? » Le plus sensationnel présentait une photo pleine page d'Andrea sous la question : « ENLEVÉE ? »

— La DCI Foster, ici présente, appartient à la police métropolitaine de Manchester, poursuivit Marsh.

Erika sentit tous les regards se poser sur elle. Elle s'apprêtait à prendre la parole mais un officier – un brun aux cheveux plaqués en arrière – la prit de vitesse.

— Chef, je suis sur le cas Douglas-Brown et...

— Et quoi, Sparks ? coupa Marsh.

— Et mon équipe est impliquée à fond. On progresse. On a déjà plusieurs pistes, je suis en contact avec la famille...

— La DCI Foster a une grosse expérience en matière d'affaires de meurtre. Spécialement les affaires sensibles.

— Si je peux me permettre, monsieur...

— Non, vous ne pouvez pas, Sparks. À partir de maintenant, la DCI Foster prend les choses en main avec l'énergie et les compétences qui sont les siennes, et ce n'est pas négociable... Mais je ne doute pas que, de votre côté, vous ferez votre possible pour lui apporter toute l'aide dont elle aura besoin.

Un silence de mort accueillit ces paroles. Un silence terrible pour Erika qui ne manqua pas de noter le regard noir de Sparks. Il s'était rassis. Elle le défia à son tour, se refusant à baisser les yeux la première. Pendant ce temps, Marsh finissait son laïus :

— Évidemment, tout le monde la ferme. J'espère que c'est bien clair. Pas un mot aux médias, pas de rumeurs. Compris ?

Les officiers acquiescèrent.

— Bien. DCI Foster, dans mon bureau.

Le bureau de Marsh était situé au dernier étage. Ce n'était pas le bureau typique d'un Chief Superintendent. Ici, pas de voitures miniatures, pas de photos de famille, juste une masse de paperasse en désordre sur la table de travail, dont le trop-plein envahissait aussi les étagères, près de la fenêtre, prêtes à craquer sous le poids de dossiers énormes. Sans compter le courrier de Noël jamais ouvert et les Post-it racornis couverts de pattes de mouche. L'uniforme de cérémonie de Marsh et son couvre-chef avaient été jetés sur une chaise, dans un coin du bureau, et, posé sur le pantalon froissé, un BlackBerry était en train de se charger ainsi que l'indiquait la lumière rouge clignotante. Étrangement, l'ensemble tenait à la fois de la chambre d'ado et d'un lieu inspirant l'autorité et le respect.

Tandis que Marsh farfouillait dans une pile de papiers, Erika jeta un coup d'œil par la fenêtre qui offrait une vue imprenable sur Lewisham. Au-delà du centre commercial et de la gare ferroviaire, des rangées irrégulières de pavillons de brique rouge s'étiraient en direction de Blackheath.

— Ah, j'ai trouvé !

Marsh lui tendit une petite enveloppe capitonnée de papier bulle. Elle la décacheta et en retira un porte-cartes contenant son badge et sa carte d'identité.

— Alors comme ça, dit-elle en considérant sa carte, il faut que je redevienne un bon flic en cinq minutes ?

— Ce n'est pas à vous d'en décider, DCI Foster. Vous devriez vous en réjouir, répliqua Marsh en revenant s'installer lourdement dans son fauteuil.

— Monsieur, on m'avait dit, en termes parfaitement clairs, que lorsque je reprendrais le service, je serais affectée à des tâches administratives pendant six mois. Minimum.

Marsh l'invita à prendre place dans le siège, face à lui.

— Foster, quand je vous ai appelée, Andrea Douglas-Brown n'était encore que portée disparue. À présent, il s'agit d'une affaire de meurtre. Et dois-je vous rappeler de qui Andrea est la fille ?

— Lord Douglas-Brown. Il faisait des affaires avec le gouvernement pendant la guerre en Irak. Alors même qu'il siégeait au Cabinet.

— Nous ne faisons pas de politique, ici.

— Et je me fiche complètement de la politique, monsieur. Je m'en suis toujours fichue.

— Andrea Douglas-Brown a disparu dans mon secteur. Son père me met une pression énorme. C'est le genre d'homme suffisamment puissant pour faire et défaire une carrière. Tout à l'heure, je dois rencontrer l'Assistant Commissioner[1] et quelqu'un du Cabinet, figurez-vous !

---

1. Directeur adjoint de la police de Londres.

— Autrement dit, vous êtes sur la sellette ?

Marsh la fusilla du regard.

— J'ai besoin qu'on identifie le corps du Horniman et qu'on trouve un suspect. Fissa.

— Bien, monsieur. Puis-je… ?

Erika hésita.

— Pourquoi moi, monsieur ? Est-ce que, votre plan, c'est de m'envoyer dans le mur pour que Sparks puisse réparer les dégâts et passer pour un héros ? J'ai le droit de savoir si…

— La mère d'Andrea est slovaque. Vous l'êtes aussi. Il m'a semblé que ça pouvait aider à faire avancer les choses d'avoir un officier dont la mère se sentirait proche.

— Vous me mettez sur l'affaire pour une question de com', c'est ça ?

— Libre à vous de le prendre de cette façon. Mais je sais aussi quel officier de police exceptionnel vous êtes. D'accord, récemment, vous avez eu des difficultés, mais vos états de service sont brillants…

— Ne cherchez pas à me faire avaler n'importe quoi, monsieur.

— Foster, s'il y a une chose que vous n'avez jamais maîtrisée, c'est l'art de la politique. Dans le cas contraire, vous seriez peut-être assise dans mon fauteuil et moi à votre place, aujourd'hui.

— Eh bien, disons que j'ai des principes, répliqua Erika en regardant durement Marsh droit dans les yeux.

— Erika… Je vous confie l'affaire parce que je pense que vous avez besoin de vous éloigner de Manchester, et que vous le méritez. Ne vous mettez pas toute seule sur la touche avant même d'avoir commencé le boulot.

— Bien, monsieur.

— Maintenant, filez sur la scène de crime et tenez-moi au courant seconde par seconde. Et si le corps est bien celui d'Andrea Douglas-Brown, nous aurons besoin que la famille l'identifie.

Erika se leva pour prendre congé mais Marsh n'en avait pas fini.

— Le jour des obsèques... dit-il d'une voix radoucie. Je n'ai pas eu la possibilité de vous dire combien j'étais désolé, pour Mark... C'était un policier remarquable. Et un ami.

Erika baissa les yeux. Il était encore douloureux pour elle d'entendre ce prénom. Elle dut prendre sur elle pour ne pas pleurer. Marsh s'éclaircit la gorge et adopta de nouveau un ton professionnel.

— Je suis convaincu que je peux compter sur vous pour remonter rapidement jusqu'au coupable. Et je répète : je veux être tenu au courant de tout sans délai.

— Entendu, monsieur.

— Un dernier mot, DCI Foster...

— Je vous écoute, monsieur.

— Laissez tomber les vêtements de ville.

une montre à la secondaire...

3

Erika fila se changer dans le vestiaire des femmes. Il y avait bien longtemps qu'elle n'avait plus porté cette tenue pourtant familière : pantalon noir, chemise blanche, pull noir et veste de cuir. Après avoir rangé ses vêtements civils, elle attrapa l'exemplaire du *Daily Mail* oublié sur l'un des bancs et y jeta un coup d'œil. Sous le gros titre – « Disparition de la fille d'un pair du Parti conservateur » – une grande photo d'Andrea Douglas-Brown montrait un gros plan de la jeune fille en bikini, sur un yacht. Fond de ciel parfaitement bleu et mer scintillante sous le soleil. Bronzée, les épaules rejetées en arrière pour mettre ses seins en valeur, Andrea défiait l'objectif d'un regard assuré et ardent. C'était une belle fille, raffinée, aux lèvres pleines et aux longs cheveux châtains. Ses yeux bruns pétillaient. La photo laissait entrevoir les épaules puissantes de deux garçons qui l'enlaçaient. L'un des deux était plus grand que l'autre. À ce détail près, impossible de savoir qui ils étaient et à quoi ils ressemblaient. Tout le reste était hors cadre.

Une « mondaine » de seconde zone – voilà comment le *Daily Mail* décrivait Andrea. Ça ne lui aurait pas plu, Erika était prête à le parier. Mais, au moins, contrairement à ses concurrents, ce tabloïd s'abstenait de l'appeler familièrement « Andie ». Les journalistes s'étaient payé l'audace d'aller parler aux parents, Lord et Lady Douglas-Brown, ainsi qu'au fiancé d'Andrea. Dans l'article, tous trois la suppliaient d'entrer en contact avec eux.

Erika glissa la main dans la poche de sa veste. Son carnet était toujours à sa place ; elle ne l'avait pas sorti depuis des mois. Elle nota le nom du fiancé, un certain Giles Osborne, et ajouta : « Andrea a-t-elle fait une fugue ? » Puis elle considéra ce qu'elle venait d'écrire… avant de déchirer furieusement la page et de ranger le carnet dans la poche revolver de son pantalon. Elle voulut mettre son badge dans l'autre poche. Ce badge… sa main en reconnaissait la forme et le poids. L'étui de cuir avait fini par prendre une forme légèrement incurvée, à force de rester dans sa poche arrière, collé à son corps.

Elle s'approcha des lavabos, se campa devant la glace et ouvrit l'étui à la hauteur de son visage. La photo lui renvoyait l'image d'une femme sûre d'elle. Par contraste, celle qu'elle voyait dans la glace, celle qui tenait le badge, était amaigrie et pâle à faire peur. Ses cheveux blonds coupés court grisonnaient aux racines. Et sa main tremblait.

Erika s'observa. Il faudrait qu'elle pense à changer cette photo.

4

Erika trouva Woolf à la porte du vestiaire. Manifestement, il l'attendait. À son air embarrassé, elle comprit qu'il venait de découvrir qu'elle mesurait une bonne tête de plus que lui. Il lui tendit un sac de plastique transparent contenant un téléphone et un chargeur.

— Votre téléphone, madame. Il est opérationnel, dit-il. Et votre véhicule sera prêt après le déjeuner.

— Ce n'est pas le modèle que j'ai demandé, répliqua-t-elle sèchement. Vous n'avez rien trouvé avec un clavier à touches... ?

— Y a une touche on/off, répliqua à son tour le Sergeant.

— Quand ma voiture sera prête, mettez ma valise dans le coffre. Celle-ci...

Elle indiqua sa valise à roulettes, posée à ses pieds, puis passa devant le Sergeant Woolf pour pénétrer dans la salle des opérations. À son entrée, les conversations cessèrent mais une rousse aux cheveux raides, au visage constellé de taches de rousseur, petite et plutôt ronde, vint à sa rencontre et se présenta.

— Detective Moss. On essaie de vous débarrasser une pièce pour vous y installer, l'informa-t-elle. Dès que possible, j'y déposerai des copies papier des informations au fur et à mesure qu'elles nous auront été remontées et qu'elles auront été reportées sur les tableaux.

— Un simple bureau me conviendra, objecta Erika.

Elle se dirigea vers les tableaux et observa le plan des jardins du Horniman et une image d'Andrea extraite d'une vidéo de télésurveillance.

— La vidéo de la gare de London Bridge, expliqua Moss. Le 20 h 47 pour Forest Hill. C'est la dernière image qu'on ait d'Andrea vivante.

Andrea montait dans la voiture. Elle était sur son trente et un, petite veste de cuir cintrée, hauts talons roses et pochette assortie, minirobe qui dénudait largement de jolies jambes. Mais surtout, elle semblait très en colère.

— Elle était seule, quand elle est montée dans ce train ? demanda Erika.

— Oui.

Moss prit un ordinateur portable qu'elle posa en équilibre sur une pile de dossiers, et lança la vidéo.

— Voilà la vidéo en time-lapse dont nous avons extrait l'image, dit-elle.

Elles procédèrent au visionnage. On voyait Andrea entrer dans le champ par le côté, puis grimper dans le train.

La bande ne durait que quelques secondes. Moss la passa en boucle.

— Elle a vraiment l'air hors d'elle, nota de nouveau Erika.

— Ça, c'est sûr. À croire qu'elle avait dans l'idée de dire ses quatre vérités à quelqu'un.

— On a vérifié ce que faisait son fiancé à cette heure-là ?

— Il a un alibi en béton, il assistait à un événement en plein centre de Londres.

Sous leurs yeux, Andrea passait et repassait sur l'écran. Le quai. Le train. Le quai. Le train. On ne voyait personne d'autre qu'elle sur la bande ; le quai était désert.

— Vous voyez là-bas ? dit alors Moss en désignant dans un coin de la salle un jeune homme blond aux cheveux coupés très court. C'est notre skipper, le Sergeant Crane.

Le gars en question réussissait l'exploit de téléphoner tout en consultant des dossiers et en fourrant dans sa bouche une barre entière de Mars qu'il semblait essayer d'avaler en une seule bouchée. Un peu plus loin, Erika surprit Sparks en train de raccrocher le téléphone et de prendre son manteau.

Avant qu'il ait atteint la porte, elle l'interpella.

— Où comptez-vous aller ?

Il s'arrêta et se retourna.

— La police scientifique vient juste de nous autoriser à nous rendre sur la scène de crime. Vous n'avez quand même pas oublié, madame ? On doit identifier le corps au plus vite.

— Je veux que vous restiez ici, Sparks. Detective Moss, vous venez avec moi. Et vous… comment vous appelez-vous ?

L'officier auquel elle s'adressait, un grand Noir pas mal de sa personne, interrompit sa conversation téléphonique et couvrit le combiné.

— Detective Peterson.

— Detective Peterson, avec moi, vous aussi.

— Et pendant ce temps, protesta Sparks, je fais quoi ? Je me tourne les pouces le cul sur ma chaise ?

— Non. Je veux toutes les vidéosurveillances du Horniman et des rues du quartier.

— On les a déjà.

— Vous allez élargir vos recherches aux quarante-huit heures qui ont précédé la disparition d'Andrea, et revoir toutes les vidéos enregistrées depuis. Aucun détail ne doit vous échapper. Je veux aussi qu'on interroge les riverains du musée les uns après les autres, chez eux. Il me faut aussi le maximum d'informations sur Andrea. Sa famille, ses amis, ses données bancaires complètes, son état de santé, et ses relevés téléphoniques, ses e-mails, son activité sur les réseaux sociaux. Qui l'aimait, qui la détestait. Je veux tout savoir. Est-ce qu'elle possédait un ordinateur, un ordinateur portable ? Elle en avait forcément. Je veux qu'on me les apporte.

— Lord Douglas-Brown s'est totalement opposé à ce que nous ayons accès à… objecta Sparks.

Erika ne le laissa pas terminer.

— Et moi, je vous ordonne de m'apporter son matériel informatique.

La salle des opérations devint aussi silencieuse qu'un tombeau.

— Et personne, poursuivit Erika, je le répète, personne ne parle à la presse ni ne partage aucune information d'aucune nature avec elle. Sous aucun prétexte. Je me suis bien fait comprendre ? Je ne veux même pas entendre l'un d'entre vous dire à un journaliste : « Pas de commentaire. » Vous la fermez…

Pour finir, elle se tourna vers Sparks.

— DCI Sparks, est-ce que vous envisagez toujours de vous tourner les pouces ?

— Non, répondit-il en la regardant droit dans les yeux.

— Crane, vous prenez en main la marche des opérations ici.

— C'est comme si c'était fait, répondit Crane en engloutissant la dernière bouchée de son Mars.

— Parfait. Débriefing pour tout le monde à 16 heures. Dans cette salle.

Erika quitta la salle, Moss et Peterson sur les talons.

— Quelle emmerdeuse ! maugréa Sparks.

Sur ce, il jeta son manteau sur le dossier d'une chaise et s'assit devant son ordinateur.

5

Penchée sur le volant, les yeux braqués devant elle sur la route enneigée, Moss s'efforçait de conduire. Erika occupait le siège passager et Peterson était assis sur la banquette arrière. Ils roulaient en silence. On n'entendait que les chuintements et les crissements périodiques des essuie-glaces qui raclaient le pare-brise comme du crin. Derrière les vitres défilait le paysage morne des maisons délabrées de South London, avec leurs jardins bétonnés transformés en parkings. Seules touches de couleur apportées à cette palette de gris, les poubelles. Des containers noirs, verts, bleus.

La route tournait sec sur la gauche. En la suivant, ils durent ralentir : une longue file de voitures roulait au pas à l'approche de Catford Gyratory. Moss lança la sirène et les conducteurs se rangèrent sur le trottoir pour leur laisser le passage.

Le chauffage était en panne. Une aubaine pour Erika, elle pouvait ainsi cacher ses mains tremblantes au fond des poches de sa veste. Peut-être souffrait-elle seulement d'un peu d'hypoglycémie ? À moins que ce ne soit la perspective de cette mission lourde de responsabilité…

— Vous permettez, Moss ? demanda-t-elle en tendant la main vers un paquet de rouleaux de réglisse qui dépassait du fourre-tout situé au-dessus de la radio.

— Je vous en prie.

Moss accéléra et ils se faufilèrent à toute allure à travers la circulation. Les roues arrière dérapaient sur le verglas. La voiture faisait des embardées. Erika fourra un morceau de réglisse dans sa bouche et jeta un coup d'œil dans le rétroviseur : le nez sur son iPad, Peterson travaillait dur, apparemment. En dépit de sa stature, il était mince et avait une tête de gosse. Il ressemblait à un de ces petits soldats de bois avec lesquels jouent les enfants. Mais quand il leva les yeux, il ne chercha pas à se dérober au regard d'Erika.

— Alors, Peterson ? Qu'est-ce que vous pouvez me dire sur Andrea Douglas-Brown ?

Elle enfourna encore un autre morceau de réglisse dans sa bouche.

— Je croyais que le Chief Marsh vous avait briefée, patron…

— Il l'a fait. Mais imaginez que ce ne soit pas le cas. Je pratique cette approche pour toutes les affaires dont je suis chargée : le principe consiste à faire comme si je ne savais rien. Vous seriez surpris par le nombre d'informations nouvelles qui ressortent.

Peterson obtempéra.

— Andrea Douglas-Brown est âgée de vingt-trois ans.

— Elle travaille ?

— On n'a pas d'historique dans ce domaine…

41

— Pour quelle raison ?

— Elle n'a pas besoin de travailler. Lord Douglas-Brown est propriétaire de la SamTech, une société de défense privée. La SamTech développe des GPS et des systèmes informatiques pour le gouvernement. Aux dernières nouvelles, Lord Douglas-Brown pesait trente millions de livres sterling.

— Andrea a des frères et des sœurs ?

— Un jeune frère, David, et une sœur aînée, Linda.

— Diriez-vous que ces gosses sont... des rentiers à vie ?

— Oui et non. La sœur aînée travaille, elle, bien que ça reste dans la famille. Elle bosse pour sa mère. Lady Douglas-Brown possède un magasin de fleurs. Quant au frère, David, il étudie l'histoire de l'architecture à l'université.

Entre-temps, ils avaient atteint Catford High Street. La route était sablée et la circulation de nouveau fluide. À présent, le long des trottoirs, ce n'étaient que magasins à prix unique, prêteurs sur salaire et supermarchés indépendants dont les piles de cagettes de produits exotiques, hautes comme des tours, menaçaient de s'effondrer et de répandre leur contenu sur les trottoirs boueux de neige.

— Qu'est-ce qu'on a sur le fiancé ? reprit Erika.

— Ils sont... Enfin, ils étaient censés se marier cet été. Un grand mariage, répondit Moss.

— Que fait-il, dans la vie ?

— Il est dans l'événementiel. Le genre luxe. Régate royale de Henley. Lancement de produits. Mariages mondains.

— Andrea vivait avec lui ?

— Non. Elle habitait toujours chez ses parents, à Chiswick.

— West London, c'est ça ?

Erika chercha le regard de Peterson dans le rétroviseur. Il acquiesça d'un signe de tête.

— Vous verriez la baraque... poursuivit Moss. Ils ont réuni quatre maisons vite fait en creusant les sous-sols de chacune. Ça doit valoir une fortune.

Ils dépassèrent un Topps Tiles, visiblement fermé, son parking, qui formait un grand carré de neige fraîche, puis un restaurant Harvester. Devant, un ouvrier, les oreilles protégées par des coquilles antibruit, hachait menu à la broyeuse un immense arbre de Noël. Les vibrations du moteur se firent sentir dans l'habitacle de la voiture puis s'estompèrent à mesure qu'ils s'éloignaient et qu'apparaissaient une succession de pubs guère plus pimpants que les bâtiments qui les entouraient. En face, une vieille femme aux traits émaciés fumait une cigarette, appuyée contre une porte verte à la peinture écaillée. Un chien fourrageait dans un sac-poubelle éventré.

— Bon sang, qu'est-ce qu'Andrea Douglas-Brown pouvait bien fabriquer par ici, et toute seule, encore ! s'exclama Erika. Ce n'est pas le genre d'endroit que fréquente ordinairement une fille à papa qui vit à Chiswick, non ?

Une bourrasque de neige enveloppa la voiture. Quand elle se dissipa, elle dévoila l'édifice de grès jaune du Horniman, flanqué de hauts yuccas et de palmiers qui ne semblaient pas à leur place sous la couche de neige.

Moss ralentit à l'approche des grilles et, arrivée à la hauteur d'un jeune agent en uniforme, Erika baissa sa vitre. L'agent se pencha, posa sa main gantée sur l'encadrement de la fenêtre. Un tourbillon de flocons s'engouffra dans l'habitacle ; ils vinrent se plaquer contre le revêtement intérieur de la portière. Erika sortit sa carte et la présenta à l'agent.

— Prenez la prochaine à gauche, dit-il. Attention, ça grimpe. On a envoyé la sableuse mais méfiez-vous quand même.

Erika acquiesça, remonta sa vitre, et Moss suivit les indications de l'agent pour s'engager dans la montée. À distance, ils s'aperçurent que la route était bloquée par un barrage de police. Toute une horde de journalistes, équipés pour endurer le temps hivernal, faisaient le pied de grue sur le trottoir, à gauche du ruban qui bouclait la scène de crime. Dès qu'ils avisèrent la voiture, ils s'agitèrent et les flashs se mirent à crépiter comme autant de balles rebondissant sur le pare-brise.

— Cassez-vous ! maugréa Moss.

Elle voulut passer la troisième, mais la boîte de vitesses craqua et la voiture fit une embardée avant de caler net sur une plaque de verglas.

— Merde ! cria-t-elle en s'agrippant au volant.

Elle écrasa le frein. En vain. La voiture se mit à reculer. Erika jeta un coup d'œil affolé dans le rétroviseur : ils étaient entraînés dans la pente qui plongeait juste derrière eux. À la perspective du drame, les photographes mitraillèrent de plus belle.

— Braque à fond à gauche ! Tout de suite ! hurla Peterson.

Il ouvrit vivement sa fenêtre et passa la tête à l'extérieur. Moss s'efforça de stabiliser la voiture et Erika s'accrocha au tableau de bord. Ils échouèrent sur une place de parking déneigée. Les pneus adhérèrent enfin au goudron. Un dernier dérapage, et la voiture s'arrêta.

— On a une putain de chance ! lança Peterson en riant jaune.

Les flocons entraient par sa fenêtre et s'accrochaient à ses courtes dreadlocks.

— Une putain de plaque de verglas, tu veux dire, répliqua Moss en respirant un grand coup.

Erika se libéra de sa ceinture de sécurité. Elle serait morte plutôt que de l'avouer, mais le fait est que ses jambes tremblaient.

Ils descendirent de voiture sous les huées et les railleries des photographes et furent aussitôt bombardés de questions sur l'identité du corps retrouvé dans le lac. La neige leur fouettait le visage. Erika présenta sa carte et l'agent qui surveillait le barrage souleva le ruban pour les laisser passer, elle, Moss et Peterson. Sentir de nouveau sa carte dans sa main, accéder à une scène de crime... Soudain, elle recouvra son sang-froid, comme si le seul fait de passer sous ce ruban lui avait rendu ses réflexes réconfortants de flic. Un autre agent les dirigea vers le portail qui ouvrait sur les jardins du musée.

Au bord du lac, la scientifique avait dressé une immense tente qui couvrait le hangar à bateaux et dont la base disparaissait sous la neige. Avant d'entrer, ils durent enfiler des combinaisons. Sous la tente, la lumière des projecteurs faisait intensément briller la neige et mettait en relief le piteux état du toit en bois. L'équipe de la scientifique examinait à la loupe chaque centimètre carré. Un homme-grenouille, moulé dans sa combi noire, émergea de l'eau glacée, rapportant avec lui l'odeur tiède et nauséabonde du fond du lac. Des déchets flottaient autour de lui, mêlés à des dés de glace qui fondaient sous la chaleur des éclairages.

Un homme interpella Erika. Une voix virile et profonde qui provenait de derrière le hangar à bateaux.

— DCI Foster ?

Erika dut lever les yeux pour regarder son interlocuteur – et ça ne lui arrivait pas souvent. Il était très grand. Il ôta son masque et révéla un visage séduisant, fier, doté de grands yeux ténébreux sous des sourcils fournis.

— Je suis Isaac Strong, médecin légiste. Je connais déjà Moss et Peterson. Suivez-moi.

Il les guida à l'extérieur jusqu'à un brancard en métal installé parallèlement au fond de la tente. Le corps d'une fille morte reposait là. Nu. À ceci près qu'elle portait encore, retroussé autour de la taille, ce qu'il restait de sa robe, déchirée et souillée, et, plus bas, de son string noir. Entre ses lèvres, on voyait qu'une de ses incisives était cassée au ras de la gencive. Elle avait les yeux écarquillés, fixes et voilés. Ses longs cheveux étaient pleins de débris végétaux.

— C'est bien elle, n'est-ce pas ? s'enquit Erika.

Moss et Peterson hochèrent la tête.

— On a trouvé son corps pris dans la glace, commença Isaac Strong. Nous n'en sommes qu'au début, mais je pense – j'ai bien dit : je pense – qu'elle a passé ces dernières soixante-douze heures dans l'eau, car la température est tombée en dessous de zéro il y a trois jours. Qui plus est, son téléphone marchait encore, quand elle a été découverte. Un jeune type qui travaille ici l'a entendu sonner.

Le légiste tendit à Erika l'iPhone enfermé dans son sac de plastique transparent. Un iPhone avec une coque de cristaux Swarovski.

— On sait qui l'a appelée ? demanda-t-elle.

— Non. Le téléphone est tombé en panne de batterie juste après qu'on l'a retiré de l'eau. On a fait ce qu'il fallait pour relever les empreintes, mais… c'est inexploitable.

— Et le jeune homme qui l'a trouvée, où est-il ?

— Dans l'ambulance, à proximité du hall d'accueil des visiteurs, répondit Isaac Strong. Quand la police est arrivée sur les lieux, il était en état de choc. La glace a cédé sous son poids et il est tombé pile sur le corps. Ça l'a tellement retourné qu'il a vomi et fait sous lui. On essaie d'éliminer son ADN du corps de la fille.

Il s'approcha davantage du brancard.

— Son visage est congestionné, dit-il, il y a des marques sur le cou – ce sont des signes cliniques de strangulation. Et la clavicule droite est fracturée.

Il enfila un gant de latex et souleva doucement la tête de la jeune fille.

— Il manque des mèches de cheveux à peu près au même endroit sur chaque côté du crâne. Les tempes.

— Celui qui a fait ça était peut-être placé derrière elle et l'a tractée par les cheveux, suggéra Moss.

— Des signes de violences sexuelles ? demanda Erika.

— Pour l'affirmer, il me faut plus de temps. Mais il y a des marques et des éraflures sur l'intérieur des cuisses, la cage thoracique, et les seins.

Il montra des lignes rouges sous chaque sein et plaça précautionneusement sa main dessus pour indiquer les empreintes de doigts sur les côtes.

— Les poignets sont cisaillés, ce qui laisse penser qu'on lui a attaché les mains. Mais les bras n'étaient pas ligotés quand elle a été immergée. Il y a aussi des contusions à l'arrière de la tête et on a trouvé des fragments d'émail dentaire incrustés au bout de la jetée. On cherche les restes de la dent cassée. Mais il est possible que la victime l'ait avalée. Auquel cas, je verrai ça plus tard.

— Quand elle a disparu, elle portait des chaussures à talons roses et elle avait un sac rose.

— Le corps qu'on a sorti de l'eau ne portait qu'une robe et une culotte. Pas de soutien-gorge... pas de chaussures.

Le légiste souleva les jambes de la jeune fille.

— Vous avez vu ses pieds ? Les talons sont méchamment lacérés, dit-il.

Erika eut un mouvement de recul. De profondes entailles avaient laissé la chair à vif.

— Elle était pieds nus quand on l'a traînée, conclut-elle.

— Notre homme-grenouille a aussi sorti ceci de l'eau.

Un permis de conduire. Ils furent frappés par la photo. Saisissante.

— Sacré regard, finit par dire Peterson. On dirait qu'elle est là, qu'elle nous interpelle depuis l'au-delà.

Il disait vrai. Le plus souvent, sur les photos d'identité, les gens ont le regard vitreux, ou bien ils arborent une expression sidérée, comme celle d'un animal pris dans la lumière des phares d'une voiture. Pas Andrea. Son regard était plein d'assurance. Mais la fille, là-bas, sur le brancard, avec ses yeux grands ouverts pour toujours, n'avait plus rien de commun avec cette Andrea-là.

— Quand pourrez-vous établir la cause du décès avec certitude ?

La question irrita le légiste.

— Écoutez, répliqua-t-il, je vous ai dit tout ce qui pouvait vous permettre d'avancer. Maintenant, laissez-moi le temps de pratiquer l'autopsie.

Erika planta les yeux dans ceux du légiste.

— Ce que vous allez faire dès aujourd'hui, n'est-ce pas ? lui demanda-t-elle.

— Absolument.

Dehors, le calme et le silence baignaient les jardins. La neige avait cessé de tomber. Un groupe d'agents en uniforme ratissait les bords du lac, ils avançaient péniblement, repoussant la neige qui s'accrochait à leurs pieds.

Erika sortit son téléphone et appela Marsh. Il fallait lui annoncer la mauvaise nouvelle.

— Il s'agit bien du corps d'Andrea Douglas-Brown, monsieur, lui dit-elle.

Il y eut un blanc. Puis un juron.

— Merde.

— Je vais interroger le jeune qui l'a trouvée et, ensuite, j'irai informer les parents.

— Vos impressions, Foster ?

— Aucun doute, nous avons affaire à un meurtre. Par strangulation ou noyade. Peut-être aggravé d'un viol.

Toutes les informations que j'ai pu récolter sont en route pour le poste.

— Des suspects possibles ?

— Aucun, monsieur. Mais je suis dans les starting-blocks. Pour commencer, nous devons organiser l'identification du corps par la famille. La scientifique est sur le point de l'emporter pour l'autopsie, donc je vous tiendrai au courant de la façon dont on va organiser les choses.

— Si je pouvais dire aux médias que nous tenons un suspect... reprit Marsh.

— Je sais, monsieur. On va d'abord parler à la famille. Il y a de grandes chances que le coupable soit quelqu'un que connaissait Andrea. Personne n'a été témoin de sa disparition, qu'elle ait été abordée ou non. Elle a peut-être rencontré le tueur ici.

— Ne partez pas bille en tête, Foster. N'allez pas supposer sans preuve qu'Andrea avait un plan cul glauque, ce soir-là.

— Je n'ai jamais dit ça...

— Les Douglas-Brown sont une famille très respectée, ne perdez pas ça de vue, et...

— Je ne suis pas une novice, monsieur.

— Peut-être, mais j'insiste. Rappelez-vous bien à qui vous avez affaire.

— À une famille en deuil. Et je vais leur poser les questions d'usage, monsieur.

— Allez-y doucement. C'est un ordre.

Erika raccrocha, exaspérée par l'attitude de Marsh. S'il y avait bien un aspect du système britannique qu'elle méprisait, c'était la façon dont votre classe sociale influait sur le traitement dont vous faisiez l'objet dans ce genre d'affaire.

À cet instant, Moss et Peterson émergèrent de la tente, accompagnés d'un agent en uniforme. Ils longèrent le lac puis traversèrent le jardin encaissé. Les statues aux yeux vides avaient-elles vu Andrea, quand son assassin l'avait traînée et qu'elle hurlait pour qu'on la sorte de là ?

La radio de l'agent grésilla.

— On vient de retrouver le petit sac rose dans une haie sur London Road, articula une voix métallique et brouillée.

— Vous pouvez aller le chercher ? demanda Erika.

— J'y vais tout de suite, répondit l'agent.

Après des mois d'inactivité, Erika luttait pour remettre son cerveau au travail et seulement son cerveau. Mais l'image d'Andrea ne la quittait pas, elle voyait sans cesse son cadavre, sa peau lacérée et couverte d'hématomes, ses yeux... Par quel bout allait-elle attraper cette enquête ? Dans les affaires de meurtre, les variables étaient en nombre infini... Sans parler de l'étendue de la scène de crime... La surface d'une maison de taille moyenne pouvait occuper la scientifique pendant des jours et des jours de boulot. Alors comment l'équipe allait-elle réussir à couvrir huit hectares de jardins où les indices se cachaient partout sur une aire ouverte au public et, de surcroît, piégés sous une épaisse couche de neige ?

— Apportez le sac devant le hall d'accueil des visiteurs, là où se trouve l'ambulance, ordonna Erika à l'agent.

Moss et Peterson passèrent de l'autre côté des haies. Le cube de verre futuriste du hall se trouvait en haut d'une petite butte en pente douce, toute couverte de neige. Le parvis portait les traces des allées et venues de l'ambulance. Un jeune homme d'une petite vingtaine d'années était assis à l'intérieur, enveloppé dans des couvertures. Gris de peur, il tremblait de tout son corps. Une femme au visage menu et aux traits pointus se tenait près de lui et surveillait le policier qui, équipé de gants, procédait à l'examen méticuleux des vêtements du garçon, puis les scellait dans des sacs étiquetés. Un pantalon souillé. Un pull et des chaussures de sport. La femme avait les mêmes sourcils épais que le gosse.

— Je veux un reçu ! disait-elle. Une fiche ! Et vous noterez ce que vous avez pris ! Lee a ce pantalon que depuis le mois de novembre. Les chaussures aussi sont toutes neuves et on n'aura pas fini de les payer avant treize semaines. Vous allez garder tout ça longtemps ? Quand c'est qu'on va pouvoir tout récupérer ?

— À partir de maintenant, ces effets sont des pièces à conviction dans le cadre d'une enquête pour meurtre, expliqua Erika qui était arrivée à la hauteur de l'ambulance. Je suis la DCI Foster et voici les Detectives Moss et Peterson.

Ils présentèrent leurs cartes. La femme les regarda de près d'un œil perçant.

— Votre nom, madame, s'il vous plaît ? poursuivit Erika.

— Grace Kinney, et mon garçon n'a rien fait de mal. Il faisait que rentrer du boulot. Et maintenant, il a été obligé d'attendre dans le froid, il va être malade et il sera pas payé !

— Lee, pouvez-vous nous dire ce qui s'est passé exactement ?

Lee hocha la tête, livide, le regard hanté. Il raconta comment, en arrivant à proximité du lac, sur le chemin de son travail, il avait entendu la sonnerie d'un téléphone et s'était approché. C'est comme ça qu'il avait découvert le corps d'Andrea sous la glace...

Il fut interrompu dans son récit par le retour de l'agent qui rapportait la pochette rose dans un sac plastique. Il tenait aussi un autre sac. À l'intérieur, six billets de cinquante livres, deux tampons hygiéniques, du mascara, un tube de rouge à lèvres et un atomiseur de parfum.

— Ça appartient à la fille qui est morte ? s'enquit Grace Kinney.

L'agent se dépêcha de cacher les sacs dans son dos.

— Trop tard, elle les a vus, maintenant, lui fit remarquer sèchement Erika, avant de poursuivre. Madame Kinney, il faut que vous compreniez que ce sont des pièces à conviction, et dans une enquête très sensible...

— C'est bon, je la bouclerai, répliqua Grace Kinney. T'inquiète. N'empêche que, va savoir ce que faisait une fille de cet âge avec un sac de marque et ce paquet de fric dans ce coin.

— Vous avez une idée sur la question ? lui demanda Erika.

— C'est vous les spécialistes, mais pas besoin d'être Sherlock Holmes pour comprendre qu'elle cherchait le client. Elle a dû emmener son mec ici et ça a mal tourné.

— Lee, vous aviez déjà vu cette jeune fille ?

Grace Kinney prit aussitôt la mouche.

— Pourquoi est-ce que mon garçon connaîtrait une pute ?

— Nous... pensons qu'il ne s'agit pas d'une prostituée.

Grace semblait indifférente au désarroi de son fils. Il s'enveloppa plus étroitement dans les couvertures et afficha une expression douloureuse.

— Elle était belle, murmura-t-il. Même morte, sous la glace... Mourir de cette façon, c'est horrible, non ?

Erika hocha la tête.

— J'ai vu à sa tête que ç'avait été horrible de mourir comme ça, ajouta Lee. Pardon... J'ai oublié votre question...

— Est-ce que vous l'aviez déjà vue ? Croisée dans les environs ?

— Non. Jamais.

Peterson prit le relais.

— Nous pensons qu'elle était peut-être de sortie dans un des pubs de l'avenue, avant de disparaître. Où vont les jeunes, de préférence ?

Lee haussa les épaules.

— Y a pas mal de monde au Wetherspoon's les week-ends... Et au Pig and Whistle. À deux pas de la gare.

— Et vous, Lee, vous sortez beaucoup ? ajouta Peterson.

Nouveau haussement d'épaules.

— Alors, le Wetherspoon's, le Pig and Whistle. D'autres pubs ?

— Il les fréquente pas, affirma Grace Kinney. Hein ?

54

— Oui, oui… Enfin, je veux dire, non, je les fréquente pas, bredouilla Lee.

Grace Kinney avait besoin de vider son sac.

— Autrefois, commença-t-elle, il faisait bon vivre, par ici. Rien de chichiteux mais, oui, on était bien. À la place de ce bouge de Wetherspoon's, il y avait un joli cinéma Odeon. Mais les pires, c'est le Glue Pot et le Stag. Vous voulez que je vous dise ? Même si un déluge de pisse s'abattait sur le monde et qu'il reste que ces deux repaires à pochtrons où s'abriter, c'est pas là que vous me trouveriez. Et c'est plein d'immigrés, là-dedans. De la racaille – le prends pas pour toi, chéri, précisa-t-elle à l'intention de Peterson.

Moss réprima un sourire. Grace était lancée. À croire que l'état de son fils ne l'intéressait plus.

— Quand je descends l'avenue, je me sens comme une étrangère dans mon propre pays : ça grouille de Polonais, de Roumains, d'Ukrainiens, de Russes. Y a aussi des Indiens, des Africains… Et tout ça déboule au Jobcentre, le bec ouvert à attraper tout ce que ça peut. C'est mon Lee qui m'a raconté. Faudrait que la police débarque dans ces pubs. Elle trouverait plein de profiteurs : ils bossent au bar et, à la pause de 5 heures, hop, ils vont pointer quand même. Et on ferme les yeux. Et c'est mon gars qu'est obligé de sortir de chez lui par tous les temps pour trimer quarante heures par semaine et rapporter des cacahuètes. Ça me donne envie de vomir.

Erika profita de ce que Grace Kinney reprenait sa respiration pour relancer l'interrogatoire.

— Depuis quand travaillez-vous dans les jardins du musée, Lee ? demanda-t-elle au jeune homme.

— J'ai commencé quatre semaines avant Noël.

Mais Grace n'en avait pas fini.

— Et je suppose qu'on va dire que c'est la faute à Lee s'il peut pas travailler vu qu'une traînée à moitié débile est venue dans le coin se faire...

Cette fois, Erika fit sèchement taire Grace Kinney.

— Ça suffit, maintenant !

La femme se tut.

— Cette fille a forcément des parents, non ? lança-t-elle tout de même un ton plus bas. Vous savez qui ?

— Pas à ce stade de l'enquête.

L'œil de Grace Kinney s'alluma.

— Mais j'y pense ! Ce serait pas la fille qu'a disparu ? La fille de riches ! C'est quoi, son nom, déjà, Lee ? Angela ? Lee, la fille que t'as vue, elle ressemble à celle du journal ?

Lee semblait absent, ailleurs, il fixait le vide comme s'il revivait le moment où il s'était trouvé face à face avec Andrea figée sous la glace.

— Je viens de vous le dire, madame, le corps n'a pas encore été formellement identifié, répéta Erika. Sinon, ne vous inquiétez pas pour le Jobcentre : nous allons les contacter pour vous, Lee, et leur expliquer ce qui se passe. Ne vous éloignez pas du quartier, je peux avoir besoin de vous poser d'autres questions.

— Qu'est-ce vous croyez ! railla Grace Kinney. Qu'il va quitter le pays en loucedé ? Ce serait trop beau, tiens ! Une vraie chance ! Sauf que Lee et moi, dans le coin, on sera probablement les derniers à partir...

Erika en avait terminé pour le moment. Elle laissa les secours préparer le transfert de Lee à l'hôpital.

— On peut dire qu'elle est pénible, celle-là, soupira Moss.

— Peut-être, mais elle nous en a dit bien plus que son fils, rétorqua Erika. Je veux savoir si Andrea a été vue dans un de ces pubs, la nuit où elle a disparu – le Glue Pot, le Stag. Vérifiez.

6

Une bourrasque de neige fraîche les cueillit au
moment même où ils sortaient des jardins du musée, si
bien qu'ils abandonnèrent l'idée de reprendre la voiture
et attrapèrent le train pour London Bridge, puis le tube
en direction de Chiswick. Il faisait une chaleur terrible
dans la voiture bondée. Et pas une place assise disponible de tout le trajet. Serrée comme une sardine en
boîte entre ses collègues, eux-mêmes collés à d'autres
voyageurs, Erika resta debout, pressée d'un côté contre
le corps mince de Peterson et celui de Moss de l'autre,
courtaud et corpulent.

Elle aurait tout donné pour avoir cinq minutes rien
qu'à elle, à l'air frais, seule. Pour faire le point, rassembler ses esprits. En vingt-cinq ans de métier, elle
avait dû annoncer à des centaines de personnes la mort
d'un être cher – mais c'était avant qu'elle fasse elle-
même l'expérience, dans sa chair, de la douleur du
deuil. La souffrance était encore si vive, si brute…
Aujourd'hui, elle s'apprêtait à regarder cette brûlure
consumer les parents d'Andrea quand elle leur révé-
lerait qu'ils ne verraient plus jamais leur fille vivante.

Ils descendirent à Turnham Green. Le ciel s'était éclairci. Par comparaison avec South London, Chiswick High Road était un bijou. La propreté des rues, les boîtes aux lettres fraîchement repeintes, les petits commerces indépendants, boucheries et épiceries bio, et les belles maisons victoriennes aux fenêtres à guillotine dont les vitres brillaient comme des miroirs polis… Même les banques et les supérettes étaient rutilantes. Jusqu'à la neige qui semblait plus blanche.

L'immense demeure géorgienne des Douglas-Brown s'élevait dans une vaste impasse, à l'abri de l'effervescence de la rue, tellement imposante qu'elle dominait toutes les autres maisons et dépassait de la cime des arbres plantés dans le petit parc, au centre de l'impasse. Décrassée d'années de dépôts de suie et de pollution par un récent ravalement, la couleur beurre frais de la brique se révélait dans sa splendeur d'origine. Devant, la neige était flagellée d'empreintes de pas qui conduisaient droit à un groupe de journalistes emmitouflés, leurs appareils pendus à leur cou. Leurs gobelets de café chaud étaient couronnés d'un nuage de fumée.

Dès qu'ils repérèrent Erika, Moss et Peterson, les affaires reprirent. Le cliquetis des déclencheurs, la lumière aveuglante des flashs accompagnèrent les policiers tandis qu'ils passaient le portail et s'arrêtaient devant la robuste porte noire et vernie de la maison. Erika respira profondément. Puis elle se décida à sonner. Un carillon élégant résonna. Il semblait lointain.

— Vous êtes de la police ? lança soudain quelqu'un dans leur dos.

— Est-ce que c'est le corps d'Andie ? renchérit un autre.

Indignée, Erika ferma les yeux pour échapper un instant à la présence pesante des journalistes. Pour qui se prenaient ces gens ? De quel droit appelait-il cette pauvre fille par son diminutif, comme s'ils étaient intimes ? Ses propres parents ne le faisaient pas !

La porte s'entrouvrit, mais juste assez pour qu'une petite femme aux cheveux noirs, pas de la première jeunesse, puisse voir à qui elle avait affaire. Les flashs s'intensifièrent, l'obligeant à mettre sa main en visière.

— Bonjour, madame. Nous venons nous entretenir avec Simon et Diana Douglas-Brown.

Erika et ses collègues sortirent leurs cartes, certains que la vieille dame les introduirait immédiatement. Au lieu de quoi, elle les scruta d'un air méfiant.

— Vous enquêtez sur Lord et Lady Douglas-Brown ?

— Pas exactement, répondit Erika. Notre visite concerne la disparition de leur fille, Andrea.

— Je suis la gouvernante. Puis-je vous demander de me donner vos cartes et de patienter ici pendant que je vérifie vos identités ?

Sur ces mots, elle s'empara des cartes et leur ferma la porte au nez. Un bombardement de flashs fit miroiter le panneau. Le feu nourri des questions reprit.

— Vous confirmez qu'elle a été violée ?

— C'est bien un meurtre ? Peut-on exclure un mobile d'ordre politique ?

Erika fit signe à ses collègues de ne pas se retourner et d'ignorer les journalistes. Les secondes s'écoulaient. Les photographes n'en perdaient pas une miette. Moss s'agaçait.

— Qu'est-ce qu'elle croit ? Qu'on est des représentants de commerce et qu'on veut lui vendre du double vitrage ?

— Lord Douglas s'est fait choper par une caméra cachée, l'année dernière, expliqua Peterson à mi-voix. Le *News Of The World*[1] l'avait surpris en train de magouiller avec un contractant de Téhéran.

— L'histoire du faux cheikh ? murmura Erika.

Elle s'apprêtait à demander des détails mais la porte se rouvrit, un peu plus largement, cette fois. Les photographes s'agitèrent frénétiquement.

— Il semble que tout soit en ordre, reconnut la gouvernante en rendant les cartes à Erika et en lui laissant le passage.

Ils entrèrent tandis que la vieille dame fermait la porte au nez du vent glacial et des journalistes.

À l'intérieur, une petite entrée ouvrait sur une galerie où un escalier de bois, couvert d'un tapis, s'enroulait sur trois étages. Au plafond du dernier niveau, le puits de lumière constitué d'un vitrail coloré jetait ses reflets sur les murs couleur crème. Le balancier d'une horloge de parquet astiquée oscillait tranquillement au pied de l'escalier.

Ils suivirent la gouvernante dans un corridor, passèrent devant une porte ouverte qui leur permit d'entrevoir une grande cuisine équipée d'éléments d'acier et de granit, puis une console supportant un vase énorme rempli de fleurs fraîches et surmontée d'un impressionnant miroir encadré de dorures. Enfin, ils arrivèrent

---

1. Tabloïd spécialisé des scandales et qui a cessé de paraître en 2011.

devant une porte de chêne et furent introduits dans un bureau dont les fenêtres dominaient le jardin enneigé, derrière la maison.

— Je vous remercie d'attendre un instant, dit la gouvernante.

Tout en les fixant du regard, elle recula et ferma la porte sur elle.

Erika observa la pièce. Sous la fenêtre, un solide bureau de bois foncé, agrémenté d'un sous-main de cuir. Pas un stylo, pas une feuille de papier, juste un ordinateur portable gris acier. Contre le mur de gauche, une bibliothèque. Contre celui de droite, un canapé de cuir capitonné et deux fauteuils. Un pan entier du mur était occupé par des photos encadrées. Erika reconnut Simon Douglas-Brown que les coupures de presse lui avaient rendu familier depuis la disparition d'Andrea. C'était un homme râblé et viril avec d'intenses yeux bruns.

Les photos permettaient de suivre dans le temps l'enchaînement de ses succès. Sur les premières, Simon Douglas-Brown possédait encore une belle tignasse. Elles dataient de 1987, à l'époque où sa société de technologie était cotée en Bourse. Puis sa chevelure luxuriante s'était clairsemée. Venait ensuite une série de photos de lui en compagnie de la reine – plus grande que Simon Douglas-Brown de quelques pouces –, de Margaret Thatcher, John Major, David Cameron… David Cameron qui apparaissait sur quatre clichés. Un témoignage criant du degré d'implication de Douglas-Brown dans les affaires du gouvernement conservateur. Enfin, deux photos plus grandes trônaient au milieu de toutes les autres. D'abord un portrait en pied officiel. Douglas-Brown posait dans une cape d'hermine, sur fond de tapis rouge et de lambris. La légende indiquait que le cliché avait été pris le jour de son investiture, quand il avait été élevé au titre de Baron of Hunstanton. Sur le second cliché, pris le même jour et dans les mêmes circonstances, sa femme Diana se tenait à son côté, une femme fine, à l'ossature délicate, vêtue d'une élégante robe blanche et dotée de longs cheveux noirs. Une Andrea aux traits plus marqués et au teint plus pâle.

— Quelqu'un sait où se trouve Hunstanton ? demanda Erika.

— La côte de Norfolk, répondit Moss. Il y a un Sea Life Centre, là-bas. Très chouette.

— Alors comme ça, ajouta Peterson qui se penchait sur la photo de l'épouse de Douglas-Brown, sa femme est devenue « Lady Diana » ?

— Ouais, et c'est pas un titre qui porte chance, j'ai l'impression, répliqua Moss.

Erika coupa court.

— C'est tout ce que cette affaire vous inspire ? Des bons mots ? Parce que, personnellement, je ne me souviens pas d'avoir beaucoup ri, quand j'ai vu le corps d'Andrea juste sorti de la glace.

Moss et Peterson prirent un air coupable. Un silence gêné s'abattit de nouveau entre eux et ils recommencèrent à examiner les photos sans plus parler. Lord et Lady Douglas-Brown, affichant des sourires exagérés en compagnie du président Barack Obama et de la Première dame qui les dominaient physiquement de leur haute taille... Aucun doute, hors champ, il y avait une longue file d'attente : lords, ladies, capitaines d'industrie avec leurs femmes squelettiques et contentes de l'être, prêts à prendre leur tour pour entrer dans le cadre et laisser le photographe immortaliser ce moment. Une rencontre de quelques secondes, figée pour l'éternité sur le mur de l'ego trip.

Un toussotement les arracha à leur contemplation. Erika se tourna : Simon et Diana Douglas-Brown se tenaient sur le seuil du bureau. Une vision terrible. Elle se sentit immédiatement coupable d'avoir jugé ces gens. Les deux êtres qu'elle avait devant elle, là, suspendus à ses lèvres et redoutant le pire, n'étaient plus que des parents terrifiés.

— Par pitié, que se passe-t-il ? supplia Lady Diana. Est-ce que vous êtes ici pour Andrea ?

Diana parlait un anglais parfait, mais Erika y décela une pointe d'accent familier pour elle. L'accent qui était aussi le sien.

— S'il vous plaît, asseyez-vous, dit-elle.

Mais Lady Diana avait déjà compris. Elle enfouit le visage dans ses mains.

— Non, non, non, non, non ! Vous vous trompez. Ce n'est pas elle. Pas mon bébé. Je vous en supplie, pas mon bébé !

Douglas-Brown soutint sa femme, enroulant un bras autour de ses épaules.

— J'ai la difficile mission de vous informer qu'on a trouvé le corps de votre fille ce matin dans les jardins du Horniman Museum à South London, confirma Erika.

— Vous êtes tout à fait sûre de ce que vous avancez ? demanda Douglas-Brown.

— Malheureusement. Andrea avait sur elle son permis de conduire et un téléphone portable enregistré à son nom. Nous faisons tout ce qui est en notre pouvoir pour établir la cause du décès mais... il est de mon devoir de vous dire que sa mort n'est sans doute pas naturelle. Nous pensons que votre fille a été assassinée.

— Assassinée ?

Lady Diana s'effondra sur le canapé. Douglas-Brown devint exsangue.

— Andrea, assassinée ? répéta Lady Diana. Mais qui aurait voulu lui faire du mal ?

Erika marqua un temps d'hésitation puis elle passa à l'étape suivante, douloureuse elle aussi.

— Je crains que nous n'ayons besoin de vous pour identifier formellement le corps.

Une horloge sonna dans un silence sinistre, quelque part dans la maison. Lady Diana laissa tomber ses mains et révéla un regard soupçonneux. Elle toisa Erika.

— *Odkial ste ?* s'enquit-elle.

— *Narodila som sa v Nitre*, répondit Erika.

— Parlons anglais, ordonna Douglas-Brown. Ce n'est pas le moment de communiquer en slovaque.

— C'est une femme de Nitra qui vient m'annoncer que ma fille est morte ? s'exclama Lady Diana en fixant sévèrement Erika.

C'était un défi, un défi plein d'arrogance. Erika s'efforça de le relever.

— Comme vous, j'ai passé plus de temps en Angleterre qu'en Slovaquie.

— Ne vous comparez pas à moi ! Nous n'avons rien en commun ! Où est l'autre officier ? Celui qui est venu avant vous… Sparks ? Je refuse que le sort de ma fille soit confié aux compétences discutables d'une petite Slovaque de rien du tout !

Erika sentit la colère monter en elle.

— Madame Douglas-Brown, commença-t-elle.

— *Lady* Douglas-Brown.

— Je suis officier de police depuis vingt-cinq ans, avec le grade de Detective Chief Inspector et…

— Et je peux vous assurer, acheva Peterson en faisant signe à Erika de le laisser intervenir, que tout est mis en œuvre pour retrouver celui qui a fait ça.

Erika se maîtrisa, sortit son carnet.

— J'aimerais vous poser quelques questions, si vous le permettez, Lady Diana.

Douglas-Brown posa sur elle un regard dur.

— Non. Non, nous ne vous le permettons pas. Vous ne voyez donc pas que mon épouse est… que nous sommes… Il faut que je passe un certain nombre de coups de fil. Vous appartenez à la police métropolitaine.

— Oui, du poste de Lewisham Row.

— Bien. Je vais téléphoner. Voir de quoi il retourne exactement. Jusqu'à maintenant, j'ai eu affaire directement à l'Assistant Commissioner Oakley.

— Monsieur, c'est moi qui suis en charge de…

— Et moi j'ai travaillé personnellement avec le Commander Clive Robinson dans plusieurs comités de pilotage et…

— Avec tout le respect que je dois à votre expérience, répliqua Erika sans laisser Douglas-Brown terminer, vous devez comprendre que, désormais, c'est

66

moi qui dirige cette enquête. À ce titre, j'ai besoin de vous poser des questions, à tous les deux !

Elle prit conscience qu'elle venait de hausser le ton. Trop tard, le mal était fait. Un silence succéda à son éclat.

— Patron, je peux vous dire un mot ? demanda Peterson.

Il glissa un regard à Moss qui lui répondit par un discret hochement de tête. Erika avait le feu aux joues.

— Patron, juste un mot. Maintenant, répéta Peterson.

Erika finit par céder et le suivit dans le corridor. Il ferma la porte du bureau. Elle s'adossa au mur, s'efforça de se calmer.

— Je sais, je sais, admit-elle.

— Écoutez, sans vouloir jeter de l'huile sur le feu, vous sortez d'une très sale période et je vous comprends... seulement vous ne pouvez pas vous montrer agressive avec les parents de la victime. Parce que c'est ce qu'ils sont, là : des parents. Laissez Douglas-Brown vous faire croire qu'il a la main ; vous et moi savons très bien comment les choses vont réellement se passer, à partir de maintenant.

— Je sais. Merde... Quelle conne je suis...

— Pourquoi est-ce que la mère voulait savoir où vous êtes née en Slovénie ?

— En Slovaquie. Les Slovaques sont comme ça. Les gens de Bratislava se croient supérieurs à tous les autres... J'imagine qu'elle en vient.

— Et que ça fait d'elle quelqu'un de mieux que vous, acheva Peterson.

Erika prit une grande inspiration et acquiesça. Elle bouillait de colère. À l'autre bout du couloir, ils entendirent arriver deux hommes en bleu de travail qui s'avançaient en traînant un immense sapin de Noël. Erika et Peterson s'effacèrent pour leur laisser le passage. L'arbre était sec, ses branches brossaient les murs, abandonnant un semis d'aiguilles sur le tapis vert et bleu.

Peterson avait-il encore quelque chose à dire ? Dans ce cas, il se ravisa.

— On a largement dépassé l'heure du déjeuner, fit-il remarquer.

Puis il dévisagea Erika et ajouta :

— Vous avez la tête de quelqu'un qui a besoin de sa dose de sucre. C'est vous le boss, patron, mais... si vous alliez nous attendre au coin de la rue, dans un pub ou dans un snack ?

— Je vais d'abord rentrer dans ce bureau et m'excuser.

— Laissez les choses se tasser, d'accord ? Moss et moi, on va gratter toute l'information qu'on peut et ensuite on viendra vous retrouver.

— Soit. D'accord. Seulement, si vous pouviez...

— ... faire en sorte qu'ils viennent reconnaître le corps ? OK.

— On a aussi besoin de l'ordinateur portable d'Andrea. Et... Bon. De toutes les pièces à conviction que vous pourrez emporter.

Peterson hocha la tête et s'éloigna. Elle resta plantée là, seule. Elle avait tout gâché et, en prime, elle n'avait pas avancé d'un pouce. Peut-être pouvait-elle au moins inspecter le périmètre autour de la maison ?

À cet instant, la gouvernante surgit de nulle part.

— Puis-je vous inviter à me suivre jusqu'à la porte ? demanda-t-elle d'un ton insistant.

Elles suivirent le chemin d'aiguilles de pin, et quand Erika se retrouva plantée dehors sur le perron, face aux photographes, elle se mordit les lèvres au sang pour ne pas pleurer.

7

La lumière du jour commençait à décliner quand
Moss et Peterson rejoignirent Erika dans un des coffee-
shops de Chiswick High Road. Lorsqu'elle était arrivée, le calme régnait ; mais, en ce début de soirée,
l'établissement grouillait de monde. D'un côté, les céli-
bataires aux vêtements branchés ; de l'autre, le groupe
des mamans qui délimitaient leur territoire grâce à une
barrière de coûteuses poussettes.

Depuis une heure, assise près de la vitrine, Erika
remâchait les frustrations de cette journée qui lui avait
paru interminable sans rien lui apporter à se mettre
sous la dent. Franchement, ça ne lui ressemblait pas
de foncer dans le tas au cours d'un interrogatoire, et
de tout foutre en l'air comme elle l'avait fait – surtout
lorsqu'il s'agissait de la famille d'une victime.

Peterson et Moss s'achetèrent des sandwichs et du
café puis vinrent s'asseoir à sa table.

— Je vous remercie d'être intervenus, commença
Erika avec embarras. Je ne sais pas ce qui m'a pris.
J'ai dérapé.

— Pas de souci, assura Peterson tout en ouvrant l'emballage de son sandwich.

— Ce que vous a dit Diana Douglas-Brown était inacceptable, mais il faut bien reconnaître que ce n'est pas le plus beau jour de sa vie, ajouta Moss.

— N'empêche. J'aurais dû m'abstenir... Bref. Vous avez du nouveau ?

— Simon et Diana Douglas-Brown sont incapables de dire ce qu'Andrea faisait à South London, déclara Moss. Normalement, il était prévu qu'elle aille au cinéma avec David et Linda, ses frère et sœur. Ils l'ont attendue à l'Odeon de Hammersmith. Mais elle leur a posé un lapin...

— Le frère et la sœur sont chez eux, en ce moment ?

— Oui. David dormait à l'étage. Lady Diana n'a pas voulu le réveiller.

— Le réveiller ? s'étonna Erika. Mais ce garçon n'est plus un enfant !

— En fait, il a veillé jusqu'aux petites heures du jour, expliqua Moss. Les membres de la famille se sont relayés toute la nuit pour rester près du téléphone, au cas où Andrea appellerait. Apparemment, ce n'est pas la première fois qu'elle disparaît dans la nature.

— C'était quand la dernière fois ? On a une main courante, ou quelque chose ?

— Rien. La famille n'a jamais averti la police. Il y a quelques années, Andrea s'était volatilisée sans prévenir pendant tout un long week-end. La famille avait fini par apprendre qu'elle s'était offert une escapade en France avec un type rencontré dans un bar. Elle n'est revenue qu'après avoir explosé le plafond de sa carte de crédit. Une Visa Platinum.

71

— On a le nom du gars avec qui elle s'est enfuie ?

— Un certain Carl Michaels. À l'époque, il était étudiant, expliqua Moss. Mais c'était juste un week-end coquin de riche.

— Et vous avez pu interroger la sœur, Linda ? demanda Erika.

— Elle a apporté le thé, répondit Peterson. On l'a prise pour la bonne... Elle est totalement différente d'Andrea : mal fagotée, grassouillette... Elle travaille dans le magasin de fleurs de sa mère.

— Comment a-t-elle réagi ?

— Elle a laissé échapper le plateau, commença Moss.

Moss hésitait visiblement.

— Quoi d'autre ? demanda Erika.

Elle aurait tout donné pour avoir vu et entendu elle-même ce que lui racontaient ses collègues.

Moss chercha le regard de Peterson.

— Ça ne semblait pas naturel, dit-il.

— C'est-à-dire ?

— Eh bien... Comme si elle jouait faux, quoi. Enfin... les gens ont toutes sortes de réactions bizarres. Toute la famille a l'air perturbée.

— Cite-moi une famille qui ne le serait pas dans un cas pareil ? renchérit Moss.

— Et si, en plus, il y a du fric, tout s'exacerbe.

Un téléphone sonna. Erika finit par se rendre compte que c'était le sien. Isaac Strong l'informa que le mauvais temps ne permettait pas à l'équipe scientifique d'avancer aussi vite que prévu et les résultats de l'autopsie ne seraient prêts que le lendemain matin. Erika raccrocha, très contrariée.

— J'aurais vraiment voulu que la famille reconnaisse le corps ce soir, dit-elle.

— C'est peut-être mieux pour vous comme ça, patron, fit remarquer Peterson. Ça laissera le temps à Sir Simon de se calmer.

— Est-ce qu'il vous a dit quelque chose de plus qu'à moi ?

— Oui... Il exige que Sparks reprenne l'affaire.

À présent, la nuit était tombée. Les phares des voitures éclairaient par transparence l'incessant ballet des flocons de neige.

8

Erika, Moss et Peterson rentrèrent au poste de Lewisham Row juste après 19 heures. Ils se rendirent directement dans la salle des opérations où tous les officiers de police étaient déjà réunis pour partager leurs informations. Erika se débarrassa de sa veste de cuir et se campa devant les tableaux, au fond de la salle.

— Votre attention, tout le monde. Je sais que la journée a été dure. Où en sommes-nous ?

Sparks se balançait sur sa chaise.

— Si vous nous disiez comment ça s'est passé avec la famille ! lança-t-il avec un petit sourire suffisant. Sir Simon s'est pris d'amitié pour vous, DCI Foster ?

En ouvrant grand la porte à ce moment-là, le Superintendent Marsh sauva Erika de l'embarras. Il l'interpella, d'une humeur de bouledogue.

— Foster. Il faut que je vous parle.

— Monsieur, on débriefe…

Il aboya :

— OK ! Mais je vous attends immédiatement après dans mon bureau. Immédiatement !

Sur ce, il claqua la porte. Sparks se fendit aussitôt d'une autre pique :

— Alors, à ce que je comprends, ça s'est super bien passé ?

Erika ignora la pique et se tourna vers le tableau. Photo d'Andrea. Photos de David et Linda… Intéressant de noter qu'Andrea et son frère étaient de très beaux gosses, alors que Linda, avec tous ses kilos, avait une allure de matrone. Par ailleurs, elle avait le nez pointu et le teint beaucoup plus clair que les deux autres.

— A-t-on vérifié que les trois enfants étaient bien de Simon et Diana Douglas-Brown ? s'enquit-elle en tapotant le tableau avec son marqueur.

La question cueillit ses collègues à froid. Pris de court, le Sergeant Crane interrogea du regard ceux qui étaient autour de lui.

— On ne s'est pas posé la question, avoua-t-il. On a supposé que oui.

— Pour quelle raison ?

— Eh bien… Ils ont tous l'air…

— … de gens « très comme il faut » ? acheva Erika. Ne perdez pas ceci de vue : les membres de la famille doivent toujours être considérés comme les premiers suspects. Ne vous laissez pas impressionner ni aveugler par le fait que ce sont des gens influents et qui vivent dans un quartier chic de Londres. Crane, enquêtez sur les enfants Douglas-Brown, discrètement, bien sûr… À présent, nous savons avec certitude qu'Andrea n'a pas rejoint David et Linda devant le cinéma où ils avaient prévu de se retrouver, mardi dernier, le 8 janvier. Où est-elle allée ? Avait-elle rendez-vous avec un ou une ami(e) ? Ou alors avec un petit copain ? Qui de vous était chargé de se renseigner sur la vie d'Andrea ?

Une jeune femme d'origine indienne attira l'attention d'Erika.

— Moi. Je suis l'Agent Singh.

Elle s'avança. Erika lui tendit le marqueur.

— Depuis huit mois, récapitula Singh, Andrea avait une relation avec Giles Osborne, un garçon de vingt-sept ans. Ils s'étaient fiancés récemment. Osborne est le patron d'une société d'événementiel haut de gamme, basée à Kensington. Yakka Events.

— On sait ce que « Yakka » veut dire ? demanda Erika.

— C'est le mot aborigène pour « travail ». J'ai vu sur le site de sa société qu'il a passé une année sabbatique en Australie.

— Vraiment ? Il a appris à passer le plateau de petits-fours aux bushmen et à leur servir du champagne ? railla Erika.

Un sourire passa sur les visages.

— Il a fait ses études dans l'enseignement privé. Il appartient à une famille fortunée. Il a un alibi pour la nuit où Andrea a disparu.

— On sait tout ça depuis la semaine dernière, coupa Sparks. J'ai déjà interrogé Osborne.

Erika fit mine de n'avoir rien entendu et poursuivit :

— Quelque chose à me dire à propos des relevés téléphoniques d'Andrea et de son activité sur les réseaux sociaux ?

— Je suis dessus, assura Crane. J'ai demandé qu'on me fasse parvenir ces infos ce matin, donc j'espère les obtenir dans les vingt-quatre heures.

76

— Vous auriez dû les exiger dès qu'Andrea a été officiellement portée disparue, fit sévèrement remarquer Erika. Pourquoi ça n'a pas été fait ?

Silence.

— Vous avez hésité à vous immiscer dans les vies de personnes riches et puissantes, c'est ça ?

Sparks intervint :

— C'est moi qui ai donné la consigne d'attendre. Les Douglas-Brown espéraient encore qu'il ne s'agisse que d'une nouvelle escapade.

Erika leva les yeux au ciel avec agacement.

— Apportez-moi ces éléments à la seconde où ils arriveront, Crane, ainsi que tout ce qu'on aura pu tirer de la carte mémoire de son iPhone. Sparks, vous que les rigueurs de l'hiver ont l'air de réjouir, qu'avez-vous débusqué dans les vidéos de télésurveillance ?

Sparks continuait à se balancer en faisant grincer sa chaise.

— Vous allez être déçue, je crois. Trois des caméras de London Road sont restées en panne jusqu'à avant-hier. On ne dispose d'aucune image du parvis de la gare, ni de l'avenue qui monte au Horniman Museum. Évidemment, pas d'images non plus des rues qui se trouvent derrière. Visuellement, les événements de ce soir-là nous échappent complètement. On est aveugles !

— Merde… maugréa Erika.

— On la voit tout de même descendre du train à la gare de Forest Hill à…

Sparks consulta ses notes.

— … 21 h 06. Elle descend sur le quai et sort en passant devant le guichet, fermé. Il n'y avait vraiment pas grand monde à cette heure-là.

— Il faut retrouver les voyageurs qui ont pris ce train ou fait un bout de chemin avec Andrea. Ils l'ont peut-être remarquée.

— Je suis dessus, l'informa Sparks.

— Et l'enquête de voisinage ? Qu'est-ce que ça a donné ?

Le Sergeant Crane se cala contre le dossier de sa chaise.

— Pas grand-chose, patron. La plupart des gens dormaient, ou alors ils n'étaient pas encore rentrés de leur virée de Noël.

— Et les pubs ?

— Andrea n'est allée ni au Wetherspoon's ni au Pig and Whistle – ils ont des caméras de surveillance et on ne la voit pas. Mais il y a encore quatre autres pubs sur l'avenue.

— Grace Kinney en a mentionné deux : le Glue Pot et le Stag.

— On y a fait un tour, patron. Des trous à rats pas possibles. Les deux. Aucun des gars qui travaillent là-bas ne se rappelle avoir vu une fille qui corresponde à la description d'Andrea.

— Vérifiez qui était de service, renseignez-vous auprès des habitués. Et si vous l'avez fait, recommencez. Elle était habillée pour faire la fête. Il y a de fortes chances qu'elle soit entrée dans un de ces pubs.

— Mais elle peut aussi être allée faire la fête dans un appartement privé, souligna Singh.

— Dans ce cas, passez en revue les magasins qui vendent de l'alcool. Je veux savoir si elle a acheté des clopes ou de quoi picoler.

— Ces magasins disposent de caméras de surveillance, intervint Crane, mais l'image a tendance à sauter, et elle n'a été vue nulle part.

— A-t-on inspecté le périmètre de la maison près de laquelle le sac a été retrouvé ?

— Au numéro 45. Rien non plus de ce côté-là, malheureusement. La propriétaire est gâteuse. Une vieille dame qui vit avec une aide à domicile. Elles n'ont rien vu, rien entendu.

Un silence tendu s'installa. Ce fut Sparks qui le brisa.

— Je suggère que vous laissiez l'équipe se reposer un peu, dit-il. On a eu une grosse journée.

— C'est d'accord. On se retrouve ici demain matin à 9 heures. Avec les résultats de l'autopsie, j'espère, et des infos à propos du téléphone et des réseaux sociaux.

Erika salua tout le monde. Une fois seule dans la salle, elle observa longuement la photo d'Andrea.

— Regarde-toi, ma belle, murmura-t-elle. Tout juste vingt-trois ans… Tu avais la vie devant toi.

Andrea semblait la toiser en retour de son regard plein de défi, presque moqueur. La sonnerie du téléphone fit sursauter Erika.

— Vous comptez me faire poireauter encore longtemps ? beugla Marsh.

— Pardon, monsieur. C'est comme si j'étais là.

9

— Vous n'avez rien ? s'exclama Marsh. C'est ça ?

Il arpentait son bureau, congestionné de colère.

— Ce n'est que mon premier jour à la tête de l'enquête, monsieur. Et il y a des éléments positifs : on a réussi à identifier la victime, à garder la presse à distance et à localiser un ou deux pubs où Andrea aurait pu se trouver la nuit où elle a disparu.

— Aurait pu... ? Ça veut dire quoi ?

— Que la panne de CCTV[1] ne nous permet pas de voir qui circulait ce soir-là sur London Road et autour de la gare. Il me faut du temps et des ressources pour retrouver ces gens et les interroger. Je vous assure que toute l'équipe s'est retroussé les manches, surtout avec cette neige qui a ralenti les procédures...

— La neige... et vous, en vous mettant à dos les Douglas-Brown !

Erika s'efforça de conserver son calme.

— J'admets, monsieur, que j'aurais dû m'y prendre mieux avec les parents de la victime.

---

1. *Closed-Circuit Television* ou vidéosurveillance.

— Je ne vous le fais pas dire, bon Dieu ! Et moi qui croyais que Lady Diana se trouverait en confiance avec vous, une Slovaque !

— C'est tout le problème. Selon elle, je suis trop quelconque pour prendre en main l'enquête.

— Et alors ? Vous n'avez pas choisi de devenir officier de police pour qu'on vous aime, DCI Foster ! Vous voulez que je vous envoie suivre le programme « Relations avec le public » ?

— Sauf que nous ne les traitons pas comme le public ordinaire. En fait, Sir Simon semble convaincu que c'est lui qui dirige cette enquête ; est-ce que c'est le cas ?... D'ailleurs, qui vous a rapporté ce qui s'est passé chez les Douglas-Brown ? Lui ? Il a le numéro de votre ligne directe ?

— DCI Foster, n'aggravez pas votre cas, répondit Marsh. Sir Simon a téléphoné à Sparks. Pour que celui-ci me remonte l'info.

— Il est trop bon.

Marsh la fusilla du regard.

— Je me suis mouillé jusqu'au cou pour vous mettre sur cette affaire...

— Je ne vous ai rien demandé, monsieur !

— Si vous ne vous montrez pas plus prudente, on vous retirera l'enquête avant même que vous ayez commencé. Alors apprenez à fermer votre grande bouche. Je vous ai fait confiance parce que vous êtes un sacré bon flic, un des meilleurs que je connaisse – bien que, là, tout de suite, je m'interroge sur votre discernement.

— Je vous fais mes excuses, monsieur. On n'a pas soufflé une minute depuis ce matin et on a travaillé dans des conditions difficiles. Cela dit, ce n'est pas mon genre de me défausser. Je trouverai le coupable.

Marsh se calma.

— OK, dit-il. Mais il faut d'abord faire amende honorable auprès des Douglas-Brown.

— Bien sûr, monsieur.

— Et allez vous coucher ! Vous avez vraiment une sale tête !

— Trop aimable, monsieur.

— Où logez-vous ?

— À l'hôtel.

— Bien. À présent, dégagez de ma vue, conclut Marsh en la chassant d'un geste. Vous reviendrez travailler demain avec la tête en ordre.

Erika quitta le bureau. Elle était folle de rage. Furieuse de s'être fait recadrer et furieuse d'avoir merdé. Elle retourna dans la salle des opérations pour récupérer sa veste. De nouveau, le regard d'Andrea, ce regard qui s'obstinait à la défier depuis le tableau, l'obligea à s'attarder. Ses yeux la brûlaient. Les lumières l'éblouissaient. Sur le tableau, les lettres perdaient leur netteté, comme si elle regardait à travers une vitre sale. Impossible de se fixer sur les détails. La fatigue et la colère la submergèrent de nouveau. Alors elle attrapa sa veste et quitta les lieux.

Elle tomba sur le Sergeant Woolf, dans le couloir.

— C'est vous que je venais voir, lui dit-il, plus mou et plus renfrogné encore que le matin. On vous a trouvé un véhicule. Une Ford Mondeo bleue.

Il agita une clé de contact et un biper.

— Eh bien, merci.

Elle prit la clé et ils se dirigèrent vers l'entrée principale. Woolf avait du mal à suivre.

— Je n'ai pas rangé votre valise dedans. Je me suis fait mal au dos, il y a quelques années de ça, on m'a opéré d'un disque. Votre valise est derrière mon bureau...

Ils arrivèrent à la réception. Une femme utilisait le téléphone. Elle portait un jean crasseux déchiré et une vieille parka tachée, piquetée de brûlures de cigarette. Ses longs cheveux gris étaient retenus par un élastique. Des cernes creusaient ses yeux. Deux petites filles aussi négligées qu'elle criaient des encouragements à un gamin de sept ou huit ans aux cheveux très courts, ficelé dans un pantalon de survêtement blanc taché lui aussi. Il avait enfourché la valise d'Erika et jouait au cow-boy.

Woolf se précipita et coupa la communication.

— Putain, j'étais en train de parler ! protesta la femme avec indignation, révélant des dents noires et mal rangées.

— Ivy, ce téléphone est réservé à la police, répondit Woolf.

— Mais il a pas sonné depuis au moins dix minutes ! répliqua-t-elle. Tu devrais être content, les voyous se reposent, apparemment !

— Qui voulez-vous joindre ? Je peux le faire pour vous.

— Je sais utiliser un putain de téléphone !

— Qui est cette femme ? demanda Erika.

Ivy refusait de lâcher l'appareil. Tout en examinant Erika, elle lui lança :

— Moi et Droopy, on rentre, pas vrai Droopy ? C'est comme ça que j'l'appelle. C'est un beau salopard.

— Toi, ordonna Erika au petit, descends de ma valise.

L'enfant ne tint aucun compte de sa remarque. Woolf continuait de se bagarrer avec Ivy pour récupérer le téléphone. Finalement, il réussit à le lui arracher. Elle vociféra :

— Pourquoi j'ai pas l'droit d'utiliser ce maudit machin ? J'appelle dans le coin ! Et en plus, qui c'est qui paie ton salaire ? Moi !

— Ah bon ? Et avec quoi ? s'exclama Woolf.

— J'ai de l'argent. Je paie mes impôts, et c'est ça qui paie ton salaire !

Pendant ce temps, Erika essaya de soulever le gamin. Soudain, elle sentit qu'il plantait les dents dans sa main. Une douleur si intense qu'elle en resta sidérée.

— On arrête tout de suite, lui dit-elle en faisant de son mieux pour ne pas perdre son sang-froid.

Il leva les yeux sur elle avec un méchant sourire et la mordit encore plus fort. Cette fois, elle répliqua par une tape sur la tête. Hurlements. Le gamin lui lâcha la main et tomba lourdement à la renverse. Ivy sortit ses griffes.

— Mais dis donc, tu t'prends pour qui, toi ?

Elle fondit sur Erika qui voulut s'écarter de son chemin mais se retrouva acculée au mur. Un éclair scintilla à quelques centimètres de son visage. Une lame. Par chance, Woolf réussit à retenir Ivy juste à temps.

— Ivy, ça suffit, calmez-vous… répétait-il tandis qu'elle se débattait.

— J'ai pas d'ordres à recevoir de toi, espèce de gros porc ! hurla Ivy.

Elle semblait réellement prête à tout.

— Touche encore à un cheveu de mes gosses et je te taillade la gueule, salope ! J'ai rien à perdre !

Erika essayait de reprendre le contrôle de sa respiration. La lame brillait dangereusement... Woolf raffermit sa prise sur le poignet d'Ivy.

— Laissez ce couteau, allez, lui dit-il.

Il le lui fit lâcher. La lame tomba, il posa le pied dessus. Ivy se frotta le poignet et geignit.

— C'était pas la peine de serrer si fort, Droopy.

Sans la quitter des yeux, Woolf se pencha, s'empara du couteau et replia la lame. Le gamin et les deux filles se tenaient tranquilles, à présent. Manifestement, les enfants tremblaient à l'idée de ce qu'Ivy allait bien pouvoir faire. Quelle vie, pour des gosses... Erika regarda le garçon ; il tâtait sa tête.

— Je n'aurais pas dû... Excuse-moi, lui dit-elle. Comment tu t'appelles ?

Il recula. Que dire pour justifier cette gifle ? Qu'elle venait de passer une journée épouvantable ? Pas à eux, des gamins en guenilles et aux petits corps mal nourris.

— Je veux porter plainte, cracha Ivy d'un air revanchard.

— Sans blague ? fit Woolf tout en la poussant vers la sortie.

— Ouais, pour brutalité policière – et ôte tes pattes de là –, brutalité policière sur un mineur.

— Dans ce cas, vous allez devoir remplir un formulaire. Mais d'abord, au trou pour avoir menacé d'un couteau un officier de police !

Ivy planta les yeux dans ceux du Sergeant.

— J'ai pas l'temps... Allez, les mômes, on s'en va. Et que ça saute !

Un dernier regard à Erika et elle sortit du poste, suivie des petits. Les nerfs d'Erika se relâchèrent. Elle s'effondra sur le bureau et examina la morsure.

— Je n'aurais pas dû frapper le petit.

Il avait laissé une marque rouge assez profonde sur sa main. Le sang perlait, mêlé à la salive. Woolf alla déposer le couteau d'Ivy dans une boîte étiquetée « Knife Amnesty[1] », puis il sortit de dessous son bureau une trousse de secours.

— Vous la connaissez ? demanda Erika. Ivy.

— Et comment ! Sous différentes identités. Ivy Norris, Jean McArdle, Beth Crosby. Parfois, Paulette O'Brien. C'est une sorte de célébrité locale.

Il imbiba d'alcool une compresse stérile et tamponna la main d'Erika. La solution brûlait mais il s'en dégageait une odeur de menthe réconfortante.

— Ça fait des lustres qu'elle se drogue et qu'elle se prostitue. Elle a un casier long comme la Grande Muraille de Chine. Sa spécialité, c'était le duo avec sa fille – si vous voyez ce que je veux dire. Mais la fille est morte d'une overdose. Ivy est la grand-mère des gosses, en fait.

— Et les pères des enfants, dans tout ça ?

— Allez savoir... Prenez l'annuaire et choisissez au hasard.

Woolf jeta la compresse souillée et recommença l'opération. À travers la vitre, Erika voyait Ivy, plantée

1. La Knife Amnesty, lancée en 2005, est une campagne nationale de restitution des couteaux aux autorités.

sur le parking, en train de fumer, qui protestait avec véhémence en moulinant des bras sans s'adresser à personne en particulier. Les enfants terrifiés étaient blottis près d'elle.

— Pas de foyer ?

Woolf secoua la tête.

— On ne peut pas les envoyer aux services sociaux d'urgence ?

Il éclata d'un rire désenchanté et banda la morsure. Erika fit jouer ses doigts.

— Plus personne n'en veut, dit-il. Ivy s'est fait jeter de tous les B&B et de tous les hôtels ou presque. Pour racolage.

Puis il remballa la trousse de secours.

— Merci, Sergeant.

— Il faut tout de même que vous montriez ça à un médecin. À cause du tétanos... Vous savez, les gosses qui vivent dans la rue ne sont pas en bonne santé.

— Je sais.

— Et je suis obligé de consigner ce qui s'est passé. Elle vous a menacée avec un couteau. Le petit vous a mordue...

— Et moi, je l'ai tapé. Ce pauvre bonhomme... Faites votre boulot, Woolf, et merci.

Il la salua, s'assit et sortit de quoi écrire. Erika jeta un regard derrière elle : dehors, Ivy et les enfants avaient disparu.

10

L'entrée principale du poste de Lewisham Row était encore éclairée mais la nuit avait plongé le parking dans l'obscurité. Et quel froid… Dans la rue, la lumière des réverbères faisait scintiller les carrosseries couvertes de givre des voitures ; et, au-delà, on les voyait progresser lentement en longues files processionnaires.

La main d'Erika la lançait. Elle dirigea le biper vers sa gauche, puis vers sa droite pour localiser le véhicule qu'on lui avait attribué. Des phares orange clignotèrent à l'extrémité du parking. Putain, elle allait devoir traîner sa valise dans la neige jusque là-bas. Après avoir jeté son bagage dans le coffre, elle s'installa derrière le volant. On se gelait, à l'intérieur, mais ça sentait bon le neuf. Elle mit le moteur en route et verrouilla les portières. Et sitôt que l'habitacle se fut un peu réchauffé, elle roula au pas vers la sortie du parking et aperçut Ivy sur le trottoir. Elle serrait les enfants contre elle. Ils avaient l'air complètement transis.

Elle approcha sa voiture et baissa la vitre.

— Où allez-vous ?

Ivy se retourna. Le vent avait détaché une de ses mèches et la plaquait contre son visage.

— Ça t'regarde ? répliqua-t-elle.

— Je peux vous déposer, si vous voulez.

— Et pourquoi on monterait avec une sale bonne femme qui cogne sur les gosses ?

— Je suis désolée. Je suis sortie de mes gonds. J'ai eu une journée de merde.

— Elle a eu une journée de merde ! railla Ivy. Essaie un peu de vivre une des miennes, chérie.

— Montez. Je vous emmène. Ça permettra aux enfants de se réchauffer.

Les petites étaient jambes nues et portaient des robes trop légères pour la saison.

Ivy plissa les yeux, sur ses gardes.

— Qu'est-ce qu'il faudra que je fasse en retour ?

— Rien. Vous montez, vous vous asseyez, c'est tout, assura Erika.

Puis elle sortit un billet de vingt livres et, quand Ivy voulut s'en emparer, elle l'obligea à l'écouter.

— Je vous donnerai cet argent quand je vous déposerai. À condition que vous ne sortiez pas de couteau. Et que personne ne me morde.

D'un regard, Ivy fit passer le message au petit qui acquiesça docilement.

— Parfait, conclut Erika.

Elle ouvrit la portière arrière et les enfants grimpèrent sur la banquette. Une odeur de crasse pénétra dans la voiture quand Ivy prit place sur le siège passager. Par précaution, Erika ordonna de boucler les ceintures ; il valait mieux pour sa propre sécurité que ce petit monde ne puisse pas trop remuer sur son siège.

— Vous êtes tous attachés ? demanda-t-elle.

Ivy pouffa.

— Ben ouais. On voudrait pas s'mettre mal avec la loi.

— Alors, où allez-vous ?

— Catford.

Erika saisit son téléphone et lança l'application Google maps.

— Qu'est-ce que tu fous ? s'exclama Ivy. Je vais te guider. À gauche !

La voiture était très agréable à conduire. Les éclairages jouaient sur le pare-brise. Dans le silence, Erika se surprit à trouver presque chaleureuse la situation pourtant étrange qui les réunissait, elle, Ivy et ses petits-enfants.

— T'as des mômes ? demanda Ivy.

— Non.

Elle lança les essuie-glaces. La neige tombait de nouveau.

— T'es gouine ?

— Non.

— Me fais pas chier ! Les gouines me dérangent pas. J'ai rien contre boire un coup avec une gouine. Et puis elles sont bonnes quand il faut bricoler... J'ai essayé de bricoler aussi, une fois. Le goût m'a pas plu.

Erika fit l'innocente.

— Le goût de quoi ?

— Petite marrante ! En même temps, je me demande si je vais pas me réessayer à bosser avec une gouine. Faudra que je partage le fric, mais... j'en ai ma claque de sucer des bites.

À ces mots, Erika lui jeta un regard.

90

— Quoi ? se moqua Ivy. Tu croyais quand même pas que j'étais vendeuse chez Marks & Spencer, chérie ? Si ?

— Dites-moi plutôt où vous vivez.

— Pourquoi je ferais ça ?

Ivy se pencha vers Erika mais sa ceinture de sécurité l'empêchait de trop s'approcher.

— Ben, parce qu'on est copines, maintenant, répliqua Erika. Vous venez juste de me dire que vous en avez assez de sucer des bites. Alors je me suis dit que ma question n'était pas trop intime.

— Tu fais ta maligne ? Mais, moi, j'connais les filles comme toi. Par exemple, j'mettrais ma main à couper que t'aimes ton job. T'as des potes ?

Silence. Ivy jubila.

— J'en étais sûre ! T'es accro au boulot, c'est ça ? Toi, tu serais cap' de balancer ta propre mère... Tourne à gauche, ici.

Erika mit son clignotant.

— Moi, dit-elle, histoire de se dévoiler un peu en retour, je n'ai pas de domicile, en ce moment. J'ai perdu mon mari, il n'y a pas très longtemps, je suis partie, et...

— ... tu as perdu les pédales, acheva Ivy.

— Non, mais je n'en étais pas loin.

— Le mien, de mari, il a pris un coup de couteau. Ça fait un bail. Il a perdu tout son sang et il est mort dans mes bras... Tourne à droite, ici. T'es quand même pas trop à plaindre. T'as un bon job. Moi aussi, j'aurais pu être flic, ou quelque chose de mieux.

— Vous connaissez bien le coin ?

— J'y ai passé ma vie.

— Quels sont les bars sympas ?

— « Quels sont les bars sympas », répéta Ivy en se moquant.

— Je la refais : quels bars connaissez-vous ?

— Tous. Je viens de te dire que je traîne par ici depuis toujours. Y en a qui ouvrent, y en a qui ferment. Plus c'est crade et louche, plus ça tient.

Ils dépassèrent le Catford Broadway Theatre dont la façade éclairée affichait toujours le spectacle musical de Noël.

— On va descendre ici, décida Ivy.

Il n'y avait pas un chat sur Catford High Street. Erika se gara près d'un passage piéton, à côté d'une boutique de paris Ladbrokes et d'une succursale de la Halifax.

— Je ne vois pas de maisons, fit-elle remarquer.

— Qui a dit que j'avais une maison ?

— Où logez-vous, alors ?

— Pour l'instant, j'ai du boulot qui m'attend. Hé, lança-t-elle au petit garçon, réveille-les !

Dans le rétroviseur, Erika vit les deux gamines qui dormaient à poings fermés, tête contre tête. Le gamin croisa son regard et le soutint. Impossible de savoir ce qu'il pensait.

— Pardon de t'avoir tapé, lui dit-elle.

Il ne cilla pas, n'exprima aucune émotion.

— Laisse tomber et donne-moi l'argent, dit Ivy.

Elle déboucla sa ceinture et ouvrit la portière. Erika fouilla dans sa veste et en sortit le billet de vingt. Ivy s'en saisit, le fourra dans sa parka.

— Un dernier mot, Ivy : vous auriez des choses à me dire sur les pubs de Forest Hill ? Le Stag, par exemple ?

— Il y a une strip-teaseuse, là-dedans, qui est prête à faire n'importe quoi quand son bock est plein de monnaie.

— Et le Glue Pot ?

L'attitude confiante d'Ivy changea du tout au tout.

— J'ai rien à dire sur ce bouge, répondit-elle d'une voix bizarre.

— Pourtant vous connaissez tous les bars, par ici. Parlez-moi du Glue Pot.

— J'y vais jamais. Et je sais rien, compris ?

— Pourquoi n'y allez-vous pas ?

Ivy marqua un temps puis regarda intensément Erika.

— Je m'occuperais de cette main, si j'étais vous. Le gamin, Mike, il est séropositif...

Erika zappa l'information. Elle ne pensait qu'à la réaction inexplicable d'Ivy quand elle avait prononcé le nom du Glue Pot. Ivy et les enfants étaient déjà descendus de voiture, ils disparaissaient entre les magasins. Vite, Erika sortit à son tour et les suivit dans la ruelle où elle les avait vus s'engager. On n'y voyait rien ; elle avait beau fouiller l'obscurité, c'était comme s'ils avaient été avalés par les ombres.

— Ivy ! Ivy ! appela-t-elle. Dites-moi pourquoi vous n'allez jamais là-bas !

À mesure qu'elle s'enfonçait dans la ruelle, l'éclairage des réverbères faiblissait. Elle sentit quelque chose de mou et de boueux sous ses pieds.

— Ivy ! appela-t-elle encore. Je vous paierai, dites-moi juste ce que vous savez...

Il faisait si noir qu'elle alluma la lampe de son téléphone et balaya la ruelle. Des seringues, des préservatifs. De vieux emballages. Des étiquettes.

— Ivy ! J'enquête sur un meurtre ! Le Glue Pot est le dernier endroit où la victime a été vue...

Mais le silence ne lui renvoyait que l'écho de sa propre voix. Elle se heurta à une barrière haute de trois mètres, fermée par une chaîne et hérissée de pointes de métal. Tout ce qu'elle put distinguer de l'autre côté, ce fut un jardin en friche, jonché de jerricans.

— Où est-ce qu'ils ont bien pu passer, bon sang ?

Elle regarda partout autour d'elle. Pas moyen de trouver une issue. Alors elle décida de revenir sur ses pas entre les murs de brique des bâtiments.

Lorsqu'elle rejoignit sa voiture, elle se rendit compte qu'elle avait oublié de fermer la portière et d'éteindre le warning. À tout hasard, elle jeta un dernier coup d'œil à la ronde. Elle ne les avait tout de même pas imaginés, ces trois-là ! Elle n'avait pas eu d'hallucination ! D'ailleurs, si elle avait eu le moindre doute, son bandage et la douleur lancinante qui ne la lâchait pas lui rappelaient que Mike l'avait bel et bien mordue.

Elle s'installa dans l'habitacle, verrouilla les portières et démarra dans un crissement de pneus, rechargée à bloc. Ivy avait peur. Elle était terrifiée, même. Pourquoi ?

Il fallait absolument qu'elle aille faire un tour dans ce pub. Malgré l'heure avancée. Malgré le manque cruel de sommeil.

11

De retour à Forest Hill, Erika se gara dans une rue d'un quartier résidentiel tranquille, à l'écart de l'avenue où se trouvait le Glue Pot.

En remontant l'avenue, elle arriva devant l'établissement, un bâtiment de brique sur deux niveaux, percés chacun de deux fenêtres aux solides rebords de pierre. Le nom du pub était écrit en blanc sur la façade lie-de-vin. La barre du « t » s'étirait jusqu'au dessin d'une brosse suspendue au-dessus d'un pot de glu blanc. Une enseigne qui n'avait aucun sens. Agaçante et stupide.

À l'étage, les fenêtres faisaient deux trous noirs. Au rez-de-chaussée, l'une était condamnée. Une lueur filtrait à travers le rideau de l'autre.

Malgré le froid mordant, la porte du pub était ouverte. Un panneau promettait aux clients de les laisser boire gratuitement toute bouteille du vin du patron entamée, à condition d'avoir payé pour deux verres.

Erika entra et découvrit qu'on accédait au bar en passant par une autre porte, à l'intérieur. Une porte vitrée salement amochée. Il n'y avait personne, à part deux hommes, jeunes, assis à l'une des tables de Formica dans le nuage de fumée de leurs cigarettes. Comme elle passait devant eux, ils levèrent les yeux sur elle, puis ils replongèrent le nez dans leurs pintes.

Une petite piste de danse, sur le côté, était encombrée de chaises empilées les unes sur les autres et la hi-fi envoyait les premières mesures de « Careless Whisper », le jingle de Magic FM.

Erika s'approcha du bar, un comptoir long et bas, au fond du pub, encadré de miroirs suspendus au mur. Une fille grosse et courte sur pattes, assise devant une petite télé portable, était absorbée par *Celebrity Big Brother*. Erika commanda une double vodka tonic. Sans quitter l'écran des yeux, la fille se souleva péniblement de son siège, attrapa un verre à vin et le plaça sous une bouteille à doseur. Elle était boudinée dans un vieux T-shirt tagué « Kylie Showgirl Tour » qui moulait à craquer sa poitrine opulente. Elle se réajusta, tira le T-shirt sur son postérieur généreux.

— Vous cherchez une garde d'enfants ? demanda-t-elle.

Elle avait dû percevoir le léger accent d'Erika à qui l'accent de la fille n'avait pas échappé non plus. Polonaise ? Russe ? Difficile à dire. Erika décida de jouer le jeu.

— Oui, répondit-elle.

La serveuse sortit une bouteille de tonic et remplit à ras bord le verre à vin puis le posa sur le comptoir avant de glisser à Erika un petit carton et un Bic.

— Vous pouvez mettre une annonce sur le tableau. C'est vingt livres. On change les cartons tous les mardis. Avec la bière, ça vous fera vingt-trois livres cinquante.

Erika paya, s'assit et but une gorgée. Tiède et fade.

— Vous auriez dû envoyer votre mari, fit remarquer la serveuse tout en regardant ce qu'écrivait Erika sur le carton.

— Il en profiterait pour boire encore plus ! J'ai pas besoin de ça.

Mise en confiance, la fille eut un hochement de tête complice. Erika se leva et alla jusqu'au petit tableau de liège. Il était déjà tapissé de centaines de cartons, punaisés les uns sur les autres, rédigés en slovaque, polonais, russe, roumain... – ces gens cherchaient tous le même genre de travail : garde d'enfants, jeune fille au pair, divers travaux dans le bâtiment...

— C'est toujours aussi calme, ici ? s'enquit Erika.

La serveuse haussa les épaules, s'empara d'un torchon et se mit à essuyer les cendriers.

— On est en janvier, expliqua-t-elle, et en plus y a pas de matchs de foot.

— Une de mes amies a trouvé sa jeune fille au pair en passant une annonce ici. Il y a beaucoup de filles qui viennent au pub ? Des jeunes ?

— Ça se peut.

— Mon amie m'a dit que je pourrais en rencontrer une en particulier, chez vous.

La serveuse se figea et regarda Erika avec une soudaine froideur. Cette dernière tira son téléphone de sa poche et chercha la photo d'Andrea.

— Elle.

— Jamais vue.

Une réponse un peu trop rapide pour être crédible.

— Réfléchissez bien. Mon amie affirme qu'elle est venue il y a à peine quelques jours…

— Je devais pas être là.

Elle remplit de verres vides une bannette en métal et tourna les talons, prête à se défiler. Erika présenta sa carte de police sur le comptoir.

— Je n'ai pas fini, assena-t-elle.

La serveuse hésita. Posa sa bannette. Se tourna. Et quand elle vit le badge, la panique se peignit sur son visage.

— Ne vous affolez pas. Répondez à mes questions et tout ira bien. Votre nom ?

— Kristina.

— Kristina comment ?

— Kristina, c'est tout.

— Très bien. On y reviendra. Est-ce que vous avez déjà vu cette jeune fille ici ?

Elle secoua la tête.

— La nuit du 8 janvier, vous travailliez ? C'était un mardi, il y a juste une semaine.

— Non.

— Vous êtes sûre ? Ce matin, on a trouvé le corps de cette jeune fille. Vous êtes la propriétaire de cet établissement ?

— Non.

— Qui est le patron ? Allez, Kristina, répondez. Je peux obtenir cette information très facilement par la brasserie. Je peux aussi vous coller cent livres d'amende parce que vous laissez fumer ces types, là-bas, alors que c'est interdit. Et je ne parle pas de l'agence de placement clandestine ; vous venez juste de me prendre vingt livres pour afficher une annonce.

Je n'ai qu'à passer un coup de fil et mes collègues seront là dans cinq minutes et, pour eux, ce sera vous la responsable…

Kristina craqua. Elle se mit à pleurer à gros sanglots et sécha ses larmes d'un coup de serviette de table.

— Si vous répondez à mes questions, poursuivit Erika, je ferai en sorte que vous soyez considérée comme une innocente employée. Allez, il ne vous arrivera rien de méchant.

La serveuse reprit ses esprits.

— OK… Kristina, regardez de nouveau cette photo. Concentrez-vous. La nuit du 8 janvier. Mardi dernier. La jeune fille a été enlevée et assassinée. Est-ce qu'elle est venue ici ? Même un détail peut m'aider à retrouver le meurtrier.

Kristina se décida.

— Elle était assise, là, dans le coin.

Une petite table près de la piste de danse, à côté de celle des deux hommes qui, laissant leurs chopes à moitié pleines, avaient quitté l'endroit…

— Donc, c'était bien cette fille ? insista Erika.

— Oui. Je l'ai remarquée parce qu'elle était vraiment belle.

— Elle était seule ou elle avait rendez-vous ?

— Il y avait une autre fille avec elle. Une blonde aux cheveux courts.

— Aussi courts que les miens ?

— Oui. Elles ont bu un verre ou deux, je ne sais plus, il y avait vraiment beaucoup de monde, et… et…

— N'ayez pas peur, Kristina. Nous avons un accord. Continuez…

— Ensuite, son amie, je ne sais pas quand, mais, elle est partie... Et à sa place, c'était un mec.

— Quel genre ?

— Genre grand, brun... Ils discutaient sec.

— Vous pouvez le décrire plus précisément. Grand et brun comment ?

Erika était sur des charbons ardents. Kristina venait de lui livrer une information capitale mais elle demeurait bien trop vague. Il fallait aller plus loin et plus vite.

— Suivez-moi au poste pour faire un portrait-robot de l'homme et de la femme qui étaient avec cette jeune fille ce soir-là.

Kristina recula, de nouveau paniquée.

— Non, non, pas question, protesta-t-elle tandis qu'Erika composait le numéro du poste de Lewisham Row.

— Ce que vous nous direz peut nous mener droit au coupable.

— Mais je peux pas quitter le travail, moi... et...

— Et moi, je peux faire débarquer les flics ici, je vous le rappelle, répliqua Erika.

Le poste répondit.

— DCI Erika Foster. Envoyez une voiture de service et des agents au Glue Pot, un pub sur London Road, à Forest Hill. Et trouvez-moi un dessinateur pour un portrait-robot.

À ces mots, Erika perçut un mouvement et leva les yeux. Kristina avait filé par une porte derrière le bar.

— Bordel ! Je vous rappelle !

Elle sauta par-dessus le comptoir et passa dans la petite cuisine qui se trouvait derrière. Une porte était ouverte sur l'extérieur ; elle bondit dehors. La ruelle était étroite et déserte. Elle la parcourut sur toute la longueur dans un sens puis dans l'autre, entre les maisons noires de crasse, jeta un coup d'œil aux rues sur lesquelles elle débouchait. Personne nulle part. Rien qu'un silence sinistre et les premiers flocons d'une nouvelle chute de neige, légère comme de la poudre.

Quelques secondes plus tard, la neige tombait déjà plus dru et le vent enflait et sifflait. Erika serra les pans de sa veste.

Et cette étrange et inexplicable impression qu'on l'observait.

12

En dépit de leurs efforts, les deux policiers appelés au Glue Pot firent chou blanc. Kristina s'était évaporée. Ils avaient fouillé l'appartement à l'étage de l'établissement – un logement inhabité plein de vieux meubles cassés et de cochonneries en tout genre –, et poussé les recherches bien au-delà de minuit. En vain. Ils suggérèrent alors à Erika de décrocher et d'aller dormir un peu. Ils ne bougeraient pas du pub et, dès l'aube, ils trouveraient le propriétaire. Et si Kristina se montrait, ils la ramèneraient au poste.

Erika s'engagea dans la rue pour rejoindre sa voiture garée un peu plus loin. Aussitôt, l'appréhension la saisit de nouveau. Le silence faisait comme une caisse de résonance aux bruits de la nuit, la plainte du vent qui s'enroulait autour des bâtiments, le carillon d'un porche... Et toujours la sensation de ce regard posé sur elle et qui devait provenir d'une des fenêtres des maisons devant lesquelles elle passait. Elle crut voir une ombre bouger derrière un carreau. Elle se tourna. Rien. Juste le gouffre obscur d'une baie vitrée. Est-ce que quelqu'un la guettait ou la fatigue lui jouait-elle des tours ? Elle était à bout de forces... Le premier hôtel qui se présenterait serait le bon : elle prendrait une chambre.

Arrivée à la Mondeo, elle s'avachit dans son siège et lança le chauffage. Puis elle se cala contre l'appui-tête et ferma les yeux...

C'est une journée caniculaire et Erika étouffe dans cette rue misérable de Rochdale. Son équipement de protection lui colle à la peau. Elle planque, péniblement accroupie, contre le mur d'une maison qui se dresse dans la chaleur. À côté d'elle, deux agents. De l'autre côté du portail d'entrée, trois autres agents. Mark est avec eux.

Il y a des semaines qu'Erika surveille cette maison et elle connaît l'endroit par cœur. La cour en béton nu, les containers à ordures archipleins. Le compteur de gaz et d'électricité fixé au mur, avec son couvercle arraché. On passe la porte de devant, on monte l'escalier, une porte palière, à gauche, ouvre sur la chambre qui donne derrière. C'est là que les trafiquants fabriquent la méth. Erika a vu une femme entrer avec un enfant, elle va prendre un risque si elle lance l'assaut. Elle est surentraînée, elle a répété et répété chaque geste avec son équipe de huit policiers. Sauf que, aujourd'hui, ce n'est plus une répétition. Ils sont bel et bien dans l'action. Pour de bon sur le terrain. La peur menace de rouler sur elle comme une vague, et Erika s'ordonne de garder son sang-froid.

Elle donne le signal. Toute vêtue de noir, son équipe se déplace – furtivement, d'abord. Puis se rue sur la porte. Le soleil fait étinceler le disque du compteur qui tourne. Premier éclair. Deuxième éclair. On dirait qu'ils accompagnent les déflagrations du bélier qui enfonce la porte. À la troisième tentative, le bois cède et se brise. Le panneau de la porte tombe avec fracas vers l'intérieur.

Et, brusquement, la situation tourne au cauchemar.

Des coups de feu. On leur tire dessus. Au-dessus du compteur électrique, la fenêtre vole en éclats. Les tireurs sont dans la maison qui se trouve derrière eux. Erika est prise de vertige. La jolie maison, de l'autre côté de la rue. Les fenêtres à guillotine. Le numéro de cuivre sur la porte. L'intérieur décoré à la peinture Farrow & Ball. Le couple qui habitait là s'était montré si accueillant, si discret quand la surveillance avait été mise en place.

Erika lève les yeux vers la fenêtre de l'étage, chez eux – et tout s'explique. Elle voit une ombre. Puis la douleur explose dans son cou. Soudain, Mark est près d'elle, agenouillé, il va l'aider. Elle essaie de parler, de lui dire : « Attention, dans ton dos » – mais elle a du sang plein la bouche et la gorge. Et puis elle entend un craquement affreux. Mark s'effondre à côté d'elle. Il a un trou dans la tête.

Erika s'éveilla, étranglée par l'angoisse. Elle chercha l'air. Une luminosité surnaturelle et oppressante l'enveloppait. Elle vida ses poumons, longuement. Puis elle prit conscience de son environnement en voyant le volant. Elle était assise dans sa voiture. De retour dans le présent. Derrière son pare-brise couvert d'une couche de neige fraîche.

Le rêve revenait souvent hanter son sommeil et elle se réveillait toujours au même moment. Quelquefois, la scène se déroulait en noir et blanc, et le sang de Mark ressemblait à du chocolat fondu.

Elle prit plusieurs grandes inspirations et les battements de son cœur se firent plus réguliers. Elle revenait à la réalité. Des voix étouffées. Des pas. Des gens qui passaient à proximité de la voiture. Les conversations devenaient audibles puis se perdaient. L'horloge digitale du tableau de bord indiquait 5 heures du matin. Elle avait dormi plusieurs heures mais ne se sentait pas reposée pour autant... Son corps était raide, et ses muscles froids.

Elle s'étira dans son siège, puis lança le moteur et les essuie-glaces. La clim cracha un jet d'air glacial. Une fois le pare-brise dégagé, la rue apparut, tout enneigée et immaculée. Le bandage attira son attention, et elle se rappela sa bonne résolution de la veille : consulter un médecin... Ce serait pour plus tard. Les événements de la nuit dernière la poussaient à agir. Andrea était venue au Glue Pot. Qui étaient l'homme et la femme auxquels elle avait parlé ? Et pour quelles raisons la serveuse s'était-elle enfuie ? Au fond, il lui semblait plus facile de tenir son cauchemar à distance dans un coin de sa tête que de démêler l'écheveau du meurtre d'Andrea.

Elle embraya, et se mit en route pour le poste.

13

5 h 30, c'était un peu tôt pour que le poste de Lewisham Row s'anime. On n'entendait guère que les individus bouclés pour la nuit qui martelaient les portes des cellules, au fond du couloir. Erika se sentait sale. Comme il n'y avait personne dans le vestiaire des femmes, elle se déshabilla et gagna les douches communes. Elle tourna à fond le robinet d'eau chaude et se glissa avec délectation sous le jet presque brûlant. Bientôt, le nuage de vapeur effaça le carrelage victorien et engloutit Erika.

À 6 heures, elle était changée. La première arrivée dans la salle des opérations. Elle se servit un café au distributeur et acheta aussi une barre chocolatée. En face d'elle, elle rencontra le regard d'Andrea Douglas-Brown, éternellement présent et confiant dans l'avenir.

Erika s'installa au bureau qu'on lui avait attribué et se connecta à l'intranet. Cela faisait huit mois qu'elle n'avait pas lu ses mails professionnels – pas par choix : elle n'y avait tout simplement plus accès. En les faisant défiler, elle vit passer des messages d'anciens collègues, des newsletters, du courrier indésirable et une notification pour une audience officielle. Il y avait de quoi sourire : c'était par intranet qu'on lui demandait de se présenter à une procédure disciplinaire ? Alors qu'on lui avait interdit l'accès à ce système ? Elle sélectionna tous les vieux mails avec sa souris et enfonça la touche « supprimer ». Il ne restait plus qu'un mail du Sergeant Crane, daté de la nuit passée :

« Merci de trouver en pièce jointe l'historique complet de la page Facebook d'Andrea entre 2007 et 2014. Et les informations de la carte mémoire de l'iPhone retrouvé sur la scène de crime.

« CRANE »

Erika ouvrit la pièce jointe et cliqua sur « imprimer ». Dans les quelques secondes qui suivirent, l'imprimante installée près de la porte se mit en route. Erika saisit les feuillets et les emporta avec elle à la cantine du personnel en espérant qu'elle serait ouverte et qu'elle pourrait y boire un café digne de ce nom. Ses attentes furent déçues. La cantine n'était même pas éclairée. Alors elle alluma, s'assit, et commença à parcourir l'historique du profil Facebook. Deux cent dix-sept pages, presque neuf années… depuis la petite Andrea de quatorze ans, fraîche comme une rose, que ces premiers posts montraient comme une adolescente plutôt classique, jusqu'à la sirène sensuelle des derniers jours qui s'était mise à porter des vêtements plus sexy sitôt que les garçons étaient entrés dans son existence.

Sur les sept dernières années, le profil ressemblait à un gigantesque méli-mélo de photos de fiestas et de selfies. De beaux gosses, de jolies filles, rarement les mêmes. Apparemment, Andrea était ce qu'on appelait une « party girl », et du genre à se situer à l'extrémité du spectre où l'on dépense le plus. Dans les clubs qu'elle fréquentait, il fallait réserver sa table et on n'était jamais à court de champagne, à en juger par le nombre de bouteilles qu'on voyait sur les photos.

Chose remarquable, Andrea et sa famille communiquaient peu *via* Facebook. Linda likait bien certains posts envoyés par les autres Douglas-Brown, David aussi, néanmoins, il s'agissait essentiellement d'événements en rapport avec les vacances d'été que la famille passait en Grèce et, plus récemment, dans une villa de Dubrovnik, en Croatie. Toujours le même schéma. Trois semaines en août...

Les premières années, Andrea postait des photos familiales – tous les Douglas-Brown réunis autour d'un repas dans un joli restaurant, ou d'un déjeuner sans prétention dans un cabanon, en maillot de bain. Lors de ces déjeuners, Andrea portait toujours un bikini et prenait la pose, attrapant une bouchée d'un geste calculé et gracieux, tous ses cheveux rassemblés d'un seul côté. Par contraste, Linda, voûtée, avachie devant son assiette trop remplie, avait juste l'air ennuyée d'être distraite de son repas et pressée de s'empiffrer de nouveau.

Linda était plus grosse d'année en année. Elle cachait ses kilos sous de longs T-shirts et dans des leggings. À côté d'elle, à treize ans, David donnait l'impression d'un échalas à lunettes, blotti contre sa mère ; puis on le voyait se transformer progressivement en jeune homme séduisant.

Andrea était visiblement plus proche de David que de Linda. Sur de nombreuses photos, elle bousculait son petit frère pour lui faire un câlin ; il résistait, ses lunettes de travers. En revanche, Linda et David n'apparaissaient quasiment jamais ensemble seuls. Quant à Sir Simon et Lady Diana, ils ne révélaient rien d'eux sur ces photos. Ils affichaient toujours la même tête : une expression à la fois souriante et neutre. Vide. Seules leurs tenues changeaient : ici, Lady Diana en maillot de bain et sarong assorti, là, Sir Simon en short de bain ample et remonté un peu haut sur son ventre poilu.

Le temps passant, les vacances se succédant, l'intérêt d'Andrea pour ces moments en famille avait faibli au profit des garçons. Au début, elle avait photographié à leur insu des groupes de jeunes mâles un peu coureurs, qui zonaient en fumant ou jouaient au football torse nu sur la plage. Une année, elle s'était concentrée sur un garçon en particulier, notamment la dernière semaine de vacances où, n'ayant visiblement plus que cela en tête, elle l'avait mitraillé. Clairement, elle avait un penchant pour les bad boys : des garçons ténébreux plus âgés qu'elle, musclés, tatoués et percés. Comme ce brun, sur une photo de l'été 2009, sans doute le propriétaire de l'énorme Harley Davidson que chevauchait Andrea en bikini minimaliste ; lui était assis derrière elle sur le siège de la moto. Il avait posé une main sur les fesses d'Andrea et tenait dans l'autre une cigarette allumée. Andrea, quant à elle, regardait droit l'objectif et ses yeux semblaient dire : « C'est moi qui commande. »

Erika nota dans la marge : *Qui a pris cette photo ?*

Absorbée par sa lecture, c'est à peine si elle remarqua que le volet roulant du passe-plat se relevait, et que les agents encore ensommeillés commençaient à faire la queue pour prendre leur petit déjeuner. La vie d'Andrea la fascinait. D'autant que, en 2012, une toute nouvelle amie avait débarqué dans le paysage ; une certaine Barbora Kardosova.

Slovaque ? écrivit-elle.

Barbora était aussi brune et belle qu'Andrea. Il n'était pas difficile de conclure qu'elles étaient vite devenues très proches, au point même que Barbora s'était jointe à la famille pour les vacances de 2012 et 2013. Ces deux-là s'étaient trouvées, en matière de chasse aux garçons... Mais elles étaient montées en gamme, comme en témoignaient des photos où elles apparaissaient ensemble avec un chapelet de beaux gosses dans des night-clubs luxueux ou sur les chaises longues de villégiatures tout aussi coûteuses.

C'était certainement une amitié sincère. Andrea postait même des photos du temps qu'elles passaient ensemble à ne rien faire, des photos d'elle sans maquillage où elle semblait bien moins soucieuse de son image. Elle était vraiment plus jolie sans ses peintures de guerre, d'ailleurs... Avec un sourire vrai sur les lèvres... Sur l'une d'elles, les filles posaient côte à côte face à une glace dans des pulls qui leur tombaient aux genoux. D'immenses pulls de vieilles dames. Celui que portait Barbora était rebrodé de chatons qui couraient après des pelotes de laine ; un gros chat roux dormait dans son panier sur celui d'Andrea. La glace renvoyait l'éclat du flash de l'appareil – un téléphone – et Linda avait posté un commentaire : « Hors de ma chambre, abrutie ! » À quoi Andrea avait répondu par un « J'aime » et un smiley.

Et puis, brusquement, fin 2013, Barbora avait disparu. Sans explication. Supprimée de sa liste Facebook. Erika revint aux pages précédentes pour vérifier qu'il n'en manquait pas. Mais non. Barbora n'apparaissait plus sur les photos. Même pas pour un simple « J'aime ». Et, environ six mois plus tard, en juin 2014, le profil d'Andrea avait été désactivé. Sans explication non plus. Sans un message pour prévenir ses amis qu'elle avait l'intention de quitter le réseau…

Erika passa aux relevés téléphoniques. Ils couvraient une période de huit mois, ne remontaient pas au-delà de juin 2014 et apportaient des informations bien plus limitées et beaucoup moins intéressantes. Crane avait identifié les numéros, essentiellement ceux de Giles Osborne, qui appelait régulièrement Andrea, d'un restaurant chinois à emporter, un samedi, et, les sept samedis précédant Noël, des votes pour l'émission « The X Factor ». Pour le reste, il s'agissait d'appels passés à sa famille, au magasin de fleurs que sa mère tenait sur Kensington, et à la secrétaire de son père. En revanche, aucun appel la nuit où elle avait disparu, bien que le téléphone ait été trouvé sur la scène de crime…

Le bruit d'une tasse que quelqu'un avait lâchée et qui s'était brisée par terre interrompit la lecture d'Erika. Elle leva les yeux. Il faisait tout à fait jour, maintenant, et la cafétéria s'était remplie. Elle consulta sa montre – 9 h 10. Si elle ne voulait pas arriver en retard pour le briefing, elle avait intérêt à rassembler ses documents et à se dépêcher de rejoindre la salle des opérations.

Dans le corridor, elle croisa le Superintendent Marsh.

— J'ai lu la prose du Sergeant Woolf, dit-il d'un air entendu.

— Je vous expliquerai, monsieur. Mais d'abord, je veux vous dire que j'ai une sacrée piste. Solide.

— Je vous écoute…

— Pendant le briefing, objecta-t-elle comme ils arrivaient devant la salle des opérations.

Chaque membre de l'équipe était à son bureau.

— Bonjour à tous, commença Erika. Grâce au Sergeant Crane, nous disposons maintenant d'un historique complet du profil Facebook d'Andrea et de ses relevés de téléphone. Bravo, c'est du bon boulot, efficace. Andrea était très active sur sa page, et tout à coup, en juin dernier, elle l'a désactivée. Quant à ses relevés téléphoniques, ils ne remontent qu'à juin 2014. Pourquoi ? Est-ce qu'elle aurait changé de numéro ?

— En juin, elle a rencontré Giles Osborne, rappela le DCI Sparks.

— D'accord, mais pourquoi aurait-elle, au même moment, changé de numéro et désactivé son profil ?

— Pour tourner la page, peut-être, suggéra Singh. Commencer un nouveau chapitre. Il y a des hommes très jaloux du passé de leurs femmes, et de leurs ex.

— Elle utilisait Facebook pour faire des rencontres, ajouta Sparks. Elle s'est fiancée… Plus besoin de Facebook.

— Êtes-vous en train de me dire qu'elle avait rencontré l'homme de ses rêves et qu'elle était totalement comblée ? Qu'elle n'avait plus besoin de vie sociale ? C'est aussi ce qui expliquerait que ses relevés téléphoniques soient aussi… pauvres ? On dirait qu'elle n'appelle qu'Osborne.

— Ce n'est pas ce que j'ai dit.

— Non, mais votre hypothèse ne tient pas devant le fait qu'elle n'a passé aucun coup de fil la nuit où elle a disparu. Essayons de creuser. Trouvons son ancien téléphone et voyons ce qu'il peut nous apprendre. Cherchons si elle n'avait pas un second téléphone, ce que nous ignorons pour l'instant. Et je veux aussi que vous vous renseigniez sur une fille du nom de Barbora Kardosova – on prononce « Kardo*sh*ova ». Andrea et elle ont été très proches entre 2012 et 2013, ensuite on n'entend plus parler d'elle. Est-ce qu'elles se sont brouillées ? Qu'est devenue cette Barbora, où est-elle aujourd'hui ? Peut-on la joindre et lui parler ? Cherchez-la et trouvez-la-moi. Pareil pour les anciens petits copains, n'importe lesquels. Andrea plaisait beaucoup. Fouillez aussi dans cette direction.

— Avec discrétion, sur ce point ! lança Marsh depuis le fond de la salle.

Erika poursuivit :

— Je suis allée au Glue Pot, hier soir. La serveuse, Kristina, a formellement reconnu Andrea, et elle est sûre de l'avoir vue dans l'établissement la nuit de sa disparition. Elle affirme qu'Andrea n'était pas seule : il y avait une blonde aux cheveux courts avec elle, et, plus tard dans la soirée, un homme brun.

— Est-ce que vous avez prévu d'amener cette Kristina ici pour qu'on puisse faire un portrait-robot ? demanda Sparks.

— Je lui ai suggéré de me suivre. Elle a paniqué et elle s'est enfuie.

— OK. Quel est son nom de famille ? relança Sparks.

— Eh bien, elle a filé avant qu'on en arrive là…

Sparks hocha la tête avec un sourire narquois. Et comme Erika reprenait en reconnaissant qu'elle avait également parlé à Ivy Norris, il la coupa brutalement :

— Vous plaisantez ? Personnellement, je n'accorderais pas le moindre crédit à ce que dit Ivy Norris ! Cette vieille folle est une mytho notoire et une fouteuse de merde.

— Ce qui m'intéresse, soutint Erika, c'est sa réaction quand j'ai mentionné le Glue Pot. Elle a eu peur. Alors je veux la totale sur ce pub. Ramenez-moi la serveuse. Interrogez le propriétaire... J'ai la conviction que cet endroit est relié à Andrea et il nous faut découvrir de quelle façon.

— DCI Foster. J'aimerais vous parler, lui signifia Marsh.

— Certainement, monsieur... Moss et Peterson, vous restez disponibles pour moi aujourd'hui, nous allons avoir les résultats de l'autopsie et les Douglas-Brown vont venir reconnaître le corps.

Elle emboîta le pas à Marsh. La salle des opérations se transforma aussitôt en ruche.

Une fois dans le bureau du Superintendent, elle ferma la porte et prit place en face de lui.

— Donc, dit-il, les Douglas-Brown viennent identifier le corps de leur fille ce matin ?

— À 10 h 30.

— À cette heure-là, je serai en train de préparer une déclaration officielle. Notre chargée de communication est excellente et, évidemment, nous allons insister sur le fait qu'il s'agit du meurtre d'une innocente jeune fille. Néanmoins, il faut nous préparer à ce que la presse cherche un angle politique. Hélas.

— Il faut bien qu'ils vendent leurs papiers, répliqua Erika.

Un silence s'ensuivit. Marsh martelait des doigts son bureau.

— J'ai besoin de savoir dans quelle direction va votre enquête, dit-il finalement.

— Je cherche l'assassin, monsieur.

— Soyez sérieuse, je vous prie.

— Vous étiez dans la salle avec les autres. Vous m'avez entendue dire que j'ai un témoin. Kristina.

— Mais vous ne savez pas où elle est...

— Elle a filé. Je n'ai pas eu la possibilité de lui soutirer davantage d'informations.

— Avait-elle compris que vous étiez de la police ?

— Oui.

— Et dans ces conditions, ne pensez-vous pas qu'elle a peut-être considéré comme son intérêt de vous raconter qu'elle avait vu Andrea ?

— Monsieur, je...

— Reconsidérez la situation, Erika. Il est très probable que cette fille soit une clandestine, terrifiée à l'idée qu'on la renvoie dans son pays. Pour sauver sa peau, elle était probablement prête à vous dire qu'elle avait croisé Elvis Presley près du juke-box.

— Vous vous trompez, monsieur, ma piste est fiable. Et la réaction d'Ivy Norris...

— Erika, le rapport de Woolf mentionne que vous avez frappé le petit-fils de cette femme et qu'ensuite elle vous a menacée de son couteau.

— Le petit m'a mordue et j'ai mal réagi. Et alors ? Ce n'est pas ce qui compte. L'important, c'est qu'Ivy Norris connaît bien le quartier et il y a quelque chose, à propos de ce pub, qui lui fait très peur.

— Savez-vous que, le mois dernier, quatre personnes ont été décapitées au Rambler's Rest sur Sydenham ? À mon avis, elle n'est pas très motivée pour aller boire un verre là-bas non plus.

Erika voulut répondre mais Marsh ne lui en laissa pas l'opportunité.

— Voyez-vous, j'ai l'Assistant Commissioner aux fesses. Et il faut que je me présente au Cabinet pour faire mon rapport sur les derniers résultats de l'enquête. Ces gens veulent la garantie que les détails sans consistance, ou les informations nauséabondes à propos de la famille Douglas-Brown, ne seront pas livrés en pâture à la presse.

— Je ne contrôle pas les médias, mais je ne laisse pas fuiter mes informations. Vous le savez, monsieur.

— N'empêche que je…

— Monsieur, il faut que je puisse faire mon boulot. Alors soyez direct : dois-je comprendre que je ne peux pas aller dans certaines directions ?

Marsh se décomposa.

— Pas du tout !

— Alors quel est le message ?

— Collez aux faits. Ça fait longtemps que nous soupçonnons le Glue Pot d'être impliqué dans le travail clandestin, et nous savons aussi que c'est un lieu de racolage. Avant d'affirmer qu'Andrea Douglas-Brown a été vue dans un endroit pareil la nuit de sa disparition, il faut que vous ayez des éléments concrets !

— Et si je retrouve la serveuse et qu'elle me fournisse de quoi faire un portrait-robot ?

— Eh bien, bon courage ! Parce qu'elle a probablement déjà plié bagage et embarqué à l'arrière d'un camion pour Calais !

— Mais enfin, monsieur ! Cette nuit-là, la CCTV a enregistré Andrea alors qu'elle prenait un train pour Forest Hill ! Son corps a été découvert à proximité ! Bon Dieu ! Qu'est-ce qu'il vous faut de plus pour admettre que je suis sur la bonne piste ?

Cette fois, Marsh ne chercha pas à dissimuler son exaspération.

— La presse nous a dans son viseur ! Alors vous y allez docilement. Subtilement. Et vous me tenez informé. De tout, c'est bien compris ?

— C'est exactement ce que je fais, monsieur.

14

À mesure qu'elle avançait dans le couloir éclairé au fluor, Erika avait l'impression que la morgue vidait son corps de ce qui lui restait de chaleur. Ils atteignirent une porte blindée et Moss sonna à l'Interphone. Isaac Strong les fit entrer...

Comme la première fois, Erika fut frappée par son regard et la ligne de ses sourcils. Il émanait de lui une aura de méticulosité et de calme. Aucun pli, aucune tache ne souillait sa blouse impeccable. L'étui de cuir d'un téléphone dépassait de sa poche de poitrine. Il portait un jean noir ajusté, des Crocs et, ramenés en arrière, ses cheveux dégageaient son front, qu'il avait haut.

— Bonjour, leur dit-il. Par ici.

Dans la salle d'autopsie, l'acier cohabitait avec les carreaux victoriens. Des cellules réfrigérantes s'alignaient le long d'un des murs et, au centre de la pièce, il y avait trois tables d'examen. Andrea Douglas-Brown gisait sous un drap blanc. On lui avait fermé les yeux, lavé et peigné les cheveux. Pour aider la famille à supporter l'horreur de ce qu'elle allait vivre, Erika avait espéré que la jeune fille aurait plutôt l'air de dormir paisiblement mais, en dépit des efforts qui avaient été faits pour la préparer au mieux, on voyait qu'elle avait été violemment agressée.

Isaac Strong repoussa le drap. Aux contusions et aux lacérations s'ajoutait à présent la suture nette mais grossière de l'incision pratiquée en Y d'une épaule à l'autre puis vers la poitrine pour s'arrêter au sternum, entre les seins.

— Je n'ai pas trouvé d'eau dans les poumons, révéla Strong, ce qui signifie qu'elle n'est pas morte par noyade. La glace a préservé le corps de la dégradation mais, comme vous le constatez, la pâleur de la peau indique que la victime est restée longtemps dans l'eau. En fait, tout plaide en faveur d'un décès par strangulation : ces marques sur le cou et la fracture de la clavicule… L'assassin a des mains de taille moyenne et qui ne présentent pas de caractéristiques particulières, par exemple des doigts en moins. Pour ce qui est de l'analyse toxicologique, les résultats révèlent un degré élevé d'alcool dans le sang, ainsi que des traces de cocaïne. La victime n'avait pas mangé depuis plusieurs heures ; je n'ai rien trouvé dans son estomac, sauf l'incisive qu'elle a probablement avalée sans le vouloir pendant l'agression.

Il saisit un petit tube qui contenait la dent et l'approcha de la lumière.

— La dent présente un résidu d'adhésif, celui qu'utilisent la plupart des marques de ruban de masquage. C'est le cas pour les autres dents et pour la bouche.

— Ce qui veut dire qu'on l'a bâillonnée ? demanda Erika.

— C'est ce que je conclurais.

— A-t-elle été violée ?

— Aucun signe d'abus sexuel. En revanche, elle a eu un rapport anal très peu de temps avant le décès. Un rapport certainement consenti. J'ai procédé à un prélèvement sur les muqueuses de l'anus pour chercher des traces de sperme et de sang. Il n'y en a pas ; mais il y a des résidus de latex et de lubrifiant.

— Elle a utilisé un préservatif ?

— Son partenaire, oui, corrigea Strong.

— Qu'est-ce qui vous permet d'affirmer que le rapport était consenti ?

— Le corps réagit très différemment à une pénétration consentie et à une pénétration qui ne l'est pas, expliqua Strong. Dans le premier cas, le corps est détendu. Alors que, dans le second cas, le rapport s'accompagne d'un stress extrême, de panique, de résistance, et les muscles sont contractés. Si bien qu'il peut y avoir des contusions internes et des irritations. Je n'ai rien constaté de tel sur les muqueuses du rectum. Alors, bien sûr, on peut aussi envisager que le rapport ait eu lieu après le décès.

— Oh, mon Dieu, non... murmura Erika. Pas ça...

— On ne peut pas l'exclure tout à fait mais j'en doute. Andrea Douglas-Brown a été sauvagement agressée. Le tueur lui a vraisemblablement sauté dessus comme un animal. Des cheveux ont été arrachés sur les tempes. Ça ne colle pas avec le profil d'un individu qui aurait pu se contrôler suffisamment pour mettre un préservatif.

— Y en avait-il un à proximité du corps ?

— Les alentours du hangar à bateaux et du lac en sont jonchés… On est en train de les analyser mais ça va prendre du temps.

Erika se laissa le temps de réfléchir. Peterson intervint :

— Vous pensez qu'Andrea est le genre de fille qui pratiquait la sodomie ?

— Ce n'est pas mon rôle de porter des jugements, allégua Isaac Strong.

— Écoutez, on peut rester politiquement corrects mais mieux vaudrait dire les choses comme elles sont, répliqua Peterson. Toutes les filles ne pratiquent pas le sexe anal, seulement une certaine catégorie, non ?

— Je n'aime pas cette façon de penser, objecta Erika.

Peterson s'entêta.

— C'est une façon de penser qui peut nous aider, pourtant.

— Tu es en train de dire que seules les petites salopes aiment qu'on les prenne par-derrière ? s'indigna Moss. Celles qui se mettent toutes seules en danger ?

— Isaac, reprit Erika, est-ce qu'on pourrait être devant un cas de sexe en plein air qui a mal tourné ?

— Mon travail ne consiste pas à émettre des hypothèses sur le profil des victimes, répéta le légiste. Quand je les examine, c'est pour établir les causes de leur décès. Voyez par vous-même : les mains ont été attachées avec du fil plastique qui a entaillé la peau assez profondément. Les jambes aussi ont été attachées. Et une fissure indique une fracture de la cheville gauche.

— Donc, conclut Erika, ça ressemble à un enlève-ment, pas à un jeu sexuel entre Andrea et son partenaire qui serait allé trop loin. Et elle a très bien pu avoir ce rapport plus tôt dans la journée, avec son fiancé, et... Bon sang, il va falloir poser la question à Osborne... Pas de traces d'ADN qui permettent d'identifier le tueur ?

— S'il y en a eu, elles ont été détruites pendant l'immersion dans l'eau du lac, répondit Isaac Strong.

Le légiste leur avait tout dit. Comme les Douglas-Brown ne seraient pas là avant quelques minutes, Moss et Peterson en profitèrent pour aller fumer. Erika n'avait plus touché au tabac depuis des années ; pourtant, elle se surprit à accepter une cigarette.

Elle les rejoignit à la porte d'une sortie de secours qui ouvrait sur l'arrière d'un garage. Elle observa les mécaniciens qui travaillaient sous les voitures, dans les fosses. Elle avait été chargée de résoudre d'innom-brables affaires de viol et de meurtre. Tandis qu'elle fumait en silence, elle se demanda combien de ces gars, jeunes et costauds, avaient déjà été traversés par ce genre de pulsions... Au cours de son existence, un homme ordinaire frôlait-il le passage à l'acte ? Combien se retenaient ? Et combien, parmi ceux qui avaient violé et tué, passaient au travers des filets de la justice ?

— Il faut nous concentrer sur Andrea, dit-elle. Se demander si elle connaissait le tueur.

Elle exhala la fumée. La nicotine lui montait à la tête, provoquant un vertige qu'elle n'avait plus éprouvé depuis longtemps.

— Vous diriez qu'elle a été attirée à l'écart, dans les jardins du musée, ou bien qu'elle y est allée de son propre gré ? demanda Peterson.

— Comment savoir… ? On a si peu d'éléments pour avancer… Pas d'ADN. Pas d'enregistrements vidéo…

— Et si la CCTV avait été délibérément sabotée ? suggéra Moss. Par quelqu'un qui en voudrait à Sir Simon ou à sa famille et qui les connaîtrait, par exemple.

— Non, objecta Peterson. Les caméras de surveillance des lieux publics tombent en panne parce que c'est du mauvais matériel. La faute aux compressions budgétaires. Et s'il s'agissait vraiment d'un kidnapping et d'une exécution programmés, les coupables n'auraient pas laissé traîner le téléphone ni le permis de conduire.

— Sauf s'ils voulaient qu'Andrea soit identifiée rapidement, justement, objecta Moss.

— Et un amant éconduit ? suggéra à son tour Erika. Après tout, elle plaisait énormément aux hommes.

— Ça se peut, reconnut Moss. Mais qui, alors ? Elle était fiancée et, depuis qu'elle avait rencontré Giles Osborne, elle menait une vie de nonne, apparemment. Il faut l'interroger, ce type.

À cet instant, Isaac Strong vint les chercher. La voiture des Douglas-Brown était entrée sur le parking. Moss écrasa sa cigarette à demi fumée sur sa semelle et la replaça dans le paquet.

— Je déteste cette partie du boulot, dit-elle.

Simon et Diana Douglas-Brown se présentèrent avec leurs enfants. Erika éprouva un sentiment étrange :

elle rencontrait Linda et David pour la toute première fois alors qu'elle en savait déjà tant sur eux grâce au profil Facebook d'Andrea... David était très grand, très mince, il portait un costume ajusté à la mode et des lunettes. Linda faisait plus matrone que jamais dans sa jupe sous le genou et son gros manteau d'hiver. Quant à Diana et Simon Douglas-Brown, ils portaient le deuil. Soutenue par son mari et son fils, Lady Diana donnait l'impression de pouvoir s'effondrer à tout moment. Tous avaient les yeux rougis.

Erika les salua puis les conduisit à la porte de la salle d'identification. Sir Simon prit la main de sa femme.

— Reste ici, lui dit-il, et vous deux aussi, ajouta-t-il à l'intention de ses enfants. Je vais m'en charger.

— Papa, on est tous venus. On y va ensemble, répondit David.

Il avait la même voix riche et pleine d'autorité que son père, une voix qu'on n'attendait pas chez ce jeune homme à l'allure de geek. Linda se contenta d'approuver d'un hochement de tête.

Erika leur montra le chemin et les introduisit dans la salle d'identification. C'était une petite pièce lambrissée impersonnelle, éclairée d'une lumière douce, meublée de deux fauteuils et d'une table de bois. Un bouquet de jonquilles en plastique était censé apporter une touche de gaieté. Une grande vitre donnait sur une autre pièce, masquée par un rideau.

— Je vous en prie, prenez tout votre temps, dit-elle aux Douglas-Brown.

Elle remarqua que le rideau avait été suspendu à l'envers. L'endroit se trouvait du côté du mort, tandis que le public voyait les coutures et l'ourlet, comme s'il patientait dans la coulisse. L'assistant s'apprêta à tirer le rideau. Diana pressa plus fort la main de son mari. Le corps d'Andrea apparut, enveloppé dans le drap blanc. En dépit de toutes ses années de métier, Erika ne s'était jamais défaite du sentiment que la vue d'un cadavre avait quelque chose d'irréel ; un peu comme une scène de théâtre : selon les gens, les réactions étaient si différentes... Certains restaient impassibles, d'autres perdaient la maîtrise d'eux-mêmes et hurlaient. Elle se rappelait cet homme qui avait donné des coups si forts sur la vitre qu'elle s'était fissurée.

— C'est bien elle. C'est mon Andrea, murmura Lady Diana.

Un sanglot lui noua la gorge et ses yeux se remplirent de larmes. Elle se tamponna les paupières avec un mouchoir. Linda ne cilla pas. Elle ouvrit grand les yeux et inclina la tête comme poussée par une curiosité morbide. Quant à David, il fixait sombrement le corps de sa sœur et luttait contre les larmes.

Ce fut Sir Simon qui craqua. Aussitôt, son fils voulut l'aider et l'étreindre mais il fut violemment repoussé. Alors seulement, David se mit à pleurer, plié en deux et secoué par les sanglots.

— Je vais vous laisser, dit Erika. Prenez votre temps.

Elle se retira, suivie par Moss et Peterson. Quelques minutes plus tard, la famille émergeait de la pièce.

— Merci d'avoir fait cette démarche, leur dit-elle doucement. Serait-il possible que nous venions vous parler, plus tard dans l'après-midi ?

— Nous parler de quoi ? demanda Sir Simon d'un ton à la fois prudent et embarrassé.

— Nous souhaitons en savoir davantage sur votre fille. Afin de découvrir si elle connaissait celui qui l'a tuée.

— Pourquoi l'aurait-elle connu ? Vous vous imaginez que quelqu'un comme Andrea fréquentait des assassins ?

— Non, monsieur. Mais il est de mon devoir de poser ces questions.

— Je vois que le fiancé de votre fille ne vous a pas accompagnés… fit remarquer Moss.

— Giles a compris que nous voulions affronter cette épreuve en famille, expliqua Lady Diana. Je suis sûre qu'il viendra présenter ses condoléances quand…

Sa voix se brisa. Peut-être venait-elle de prendre conscience qu'elle allait devoir organiser les obsèques de sa propre fille.

Ils traversèrent le parking et Erika les regarda s'éloigner à pas lents. Au moment de monter en voiture, Sir Simon la regarda à son tour. Un regard perçant malgré les larmes versées. Puis il prit le volant et démarra…

15

La société Yakka Events était située dans un ensemble de bureaux ultramodernes d'une rue résidentielle de Kensington. L'immeuble se dressait au milieu des maisons d'habitation telle une sculpture prétentieuse livrée là par erreur.

Erika, Peterson et Moss demandèrent l'accès. Deux portes de verre fumé s'ouvrirent devant eux et ils s'avancèrent jusqu'à la réception. Une jeune femme pianotait sur son clavier d'ordinateur, équipée d'oreillettes ; elle leva les yeux mais poursuivit son travail comme si de rien n'était. Alors Erika se pencha par-dessus le comptoir et lui ôta l'une de ses oreillettes.

— Je suis la DCI Foster et voici les Detectives Moss et Peterson. Nous voudrions parler à Giles Osborne, s'il vous plaît.

— M. Osborne est occupé, répliqua la réceptionniste. Patientez, je termine ce que je suis en train de faire et je vous trouve un rendez-vous.

Sur ces mots, elle replaça ostensiblement son oreillette. Erika se pencha de nouveau. Cette fois, elle tira sur le fil et retira les deux oreillettes.

— Vous n'avez pas compris. Je ne vous demande pas un rendez-vous, je vous dis que je suis là pour voir Giles Osborne, dit-elle sèchement.

Ils sortirent tous leurs cartes. La fille s'entêta dans son attitude arrogante mais elle décrocha le téléphone et composa un numéro.

— C'est à quel sujet ?

— Le décès de sa fiancée.

— Elle croit peut-être qu'on s'est déplacés parce que le chat est coincé dans un arbre, murmura Peterson.

Erika lui fit signe de se taire. La réceptionniste reposa le récepteur.

— M. Osborne sera là dans un moment. Vous pouvez l'attendre ici.

Elle leur montra un salon. Table basse en bois sur laquelle étaient soigneusement empilés des magazines de design. Bar, réfrigérateur dont la porte vitrée laissait voir des rangées de bouteilles de bière. Énorme machine à café. Un montage de photos, toutes prises lors des divers événements organisés par Yakka, suspendu au mur. Apparemment, pour servir le champagne gratuitement, Osborne recrutait des garçons extrêmement séduisants et des filles superbes.

— Moi, avec mes grosses fesses, il ne m'aurait jamais embauchée, maugréa Moss.

Erika lui jeta un coup d'œil. Pour la première fois, elle voyait Moss sourire. Elle lui retourna son sourire puis s'assit.

Giles Osborne ne tarda pas à arriver. Son allure laissa Erika sans voix. Alors c'était lui, l'homme qu'Andrea avait choisi d'épouser ? Petit, rondouillard, le regard endormi, le nez large et le menton à peine marqué.

Ses cheveux bruns étaient plaqués au gel. Il était entré au chausse-pied dans un jean skinny et portait un T-shirt au col en V, bien trop petit pour son gros ventre. Pour compléter l'ensemble, d'étranges bottines rouges à bouts pointus lui donnaient une espèce d'air de famille avec Humpty Dumpty.

— Bonjour, je suis Giles Osborne, dit-il d'une voix assurée, avec un accent snob. Que puis-je pour vous ?

Erika se présenta puis ajouta :

— Avant toute chose, nous tenons à vous présenter nos condoléances.

— Merci, c'est un choc terrible. Je n'ai pas encore réalisé. Et je ne sais pas si je pourrai m'y faire…

Il semblait sincèrement touché mais ne les invita pas à s'isoler pour poursuivre leur entretien.

— Y a-t-il un endroit plus intime où nous pourrions vous parler ?

Il prit un air soupçonneux.

— Mais… j'ai déjà répondu très longuement, hier, à un certain DCI Sparks.

— Bien sûr, et j'apprécie que vous lui ayez consacré de votre temps. Seulement nous enquêtons sur un meurtre, et nous devons nous assurer que nous disposons bien de toutes les informations.

Osborne les jaugea encore un moment puis parut rassuré.

— Dans ce cas… Nous allons nous installer dans la salle de conférences. Puis-je vous offrir quelque chose ? Cappuccino ? Espresso ? Macchiato ?

— Cappuccino, pour moi, répondit Moss.

Peterson indiqua d'un signe de tête qu'il prendrait la même chose.

— Pareil pour moi, merci, dit à son tour Erika.

Ils traversèrent un bureau où six ou sept jeunes gens et jeunes femmes travaillaient sur leurs ordinateurs. Aucun d'eux ne devait avoir plus de vingt-cinq ans. Giles Osborne s'effaça pour laisser Erika et ses collègues entrer dans la salle de conférences. Il y avait là une longue table au plateau de verre et des sièges, ainsi qu'un grand écran plasma où s'affichaient les images minia-tures d'un site web. En y regardant de plus près, Erika se rendit compte qu'il s'agissait de cercueils. Sitôt qu'il s'en aperçut, Osborne s'empressa de fermer la fenêtre du site et le logo de Yakka Events remplaça ces images.

— Je me suis dit que je pouvais soulager Lord et Lady Douglas-Brown en avançant sur l'organisa-tion des funérailles, expliqua-t-il pour se justifier. Ils doivent être complètement bouleversés et...

— Il y a à peine une heure que le corps d'Andrea a été identifié par sa famille, fit remarquer Moss.

— Mais vous saviez déjà que c'était elle, non ? répliqua-t-il.

Erika confirma.

— Chacun réagit comme il peut, face à un deuil brutal, poursuivit Osborne. Ma démarche peut paraître étrange mais...

Il fondit en larmes et se cacha le visage.

— Pardonnez-moi. Je veux dire qu'il faut que je me concentre sur quelque chose, que j'agisse, et organiser des événements, j'ai ça dans le sang, je suppose... Je n'arrive pas à croire que cette horreur soit arrivée...

Il y avait une boîte de Kleenex sur la table. Erika lui en tendit un. Puis elle orienta la conversation dif-féremment.

— Je vois que votre société marche très bien, dit-elle.

— Je n'ai pas à me plaindre. Récession ou pas, il y a toujours des besoins en communication, des gens qui veulent faire parler de leurs nouveaux produits, leurs nouveaux concepts, de leurs marques. Mon métier consiste à les y aider. À faire passer le message.

— Quel message espérez-vous faire passer quand vous organisez le service funéraire d'Andrea ? demanda Moss.

La réceptionniste entra avec les cafés.

— Merci, Michelle, vous êtes un ange… Eh bien, je dirais que je veux que les gens se souviennent de la véritable Andrea : une belle jeune femme, pure, saine, innocente, qui avait toute la vie devant elle…

Erika laissa l'information faire son chemin dans son esprit. Elle vit que Moss et Peterson en faisaient autant.

— Le café est excellent, affirma Moss.

— Yakka s'est chargé de son lancement. C'est un café entièrement équitable. Les producteurs sont rémunérés très au-dessus du prix du marché. Leurs enfants peuvent aller à l'école. Ils bénéficient d'un système sanitaire, d'une eau de qualité. Un programme complet de santé.

— Je ne pensais pas faire une si bonne action en buvant un simple cappuccino, railla Peterson.

Osborne était un type déplaisant ; Erika partageait le sentiment de ses collègues. Mais il ne fallait surtout pas qu'il s'en aperçoive. Elle se concentra de nouveau sur l'affaire qui les avait amenés ici.

— Nous sommes venus vous voir pour essayer de mieux cerner la personnalité d'Andrea, commença-t-elle. Selon moi, la meilleure façon de retrouver son assassin, c'est de reconstituer les derniers faits et gestes d'Andrea avant sa mort et de se faire une idée précise de sa personnalité.

De nouveau, les yeux de Giles Osborne se remplirent de larmes.

— Quel choc… Quel choc terrible, répéta-t-il avec colère. Nous avions prévu de nous marier cet été. Andrea était tellement heureuse ! Elle commençait déjà à essayer des robes… Elle voulait un modèle de chez Vera Wang, et moi je lui ai toujours offert ce qu'elle désirait…

— Ce ne sont pas ses parents qui devaient prendre en charge les frais du mariage ? demanda Erika.

— Non. En Slovaquie, c'est la tradition : les familles paient chacune une moitié… Mais, vous êtes slovaque, non ? J'ai cru percevoir une pointe d'accent…

Erika acquiesça.

— Et vous êtes mariée ?

— Non. Puis-je vous demander où Andrea et vous vous êtes rencontrés ?

— En juin dernier, elle est venue travailler pour moi. Comme hôtesse. Cela dit, elle ignorait le sens du mot « travailler »… Le magasin de Lady Diana fournit souvent les fleurs pour nos événements, et elle m'avait dit qu'une de ses filles cherchait un job. Quand elle m'a montré la photo d'Andrea, ça y était…

— « Ça y était » ? releva Peterson.

— Elle était tellement belle… Le genre de fille que nous recherchons, évidemment. Et je suis tout de suite tombé amoureux…

— Elle a travaillé longtemps pour vous avant que votre relation commence ? lui demanda Peterson.

— Non. En fait, Andrea n'a assuré qu'une seule prestation, comme hôtesse pour Moët. Une prestation catastrophique… Pas du tout professionnelle. Elle s'est conduite comme si elle était dans une fête. Et en plus, elle était ivre. Donc, ça n'a pas duré… Mais elle et moi, si.

Osborne marqua une pause. Il semblait perplexe.

— Quel rapport ces questions peuvent-elles avoir avec sa mort ?

Erika ignora la question.

— Donc, vous vous êtes tout de suite rapprochés. Et vous ne vous connaissiez que depuis huit mois, c'est bien ça ?

— Oui.

— Mais vous l'avez tout de même demandée en mariage.

— Je vous l'ai dit : j'ai eu le coup de foudre.

— Et Andrea ? demanda Moss.

— Attendez… Je suis suspect ?

— Pourquoi pensez-vous l'être ? Nous posons simplement des questions, répondit Erika.

— Des questions auxquelles j'ai déjà répondu ! Je vais vous faire gagner du temps : je peux prouver où j'étais et ce que j'ai fait la nuit où Andrea a disparu. Du mardi 8 janvier, 15 heures, au 9 janvier, 3 heures du matin, je m'occupais d'un lancement au Raw Spice, à Soho, au 106, Beak Street. Ensuite, je suis revenu ici, au bureau, avec mon équipe ; on a pris quelques verres, histoire de décompresser. Tout est enregistré. À 6 heures, on est allés prendre le petit déjeuner au McDo de Kensington High Street. Une bonne dizaine de mes employés pourront vous le confirmer. Sans parler des caméras qu'il y a dans tous les lieux publics. Le concierge de mon immeuble m'a vu arriver chez moi à 7 heures et je ne suis pas ressorti avant le milieu de la journée.

— Qu'est-ce que c'est, le Raw Spice ? demanda Peterson.

— De la cuisine fusion avec des sushis.

— Pardon ?

— Mmm… Je ne m'attendais pas vraiment à ce que quelqu'un comme vous sache ce que c'est, répliqua sèchement Osborne.

Peterson montra une de ses courtes dreadlocks.

— Quelqu'un comme moi ?

— Non, ne vous méprenez pas. Je veux dire, quelqu'un qui n'a pas l'occasion de fréquenter la haute société de Londres.

Erika intervint :

— Pas de souci, monsieur…

— S'il vous plaît, appelez-moi Giles. Ici, tout le monde s'appelle par son prénom.

— Giles, êtes-vous sur Facebook ?

Une fois encore, Osborne ne cacha pas son irritation.

— Évidemment ! s'exclama-t-il. Je suis patron d'une société d'événementiel ! Nous sommes forcément très actifs sur les réseaux sociaux !

— Et Andrea ?

— Andrea était une des rares personnes que je connaisse qui n'avait pas de profil Facebook. J'ai essayé de l'intéresser à Instagram, une ou deux fois, mais… On peut dire qu'elle était nulle en nouvelles technologies.

Erika avait apporté un dossier. Elle posa devant Osborne la preuve qu'il se trompait.

— Andrea avait bien une page Facebook, dit-elle. Elle l'a désactivée en juin 2014. À peu près au moment où vous vous êtes rencontrés, n'est-ce pas ?

Giles Osborne parut désorienté. Il dissimula mal sa réaction face à la photo qui montrait Andrea pendue au cou d'un garçon qui avait passé la main sous son chemisier et agrippait son sein.

— Peut-être qu'elle avait décidé de prendre un nouveau départ ? dit-il.

— Donc, elle vous a menti en prétendant ne pas avoir de page Facebook.

— Menti, non, c'est un peu exagéré, vous ne trouvez pas ?

— Alors pourquoi vous l'avoir caché ?

— Je... Je ne sais pas.

Peterson prit le relais.

— Giles, avez-vous déjà entendu parler du Glue Pot, à Forest Hill ? demanda-t-il.

— Ça ne me dit rien.

— C'est un pub.

— Alors non, je ne connais pas. Et, de toute façon, je ne traîne pas dans les quartiers sud.

— Andrea a été vue là-bas la nuit de sa disparition. C'est la dernière trace qu'on ait d'elle. Elle était en compagnie d'une fille blonde aux cheveux courts, et ensuite d'un homme brun. Est-ce que vous avez une idée de qui ils peuvent être ? Avait-elle des amis dans ce quartier ?

— Non. Enfin, personne que je connaisse.

— Quelqu'un aurait-il eu des raisons de lui faire du mal, selon vous ? Devait-elle de l'argent ?

— C'est absurde ! Andrea n'avait besoin de rien. Sir Simon et moi étions là pour elle. Le soir de sa disparition, elle m'a dit qu'elle allait au cinéma avec Linda et David. Je l'encourageais à passer plus de temps avec son frère et sa sœur. Ils n'étaient pas très proches.

— Comment l'expliqueriez-vous ?

— Vous savez bien... Dans les familles fortunées, les parents confient l'éducation aux nannies et aux professeurs. Du coup, les enfants rivalisent pour s'attirer l'affection des adultes... David et Andrea ont reçu beaucoup plus d'attention que Linda... Moi, par chance, je suis fils unique.

À ces mots, l'image de Humpty Dumpty s'imposa de nouveau à Erika. Giles Osborne, enfant grassouillet, assis tout seul sur un mur et balançant les jambes.

— Avez-vous déjà rencontré une certaine Barbora Kardosova ? Une amie d'Andrea, demanda Erika.

Et elle fit glisser une photo sur la table. Osborne se pencha pour l'examiner et secoua la tête.

— Non. Mais Andrea m'a parlé d'elle. J'ai cru comprendre que cette Barbora l'avait laissée tomber. Très cruellement. Peu avant que nous nous rencontrions.

— Vous connaissiez bien les amis d'Andrea ?

— Elle n'avait pas beaucoup de copines. Elle essayait, seulement sa beauté les rendait jalouses.

— Aviez-vous une vie sexuelle active avec Andrea ? lança Peterson sans préambule.

Osborne manqua s'étrangler.

— Quoi ? Oui... Oui... On venait de se fiancer...

— Le jour de sa disparition, avez-vous eu un rapport ?

— Mais, enfin, qu'est-ce que ça peut faire ! Et...

Erika l'arrêta.

— S'il vous plaît, répondez à la question.

— Eh bien... reprit-il, congestionné, je crois que ça pourrait être le cas. Dans l'après-midi. Écoutez, je ne vois vraiment pas en quoi notre vie sexuelle peut éclairer la disparition de ma fiancée ! Ce ne sont pas du tout vos affaires.

— Pratiquiez-vous la sodomie ? poursuivit Peterson.

Cette fois, Osborne s'emporta. Il bondit, renversant sa chaise et son café.

— Ça suffit ! hurla-t-il. Sortez d'ici immédiatement ! Vous m'entendez ? J'ai accepté de vous répondre alors que rien ne m'y oblige ! Vous allez trop loin.

Erika insista aussi diplomatiquement qu'elle le put.

— S'il vous plaît, nous vous serions reconnaissants de répondre à cette question. Andrea a subi une agression très brutale, avant de mourir. Nous avons des raisons légitimes de poser ces questions délicates.

— Quoi ? Vous voulez savoir si je me livrais avec elle à cet acte contre nature ? NON ! Et je n'aurais jamais épousé une fille qui...

Osborne s'étouffait, tirait sur le col de son T-shirt, incapable de trouver les mots.

— Excusez-moi, dit-il, je veux que vous partiez. Je ne répondrai plus qu'en présence d'un avocat. Tout ça est déprimant et dégoûtant.

Il se mit à pleurer.

— Est-ce qu'elle a été violée ? Est-ce qu'on lui a fait du mal ?

— Les résultats de l'autopsie indiquent qu'Andrea n'a pas été agressée sexuellement. Mais l'attaque a été soudaine et violente, répondit Erika avec douceur.

Osborne prit une grande inspiration.

— Mon Dieu... Par quelle épreuve a-t-elle dû passer...

Erika lui laissa le temps de reprendre ses esprits.

— Giles, savez-vous si Andrea avait plusieurs téléphones ?

Osborne leva les yeux, perplexe.

— Non... Elle avait un iPhone Swarovski. C'est la secrétaire de Sir Simon qui a réglé la facture.

Erika consulta ses collègues du regard. Comme elle, ils semblaient considérer qu'ils arrivaient au bout de l'entretien. Ils se levèrent.

— Je pense que nous avons terminé, Giles. Merci. Et désolée que nos questions vous aient été si pénibles. Vos réponses vont grandement nous aider dans notre enquête.

Elle marqua un temps.

— Nous aurons l'occasion de nous revoir.

En sortant, ils croisèrent la réceptionniste qui entrait dans la salle de conférences avec une boîte de mouchoirs. Elle leur jeta un regard plein de désapprobation.

— Vos impressions ? demanda Erika une fois qu'ils furent dehors.

— Je vais dire tout haut ce que nous pensons tous les trois, commença Peterson : qu'est-ce qu'elle foutait avec lui ? Ils sont tellement mal assortis...

— Et, à mon avis, il ne la connaissait pas du tout, ajouta Moss.

— Ou bien elle ne lui laissait voir que ce qu'elle voulait qu'il voie.

16

Dès midi, l'annonce officielle de la mort d'Andrea s'était répandue dans les médias. Plus nombreux que jamais, les photographes s'étaient massés sur la pelouse, devant la résidence des Douglas-Brown, et pataugeaient dans la neige fondue. Cette fois, on ne fit pas attendre Erika et ses collègues sur le perron. Ils furent directement conduits dans un grand salon traversant dont les fenêtres donnaient sur l'arbre qui se dressait devant la maison et sur le jardin à l'arrière. Les Douglas-Brown les attendaient avec leurs enfants. Des sofas pastel, profonds, et des fauteuils avaient été installés autour d'une longue table basse et de part et d'autre d'une cheminée au manteau de marbre décoré. Un piano quart de queue occupait tout un angle. Couvert de photos encadrées.

Sir Simon se leva pour les accueillir d'une poignée de main mais sa femme demeura assise, les yeux hagards. Aujourd'hui, elle ne s'était pas maquillée. Tous portaient le deuil, à l'exception de Linda qui s'était changée et habillée d'un kilt et d'un pull de laine brodé de chatons courant après une pelote. Le pull de la photo Facebook…

— Merci de nous recevoir, commença Erika. Et avant que nous vous posions des questions, je tiens à vous présenter des excuses si j'ai pu vous paraître grossière, hier. Je n'avais pas l'intention de vous manquer de respect et je regrette de vous avoir blessés.

Sir Simon parut presque surpris.

— C'est oublié, voyons, dit-il. Et merci de ce que vous faites pour Andrea.

— Oui, merci, murmura à son tour Lady Diana d'une voix étranglée.

— Nous sommes venus pour en apprendre davantage sur le mode de vie d'Andrea, poursuivit Erika en s'asseyant, imitée par Moss et Peterson.

Elle se tourna vers David et Linda.

— Votre sœur devait vous retrouver, la nuit où elle a disparu…

— Oui, on l'attendait à l'Odeon, à Hammersmith, pour voir un film, répondit Linda.

— Lequel ?

David ne semblait pas se le rappeler. Il consulta sa sœur.

— *Gravity*, dit-elle. Andrea nous rebattait les oreilles avec ça. Elle voulait absolument le voir.

— Mais elle a annulé. Vous a-t-elle dit pourquoi ?

— Elle n'a pas annulé. Elle n'est pas venue, c'est tout, répondit Linda.

— OK. Un témoin a vu Andrea dans un pub de South London, poursuivit Erika. Le Glue Pot. Ça vous dit quelque chose ?

Aucun des Douglas-Brown ne connaissait.

140

— Ça ne ressemble pas à Andrea, d'aller dans ce genre d'endroit, certifia Lady Diana, de sa voix absente et lasse.

Elle paraissait complètement perdue.

— Est-ce qu'elle aurait pu avoir rendez-vous avec quelqu'un ? Avait-elle des amis dans le quartier ?

— Mon Dieu, non ! s'exclama aussitôt Lady Diana.

— Andrea changeait souvent d'amis, répondit Linda en chassant sa courte frange d'un mouvement de tête.

— Linda, tu n'es pas gentille... s'indigna faiblement sa mère.

— Peut-être, mais je dis la vérité. Elle faisait tout le temps de nouvelles rencontres dans les bars ou les clubs. Les endroits privés où elle avait ses entrées. Elle s'emballait pour les gens et puis elle les jetait. Ils tombaient en disgrâce. Pour rien du tout.

— Par exemple ? demanda Erika.

— Si vous étiez plus jolie qu'elle. Ou si vous parliez à un garçon qui lui plaisait...

Sir Simon l'interrompit et lui lança un avertissement sévère. Elle se rebella.

— C'est vrai ! s'exclama-t-elle.

— Tu dénigres ta sœur ! Et elle n'est plus là pour te contredire...

Sa voix mourut.

— Sortiez-vous avec Andrea dans ces bars et ces clubs ? s'enquit Moss.

— Non, répliqua Linda avec acidité. Et d'ailleurs, vous n'avez pas le genre non plus, ajouta-t-elle en toisant Moss.

De nouveau, son père lui lança un avertissement.

— Pardonnez-moi, j'ai été impolie, admit-elle en chassant sa frange.

Un tic nerveux, peut-être.

— Pas de souci, assura Moss. Ceci n'est pas un interrogatoire. Toutes les informations qui peuvent nous permettre d'arrêter le meurtrier d'Andrea sont les bienvenues. Quels étaient ces établissements privés dont vous parlez ?

— Je vous en fournirai la liste, dit Sir Simon. Par ma secrétaire.

— Linda, reprit Peterson, vous travaillez chez un fleuriste, n'est-ce pas ?

Linda laissa glisser sur lui un regard qui révélait combien elle le trouvait séduisant. Comme si elle le découvrait pour la première fois.

— Pour ma mère, oui. Je suis assistant manager. Est-ce que vous avez une fiancée ?

— Non…

— Dommage. Nous attendons de très jolies compositions pour la Saint-Valentin.

Peterson se tourna vers David.

— Et vous, vous travaillez ?

Enfoncé dans les coussins du sofa, David regardait dans le vide, le col de son pull remonté jusqu'au nez.

— Je suis en MA. À Londres, à l'UCL. J'étudie l'histoire de l'architecture.

— Il a toujours voulu être architecte, fit remarquer sa mère avec fierté.

Elle posa la main sur le bras de son fils, qui se dégagea. Un instant, Erika crut que Lady Diana allait éclater en sanglots.

— Quand avez-vous vu Andrea pour la dernière fois ?

— L'après-midi du jour où nous devions nous retrouver pour aller au cinéma.

— Sortiez-vous souvent en sa compagnie ?

— Non, dit-il. Ma sœur aimait le bling-bling. Le genre Kardashian. Je sors plutôt du côté de Shoreditch, vous voyez ?

— Je vis à Shoreditch, dit Peterson. J'ai fait un emprunt avant que les prix flambent.

— Quand je serai enfin libre de dépenser mon argent comme je veux, je m'achèterai un appartement à moi dans Shoreditch, répliqua le jeune homme.

Son père le fusilla du regard.

— Parfaitement ! renchérit-il. Le Detective me pose une question, je lui réponds !

Un ange passa. Sir Simon et Lady Diana échangèrent un regard.

— Donc, Linda, reprit Moss, vous êtes fleuriste, et vous, David, vous étudiez. Que faisait Andrea ?

— Elle faisait future mariée, répondit ironiquement Linda.

Sir Simon se mit en colère.

— Assez, maintenant ! Je ne vous permettrai pas de parler sur ce ton, de faire régner cet état d'esprit malsain ! Votre sœur est morte ! Assassinée ! Et vous, vous vous en prenez à elle !

— Pas moi ! se récria David. Linda !

— Évidemment, c'est ma faute ! C'est toujours ma faute !

Sir Simon se tourna vers Erika, laissant ses enfants à leurs chamailleries.

— Andrea était belle, mais elle était bien plus que cela : elle était lumineuse. Partout où elle entrait,

143

elle apportait le soleil. Avec elle, une lumière s'est éteinte dans nos vies.

L'atmosphère de la pièce changea. La famille se rapprocha.

— Pourriez-vous nous parler de Barbora Kardosova, l'amie d'Andrea ? reprit Erika.

Lady Diana prit la parole.

— Andrea n'a jamais eu d'amie plus chère, je crois. Barbora est même venue en vacances avec nous. Elles ont été inséparables pendant un temps, et puis Barbora a disparu. Andrea nous a dit qu'elle avait… déménagé.

— Où cela ?

— Je l'ignore. Elle n'a pas laissé d'adresse et n'a jamais répondu aux mails d'Andrea.

— Ça vous a paru bizarre ?

— Vous n'auriez pas trouvé ça bizarre, vous ? Bien sûr que c'était bizarre. Mais elle venait d'une famille désunie et sa mère n'allait pas bien. Le genre de foyer où on prend l'habitude de laisser tomber les autres.

— Avez-vous eu vent d'une dispute entre elles ?

— Si elles s'étaient brouillées, Andrea nous l'aurait dit. Elle ne nous aurait pas caché ça. Non, en fait, Andrea pense que… enfin, pensait que Barbora était devenue jalouse.

— Les relevés téléphoniques de votre fille ne remontent pas au-delà de juin 2014, poursuivit Erika.

— Oui, expliqua Sir Simon, c'est le moment où elle a perdu son premier téléphone. Celui qu'elle avait depuis ses treize, quatorze ans.

— Et vous le lui avez remplacé ?

— Bien entendu.

— Quel est le numéro de l'ancien téléphone ?

— Vous en avez besoin ?

— Simple routine.

— Ah ? J'avais pensé que huit mois de relevés vous suffiraient…

L'embarras soudain de Sir Simon était visible.

— Andrea possédait-elle un second téléphone ?

— Pas du tout.

— En êtes-vous certain ? Vous pourriez ne pas être au courant…

— Je gère son argent. Et elle utilisait principalement des cartes de crédit. Si elle avait acheté un téléphone, nous l'aurions su. Et puis, pourquoi aurait-elle fait ça ?

— Avoir le numéro de son ancien téléphone nous aiderait beaucoup, insista Erika.

Sir Simon capitula.

— Bien. J'en parlerai à ma secrétaire.

Erika s'apprêtait à poser une autre question mais Lady Diana la devança.

— Je ne comprends pas ce qu'allait faire Andrea de l'autre côté de la Tamise ! s'exclama-t-elle, à bout de nerfs. Et puis, tout à coup, on l'attrape et on la tue ! Mon bébé… Mon bébé… Je ne la reverrai jamais plus !

Lady Diana était en train de perdre tout contrôle. Elle se mit à suffoquer, soulevée par des haut-le-corps et étranglée par les sanglots. Son mari et son fils entreprirent de la calmer. Linda chassait nerveusement sa frange et tripotait une peluche de son pull.

— Je vais vous prier de partir, s'impatienta Sir Simon. C'est assez de questions pour cette fois.

Erika prit sur elle pour dissimuler sa frustration et son agacement.

— Nous autorisez-vous à entrer dans la chambre d'Andrea ?

— Quoi ? Maintenant ? Sa chambre a déjà été inspectée.

— Je dois insister, Sir Simon. Dans l'intérêt de l'enquête.

— Je vais les accompagner, papa, proposa Linda. Suivez-moi.

Ils laissèrent derrière eux Lady Diana, au bord de l'hystérie, entourée de son mari et son fils. Quand Erika passa devant le piano, elle ne put s'empêcher de jeter un coup d'œil aux photos : il y avait là tous les Douglas-Brown. Simon, Diana et leurs trois enfants. Tous souriants. Tous heureux.

17

Comme toutes les autres pièces de la maison, la chambre d'Andrea était vaste et magnifiquement meublée. Trois fenêtres à guillotine ouvraient sur la pelouse où les journalistes continuaient à errer. Linda approcha des stores. Aussitôt, les photographes mitraillèrent. Exaspérée, elle descendit vivement le store et l'obscurité tomba sur la chambre.

— Quelle bande de chiens ! Et nous sommes impuissants ! Piégés dans cette maison ! David ne peut même pas sortir fumer une cigarette sur la terrasse ; papa pense que ça ferait désinvolte.

Elle alluma une lampe. Sous la fenêtre du milieu, la plus grande, il y avait un énorme bureau qui servait manifestement de coiffeuse à Andrea. Erika n'avait jamais vu une telle quantité de produits de maquillage pour une seule femme... Et aussi organisés... Un grand pot de pinceaux et de brosses, des flacons de vernis à ongles de toutes les couleurs, des boîtiers de poudre compacte, des rangées de rouges à lèvres... Des billets de concert, dans leur pochette plastique, au bout d'un cordon, étaient suspendus à la glace : Madonna,

Katy Perry, Lady Gaga, Rihanna, Robbie Williams…
Un dressing occupait toute la longueur d'un mur. Erika
fit glisser la porte-miroir. Des effluves de Chance de
Chanel s'échappèrent d'une garde-robe exclusivement
constituée de pièces de créateurs, pour l'essentiel des
jupes courtes et des robes. L'étagère croulait sous les
boîtes à chaussures.

— Donc, Andrea avait de l'argent… conclut Erika
en passant en revue les vêtements.

— Son propre argent. Depuis ses vingt et un ans.
Comme moi. Mais David devra attendre. Dans la
famille, les hommes ne disposent de leur argent qu'à
partir de vingt-cinq ans.

— Pourquoi ça ?

— Mon frère est comme n'importe quel garçon de
vingt et un ans. Tout ce qui l'intéresse, c'est de flam-
ber avec les filles, les voitures… acheter de l'alcool,
expliqua Linda.

Puis elle chassa sa frange, croisa les bras et ajouta
avec aigreur :

— Cela dit, bien qu'il ait moins d'argent qu'Andrea,
il est beaucoup plus attentionné, il m'offre de plus jolis
cadeaux qu'elle pour mes anniversaires.

— Et vous, lança Moss, comment dépensez-vous
votre argent ?

Linda se raidit encore plus.

— C'est une question déplacée. Je n'ai pas à vous
répondre.

Entre-temps, Erika s'était intéressée au lit d'Andrea
– un lit à baldaquin aux draps impeccablement tirés
et agrémenté d'une couverture blanc et bleu. Des
peluches étaient blotties les unes contre les autres sur

les oreillers. À la tête du lit, Andrea avait punaisé un poster des One Direction.

— Ils ne l'intéressaient plus, précisa Linda. Elle disait que c'étaient des petits garçons et qu'elle aimait les hommes.

— Bien qu'elle soit fiancée ? objecta Erika.

Linda eut un rire amer.

— Ah ! Vous avez vu Giles ? Il est gras comme une oie.

— Qu'est-ce qui attirait votre sœur, chez lui, selon vous ?

— Allons ! Vous ne devinez pas ? Son fric ! Il va hériter d'une fabuleuse propriété dans le Wiltshire et d'une maison à la Barbade. Ses parents sont richissimes et ils sont moribonds. Ils l'ont eu très tard. Sa mère croyait être ménopausée.

— Andrea était-elle infidèle ? demanda Moss.

— Les garçons ont toujours bavé devant Andrea. Ils devenaient des créatures pitoyables en sa présence. Et elle adorait attirer l'attention.

Moss insista.

— Je vous demande si elle avait une liaison.

— On n'était pas proches. La plupart du temps, je ne savais pas ce qu'elle faisait… Tout ce que je peux vous dire, c'est que je l'aimais. Sa mort me… dévaste.

Pour la première fois, Linda parut sur le point de craquer.

— Et vous, Linda ? reprit Moss. Que…

Linda l'interrompit sèchement :

— Quoi, moi ? Vous voulez savoir si les garçons rampent devant moi ? Qu'est-ce que vous en pensez ?

— J'allais simplement vous demander si vous avez un petit ami.

— Ça ne vous regarde pas, répliqua Linda. Vous en avez un ?

— Je suis mariée.

— Qu'est-ce qu'il fait dans la vie ?

— C'est une femme, répondit Moss, visiblement amusée. Elle est prof.

Erika fit de son mieux pour cacher sa surprise.

— Non, je n'ai pas de petit copain, répondit finalement Linda.

Peterson s'approcha des fenêtres.

— Elles s'ouvrent entièrement ? demanda-t-il. Pas de sécurité ?

Erika remarqua que, tandis que Peterson se penchait, Linda l'admirait en douce. Elle le rejoignit près de la fenêtre, nota qu'il y avait un escalier de secours qui menait au rez-de-chaussée.

— Quand elle était consignée, votre sœur passait-elle par la fenêtre pour aller retrouver ses amis ? demanda-t-elle.

— Mes parents sont bien trop occupés pour nous interdire de sortir. Et, de toute façon, ce n'est pas leur genre.

— Vous pouvez aller et venir comme vous voulez ?

Erika retourna du côté du lit et s'agenouilla pour regarder dessous. Une latte de parquet attira son attention. La seule qui ne présentait pas de poussière. Elle se releva et pria Linda de sortir.

— Quelques instants, lui dit-elle.

— Pour quelle raison ? Ce n'est pas une perquisition ni...

150

Peterson trouva le moyen de la convaincre.

— Linda, je suis certain que vous avez des photos de votre sœur. Vous m'aiderez en me les montrant.

Elle devint rouge comme un coquelicot.

— Ce bon vieux Peterson, s'amusa Moss une fois qu'ils eurent refermé la porte derrière eux. Toujours prêt à se sacrifier pour l'équipe. Qu'est-ce que vous avez trouvé ?

— La scientifique a-t-elle inspecté sa chambre, au moment de la disparition d'Andrea ?

— Non, Sparks n'a fait qu'un tour rapide. Parce que Sir Simon et Lady Diana étaient avec lui, je crois.

— Quelque chose, sous ce lit, me titille.

De nouveau, elle s'agenouilla et tira de sa poche des gants en latex. Elle les enfila et rampa sous le lit tandis que Moss l'éclairait avec sa torche.

Elles examinèrent la latte de parquet, Erika en suivit le contour avec sa clé de voiture. Puis elle la glissa dans une des rainures et essaya de la soulever. Mais elle était gênée dans ses mouvements : la latte était longue et le sommier trop bas pour qu'elle puisse travailler. Si bien qu'elle sortit de nouveau de dessous le lit et, avec l'aide de Moss, déplaça difficilement le meuble.

— Bon sang ! s'exclama Moss en grimaçant sous le poids. Ce n'est pas de la camelote Ikea !

Cette fois, Erika réussit à soulever correctement la latte. Dessous, dans une petite cavité, elle découvrit une boîte de téléphone mobile. Elle l'ouvrit. Pas de téléphone. En revanche, l'emballage servait de cachette à un petit sachet de cachets, quelque chose qui avait tout l'air d'une barrette de résine de cannabis enveloppée dans du film transparent, du papier à rouler

Rizla+ et des filtres Swan Vestas. Il y avait aussi un petit manuel d'utilisation de l'iPhone 5S et un kit mains libres encore sous plastique.

Erika fouilla sous l'emballage. Trouva un petit morceau de papier blanc brillant. Un reçu. Sur un bord, une matière jaune poisseuse rendait l'encre illisible. Au dos, les mots « tu ai mon bébé x » tracés à l'encre bleue d'une écriture immature.

— C'est un reçu de carte de recharge pour téléphone mobile, fit observer Erika en le retournant.

— Mais on ne voit pas tous les chiffres de la transaction, déplora Moss. C'est quoi, ce truc jaune ?

Erika approcha le reçu de son nez.

— Du jaune d'œuf séché.

— Qu'est-ce que vous pensez de la boîte ?

— Pas grand-chose. C'est triste à dire, mais tout ça est très banal : de l'ecstasy, sans doute, six cachets, et plusieurs dizaines de grammes de cannabis. Usage personnel. Allez, on embarque tout ça et on appelle un expert pour passer le reste de la chambre au peigne fin.

Erika et Moss quittèrent la chambre d'Andrea. Au rez-de-chaussée, Sir Simon et son fils reconduisaient un médecin. Quand David ouvrit la porte, une tempête de flashs s'abattit sur l'homme qui se fraya aussi vite qu'il le put un chemin dans la foule des photographes afin d'échapper à leurs salves continues.

— Lady Diana n'est pas mieux ? demanda Erika.

— Non. Ma femme est dans un état épouvantable. Il faut vous en aller. Cette journée est un cauchemar.

— Je suis tout de même obligée de vous montrer ce que nous avons trouvé sous le lit de votre fille, déclara Erika en sortant le sac en plastique qui contenait l'emballage du téléphone et les substances illicites.

— Ça ne lui appartient pas, assena Sir Simon avec véhémence. Mes enfants ne se droguent pas ! Qui me dit que vous n'avez pas mis ça vous-mêmes dans sa chambre ?

— Sir Simon, nous ne nous intéressons pas aux stupéfiants. En fait, nous pensons qu'Andrea possédait un second téléphone. Dans cette boîte, il y a une carte de recharge qui date de quatre mois.

— Laissez-moi voir cela.

Sir Simon saisit le sac en plastique et regarda le reçu. David et Linda n'en perdaient pas une miette.

— Vous reconnaissez l'écriture ? leur demanda leur père.

— Non. Peut-être Giles ?

— Giles a étudié à Gordonstoun. Il sait faire la différence entre « ai » et « es ». D'ailleurs, ajouta Sir Simon à l'intention d'Erika, rien ne vous permet d'affirmer que cette boîte est à Andrea. Cela peut très bien être une vieille boîte.

Erika insista.

— Votre secrétaire pourrait-elle avoir accepté d'acheter un second téléphone à Andrea sans votre autorisation ?

— Jamais de la vie ! tonna Sir Simon. Et vous deux, lança-t-il à ses enfants, vous saviez qu'Andrea se... se droguait ?

— On n'est au courant de rien, répondit Linda en chassant sa frange.

David secoua la tête.

— Bien, conclut Erika, nous vous remercions, Sir Simon. Nous allons prendre congé. Si vous trouvez quoi que ce soit dans la chambre de votre fille, s'il vous plaît, informez-nous-en. Une équipe de la scientifique va venir sur ma demande.

— Quoi ? Et mon autorisation ?

— Je vous informe, Sir Simon. Dans l'intérêt de l'enquête, j'ai besoin que des experts inspectent la chambre d'Andrea.

— La police… lança sèchement Sir Simon. Vous avez tous les droits, c'est ça ?

Il quitta rageusement l'entrée en direction de son bureau, dont il claqua la porte.

Erika atteignait sa voiture, sur Chiswick High Road, quand son téléphone sonna. C'était Sparks.

— Je suis au Glue Pot, lui dit-il. C'est à propos du portrait-robot électronique que vous comptiez faire faire à votre témoin, Kristina.

Erika osa espérer.

— Vous l'avez trouvée ?

— Non. Et d'après le propriétaire du pub, qui habite un appartement deux portes plus loin, il n'y a aucune Kristina qui travaille chez lui.

— Alors qui est cette fille ?

— J'ai posé la question au personnel du bar. Il y a bien une fille qui correspond à la description de Kristina : elle bosse de temps en temps, au noir, quand les autres ont besoin de leur soirée. L'un d'eux nous a même donné une adresse, une chambre meublée, près de la gare. On est allés voir, mais il n'y avait personne.

— À qui appartient le meublé ?

— Le propriétaire vit en Espagne. D'après lui, *idem* pour l'agence qui loue, le logement n'a pas été occupé depuis trois mois. Donc, soit Kristina squattait, soit elle a donné une fausse adresse.

— Merde. Envoyez la scientifique. Faites relever les empreintes. On n'a pas d'autre piste qu'elle ; elle est la seule à avoir vu Andrea avec cet homme et cette femme.

18

Ils arrivèrent au poste de Lewisham Row juste après
17 heures. L'équipe était épuisée mais l'odeur du café
acheté par Erika au Starbucks sur le trajet du retour fit
lever toutes les têtes et remit de l'entrain dans la salle
des opérations.

— Café et donuts, dit-elle.

Crane laissa tomber ce qu'il était en train de visionner. Il frotta ses yeux fatigués.

— Vous êtes une fée, patron ! Enfin un vrai
bon café !

— J'espère que vous l'avez mérité ! demanda Erika
en lui tendant le sac de beignets. De bonnes nouvelles
à m'annoncer, concernant la couverture caméra de
London Road ?

— Nous avons recoupé les horaires de bus et les
itinéraires, et demandé les vidéos à TFL[1] pour tous
les bus qui ont emprunté London Road et sont passés
devant le musée et la gare la nuit où Andrea a disparu.

---

1. *Transport For London*. Organisme public responsable des
transports en commun pour Londres et le Grand Londres.

Malheureusement, nous aurons les vidéos au plus tôt demain matin. Sinon, on travaille aussi sur les taxis noirs : beaucoup ont la CCTV, maintenant ; on essaie de les retrouver.

Crane lorgna le sac de donuts. Erika l'encouragea à se laisser tenter puis elle poursuivit :

— Mettez la pression sur TFL, on n'a pas toute la vie.

Elle ajouta à la cantonade :

— J'imagine que ce n'est pas la peine de revenir sur ce que nous savons déjà à propos de la serveuse, Kristina, à savoir qu'elle a filé...

L'équipe acquiesça tout en sirotant le café.

— Est-ce qu'on a trouvé quoi que ce soit d'intéressant dans le téléphone et l'ordinateur portable d'Andrea ?

— Rien. La plupart des photos sont celles de son profil Facebook, il n'y a aucune vidéo et pas de texte ou presque. Sinon elle était complètement accro à Candy Crush. À croire qu'elle n'utilisait son ordinateur que pour les jeux et iTunes.

À cet instant, le Superintendent Marsh passa la tête par la porte.

— DCI Foster, j'ai besoin de vous parler.

— J'arrive, monsieur. Moss, Peterson, je vous laisse briefer tout le monde sur ce que nous avons trouvé sous le lit d'Andrea.

Elle avala sa dernière bouchée de beignet et suivit Marsh dans son bureau. Là, elle lui parla rapidement de la boîte, du reçu et de la serveuse du Glue Pot. Marsh l'écoutait en regardant au-dehors par la fenêtre. Il faisait déjà nuit.

— Ménagez votre équipe, Foster. OK ?

Il semblait plus détendu. Peut-être parce que les journaux du jour s'intéressaient moins aux progrès de l'enquête et davantage à la tragédie que représentait la mort d'Andrea... Les gros titres se concentraient sur l'histoire de cette belle jeune fille à qui l'on avait volé la vie.

— Notre chargée de communication a fait de l'excellent travail pour influencer le cycle des news, analysa Marsh, comme s'il lisait dans les pensées d'Erika.

— C'est comme ça que vous parlez, maintenant – « influencer le cycle des news » ? releva-t-elle avec un sourire ironique.

— Il y a même quelques lignes à votre sujet : « L'affaire a été confiée à la DCI Foster, l'officier dont la réputation n'est plus à faire depuis qu'elle a livré à la justice Barry Paton, le meurtrier multirécidiviste. Elle s'est aussi illustrée pour avoir fait condamner de nombreux auteurs de "crimes d'honneur" commis dans la communauté musulmane de Manchester. » La photo est bonne – je leur ai fait passer celle où nous assistons au procès de Paton.

— Vous devriez leur donner mon adresse, tant que vous y êtes, répliqua Erika. Voilà des mois que Paton ne m'a pas écrit ; la dernière fois, c'était pour me féliciter d'avoir provoqué la mort de mon propre mari.

Marsh se tut.

— Je suis désolé, je pensais... vous montrer ma reconnaissance.

Erika soupira.

158

— Ça ira, monsieur. La journée a été fatigante, c'est tout.

— En parlant d'adresse, reprit Marsh, je dois aussi vous dire que j'ai les RH sur le dos. Ils disent que vous ne leur avez toujours pas communiqué vos nouvelles coordonnées.

— Parce qu'ils vous chargent de faire leurs commissions ?

— Vous êtes également priée d'aller consulter un médecin, poursuivit Marsh en désignant le bandage d'Erika. Je vous rappelle que vous avez été exposée à des fluides corporels, hier soir.

Pour la première fois, ces mots résonnèrent dans l'esprit d'Erika. La mise en garde d'Ivy lui revint du même coup. Le petit Mike, séropositif. Pourquoi n'était-elle pas davantage inquiète ?

— Je n'ai pas eu le temps de m'en occuper, monsieur.

— Vous occuper de quoi ? De consulter, ou bien de trouver un toit à vous mettre au-dessus de la tête ?

— J'irai voir le médecin.

— Et le reste ? Il faut qu'on puisse vous joindre.

— Vous avez mon numéro de mobile…

Marsh insista.

— Erika… Où vivez-vous ?

Un silence embarrassé tomba.

— Nulle part, finit par admettre Erika. Pour l'instant.

— Mais… et la nuit dernière ?

— J'ai travaillé.

— Vous êtes à la tête d'une équipe. Et d'une enquête de la plus grande importance. Dosez vos efforts.

Si vous continuez à ce rythme, vous ne tiendrez pas une semaine.

— Cette affaire sera réglée avant, objecta Erika comme par défi.

Marsh lui tendit une carte.

— Tenez. Ici, ils consultent sans rendez-vous. Allez-y. Par ailleurs, je peux vous proposer l'appartement que Marcie a hérité de ses parents. Les locataires viennent juste de quitter les lieux. C'est près de la gare… Et ça vous évitera des démarches. Si vous êtes intéressée, passez donc chez moi ; vous pourrez prendre les clés.

— Merci, monsieur.

— Avant 21 heures, si possible. En semaine, j'essaie de me coucher tôt.

À peine Erika était-elle de retour dans la salle des opérations, qu'elle fut interpellée par Singh qui brandissait triomphalement une feuille de papier.

— La secrétaire de Simon Douglas-Brown vient de nous faxer le contrat de l'ancien téléphone d'Andrea ! Celui qu'elle a perdu en juin. Nous avons fait une demande à l'opérateur pour qu'on nous communique les relevés. On devrait les avoir demain matin de bonne heure.

— Je crois que ça mérite un donut, reconnut Erika en offrant une nouvelle tournée à l'équipe.

— On a aussi des trucs sur le reçu que vous avez trouvé dans la boîte, sous le lit d'Andrea, renchérit Crane. Il vient du supermarché Costcutter, près de London Bridge. Il y a la date et l'heure. J'ai eu le manager au téléphone. Il va visionner les vidéos CCTV.

Seulement... il ne conserve pas les enregistrements au-delà de quatre mois. Alors croisons les doigts.

— Fantastique ! s'écria Erika.

Crane sourit et plongea la main dans le sac de beignets.

— On devrait peut-être en garder un pour Sparks, non ? demanda Moss.

— Je suis sûre que c'est trop sucré pour lui, répliqua Erika, et qu'il préfère ce qui est amer.

La salle des opérations résonna d'un grand rire franc. Il faisait bon, tout à coup, ici. Erika se sentit chez elle, dans cette chaleureuse atmosphère de camaraderie. Mais elle était consciente de la fatigue de ses subordonnés. Il lui était impossible de retenir davantage ses collègues alors elle renvoya tout le monde.

Lorsqu'elle fut seule, elle composa le numéro que lui avait communiqué Marsh sur le téléphone de son bureau. Le répondeur était enclenché et une voix enregistrée l'informa qu'à cette heure la clinique était fermée et ne rouvrirait qu'à 7 heures du matin. Erika raccrocha. Elle regarda son bandage, souillé, maintenant, et le déroula avec une grimace de douleur. Puis elle examina la plaie. Les choses semblaient en bonne voie de cicatrisation. De petites croûtes s'étaient formées sur l'arc dessiné par la marque des dents. Elle replaça le bandage et se dirigea vers les tableaux au fond de la salle. L'excitation et l'énergie de tout à l'heure étaient retombées. Il n'en restait plus rien. La nuque raide, elle sentait poindre une migraine...

Les photos dansaient devant ses yeux : Andrea, vivante, sur la photo de son permis de conduire ; Andrea, morte, les yeux fixes et les cheveux emmêlés en travers du visage… D'habitude, Erika flairait très tôt les tenants et les aboutissants d'une affaire ; mais celle-ci… Celle-ci s'ouvrait comme un gouffre, toujours plus large. Les faits contradictoires bourgeonnaient et se multipliaient comme les cellules d'une tumeur.

Il fallait qu'elle dorme…

Mais pour cela, elle avait d'abord besoin de se trouver un lit.

19

Avant d'aller chez Marsh, Erika fit un saut dans un italien de New Cross. Elle était littéralement affamée et avala une énorme portion de spaghettis à la carbonara et une part de tiramisu.

Il était à peine plus de 21 heures quand elle engagea sa voiture dans le quartier de South London où vivait Marsh, un quartier vert et opulent. Elle se gara et chercha la maison. Tout était déjà éteint. Tant mieux. Elle préférait mille fois prendre une chambre d'hôtel le temps de trouver une location plutôt que d'accepter la charité de Marsh. Au rez-de-chaussée, les rideaux de la grande baie du salon traversant étaient ouverts ; d'une fenêtre à l'autre, elle voyait tout Hilly Fields Park et, au-delà, les lumières de Londres.

Elle s'apprêtait à tourner les talons quand elle entendit un bruit d'eau dans un tuyau d'évacuation caché dans les fleurs sur le mur extérieur. Au même moment, une petite fenêtre s'éclaira à l'étage et Erika se trouva piégée dans un carré de lumière. Marsh apparut à la fenêtre ; un peu gêné, il lui fit signe qu'il descendait.

Il ouvrit la porte en pantalon de pyjama, vieux T-shirt à l'effigie de Homer Simpson, en s'essuyant les mains avec une serviette rose Barbie.

— Pardon, j'arrive un peu tard, bredouilla Erika.

— Ne vous inquiétez pas. C'est juste l'heure du bain pour les filles.

— J'aime beaucoup votre serviette…

— Ce n'est pas la mienne, je…

— Je plaisantais.

— Ah, dit-il en grimaçant.

Juste à ce moment-là, un cri se fit entendre et deux toutes petites filles aux longs cheveux bruns déboulèrent en riant dans l'entrée. L'une d'elles ne portait que sa culotte, un pull rose et des chaussettes ; l'autre, identiquement attifée, avait gardé son pantalon retroussé sur les chevilles. Elle sautilla, perdit l'équilibre et tomba. Elle chercha le regard de son père pour y lire si la situation méritait ou non qu'elle pleure. Marcie, la femme de Marsh, une jolie brune entre trente et quarante ans, apparut à son tour.

— Oh, ma chérie, dit-elle tranquillement, les mains sur les hanches. Tu t'es fait mal ?

Aussitôt, la petite fille décida que la chose était sérieuse et se mit à pleurer.

— Bienvenue dans cette maison de fous, Erika ! lança Marcie.

Elle était vraiment ravissante, aussi jolie que ses jumelles, dans son pantalon bleu clair et son chemisier blanc qui mettait en valeur ses seins et soulignait sa taille de guêpe. Des nuages de mousse s'accrochaient à ses avant-bras nus.

— Bonjour, Marcie… Vous avez l'air en pleine forme.

Marsh souleva sa petite fille dans ses bras, embrassa sa frimousse ruisselante de larmes. Marcie attrapa l'autre gamine qui ne quittait pas Erika des yeux et la cala dans le creux de sa hanche.

— En pleine forme, vraiment ? Vous êtes trop gentille. J'ai un secret de beauté pour rester mince : courir après les jumelles. Dites, si vous entriez, qu'on puisse fermer la porte ? La chaleur s'en va.

— Bien sûr, répondit Erika.

Une fois la porte refermée, Marsh lui présenta ses filles.

— Celle-ci, qui pleure, c'est Sophie, dit-il en cajolant l'enfant.

— Et celle-ci, Mia, ajouta Marcie.

Les petites observaient Erika avec de grands yeux. Elle n'avait jamais été très douée pour communiquer avec les enfants. Elle savait s'y prendre avec les violeurs, les meurtriers, mais les enfants l'intimidaient.

— Bonjour, leur dit-elle maladroitement. Vous êtes drôlement belles, toutes les deux.

Sophie cessa de pleurer mais aucune des deux petites ne lui répondit.

— Désolée, j'arrive au mauvais moment.

— Pas du tout, assura Marsh. Marcie va les monter, elles vont se coucher.

— On dit bonne nuit à Erika, les filles, renchérit Marcie en attrapant Sophie.

— 'nuit, répondirent-elles en chœur de leurs petites voix aiguës.

— J'ai été contente de vous apercevoir, Erika ! lança Marcie en riant.

Puis elle disparut dans l'escalier.

— Je vous sers un verre de vin ? proposa Marsh.

— Non. Je suis juste venue récupérer les clés de votre appartement…

— Bien sûr. Allons dans la cuisine. Mais… enlevez vos chaussures, s'il vous plaît.

Pendant qu'elle dénouait ses lacets, Marsh la précéda. Le parquet était froid et, bizarrement, elle se sentait vulnérable sans ses chaussures.

La cuisine des Marsh ressemblait à une cuisine de ferme avec sa table en bois. Une grosse cuisinière rouge Aga chauffait la pièce, et l'énorme frigo installé près de la porte était couvert de dessins – des taches et des éclaboussures de couleurs – maintenues par des magnets. Quelque chose dans le même genre, de plus grande dimension, dominait le mur au-dessus du buffet.

— C'est une œuvre de Marcie, expliqua Marsh. Elle a beaucoup de talent mais le temps lui manque pour l'exercer, depuis que nous avons les filles…

— Sur le frigo, c'est elle aussi ? s'enquit Erika, avant de se mordre la langue en prenant conscience, trop tard, de sa sottise.

Il y eut un silence embarrassé.

— Non, ce sont des dessins des jumelles… Eh bien, voici ce que je vous ai préparé, poursuivit Marsh en lui tendant l'enveloppe qu'il avait posée sur la table. L'appartement n'est pas trop loin – Foxberry Road, à Brockley, près de la gare. Le contrat de location est établi sur la base d'un bail mensuel. Nous sommes donc libres de décider de la durée d'occupation. Vous me donnerez le chèque dans quelques jours, si ça vous va.

Marsh ne lui faisait pas une faveur ; Erika s'en trouva soulagée. Elle ouvrit l'enveloppe et en retira un trousseau de clés.

— Eh bien, merci beaucoup, monsieur.

— Il se fait tard, maintenant. Je vais vous libérer.

— Bien sûr. Je pars m'installer.

— Un dernier mot. Sir Simon est en contact avec notre chargée de communication, Colleen. Il veut lancer un appel tant que les photos d'Andrea sont encore à la une des journaux et avant que le public n'oublie le drame.

— Excellente idée.

— Absolument. Nous arrangerons cela pour demain après-midi, de façon que l'appel passe dans les nouvelles du soir.

— Entendu. D'ici là, j'espère avoir des informations fraîches que nous pourrons utiliser.

Erika prit congé. Tandis qu'elle regagnait sa voiture, elle sentait encore dans son dos, derrière la porte, la chaleur enveloppante du foyer des Marsh. Elle ravala son chagrin. Cette vie heureuse et douce, au côté d'un mari et entourée d'enfants, elle l'avait frôlée du bout des doigts. Au lieu de la saisir à pleines mains, elle avait sans cesse repoussé le bonheur. Et infiniment peiné Mark.

Aujourd'hui, c'était irrattrapable. À jamais.

20

À cette heure de la soirée, le calme régnait sur Foxberry Road. Erika dépassa la gare de Brockley dont le quai désert était encore éclairé. Un train sortit à toute allure du tunnel et fila pour Londres dans la nuit. Bientôt, elle longea un lotissement de maisons mitoyennes et, tout au bout de la rue, dans un virage sur la droite, elle arriva devant l'immeuble. Elle crut d'abord pouvoir se garer sur le parking d'en face mais il était réservé aux résidents. Il lui faudrait une autorisation. Tant pis. Elle était beaucoup trop crevée pour tourner et chercher une place. Elle laissa sa voiture sur le parking, empoigna sa valise et la tira jusqu'à la porte de l'immeuble.

Des tonnes de prospectus et autres courriers du même genre s'amoncelaient derrière. La minuterie du hall ronronnait. Elle s'engagea dans l'étroite cage d'escalier. L'appartement se trouvait au dernier étage. En même temps qu'elle atteignait le palier, elle découvrit qu'elle aurait un voisin, la porte d'en face. Elle entra chez les Marsh... Il faisait un froid terrible. Le chauffage n'avait pas dû fonctionner depuis des lustres. L'électricité non plus, apparemment. Frissonnante, elle chercha le compteur à l'aide de sa lampe de téléphone et finit par le trouver dans un placard de l'entrée. Elle alluma.

La première porte du couloir ouvrait sur une petite salle de bains, carrelée de blanc et très propre. La chambre venait ensuite, pas très grande, garnie d'un lit double en pin et d'une armoire Ikea. Une des œuvres de Marcie surplombait la tête de lit. Erika sortit une cigarette de son paquet et s'approcha de la toile pour en examiner la signature – MARCIE ST. CLAIR. Puis elle décrocha la peinture et la mit au rebut derrière des seaux et des bassines rangés dans le placard du couloir.

Elle alluma sa cigarette et poursuivit la visite. Le couloir débouchait sur un tout petit séjour et une cuisine ouverte, trop petite aussi mais moderne, genre Ikea impersonnel. Impersonnel… C'était tout à fait ce qui convenait à Erika pour le moment. Elle ouvrit les placards. Pas de cendrier. Une tasse ferait l'affaire. Elle se laissa choir dans le canapé bleu, près de la fenêtre, et regarda sans le voir l'écran poussiéreux de la télévision. Le câble et l'antenne gisaient au sol, près du poste. Débranchés. Par la fenêtre, on ne voyait qu'un gouffre noir. La vitre reflétait la pièce nue. « Et moi », songea Erika. Elle écrasa son mégot dans la tasse et alluma une autre cigarette.

21

Il se tenait tapi dans l'allée, tout de noir vêtu, ombre fondue dans l'obscurité, à quelques maisons de l'appartement d'Erika. Il l'observait, qui grillait une autre cigarette, exhalait la fumée, silhouette découplée dans le cadre de la fenêtre. Par transparence, il voyait les volutes s'enrouler autour de l'ampoule nue suspendue au-dessus d'elle.

La débusquer lui avait demandé moins d'astuce que prévu. Elle était là, en vue, toutes lumières allumées, exposée en vitrine comme une pute du Red Light District. Amaigrie, par rapport à la photo des journaux. Elle avait pris un coup de vieux, perdu de sa féminité, et elle semblait sur les rotules.

Elle regardait dans sa direction, la tête inclinée, le menton appuyé sur le dossier du canapé. Le bout de sa cigarette éclairait son visage.

Il s'enfonça un peu plus dans la nuit.

Est-ce qu'elle me voit ? Est-ce qu'elle m'observe comme moi je l'observe ? Non. Impossible. Cette garce n'est pas assez intelligente. Elle voit son reflet et ça lui fout une sacrée déprime, aucun doute. On lui a

*confié l'affaire Andrea et il y a de quoi se faire du
souci ! Bien sûr, si on google la DCI Foster, présen-
tée comme l'étoile montante de la police à l'époque
où elle officiait à Manchester, on voit qu'elle a été
promue au grade de DCI à moins de quarante ans,
pour avoir chopé Barry Paton, le jeune gérant de club
qui avait tué six filles. Seulement, Paton cherchait à
se faire attraper. Alors que moi... Et puis elle a causé
la mort de cinq officiers – dont son connard de mari.
La vérité, c'est que professionnellement, elle est morte.
Une merde. Cette mission, c'est parce qu'ils savent
qu'elle va se planter. Ils ont besoin que quelqu'un se
plante.*

La température était en train de dégringoler.
Cette nuit-là aussi serait glaciale, mais surveiller la
DCI Foster de si près le réchauffait et l'excitait. Les
phares d'une voiture percèrent l'obscurité. Il se recro-
quevilla sur lui-même et attendit qu'elle s'éloigne.
Un mouvement furtif l'alerta. C'était un chat. Noir.
Sur le mur. Le petit félin se figea en le voyant.

— Hé ! mon frère, murmura-t-il en levant doucement sa main gantée.

Il s'approcha. Le chat se laissa caresser.

— Gentil chaton...

Le chat planta ses yeux fixes dans les siens. Puis,
sans un bruit, il sauta du mur et disparut de l'autre côté.

Il regarda ses mains gantées de cuir ; les tourna et
les retourna ; assouplit ses doigts.

*Ça faisait un bon moment qu'Andrea me faisait chier
mais j'aurais pas cru que je le ferais. L'étrangler pour
de vrai. La faire mourir...*

Après le meurtre, à mesure que les heures s'écoulaient, il avait pris confiance. Était devenu présomptueux, même, peut-être. On ne trouverait pas le corps d'Andrea. Elle demeurerait dans son cercueil de glace tout l'hiver. Et, au printemps, quand reviendrait la douceur, elle pourrirait, pourrirait jusqu'à ce que son masque de beauté se décompose et qu'on la voie telle qu'elle était vraiment. Mais on l'avait retrouvée. Au bout de quatre jours. Intacte…

Il entendit claquer une portière. Il se retourna. La DCI Foster avait éteint. Il la vit traverser et rejoindre sa voiture. Ça le fit sourire.

Il plongea dans les buissons.

22

Erika aimait conduire. Peu importait la voiture, du moment qu'elle était fiable et chauffée. Elle s'y sentait en sécurité. Dans un cocon. Davantage chez elle que dans l'appartement loué aux Marsh. Alors qu'elle roulait dans les rues désertes de South London, elle tourna la tête en passant devant Brockley Cemetery, éclairé par les réverbères. La voiture dérapa, lui rappelant que le froid nocturne était tombé sur la neige fondue et rendait la chaussée dangereuse. Elle installa son kit mains libres et téléphona au poste pour demander au Sergeant Woolf de lui donner la liste des pubs mal famés du quartier.

— Pour quoi faire ?

— J'ai envie d'aller boire un verre.

Il hésita puis obtempéra.

— Alors… Il y a le Mermaid, le Bird In The Hand, le Stag, le Crown – pas le Crown qui appartient au Wetherspoon's, l'autre, à côté de la brasserie qui les approvisionne. En haut de Gant Road. Et, bien sûr, il y a le Glue Pot. Envoyez-moi chaque fois un SMS, DCI Foster. Au cas où vous auriez besoin de renfort et…

Erika n'avait pas envie d'entendre la suite ; elle raccrocha. Elle employa les trois heures qui suivirent à zoner dans ce qu'elle avait vu de pire en matière de pubs. Ce n'étaient pas tant l'état de ces établissements, leur saleté ni le fait qu'on s'y mettait la tête à l'envers qui la choquaient, non, c'était le désespoir, la détresse absolue qu'elle lisait sur les visages des gens assis au bar ou avachis dans leur coin, ou penchés sur une machine à sous qui engloutissait le peu qu'ils possédaient. Plus dérangeant encore, ces pubs n'étaient pas à des kilomètres des banlieues favorisées. Un taudis comme le Mermaid cohabitait avec un restaurant de cuisine fusion indien récemment étoilé au guide Michelin. De l'extérieur, tout le monde pouvait voir évoluer dans un décor superbe des convives enjoués et impeccablement habillés. Mais devant le Bird In The Hand, situé juste à côté d'un bar à vins très chic, fréquenté par de jolies femmes accompagnées de leurs riches maris, Erika avait donné un billet de vingt livres à une gamine avec un bébé, pâle comme un fantôme.

Bon Dieu, était-elle donc la seule à remarquer cette injustice criante ?

Il était plus de minuit quand elle débarqua au Crown sur Gant Road. Un vieil établissement démodé, à la façade rouge éclairée par des lampes de cuivre. C'était un soir de lock-in[1] mais elle se débrouilla pour entrer en glissant un billet de vingt livres au garçon. Il y avait un monde fou et l'atmosphère était surchauffée, saturée

_____
1. En certaines occasions, les pubs ferment leurs portes au public à l'heure légale, mais prolongent la soirée pour quelques privilégiés et habitués.

de relents de bière, de sueur et de parfums bon marché. La vapeur couvrait les vitres. La clientèle n'était pas du genre raffiné mais chacun avait fait un effort. Pour qui donnait-on cette petite sauterie ?

Soudain, elle repéra celle qu'elle cherchait. Enfin. Ivy était assise au bar, sur un petit tabouret, près d'une machine à sous, en compagnie d'une jeune femme trop grosse, aux cheveux peroxydés et aux racines noires, un piercing à la lèvre. Erika joua des coudes pour arriver jusqu'à elles, se frayant un passage au milieu d'invités déjà bien défoncés. Et quand elle fut à la hauteur d'Ivy, elle vit à ses pupilles dilatées qu'elle était complètement partie. Ses yeux ressemblaient à deux trous noirs.

— Ben... qu'est-ce que tu fous ici ? lui demanda Ivy en luttant pour se concentrer.

— Je vous cherchais ! hurla Erika pour couvrir le chahut étourdissant.

Ivy montra d'une main incertaine les sacs de courses posés au pied du tabouret.

— J'ai tout payé ! s'exclama-t-elle, dans les vapes.

— Je ne suis pas là pour ça.

La fille assise à côté lui jeta un regard noir.

— Tout va bien, Ive ? dit-elle en fixant Erika.

— Ouais ! Elle veut payer la prochaine tournée.

Erika glissa un billet de vingt à la fille – cette soirée commençait à lui coûter un sacré paquet de fric. L'autre se leva de son tabouret et se fondit dans la foule.

— Où sont les gosses ? demanda Erika.

— Quiiii ?

— Vos petits-enfants ?

— En haut. Dodo. Pourquoi ? Tu veux les cogner ?

— Ne dites pas de bêtises.

175

— Tu seras pas la seule. Ils m'ont bien fait chier, aujourd'hui.

— Ivy, il faut qu'on parle du Glue Pot.

Elle s'installa sur le tabouret libre. Ivy essaya de fixer les yeux sur elle.

— Le quoi ?

— Faites un effort. Rappelez-vous. On en a parlé. Le Glue Pot, sur London Road.

— J'y vais pas, là-bas, grommela Ivy.

— Je sais. Mais dites-moi pourquoi.

— Passque…

— Par pitié, Ivy. Dites-moi pourquoi.

— Tu m'emmerdes.

Erika sortit un nouveau billet de vingt. Ivy s'en saisit et le fourra sous la ceinture de son jean.

— Alors, dit-elle, de quoi tu veux parler, déjà ?

— Du Glue Pot.

— C'est pas bon, là-bas. Y a un sale, sale type… bredouilla Ivy en secouant la tête.

— Un sale type ?

— Ah oui, alors… !

Les yeux d'Ivy se révulsèrent comme si elle était prise de visions. Elle laissa rouler sa tête de côté.

— Ivy, le sale type, donnez-moi son nom ?

— J'te dis que c'est un sale type, chérie…

Erika sortit son téléphone et chercha une photo d'Andrea qu'elle mit sous le nez d'Ivy, s'efforçant de fixer son attention.

— Est-ce que vous avez entendu parler de la fille qui est morte ? Andrea ? Une jolie brune. Est-ce qu'elle connaissait ce type, d'après vous ?

Ivy observa la photo.

176

— Ah ouais, elle était belle.

— Vous l'avez vue ?

— Des fois…

Erika insista.

— Cette fille-là ? Au Glue Pot ?

— Moi aussi, avant, j'étais belle…

De nouveau, ses yeux roulèrent dans leurs orbites et elle manqua glisser du tabouret. Erika la rattrapa et la remit d'aplomb.

— Allez, Ivy, restez avec moi. Regardez cette photo encore une fois.

Ivy s'exécuta. Une bouillie de mots s'échappa de sa bouche.

— Les sales types, c'est aussi les meilleurs… Tu les laisses te faire n'importe quoi, même si ça fait mal, et même ce que t'as pas envie…

La blonde au piercing ne revenait pas. Par prudence, Erika la chercha du regard. Elle n'était pas du tout en train d'acheter à boire. Les hommes auxquels elle parlait regardaient dans la direction d'Erika et Ivy. Le temps était compté. Erika pressa Ivy.

— Ivy, c'est très important. Est-ce que c'est d'Andrea que vous êtes en train de me parler ? Elle a rencontré ce sale type au Glue Pot. Un brun. S'il vous plaît, parlez-moi… Donnez-moi un nom.

Une bulle de salive se forma au coin des lèvres d'Ivy. Elle ouvrit la bouche sur ses dents gâtées.

— Je l'ai vue avec lui et une espèce de pétasse blonde. Des gourdasses. Elles en ont trop fait avec lui.

— Il y avait un brun et une blonde, c'est ça ?

À cet instant, une voix s'éleva dans le dos d'Erika.

— Vous êtes qui ?

Erika se tourna et se trouva face à un roux aussi impressionnant qu'un ours.

— Je l'ai pas invitée, maugréa Ivy. C'est un cochon de flic.

— Vous êtes mandatée ? s'enquit l'ours.

Erika secoua la tête.

— Alors vous partez, conclut-il d'une voix d'un calme menaçant.

Erika profita des dernières secondes qui lui restaient.

— Ivy... Si quelque chose vous revient, ou si vous voyez quelque chose, n'importe quoi – je vous laisse mon numéro.

Elle sortit un stylo et un bout de papier de sa veste de cuir, griffonna son numéro de portable dessus et le fourra dans la poche d'Ivy. Mais l'ours s'impatientait. Il crocheta le bras d'Erika.

— Dites, protesta-t-elle tranquillement. Vous croyez pouvoir faire quoi ? Vous vous prenez pour qui ?

— Je me prends pour le propriétaire. Ici, tout le monde a été invité. T'as pas été invitée, alors tu sors ou bien je sens que je vais me mettre mal avec la police.

— J'ai dit que je n'étais pas mandatée mais ça pourrait changer, répliqua Erika.

— Quelqu'un du quartier est mort, expliqua l'homme. C'est pour ça qu'on est réunis. Et on n'accueille pas les cochons de flics.

— Vous pouvez répéter ?

Erika sentait monter la colère. Un petit bonhomme aux traits de gnome les rejoignit. Il se mit à cracher comme un serpent.

— Tu connaissais ma daronne ?

— Votre mère ?

— C'est qu'est-ce que j'dis, ma daronne, Pearl.

— Comment vous appelez-vous ?

— Putain ! Tu m'demandes qui que j'suis et t'es à la veillée de ma daronne ? Mais t'es qui ?

Autour d'eux, les gens commençaient à se taire. Leur dispute attirait l'attention.

— Cool, Michael, dit le propriétaire.

— J'aime pas comment elle est, lança Michael en regardant Erika de haut en bas. Cette salope ressemble à un mec.

— Il faut vous calmer, monsieur, l'avertit Erika qui se contenait difficilement.

— *Monsieur* ? Tu te fous de ma gueule ?

— Pas du tout.

Elle sortit sa carte.

— Je suis officier de police.

— Qu'est-ce qu'un cochon de flic fout ici ? s'écria le garçon. Tu m'avais dit qu'y avait un mot de passe ?

— Y en a un, répondit l'ours. Elle s'en va.

La nouvelle se répandit aussitôt, vive et incontrôlable comme un feu de brousse. Une rousse maigrelette, chaussée d'une seule mule rose, hurla en vacillant :

— Hé ! Y a les flics !

Elle jeta le contenu de sa pinte au visage d'Erika et lui fit signe d'approcher, prête à en venir aux mains. Au même moment, Erika sentit qu'on l'attrapait par la taille. D'abord, elle crut à une agression, puis elle se rendit compte que c'était le propriétaire qui la soulevait au-dessus de la foule. On l'insultait, on lui crachait dessus. À la seule force de ses bras, il la fit basculer par-dessus le bar.

— Dépêche-toi de dégager, dit-il. Par la cuisine, au fond. Ça donne sur la ruelle de derrière.

Pendant qu'il lui parlait, il barrait le passage à ceux qui essayaient de le dépasser et de se faufiler par le petit portillon du comptoir. Un verre vola au-dessus de la tête d'Erika et vint exploser contre une bouteille doseuse de vodka. Au bout du comptoir, la femme qui l'avait lancé poussa un autre portillon tandis que d'autres enjambaient le comptoir, prêts à pourchasser Erika.

— Grouille-toi de filer, répéta le propriétaire.

Il la poussa derrière des rideaux. Elle trébucha et se retrouva à terre, dans un couloir à peine éclairé, au milieu des sachets de chips et des cagettes de bouteilles vides. La musique dominait à peine le chahut et le boucan de verre brisé qui provenait de l'intérieur. La foule poussait et bousculait le propriétaire du pub, qui s'efforçait toujours de résister.

Erika trouva la porte qu'il lui avait indiquée et s'échappa par la sortie de secours. L'air froid du dehors piqua sa peau moite et poisseuse. Elle était bien dans la ruelle. Elle descendit la rue en courant, passant devant les fenêtres embuées du bar qui résonnait de disputes. Dieu merci, sa voiture était toujours là où elle l'avait garée. Elle monta et démarra sur les chapeaux de roues dans un crissement de pneus. Immédiatement, le soulagement l'enivra. Elle s'en était sortie !

Oui, mais bredouille.

Tout ce qu'elle avait appris, c'est qu'Ivy avait vu Andrea avec le type brun et la blonde. Était-elle au Glue Pot la nuit de la disparition ? Et cela signifiait-il que la serveuse n'avait pas menti ?

23

Le lendemain matin, Erika était convoquée dans le bureau du Superintendent Marsh. Quand elle poussa la porte, elle eut la surprise désagréable d'y trouver Sparks, déjà installé, qui l'accueillit d'un regard suffisant.

— Vous avez demandé à me voir, monsieur ? dit-elle.

Marsh attaqua bille en tête.

— À quoi jouez-vous ? Qu'est-ce qui vous a pris d'aller au Crown, hier soir ?

Erika regarda tour à tour les deux hommes.

— Rassurez-vous, je m'en suis tenue au jus d'orange, dit-elle avec un sourire.

— Je ne plaisante pas ! Vous avez déboulé à la veillée funèbre organisée pour Pearl Gadd et vous y avez semé le bazar. Est-ce que vous connaissez la famille Gadd ?

— Je devrais ?

— C'est une bande de voyous arrogants qui possède un réseau énorme de camions dans le sud de l'Angleterre. Accessoirement, ils travaillent pour nous.

— Vraiment ? Dois-je leur attribuer un bureau dans la salle des opérations ? répliqua Erika.

— Ne faites pas la maligne.

Depuis son fauteuil, Sparks profitait du spectacle avec jubilation, même s'il prenait un air détaché. Pour la première fois, Erika remarqua qu'il laissait pousser l'ongle de ses index.

— Monsieur, dit-elle, si l'idée, c'est de m'engueuler, j'aimerais autant que ça se passe en privé.

— Pourquoi ? Vous n'êtes pas le supérieur hiérarchique de Sparks, et il est partie prenante de l'enquête. Vous êtes supposés bosser main dans la main. Et votre visite au Crown a bien un rapport avec l'affaire Douglas-Brown, n'est-ce pas ?

Elle prit le temps de s'asseoir.

— OK, admit-elle, si c'est juste une réunion, ça me va. Dites-moi tout sur nos collègues des caniveaux de South London…

— Les Gadd sont nos indics depuis huit mois. Dans une affaire de trafic de cigarettes et d'alcool. On espère une saisie de plusieurs millions de livres.

— Qu'est-ce qu'on lâche en retour ?

— Je ne suis pas tenu de vous en informer, DCI Foster, objecta Marsh. Nous sommes à la limite de ce que la loi nous autorise à faire. Avez-vous seulement idée du fragile écosystème que représente South London ? En retour des renseignements que fournissent les Gadd, nous fermons les yeux sur… eh bien, sur leurs sauteries privées, ce genre de choses. Et vous, vous débarquez, vous dégainez votre carte de police et vous faites votre show !

— Mes plus plates excuses, monsieur. Il me semble que vous procédiez différemment quand nous travaillions ensemble à Manchester…

— La seule différence, répondit Sparks avec une lassitude agacée, c'est qu'ici nous faisons marcher notre intelligence avant d'agir.

— Répétez-moi ça ? s'écria Erika.

— Ne soyez pas choquée. Je parle de la nuit dernière, c'est tout.

— Et en plus, vous me prenez pour une idiote ?

— Assez ! tonna Marsh en frappant du poing sur la table.

Elle ravala sa colère. Sparks ne lui inspirait que de mauvais sentiments.

— Monsieur, reprit-elle, j'avais un objectif bien précis, hier soir. Je cherchais la confirmation d'une piste.

Marsh alla s'asseoir derrière son bureau.

— Je vous écoute.

— J'ai maintenant un deuxième témoin qui a vu Andrea au Glue Pot, la nuit où elle est morte, en compagnie d'un homme brun et d'une blonde. Quelqu'un qui m'a même dit qu'Andrea avait probablement une relation avec l'homme.

— Qui est ce nouveau témoin ?

— Ivy Norris.

Sparks leva les yeux au ciel et chercha le regard de Marsh.

— Un peu de sérieux, par pitié… ! s'exclama-t-il. Ivy Norris ? Alias Jean McArdle, Beth Crosby, Paulette O'Brien ?

— Monsieur, elle est…

— … une perte de temps, acheva Marsh.

— Quand je l'ai interrogée sur cet homme, elle a pris peur. Pour de bon. J'en suis sûre. Et je crois aussi, surtout depuis que nous avons trouvé l'emballage de téléphone sous le lit d'Andrea, qu'Andrea avait un second mobile et que son entourage l'ignorait. Il devait être réservé à des amis qu'elle préférait cacher à son fiancé.

— Les relevés de l'ancien téléphone, celui qu'elle a perdu en juin, sont arrivés hier soir, fit remarquer Sparks.

— Je parle d'un autre téléphone, expliqua Erika. Un appareil qu'elle utilisait en plus de celui qui a remplacé l'ancien. Elle a acheté une carte prépayée il y a quatre mois, on a retrouvé le reçu sous son lit, dans l'emballage.

— Ça ne prouve rien, argua Sparks. Elle a très bien pu l'acheter pour une amie… Si nous parlions plutôt des relevés du vieux téléphone qui, eux, ne sont pas imaginaires ? J'y ai travaillé, hier soir – c'est très intéressant.

— On est tout ouïe, répliqua Erika.

— Plusieurs noms reviennent dans la liste de ses appels. J'ai comparé avec le compte Messenger Facebook d'Andrea. Un certain Marco Frost est à l'honneur… Ça vous parle ?

Marsh consulta Erika du regard.

— Oui, dit-elle. C'est un barman avec qui Andrea est sortie il y a un petit moment. Un Italien qui travaille dans un café de Soho.

Sparks acquiesça et poursuivit :

— Il a passé des centaines de coups de fil à Andrea pendant la période où elle utilisait ce téléphone. Dix mois. De mai 2013 à mars 2014.

— Pourquoi ne m'en avez-vous pas informée ? s'enquit Erika.

— Il était très tard dans la nuit. Je pensais que pour vous c'était l'heure d'aller dormir...

Marsh intervint :

— Arrêtez ça, Sparks. La suite, s'il vous plaît.

— OK. Du coup, j'ai relu les notes que j'ai prises chez les Douglas-Brown quand Andrea a été portée disparue. Ils ont mentionné ce Marco Frost. Andrea l'a fréquenté à peine un mois, début 2013. Ensuite elle l'a largué, et les appels en rafale ont commencé. On l'a vu rôder plusieurs fois autour de la maison. Le genre qui ne veut pas comprendre que c'est terminé. Sir Simon a même demandé qu'un officier de police sermonne Frost à ce propos.

— Et c'est seulement maintenant que vous me le dites ?

— Mes notes sont dans le dossier. À votre disposition.

— Je ne les ai jamais eues.

— Je répète, elles étaient disponibles.

Marsh intervint de nouveau, exaspéré.

— Ça va, ça va. Comportez-vous en adultes. Sparks, la suite...

— Je me suis replongé dans les relevés du nouveau téléphone d'Andrea, mais il n'y a rien à en tirer : elle ouvrait ses mails, elle recevait des tonnes d'invitations électroniques pour des soirées, des événements...

Erika confirma.

— L'équipe les avait passés en revue, il y en a des centaines. Andrea était membre de tas de clubs privés.

— Eh bien, elle était invitée à un événement au Rivoli Ballroom, le mardi 8 janvier, la nuit où elle a disparu. Un spectacle de burlesque organisé par un des clubs où elle avait ses entrées.

— Et alors ? objecta Erika. Le même soir, elle était invitée à plusieurs autres soirées dans Londres. Elle figurait sur une flopée de mailings… Sans parler du fait qu'elle avait aussi prévu un ciné avec son frère et sa sœur.

— Justement, fit remarquer Sparks. Sa famille dit qu'elle n'était pas fiable, qu'elle changeait d'avis comme de chemise. Ça lui ressemble, d'avoir décidé de son programme au dernier moment.

Il n'avait pas tort ; Erika fut bien obligée de l'admettre.

— Le Rivoli Ballroom est pile en face de la gare de Crofton Park, qui est elle-même assez proche de la gare de Forest Hill – un peu moins de trois kilomètres, pour être précis. Qu'on aille à Forest Hill ou à Crofton Park, il faut prendre le train à London Bridge ; mais les deux gares sont sur des lignes différentes. Imaginons qu'Andrea se soit trompée – après tout, elle utilisait rarement les transports en commun. On se demandait pourquoi elle s'était toute pomponnée pour aller à Forest Hill. Ceci expliquerait cela.

Erika et Marsh réfléchissaient.

— J'ai gardé le meilleur pour la fin, claironna Sparks. La nuit dernière, j'ai contacté l'organisateur de la soirée burlesque du Rivoli Ballroom et il m'a envoyé sa liste de mailing. On y trouve le nom de

Marco Frost : il a reçu la même invitation électronique qu'Andrea.

— Très intéressant, convint Marsh.

Il se leva.

— Question : où peut-on trouver ce Marco Frost ?

— Je l'ignore. J'ai passé la nuit à mettre tout ça en place.

Erika n'était pas convaincue.

— Écoutez, Sparks, dit-elle, on ne s'apprécie pas mais il n'empêche que j'aimerais vraiment que vous ayez raison. Seulement, le mobile est très ténu. Et puis, combien de personnes y avait-il dans ce mailing ?

— Trois mille.

— Mon Dieu, trois mille… Et qu'est-ce qui vous permet de penser qu'Andrea est passée à proximité du Rivoli Ballroom ? Son corps a été retrouvé à un kilomètre de la gare de Forest Hill. Là où elle est descendue.

Marsh se mit à arpenter la pièce, digérant les informations à mesure qu'elles lui étaient délivrées.

— Moi, continua Erika, j'ai deux témoins qui ont vu Andrea. Au Glue Pot. Et la nuit même où elle a disparu.

— Mais une a joué les filles de l'air et l'autre est une droguée, une alcoolique et une prostituée notoire, objecta Marsh.

— Peut-être, monsieur. Néanmoins, Ivy Norris est…

— Ivy Norris est une paumée ! s'écria Sparks. Elle chie sur la housse des voitures de brigade quand elles sont au parking ! C'est une de ses spécialités !

— Monsieur, même si vous considérez que ma piste n'est pas fiable, reconnaissez que celle de Sparks est fondée sur de pures présomptions ! Et accordez-moi au moins que nous pouvons prendre cette enquête par deux bouts différents. Je pense que nous devrions utiliser mes informations sur le Glue Pot dans l'appel à témoins qui va être lancé par Sir Simon cet après-midi.

Marsh repoussa la proposition d'Erika.

— DCI Foster, nous nous adressons à des gens que les médias appâtent avec du déballage de linge sale. Celui de Lord Douglas-Brown, sa femme, sa famille, et, bien sûr, Andrea qui ne peut plus se défendre de ces accusations.

— Ce ne sont pas des accusations !

— Bien sûr que si, monsieur ! contra Sparks. Le Glue Pot est un lieu de racolage, tout le monde le sait. On fait régulièrement des descentes là-bas. Et je ne parle même pas de ce salopard qui faisait du porno pédophile à l'étage !

Marsh se rangea aux arguments de Sparks.

— Tout ce que nous révélerons sur Andrea Douglas-Brown sera instantanément déformé et disséqué par la presse. Il nous faut des faits avérés.

— Et si j'amène Ivy Norris ici pour qu'elle fasse une déposition ?

— Ça ne prouvera rien, affirma Marsh. Ce ne serait pas la première fois qu'elle ferait un faux témoignage.

— Mais, enfin, monsieur !

— Ça suffit, DCI Foster. Vous allez creuser la piste Marco Frost avec Sparks, est-ce que c'est clair ?

— Pour moi, oui, railla Sparks.

Erika hocha la tête.

— Bien. Je ne vous retiens pas, Sparks, conclut Marsh. Et ne vous réjouissez pas tant, mon vieux : on a tué une jeune fille, je vous le rappelle.

Sparks parut mouché. Il quitta le bureau. Une fois qu'il fut seul avec Erika, Marsh l'observa un moment.

— Erika, je soutiens les initiatives de mes officiers, j'apprécie qu'on en prenne, mais vous devez respecter les règles et me tenir informé... Et puis, essayez de cultiver un semblant de vie privée ; prenez votre soirée... et faites votre lessive, par exemple.

Erika se rendit compte seulement maintenant que sa veste puait la bière.

— Êtes-vous allée chez le médecin, au moins ?

Elle secoua la tête.

— Vous irez ce soir. C'est un ordre.

— Entendu, monsieur. Je vous avais apporté ceci...

Elle tendit à Marsh le contrat de l'appartement.

— Parfait. Il n'y avait pas de problème ?

— Non.

En sortant du bureau de Marsh, elle trouva Woolf dans le couloir. Il l'attendait.

— Je ne vous ai pas balancée, dit-il. Il a reçu un coup de fil du propriétaire du Glue Pot. Ensuite, il a demandé le journal de bord de la réception.

— Ça ira, ne vous inquiétez pas. Merci.

Woolf sortait d'une longue nuit de garde. Il se dirigea vers les vestiaires pour se changer. Ensuite, il rentrerait chez lui. Erika, elle, se demanda qui d'autre, parmi les voyous londoniens, avait le pouvoir de décrocher son téléphone pour appeler le Chief Superintendent Marsh.

24

À la mi-journée, la salle des opérations était au plus fort de son activité fiévreuse. Les téléphones sonnaient de tous les côtés, les fax et les imprimantes crachaient du papier et les officiers de police entraient et sortaient sans arrêt. Au milieu de cette effervescence, Marsh, Sparks et Erika planchaient avec Colleen Scanlan, la chargée de communication, une femme revêche et imposante.

— Donc, je termine mon introduction et je passe la parole à Sir Simon, dit Marsh. Il a demandé à utiliser un prompteur. On peut lui arranger ça ?

— Bien sûr. Il suffit qu'il nous donne son texte définitif une heure ou deux heures avant sa déclaration, répondit Colleen.

— OK. Alors, si je récapitule, Sir Simon dira : « Andrea était une innocente jeune femme de vingt-trois ans, qui aimait s'amuser et avait toute la vie devant elle… », et là, la photo d'Andrea apparaît sur l'écran derrière nous. « Elle n'avait jamais nui à personne, ni fait souffrir qui que ce soit. C'est une véritable tragédie. Vous avez devant vous un père brisé qui vous supplie de l'aider... » Hum... « supplie », ce n'est pas un peu fort ? « demander » suffirait, non ?

— « Supplier » touchera davantage, répondit Colleen. Sir Simon mobilisera mieux l'émotion qu'en ayant l'air de solliciter un service.

— Tous ces détails sémantiques sont une perte de temps, répliqua Erika. Soyons efficaces, par pitié...

— Soit. On garde « supplier ».

Erika bouillait intérieurement. L'équipe s'était emparée de la théorie de Sparks avec un zèle exaspérant. Évidemment, vu de l'extérieur, cette piste pouvait paraître plus crédible que la sienne. Elle s'en voulait vraiment d'avoir été assez bête pour aller enquêter seule au Glue Pot et au Crown. Elle aurait dû emmener Moss et Peterson ; eux aussi auraient entendu la serveuse et Ivy Norris. Au lieu de quoi, elle en était réduite à superviser leurs recherches sur Marco Frost...

Quand elle retournait la théorie de Sparks dans sa tête, il arrivait parfois qu'un doute la traverse – mais ce doute ne résistait pas à ce que lui criait son instinct. Elle avait l'intime conviction d'avoir déniché une piste au Glue Pot. D'accord, un témoin pouvait mentir et la valeur morale des siens ne volait pas haut. Mais était-il vraisemblable qu'Ivy et Kristina aient inventé exactement le *même* mensonge ? Et puis, toutes deux vivaient en marge de la loi ; il aurait été davantage dans leur intérêt de ne rien dire du tout, plutôt que de mentir sur une affaire de meurtre...

— Votre avis, DCI Foster ?

Erika se rendit compte que Marsh s'adressait à elle.

— Devrions-nous mentionner la vidéo de Tina Turner ? dit-il. Colleen y est favorable.

— Pardon, j'ai un peu perdu le fil...

— Nous parlions du Rivoli Ballroom. C'est une vieille salle très connue du public. Colleen pense que cela permettrait de frapper les esprits et de favoriser le bouche-à-oreille.

Erika demeura perplexe.

— Tina Turner a filmé la vidéo de *Private Dancer* au Rivoli Ballroom en 1984, lui expliqua Colleen.

— Ah oui ?

— Oui. Alors ajoutons-nous cet élément à l'appel à témoins, avec la photo de la salle de concert ?

Erika acquiesça d'un signe de tête et passa en revue le plan de communication qu'ils étaient en train de mettre sur pied.

— À quelle étape comptons-nous préciser qu'Andrea était à Forest Hill ? Sa pochette rose a été retrouvée sur London Road...

— Quand on passe par les médias, expliqua Colleen, il ne faut pas se noyer dans les détails mais être concis, cibler au maximum. Si nous communiquons des noms de lieux, les gens vont s'y perdre, ajouta-t-elle d'un ton vaguement condescendant.

— Je suis au courant de ces principes, merci, répliqua Erika. Seulement cet appel représente pour nous une chance exceptionnelle de récolter des informations. Notamment sur l'endroit où Andrea a été enlevée.

— Nous avons des suspicions mais aucune preuve indiscutable, objecta Marsh. Pas d'enregistrement CCTV ni de témoins. Le tueur a certainement utilisé une voiture et il se peut qu'il ait jeté le sac par la fenêtre sur London Road.

— Inutile de me rappeler les détails de ma propre enquête !

Erika n'eut pas d'autre choix que de s'incliner. En dépit de ses arguments et même s'il lui en coûtait, le nom du Glue Pot ne serait pas mentionné. Pas plus que le fait qu'Andrea ait pu emprunter London Road. Et une heure plus tard, la réunion était terminée.

Crane sélectionna un cappuccino à la machine à café puis inséra des pièces.

— Ça va, patron ? Le TFL nous a envoyé des docs, dit-il. Et on a aussi reçu des trucs de la part de quelques taxis noirs qui sont passés par London Road.

La machine bipa. Crane se pencha et saisit le gobelet plein.

— Je parie que ça n'a rien donné...

Il secoua la tête et but une gorgée de café.

— Ce Marco Frost va être très difficile à retrouver. Il a travaillé au Caffè Nero, sur Old Compton Street, et après on ne sait pas. Son numéro de téléphone ne correspond pas non plus.

— Persévérez. Il est peut-être parti avec Barbora Kardosova.

— Ah ! Ça, c'est une autre théorie, patron.

— Tenez-en compte, répondit Erika.

À son tour, elle inséra des pièces dans la machine et sélectionna un grand espresso.

25

En prévision de l'allocution de Sir Simon, la salle des opérations avait été transformée en plate-forme téléphonique afin de recevoir les appels du public. L'appel à témoins serait diffusé en direct sur la BBC, Sky News et des chaînes d'information continue. Six agents étaient chargés de répondre.

Une heure avant, Erika, Sparks, Marsh et Colleen avaient quitté Lewisham Row pour se rendre au Thistle Hotel, près de Marble Arch, où se tiendrait la conférence de presse. Pendant ce temps, Moss et Peterson poursuivaient leurs recherches sur Marco Frost. En se rendant au Caffè Nero, ils avaient abouti à une impasse : Frost ne faisait plus partie du personnel depuis un an et l'adresse de ses parents ne menait pas loin non plus ; son père et sa mère étaient morts dans le courant de l'année, à six mois d'intervalle. Marco, qui vivait avec eux, avait déménagé. Le propriétaire de l'appartement, contacté par Moss, n'avait pu leur communiquer qu'un numéro de téléphone, celui de l'oncle et de la tante de Frost...

La salle de conférences était déjà comble. Les journalistes, les photographes, les techniciens armés de leurs caméras patientaient dans l'immense pièce dont la moquette étouffait le bruit des pas. Face aux rangées de sièges, une estrade garnie d'une table équipée de micros. Derrière l'estrade, trois écrans affichant le logo bleu de la police métropolitaine. De chaque côté, de grands écrans plats sur lesquels se succédaient en live des images de BBC News Channel et Sky News. Le son était éteint mais une bannière annonçait la prochaine conférence de presse.

Erika n'avait jamais aimé qu'on sollicite les médias dans une affaire. Cela plaçait la police en porte-à-faux. Un jour, on repoussait les journalistes, on leur reprochait de fourrer leur nez partout et de déformer les faits ; le lendemain, on les invitait à quelque chose qui ressemblait un peu trop à une performance théâtrale...

Colleen apparut à point nommé pour l'arracher à son embarras. Il était temps d'aller au maquillage.

— Juste un peu de poudre pour éviter de briller, dit-elle à Erika.

Mais à la façon dont elle regarda sa montre, la chargée de communication lui donna l'impression que, pour la rendre à peu près présentable, il aurait fallu disposer de bien plus de temps qu'il n'en restait. L'hôtel avait mis à leur disposition une salle plus petite. On pouvait s'y asseoir confortablement et s'y rafraîchir. Marsh était en uniforme. Une maquilleuse s'occupait de lui. Une autre s'occupait de Sparks. Tous deux étaient en grande conversation avec Sir Simon et Lady Diana qui tenait la main de son mari et se tamponnait les yeux. Quand ils se rendirent compte qu'Erika les avait rejoints, elle les salua de loin. Lady Diana lui répondit, mais Sir Simon l'ignora et poursuivit sa conversation.

— Erika, lui glissa Colleen, ils ont presque fini. Ça va être votre tour.

Erika se servit un verre d'eau puis alla patienter près de la fenêtre. En contrebas, les voitures tournaient autour de Marble March.

Linda et David arrivèrent. David était très pâle. Quant à Linda, elle portait un pull rouge vif décoré d'une frise de chats blancs, en tutu, debout sur leurs pattes arrière. Une légende indiquait : nous dansons le cha-cha… Une tenue voyante et inadaptée à la situation. Elle se servit un jus d'orange et grimaça en voyant les maquilleuses.

— Je déteste qu'on me barbouille. Jimmy Savile[1] refusait toujours qu'on le maquille quand il passait à la télévision. Il disait qu'il voulait que les gens le voient tel qu'il était vraiment. Quelle ironie, non ? conclut-elle en chassant sa frange d'un mouvement de la tête.

Ne sachant que dire, Erika se contenta d'acquiescer.

— Je lui ai écrit, quand j'étais petite, poursuivit Linda. Je voulais qu'il me fasse visiter les studios Disney et qu'il me dessine un chat. Vous savez, un dessin d'animation. Ceux auxquels on ajoute chaque fois une toute petite différence…

— C'est bon, coupa David en soupirant. Je suis sûr que la DCI Foster sait parfaitement comment on fabrique un dessin animé.

Il jeta à Erika un regard compatissant.

---

1. Jimmy Savile fut une importante personnalité des médias au physique atypique et ingrat. Il fut très aimé du public britannique, notamment pour ses actions charitables, avant que le scandale des multiples agressions sexuelles dont il s'est rendu coupable soit révélé après sa mort en 2011.

— Évidemment, il ne m'a jamais répondu… conclut Linda dans un rire désabusé. Même Jimmy Savile ne me calculait pas.

— Nom d'un chien, Linda ! s'écria David en posant bruyamment son verre sur la table.

Sa sœur sursauta.

— Est-ce qu'une fois dans ta vie tu pourrais te comporter normalement ! Tu débarques avec ce pull ridicule, et maintenant tu te crois drôle !

Sur ces mots, il s'éloigna.

— Je ne plaisantais pas, se défendit Linda, rougissante, et qui, une fois de plus, chassa ses cheveux de ses yeux. J'avais envie de visiter les studios ! Vraiment !

Erika fut soulagée que Colleen interrompe cet échange et vienne la chercher pour la mettre entre les mains de la maquilleuse. Marsh et Sparks, quant à eux, se tenaient maintenant tout près de la porte de la salle de conférences, avec Sir Simon et Lady Diana. Au moment où elle s'asseyait, un technicien approcha pour annoncer qu'il leur restait deux minutes avant le début de l'intervention. Comme son téléphone sonnait, il lui demanda de l'éteindre.

— Ça crée des interférences avec nos systèmes.

Mais le nom de Moss s'affichait sur l'écran d'Erika.

— Je ferai vite, promit-elle.

Elle s'isola à côté de la fenêtre et prit l'appel.

— Patron ? J'ai essayé Sparks et le Superintendent, mais ils ne répondent pas.

— On nous a demandé d'éteindre pour des raisons techniques.

— On a retrouvé Marco Frost. Il vit avec son oncle à North London.

Erika se tourna vers la porte de la salle. La conférence ne tarderait plus à commencer…

— Il y a encore deux jours, Frost était à Puglia, en Italie, continuait Moss. Il a passé Noël là-bas avec son oncle et sa tante et ils ont prolongé leur séjour pour rendre visite à des membres de la famille. Avec la voiture de l'oncle, qui tient une épicerie près d'Angel. Ils ont rapporté un stock d'huile d'olive, de viandes, etc.

Erika jubilait.

— Donc, Frost a un alibi.

— Ben oui… Il a même utilisé sa carte de crédit, là-bas. Ce n'est pas lui qui a tué Andrea.

Colleen attrapa Erika par le bras.

— On vous attend, DCI Foster, dit-elle avec insistance. Et éteignez-moi ça.

— Beau travail, Moss, reconnut Erika.

— Franchement, je me demande… On n'est pas plus avancés… Enfin, il y a votre théorie.

— Il faut que je vous laisse, Moss. On se rappelle.

Erika raccrocha. Les autres entraient en salle de conférences. Elle éteignit son téléphone. Sir Simon entra le premier, suivi de Marsh puis de Sparks. Frost n'avait pas tué Andrea. La piste de Sparks s'effondrait. Plus que jamais, ce qu'Ivy et Kristina lui avaient raconté revenait la tarauder. On avait vu Andrea au Glue Pot avec un brun et une blonde. Ces deux-là étaient forcément quelque part. Et l'assassin aussi.

De nouveau, Colleen lui fit comprendre qu'il fallait qu'elle se dépêche. Au même moment, Giles Osborne surgit par la porte de derrière, enveloppé dans un grand manteau. Il se dirigea aussitôt vers Lady Diana que ses enfants étaient en train de réconforter, et, tout en se débarrassant de son écharpe, il s'excusa d'arriver si tard.

— Ça n'a pas commencé, au moins ?

Lady Diana secoua la tête. Elle sanglotait.

— Tout de suite, DCI Foster ! siffla Colleen.

Alors Erika prit sa décision. Une décision dont elle savait déjà qu'elle aurait de lourdes conséquences. Elle respira une bonne fois, mit un peu d'ordre dans ses cheveux, et entra dans la salle...

26

Toute l'équipe se rassembla devant l'écran de télévision de Lewisham Row. La BBC News Channel lança le compte à rebours du prochain bulletin et, bientôt, la salle de conférences apparut en plan large. Sparks, Foster, Marsh et Sir Simon, les traits tirés, étaient assis à la table, sur l'estrade. Sir Simon commença à lire sa déclaration tandis que des photos d'Andrea se succédaient – la photo du permis de conduire, qui avait fait le tour des médias, et une photo inédite, de vacances. Toute la famille souriait à l'objectif, sur fond de mer bleue. David, particulièrement. Linda arborait son expression habituelle, molle et maussade.

— C'est très touchant, je l'avoue, admit Crane.

— Ça ressemble un peu trop à une opération de com' bien ficelée pour une association caritative, non ? Tu crois que les gens se sentiront suffisamment concernés pour appeler, s'ils ont vu quelque chose ?

Sir Simon terminait. La caméra dézooma et, de nouveau, les autres intervenants apparurent à l'écran. C'était le tour du Superintendent Marsh. Mais, au moment où il s'apprêtait à prendre la parole, Erika tira le micro à elle. Puis elle s'adressa à la caméra :

— Les événements qui ont conduit à la disparition d'Andrea sont encore flous et nous avons besoin de votre aide. Nous appelons quiconque aurait aperçu la jeune fille la nuit du 8 janvier à nous contacter. C'était un jeudi. Nous pensons qu'Andrea a passé une partie de la soirée au Glue Pot, un pub sur London Road, dans South London, à Forest Hill, entre 20 heures et minuit. Elle a été vue là-bas en compagnie d'un homme brun et d'une femme blonde. Il est possible aussi qu'Andrea ait emprunté London Road sur ce même créneau horaire, du côté du Horniman Museum, où son corps a été retrouvé. Toute information, tout détail peut nous être précieux. Appelez le numéro qui va s'afficher dans quelques instants.

Peterson prit l'air étonné.

— C'était prévu, ça ?

— Non, répondit Moss.

Ils regardèrent Marsh hésiter sur la position à tenir. Il jeta un coup d'œil à Erika puis se décida à récupérer le micro.

— Nous souhaitons... ajouter que... cette piste... Andrea aurait pu être en route pour un spectacle donné ce soir-là au Rivoli Ballroom, une salle à proximité de la gare de Forest Hill, où elle est descendue la nuit du 8 janvier.

Un silence ponctua son intervention. La caméra dézooma de nouveau.

— Qu'est-ce qu'il fait ? dit Moss, visiblement catastrophée. Bon Dieu, on dirait que c'est lui qui improvise, pas Foster...

Pour ajouter à la confusion, tantôt les caméras cadraient serré le Superintendent, tantôt elles filmaient des plans larges de la salle de conférences ou de groupes de journalistes. Finalement, Marsh revint à son texte et conclut.

— Nos agents sont prêts à prendre vos appels dès maintenant. Nous vous remercions.

Les studios de BBC News réapparurent à l'écran. Le numéro de téléphone et l'adresse mail s'affichèrent derrière la présentatrice, qui les reprit de vive voix et répéta les noms du Glue Pot et du Rivoli Ballroom puis s'excusa de n'avoir pu diffuser de photo du pub.

À Lewisham Row, le malaise s'installa. Mais les téléphones commencèrent à sonner.

27

Fébrile, Erika se leva sitôt les caméras éteintes. Les journalistes se dispersaient et les photographes se massaient déjà devant les portes pour quitter la salle. Sir Simon fulminait ; elle l'entendit lancer à Marsh :

— Bon Dieu, qu'est-ce que c'est que ce cirque ! Je croyais que nous étions d'accord sur le déroulement de cette conférence ?

Il posait un regard presque désespéré sur la presse qui abandonnait les lieux. Marsh interpella Erika.

— DCI Foster !

À leur tour, lui et Sparks s'étaient levés. Erika les ignora. Elle s'empressa de descendre l'estrade, sourde aux appels qui résonnaient dans son dos, hâtant le pas vers la porte palière. Là, elle s'engouffra dans l'escalier de secours et descendit à toute allure les trois étages. Enfin, elle était dehors ! Dans la rue. Elle reprit son souffle. Offrit son visage en feu à la pluie qui commençait à peine à tomber et qui lui picotait les joues. Elle n'était pas folle, elle était bien consciente que fuir la réaction à chaud de Marsh ne lui en épargnerait pas les conséquences voire les sanctions. Mais, au fond, elle savait qu'elle avait fait le bon choix. Qu'elle avait agi dans l'intérêt d'Andrea. Cette pauvre fille qui ne pouvait plus réclamer justice.

Elle se mit à marcher. La pluie tombait plus dru, à présent. Elle rejoignit la bousculade d'Oxford Street, indifférente au monde extérieur, absorbée dans ses pensées. Mais, insidieusement, à mesure que retombait l'adrénaline, le doute vint s'insinuer en elle. Elle commença à se demander si elle avait bien fait de déserter la salle de conférences. Et si elle n'avait pas eu tort de fuir, de ne pas défendre sa peau et sa position face à Marsh. En ce moment, ils devaient tous être en train de parler de son coup d'éclat, de sauter aux conclusions, de prendre des décisions – sans elle. De réfléchir à la marche à suivre, désormais – sans elle.

Elle s'arrêta. La pluie battait le trottoir. C'était l'heure de pointe. La foule déferlait autour d'elle, un fleuve de parapluies, de têtes couvertes qui l'évitaient sans la voir vraiment, de corps arc-boutés contre la pluie et qui s'amassaient devant l'entrée trop étroite du métro. Erika avait besoin de réfléchir. Que devait-elle faire, tout de suite ? Retourner à la salle de conférences ?... Non, son attitude serait interprétée comme une preuve de faiblesse. Alors elle se remit en route et se fondit dans la foule...

Il était tout près derrière elle. Deux personnes seulement les séparaient. Mais, dans cette masse compacte et uniforme, où les visages disparaissaient sous les capuches et les parapluies, il n'était qu'un parmi tant d'autres aux abords de la station de Marble Arch. Pas besoin de tenue noire, cette fois.

Elle était facile à suivre parce qu'elle était la seule à marcher tête nue malgré cette pluie. Elle avait juste remonté le col de sa veste de cuir.

Elle est en train de devenir un sacré problème pour moi. Elle en sait beaucoup plus que ce que je croyais, maintenant qu'elle est allée parler aux gens, dans ce putain de pub. Et cette conférence... Je pensais qu'elle était un débris. Finie, la flic brillante d'autrefois. À terre. Mais c'est comme si elle avait fait semblant ! Que c'était du flan ses airs angoissés, sa déprime...

Il s'approcha encore. Entre elle et lui, il n'y eut plus qu'un type costaud à mallette, genre businessman en imperméable. Elle remonta son col un peu plus haut.

Elle est larguée, malheureuse, elle n'a pas d'homme pour la protéger. Elle pourrait penser au suicide. Tant de gens y recourent... Cette connasse qui n'a plus que la peau sur les os, ça me ferait jouir de lui passer un coup de fil – de la surprendre la nuit, dans son lit. Je mettrais mes mains autour de sa gorge de moineau, là où ses tendons sont bien visibles, et je regarderais ses yeux devenir noirs... Mais c'est pour plus tard. Pour l'instant, j'ai une visite plus urgente à faire...

Il se laissa emporter avec elle par le flot des voyageurs jusqu'à la station de Bond Street. Se colla à elle tandis qu'elle jouait des coudes pour se mettre à l'abri sous un grand auvent. C'était le bon moment... Il prit l'enveloppe et la glissa dans la poche d'Erika. Puis, alors que l'entrée de la station redevenait praticable, il recula et s'éclipsa à grands pas.

Comme tous ceux qui, autour de lui, étaient pressés d'aller quelque part.

Erika émergea du hall de Brockley Station. Découvrir son nouveau quartier à la lumière du jour la jeta dans un trouble inattendu et profond. L'agitation de la rue. L'éclair rouge de la camionnette du Royal Mail qui venait de passer devant ses yeux. Le facteur qui se garait devant la boîte postale et récupérait un gros sac de courrier plein à craquer. Les rires aussi aigus que des cris qui provenaient du café, de l'autre côté. C'étaient deux femmes, emmitouflées, installées à une table, dehors. Elles fumaient. Leurs tasses portaient la marque grasse de leur rouge à lèvres. Le serveur vint débarrasser. Un garçon séduisant, avec un piercing. Il se pencha pour leur dire quelque chose et, de nouveau, elles éclatèrent d'un rire à vriller les tympans.

L'angoisse d'Erika n'avait cessé de monter pendant le trajet. Son cœur battait anormalement fort et vite, et elle avait l'impression de voir le monde extérieur à travers une vitre vaguement déformante. Elle avait besoin d'une cigarette. Elle fouilla dans son sac pour prendre son paquet, et en alluma une. Sa main tremblait. Sur le trottoir d'en face, le beau serveur et ses clientes continuaient de bavarder. Elles minaudaient avec une assurance et un plaisir évidents.

— Non, non, non. Pas de ça ici !

Qui lui parlait ? Elle chercha d'où venait la voix. Un agent en uniforme de South West Trains s'était approché. Un type ventru, la moustache et les cheveux grisonnants.

— Ma belle, ça vous plairait que je vous colle une amende de mille livres ?

Un vertige soudain la saisit.

— Pardon, qu'est-ce que vous disiez ?

— On n'a pas le droit de fumer dans les gares... Mais j'ai la solution. Faites un pas en avant. Allez !

Perplexe, Erika obtempéra. Un pas en avant.

— Eh bien, voilà, ma belle ! Maintenant, vous êtes sortie de la gare.

Il désigna le pied d'Erika, désormais posé sur la chaussée.

— OK, dit-elle, faute de savoir quoi répondre.

Et comme l'homme la regardait d'un air désabusé, elle prit tout à coup conscience qu'il avait voulu se montrer bienveillant. Trop tard pour le remercier ; il s'éloignait déjà en maugréant. Elle tira sur sa cigarette. Décidément, elle ne se sentait pas solide sur ses jambes. Les battements de son cœur ne se calmaient pas. Le monde tournait. Là-bas, les deux femmes qui papotaient en consultant la carte des vins et s'amusaient avec le serveur. À l'angle de la rue, le vieux qui choisissait des cartes de vœux sur un tourniquet, devant le marchand de journaux. Les deux vieilles dames qui ployaient sous le poids de leurs sacs à provisions et semblaient lancées dans une grande conversation...

Elle prit appui contre un mur, essaya de rassembler ses esprits. La vérité, c'est qu'elle se révélait incapable d'être une personne « normale ». Elle pouvait regarder sans flancher des cadavres, affronter en interrogatoire des délinquants sexuels violents, garder son sang-froid face à la menace d'un couteau, mais vivre dans le monde ordinaire comme un être ordinaire, être un membre de la société... ça, ça lui foutait une trouille bleue. Et comment allait-elle s'en sortir, seule, sans compagnon, sans amis ?...

L'énormité de ce qui s'était passé lui revint en pleine face. Elle avait pris la main en pleine conférence de presse. Dans une affaire de meurtre impliquant la haute société londonienne. Et si elle était complètement à côté de la plaque ? Elle accéléra le pas autant qu'elle put. La nausée, le vertige grandissaient. Une sueur glacée plaquait ses cheveux à son col. À peine chez elle, elle s'effondra sur le canapé. La pièce tournait. Une aura était en train de se former dans son champ de vision. Elle battit plusieurs fois des paupières pour chasser le halo, fit rouler ses yeux dans leurs orbites – mais la tache suivait les mouvements. Un spasme lui souleva l'estomac. Elle se rua vers la salle de bains. Il s'en fallut de peu qu'elle n'arrive pas à temps aux toilettes. À genoux, secouée de haut-le-cœur, elle vomit. Une fois. Deux fois. Se relever fut un cauchemar. Elle se rinça la bouche, agrippée des deux mains au lavabo. Le sol se dérobait et tanguait. Elle leva les yeux. Le miroir lui renvoya son reflet. Elle avait une tête effrayante – les yeux creux, le teint vert. Et cette aura opaque qui s'étendait. Qui commençait à voiler sa propre image. Bon sang, qu'est-ce qui lui arrivait ?

Elle retourna dans le salon en titubant et, guidée par les murs, l'encadrement de la porte et enfin le côté du canapé. Elle n'y voyait quasiment plus rien. Elle inclina la tête et se servit de sa vision périphérique. Où était sa veste ? Sur le bras du canapé. Elle fouilla dans ses poches. Trouva son téléphone. Éteint. Bien sûr. Elle ne l'avait pas rallumé après la conférence de presse. Alors la panique s'empara d'elle. La nausée la reprit. Le sang battit plus fort dans sa tête. Elle était en train de crever. Crever, seule.

Elle réussit à trouver le bouton « on » de son téléphone.

Déchargé. Mort.

Elle tomba brutalement en avant. Le visage contre le sofa. Elle était terrifiée. Est-ce que ça pouvait n'être qu'une migraine particulièrement violente ? Elle n'eut que le temps de se poser la question. Autour d'elle, tout fut avalé par une spirale noire.

Erika avait l'impression de se mouvoir dans une obscurité totale et de tâtonner en direction d'une sonnerie
étouffée qui résonnait quelque part. Ça se rapprochait.
Et soudain, elle crut que ses tympans allaient éclater :
la sonnerie résonnait juste à côté de son oreille. Elle
avait la joue posée sur quelque chose de mou dont se
dégageait une vague odeur de friture et de tabac, et
elle était agenouillée sur le parquet.

Elle s'assit sur ses talons, releva la tête. Il faisait
nuit. La lumière de l'éclairage public entrait par une
fenêtre… Ça lui revenait, maintenant, elle se trouvait dans son nouvel appartement. Son téléphone sonnait et vibrait. Là, sur la table basse. Il se tut.

Elle avait la bouche affreusement sèche et une
migraine épouvantable. Elle se mit debout comme
elle put et alla se servir un grand verre d'eau. Mais à
peine le verre reposé, elle rendit tout ce qu'elle avait
bu. En revanche, elle avait recouvré une vision normale. Peut-être ne lui était-il rien arrivé de trop grave,
alors ?

Le téléphone sonna de nouveau. Marsh, certainement. Dans ce cas, elle allait répondre, histoire d'en finir tout de suite.

— Erika ? C'est bien toi ?

La voix était si familière… Les larmes montèrent. Edward. Le père de Mark. Elle avait oublié à quel point leurs voix se ressemblaient. Ces intonations communes. L'accent chaleureux du Yorkshire.

— Oui, c'est moi, répondit-elle enfin.

— Je suis resté silencieux longtemps, je sais… Enfin, j'appelle pour te dire combien je m'en veux.

— De quoi ?

— Des choses que je t'ai dites. Je regrette.

— Tu en avais le droit, Edward. Moi-même, j'arrive à peine à me regarder en face…

L'émotion la submergea. Les sanglots. Les mots qui se bousculaient pour essayer de dire à cet homme qu'elle aimait tant, comme un père, qu'elle avait échoué à protéger son fils et ne se le pardonnait pas.

— Erika, ma chérie, ce n'était pas ta faute… j'ai lu une copie de la transcription de l'audience.

— Comment te l'es-tu procurée ?

— J'ai fait valoir le Freedom of Information Act[1]… Ils t'ont cuisinée, dis donc.

— C'est tout ce que je méritais. J'aurais dû creuser plus, vérifier et revérifier…

— On ne peut pas passer sa vie à refaire l'histoire, Erika.

---

1. Loi pour la liberté de l'information qui, depuis 2000, autorise l'accès du public aux informations détenues par les autorités.

— Je ne m'en remettrai jamais. Si seulement je pouvais revenir en arrière, si seulement ! Jamais je ne…

Sa phrase mourut dans un flot de larmes qu'elle essuya du revers de la main.

— Arrête, maintenant, lui dit son beau-père avec bienveillance. Je ne veux pas entendre un mot de plus. Sinon, gare à toi !

Il faisait l'effort de plaisanter, mais tous deux partageaient le même grand chagrin.

— Et toi, comment vas-tu ? demanda Erika.

Une question stupide, bien sûr.

— Je m'occupe. Figure-toi que je me suis mis à la pétanque. Qui l'eût cru, n'est-ce pas ? Ma technique est très médiocre, même pour un vieux bonhomme comme moi, mais il faut bien se distraire l'esprit.

Il marqua une pause, puis reprit plus bas :

— Ma chérie, j'ai fait faire une stèle pour la tombe de Mark. C'est superbe.

Elle ferma les yeux. Impuissante, elle vit malgré elle se former sous ses paupières l'image, macabre, de ce qui devait rester de Mark sous la terre. Des os, rien que des os dans un costume élégant.

— Tu peux venir quand tu veux. Tu seras toujours la bienvenue. Penses-tu rentrer bientôt à la maison ?

La maison ? Erika n'avait plus la moindre idée de ce que c'était que d'avoir un foyer.

— J'ai repris le boulot, répondit-elle. À Londres.

— Oh ! C'est une bonne chose.

— Mais je viendrai. Quand j'aurai fini.

— Parfait. Sur quoi tu travailles en ce moment ?

Avait-il vu la conférence de presse à la télévision ? En tout cas, elle ne se sentait pas le cœur de lui dire elle-même qu'elle traquait un assassin bestial.

— J'ai rejoint une équipe de la police métropolitaine.

— Si tu prends un peu de repos, viens me voir, ça me fera plaisir.

— À moi aussi.

— Je passe souvent devant votre maison. Elle a été louée à un jeune couple. Ils ont l'air gentils mais, quand même, je ne suis pas allé les voir ni rien. Je ne sais pas très bien comment je leur expliquerais qui je suis.

— Edward, je n'ai rien jeté. Tout est au box de stockage. On devrait peut-être regarder dans les cartons, je suis certaine qu'il y a des choses qui...

— Plus tard. Ne brûlons pas les étapes...

— Au fait, qui t'a donné mon nouveau numéro de téléphone ?

— Ta sœur. J'espère que ça ne te contrarie pas ? Elle m'a dit que tu campais sur son canapé.

— Bien sûr que non. Excuse-moi pour la question. Déformation professionnelle. Il faut toujours que j'enquête sur tout.

— Erika, je veux que tu saches que tu n'es pas seule. Les gens d'ici ont été moches avec toi, et, certes, on ne peut pas trop les blâmer, pour la plupart, seulement, toi aussi tu as perdu Mark...

Sa voix se brisa.

— Je déteste te savoir seule. Je suis là, moi, ma chérie, même si ce n'est pas pareil.

— Merci, murmura Erika.

— Bon... Ce coup de fil à Londres est en train de me coûter une fortune, reprit Edward en forçant sa bonne humeur. Je te laisse... Ça m'a fait du bien de t'entendre, Erika. Rappelons-nous bientôt.

Il raccrocha. Erika posa la main sur sa poitrine et prit une profonde inspiration. Soudain, elle eut très chaud et elle dut ravaler une crise de larmes. La sonnerie du téléphone résonna de nouveau ; cette fois, c'était Moss.

— Patron ? On vous cherche partout. Où êtes-vous ?

— Chez moi.

— On vient de découvrir un autre cadavre. Dans l'eau aussi mais à Brockwell Park.

— On sait qui est la victime ?

— Vous n'allez pas le croire, c'est Ivy Norris...

30

Moins de cinq kilomètres séparaient la scène de crime du Horniman et le Brockwell Park de Dulwich. Erika passa en trombe devant la tour de l'horloge éclairée ; elle indiquait 22 h 25. La pluie commençait à tomber. Aux premières grosses gouttes qui s'écrasaient sur le pare-brise succéda très vite un déluge de tous les diables qui lui boucha la vue et tambourina sur le toit. Elle lança les essuie-glaces et se pencha pour percer le rideau de pluie et tenter de distinguer ce qui se passait dehors. Deux agents en uniforme interdisaient l'accès au lido, barré par un cordon. Elle descendit de voiture, aussitôt assaillie par des tourbillons d'eau assourdissants.

— DCI Foster ! cria-t-elle en brandissant sa carte.

Les agents levèrent le cordon et elle pénétra dans l'espace du lido. L'été, l'endroit faisait le bonheur des familles qui venaient y pique-niquer et s'y baigner. Mais dans l'obscurité de cette pluie apocalyptique de janvier, et à cette heure avancée, il s'en dégageait une atmosphère lugubre et déprimante.

Moss et Peterson ne tardèrent pas à rejoindre Erika. Équipés de lampes torches, ils s'orientèrent en suivant d'étroits chemins bétonnés, laissant derrière eux un glacier fermé et un pavillon défraîchi ; finalement, ils aboutirent à un espace ouvert trop noir pour qu'ils y voient quoi que ce soit. Seuls les éclairs révélaient brièvement la grande piscine en plein air quand ils déchiraient le ciel. On entendait le tonnerre rouler au loin.

Ils avancèrent prudemment en direction de la tente déjà dressée par la police scientifique, guidés par un chemin de polythène déroulé au bord de l'eau. À genoux dans la boue, des experts en combinaison s'affairaient à relever les empreintes de pas avant que la pluie ne détruise tout.

Un agent vint les chercher, leur distribua des combinaisons blanches puis les conduisit jusqu'au cadavre. Isaac Strong était sur place.

— S'il vous plaît, leur demanda-t-il, montez par ici.

Il leur indiqua les petites estrades aménagées autour du corps pour éviter de piétiner les indices peut-être cachés par la boue. La pluie rugissait et frappait le toit de la tente. La lumière crue et implacable d'un halogène éclairait le corps inerte d'Ivy Norris. Son assassin l'avait abandonnée sur le dos, dans un chaos effroyable de vêtements déchirés et de terre détrempée. L'expression de terreur figée sur son visage, ses yeux écarquillés, rappelaient ceux d'Andrea. Mais elle était dans un état plus effrayant encore. Son nez n'était plus qu'une bouillie de chair et de sang séché. Elle portait le manteau et le pull qu'Erika lui avait vus au Glue Pot, quelques jours plus tôt, en revanche la partie inférieure de son corps était nue. Ses jambes faisaient mal à voir

– maigres, griffées de cicatrices, marquées de bleus et de traces de piqûres. Ses poils pubiens étaient collés les uns aux autres.

— Qui l'a trouvée ? s'enquit Erika.

— Des gosses. Ils sont entrés pour faire les malins. Un défi.

— Où sont-ils, pour l'instant ?

— Au centre communautaire. Accompagnés par vos agents. On a relevé leurs ADN.

— Ils ont vu quelque chose ?

— Rien. Il faisait trop sombre. L'un des gamins a trébuché sur le corps et il est tombé.

— Mon Dieu… murmura Moss. Vu l'état d'Ivy, il doit être complètement traumatisé.

Strong s'accroupit et se pencha sur le cadavre.

— On lui a brisé le nez. Et l'os de la pommette aussi. Il y a d'importantes marques de ligatures sur son cou.

Il tira doucement le pull d'Ivy sur son bassin.

— Je pense qu'elle a au moins quatre côtes cassées. Pour le reste, il faudra attendre l'autopsie. Autre chose : elle avait cent livres sur elle. En liquide. Dans son soutien-gorge. Ce qui me laisse penser que son assassin ne cherchait pas à la voler mais à avoir un rapport sexuel. Les premières analyses démontrent la présence de sperme dans le vagin.

— Ivy Norris se prostituait, rappela Moss.

— Peut-être que son assassin l'a attirée ici en l'appâtant avec ces cent livres ? renchérit Peterson.

— Ça ne suffit pas à conclure que le rapport était consenti, assena Isaac Strong. Il y a un énorme hématome dans la zone pelvienne.

217

— Je ne vois pas ses bras… reprit Erika.

Soudain, la possibilité macabre que l'assassin soit allé jusqu'à amputer Ivy venait de lui traverser l'esprit.

— Ligotés serrés dans son dos, répondit Isaac Strong.

Un de ses assistants souleva Ivy avec précaution ; les bras apparurent, plaqués contre son dos et étroitement liés, souillés de boue et de petits graviers. De son doigt ganté, Isaac Strong brossa les poignets de la victime.

— Vous voyez ? L'industrie utilise couramment ce genre de lien en plastique. Pareil pour le packaging.

Erika regarda les pieds d'Ivy, souillés de boue, enflés. La peau translucide et les veines apparentes. Les ongles sales et trop longs.

— On a trouvé ses chaussures ? demanda-t-elle.

— Dans la boue, répondit Isaac Strong. Et, regardez, il lui manque des touffes de cheveux sur chaque tempe. On dirait qu'on les lui a saisies à la racine et qu'on a tiré.

Il fit rouler la tête d'Ivy sur un côté, puis sur l'autre, exposant de larges plaques de cuir chevelu dénudé et piqueté de sang séché.

Autour d'eux quatre, le photographe mitraillait Ivy sous tous les angles. Chaque flash rendait sa peau plus transparente qu'elle n'était déjà et faisait émerger le réseau bleu de ses veines. Particulièrement sur ses tempes.

— Andrea a été tirée par les cheveux, elle aussi, murmura Erika.

— Heure du décès ? demanda Peterson.

— La température interne du corps m'amène à dire que la mort est survenue assez récemment. Mais le corps ayant été exposé au froid et à la pluie, je ne peux rien affirmer pour l'instant.

— Nos agents ont commencé à faire du porte-à-porte et des recherches dans le secteur, indiqua Peterson.

Ils regardèrent travailler le photographe. Une assistante de la scientifique glissa doucement les mains d'Ivy dans des sacs plastique afin de préserver les éventuelles traces d'ADN de son assassin.

— Voilà ce qu'elle avait sur elle, dit Strong.

Il se saisit d'un sac transparent.

— Un trousseau de clés, six préservatifs, cent livres en liquide et un bout de papier avec un numéro de téléphone.

Moss regarda de plus près le papier à travers le plastique ; puis elle déchiffra le numéro et jeta un coup d'œil à Erika.

— C'est le vôtre, patron.

— L'autre soir, au Glue Pot, quand j'ai parlé à Ivy du meurtre d'Andrea. Je lui ai dit qu'elle pouvait m'appeler à tout moment...

Bon sang, Ivy était morte et, avec elle, tout espoir d'en apprendre davantage par son intermédiaire.

— Est-ce qu'elle a essayé de vous téléphoner ? s'enquit Peterson.

— Aucune idée. Je n'ai pas écouté mes messages depuis que j'ai éteint mon portable avant l'appel à témoins.

Elle s'éloigna vers l'ouverture de la tente. De là, elle remarqua une silhouette, sur la rive. Et quand elle s'en approcha, elle reconnut Sparks. Qu'est-ce qu'il fabriquait ici ? Il ne faisait pas partie de l'unité d'intervention rapide.

— Sparks ? Qui vous envoie ? lança-t-elle.

— Le Superintendent Marsh. Il m'a donné la main sur l'enquête. Ce soir.

En dépit de l'horreur du crime et de la gravité de la situation, Sparks était incapable de cacher sa satisfaction. Elle se lisait sur ses traits.

— Vraiment ? s'écria Erika, incrédule. À 23 heures, et ici, sur la scène de crime ?

— Il a essayé de vous joindre, répliqua Sparks. Vous devriez décrocher votre téléphone.

— Je verrai ça demain avec lui. Pour l'instant, j'ai du boulot.

— Vous n'avez pas compris, Foster. Les instructions sont claires : c'est moi qui suis en charge de l'enquête. Et je veux que vous quittiez la scène de crime.

— Vous plaisantez ?

— Non. C'est un ordre.

— Je viens d'arriver, Sparks, et...

Sparks perdit son sang-froid.

— Je contrôle cette scène de crime, hurla-t-il, et je vous ordonne de dégager !

À cet instant, alerté par les éclats de voix, Isaac Strong sortit de la tente, suivi de Moss et Peterson. Il vint se camper derrière Erika.

— Je vous ai entendu, Sparks, dit-il froidement, et j'ai le sentiment que vous connaissez mal la procédure. Sur une scène de crime, c'est le légiste de la scientifique qui a le contrôle et qui, en conséquence, donne les ordres. Quand elle est arrivée sur les lieux, la DCI Foster avait la main, et c'est donc avec elle que je vais poursuivre et terminer mon débriefing. Alors à présent, Sparks, si vous souhaitez rester ici à titre d'observateur, je vais vous demander de suivre les règles, c'est-à-dire de vous mettre en combinaison afin de ne pas contaminer le périmètre. Et de la boucler.

Sparks s'apprêtait à riposter, mais un seul regard de Strong parvint à l'en dissuader. Un regard qui le défiait de lui opposer toute contradiction. Il se tourna vers Moss et Peterson.

— Demain matin, 8 heures ! leur dit-il. On va remettre de l'ordre dans cette enquête. Et je ne tolérerai aucun retard.

Il jeta un dernier coup d'œil furieux à Erika, puis partit à grands pas, accompagné par l'un des agents.

— Merci, Strong…

— Je ne l'ai pas fait dans le but d'obtenir votre gratitude, répondit Strong. Je suis totalement indifférent à vos rivalités professionnelles. Tout ce qui m'intéresse, c'est de conserver intacte cette scène de crime afin que vous puissiez faire votre job et qu'on retrouve l'assassin.

Erika retira sa combinaison, qui fut empaquetée pour partir au labo ; elle alla s'abriter de la pluie battante contre la façade du pavillon, puis alluma une cigarette et sortit son téléphone pour écouter son répondeur. Quatre messages de Marsh… Chaque fois plus enragés… Simon et Diana Douglas-Brown étaient « horrifiés », disait-il, de la manière dont elle avait détourné le cours prévu de la conférence de presse au profit de sa théorie fumeuse. Marsh se rangeait à leur point de vue. Il lui ordonnait de se présenter dès le lendemain matin dans son bureau pour rendre des comptes. Il concluait en disant : « Ignorer mes messages sera considéré comme un signe d'insubordination aggravée et un défi ouvert à mon autorité. »

Le dernier message était brouillé par toutes sortes de bruits. Erika entendit un juron, puis le son métallique de la monnaie qu'on glisse dans la fente d'un téléphone public.

— Salut, c'est Ivy... Ivy Norris. J'ai des trucs pour toi. Que tu veux savoir. Mais il faut que tu me files cent livres...

Trois bips rapprochés, encore un juron, et la communication s'interrompait. Erika réécouta le message. Ivy l'avait laissé sept heures plus tôt.

Elle appela le Sergeant Crane.

— Oui, patron ? dit-il d'une voix ensommeillée.

— Vous êtes toujours au poste ? Il y a eu des appels, suite à la conférence de presse ?

— Vingt-cinq, patron. Mais ces dernières heures, plus rien... On attend de voir si le numéro passe de nouveau aux infos du soir.

— J'espère qu'on a quelque chose d'intéressant ?

— Quatorze appelants sont déjà identifiés comme des dingues notoires ; chaque fois qu'on lance un appel à la télévision, ils se dénoncent... Il y en a même un qui continue de clamer qu'il a tué la princesse Diana. Il y a aussi eu dix appels de journalistes qui venaient à la pêche aux infos.

— Ça nous fait vingt-quatre appels...

— Le vingt-cinquième, c'était Ivy Norris. Elle a téléphoné quelques heures après l'appel à témoins. Depuis un téléphone public du Crown. Elle était complètement incohérente mais elle a laissé son nom et elle voulait vous parler personnellement. Vous avez écouté vos messages ? J'ai vainement essayé de vous joindre…

— Oui. Elle m'a téléphoné. On vient juste de retrouver son cadavre.

— Putain…

— Ouais… Écoutez, je serai au bureau demain à la première heure mais informez-moi si vous en apprenez davantage.

— Heu… Ça va pas être possible, patron.

— Quoi ?

— J'ai reçu l'ordre de remonter les infos au DCI Sparks.

— Je vois. Mais pour ce qui concerne Ivy, j'en fais une affaire personnelle.

— C'est noté, patron.

Erika raccrocha. Moss et Peterson arrivaient. Elle leur parla du message d'Ivy.

— Elle a crié au loup si souvent… déplora Moss. Et malheureusement, elle n'était pas destinée à faire de vieux os.

— La scientifique ne va pas tarder à emporter le corps. Il faut qu'ils se dépêchent, avec cette pluie, fit remarquer Peterson. Sinon, si j'ai bien compris, on doit se mettre sous les ordres du DCI Sparks, à partir de maintenant ?

— Il semble bien, répondit Erika.

Il y eut un silence désappointé.

— Bon, reprit-elle, on se voit demain.

Elle retourna à sa voiture, s'assit au volant. La pluie tambourinait toujours. Moss et Peterson la dépassèrent dans leur propre véhicule, l'éclairant brièvement au passage. Puis la nuit noire l'engloutit de nouveau.

La mort d'Ivy la laissait nauséeuse. Elle alluma la veilleuse, au-dessus du miroir de courtoisie, et regarda sa main. La morsure cicatrisait. Bon sang, qu'est-ce qui avait bien pu se passer pour qu'Ivy finisse de cette façon ? Est-ce qu'on l'avait attirée au lido de Brockwell Park ? Appâtée avec l'argent ? Était-elle venue là de son plein gré ? Et les gosses… qu'allaient-ils devenir ?

31

Il se pencha en avant et arracha sa cagoule. Puis il eut un violent haut-le-cœur et gerba dans l'eau noire. C'était normal d'être malade comme un chien, après un meurtre, et de se purger. L'estomac soulagé, il s'écroula sur la terre détrempée et s'exposa avec délectation à la pluie torrentielle.

Pister Ivy Norris s'était révélé si facile... À son âge, on avait sa petite routine et il l'avait trouvée en train de tapiner, cachée près d'un réverbère, en haut de Catford High Street. Plus répugnante encore que d'habitude. Puante. La fourrure de sa capuche empestait le vomi et des croûtes de sang séché lui bouchaient les narines. Elle avait dit :

— J'm'appelle Paulette. J'te fais une pipe ou tu veux la totale ?

Ses yeux de vieille folle brillaient. Elle s'était réjouie d'avance en voyant la belle bagnole. Et lui, elle ne l'avait reconnu qu'après être montée et une fois les portières verrouillées. Il lui avait parlé d'une voix douce.

— Salut, Ivy... J'ai besoin que tu me rendes un service.

Elle s'était mise à paniquer, à bredouiller des excuses, à supplier, à jurer qu'elle ne le ferait plus, non, plus jamais. Elle postillonnait sur le tableau de bord.

— Cette flic m'a obligée. Elle m'a menacée. Elle voulait me prendre les gosses... Je lui ai rien dit ! Tout ce qu'elle sait, c'est que la fille, Andrea, elle était avec un gars brun et une blonde. J'te jure que j'vais la boucler !

À ces mots, il avait sorti de sa poche deux billets de cinquante livres. Désorientée, Ivy avait demandé ce qu'elle devait faire en échange...

Elle a peut-être cru que je la laisserais repartir vivante. Ou alors c'est juste qu'elle avait l'habitude que la vie la maltraite... En tout cas, elle a pris l'argent.

Tandis qu'il l'emmenait dans un lieu isolé, Ivy n'avait pas posé de questions. Et quand ils étaient arrivés à destination et qu'il lui avait lié les mains dans le dos, elle n'avait pas protesté. Même pas suggéré de *safeword*. Tout ce qu'elle avait dit, c'était :

— Pas le visage. Je sais que j'suis pas un prix de beauté mais ça me facilitera quand même la vie.

C'est à ce moment-là que je l'ai frappée. En pleine face. Elle n'a pas eu l'air étonnée, juste déçue. Quand j'ai recommencé à cogner, plus fort, elle semblait résignée à son sort. Elle a dû se dire : « Encore une déception à ajouter à la liste. » Je lui ai empoigné les cheveux... Enfoncé le nez... Serré la gorge. Plus longtemps qu'elle ne s'y attendait. Et là, son expression a changé. Parce qu'elle a compris qu'elle allait mourir.

Au loin, de l'autre côté de la pelouse de Peckham Rye Common, il entendit une voiture de police filer toutes sirènes hurlantes. La pluie le nettoyait.

Ma voiture est garée à quelques pâtés de maisons d'ici mais ce serait prématuré d'y retourner.
Plus tard.
Quand il fera jour.
Quand je serai de nouveau pur.

32

Erika ne trouvait pas le sommeil. Étendue, les yeux grands ouverts, elle restait là à écouter la pluie frapper inlassablement contre la fenêtre. L'image d'Ivy l'obsédait. Son expression figée par l'horreur, comme si elle voyait encore le visage de son assassin. À quoi ressemblait-il ? À un type menaçant ou à quelqu'un de banal ? Était-il jeune ? Brun ou blond ?

Le sommeil finit par l'emporter sans qu'elle s'en rende compte et, le lendemain, elle fut réveillée par la lumière douce qui filtrait à travers le rideau de sa chambre. Le jour était levé. Pour la première fois depuis bien longtemps, elle n'avait pas fait de cauchemar…

Elle repoussa le rideau depuis son lit. Il ne pleuvait plus mais le ciel demeurait gris. Elle attrapa son téléphone sur la table de nuit. Bien qu'elle l'ait branché la veille, il ne s'était pas rechargé. Elle se leva et se rendit compte que l'horloge du micro-ondes aussi était éteinte. Alors elle ouvrit le placard du compteur électrique, déplaça le tableau de Marcie et fit jouer le disjoncteur. Peine perdue.

Quelle heure pouvait-il bien être ? Elle s'approcha de la fenêtre qui donnait sur la rue mais ne fut pas plus avancée. La voisine pourrait certainement la renseigner. Elle sortit de son appartement et alla frapper à la porte d'en face. Une poignée de secondes plus tard, elle entendit tourner une clé. Puis on repoussa des verrous. Enfin, la porte s'entrebâilla. Une vieille dame pointa prudemment le nez.

— Pardon de vous déranger, lui dit Erika. Pourriez-vous me dire quelle heure il est ? Je crois qu'il y a une coupure d'électricité chez moi et mon téléphone ne s'est pas rechargé. C'est ma seule horloge.

— Qui êtes-vous ?

— Je suis votre nouvelle voisine.

La vieille dame repoussa la manche de son gilet et consulta sa petite montre en or.

— Il est 10 h 20.

— Du matin ?

— Évidemment, du matin.

— Vous êtes sûre ? s'écria Erika, affolée.

— Ma chère, chez moi, dit-elle en allumant, l'électricité marche parfaitement bien.

Erika arriva hors d'haleine au poste de Lewisham Row. Il était 10 h 45. Woolf quitta son bureau et vint à sa rencontre.

— DCI Foster, on m'a demandé de vous conduire chez le Superintendent Marsh. C'est urgent.

— Je connais le chemin, répliqua Erika.

Elle remonta le couloir et frappa à la porte du bureau de Marsh. Il ouvrit et lui ordonna froidement d'entrer et de s'asseoir. Oakley était là, installé dans le fauteuil de Marsh, lequel se trouvait du même coup réduit à occuper une simple chaise dans son propre bureau. Erika remarqua qu'il avait mis de l'ordre dans la pièce. Il avait dû ranger à toute allure car une carte de Noël dépassait encore d'un des tiroirs.

Oakley prit la parole.

— Bonjour, DCI Foster. Je vous en prie, prenez place.

Il s'exprimait calmement et sèchement. Sa voix et son ton convenaient à son image : celle d'un homme à l'uniforme impeccable, dont pas un cheveu ne dépassait. Erika ne lui trouvait aucun sex-appeal mais il lui évoquait un renard racé, au poil lustré. On disait que les renards les mieux nourris étaient aussi les plus beaux… Elle s'assit et vit que Marsh enfilait des gants en latex.

— Pouvons-nous voir votre téléphone portable, je vous prie ? demanda Oakley.

— Pour quelle raison ?

— Vous êtes la dernière personne à avoir reçu un appel d'Ivy Norris, la victime du meurtre qui vient d'être commis. Votre téléphone et son répondeur sont désormais des éléments de l'enquête.

Erika comprit qu'il était inutile de protester et même de poser des questions. Elle sortit son téléphone et le tendit à Marsh.

— Il est déchargé, constata le Superintendent en le manipulant.

Erika acquiesça.

— Il s'agit bien du téléphone qu'on vous a attribué à des fins professionnelles, n'est-ce pas ? s'enquit Oakley. Et malgré cela il est déchargé.

— Je peux vous expliquer…

Oakley l'ignora.

— S'il vous plaît, Marsh, lisez-nous le numéro de série.

Marsh ouvrit le téléphone et Oakley nota le numéro tandis que le Superintendent l'énonçait. Comme il plaçait le mobile dans un sac en plastique et le scellait, Erika intervint.

— On peut quand même accéder à ma messagerie, dit-elle.

De nouveau, Oakley ne tint pas compte de son commentaire et ouvrit un dossier.

— DCI Foster, comprenez-vous pourquoi vous êtes ici ?

— Je pense, monsieur. En revanche, j'ignore le motif de votre présence.

— Il y a trois jours, un incident a été rapporté par le Sergeant Woolf. Un incident survenu entre vous et le petit-fils d'Ivy Norris, un garçon de sept ans du nom de Mike Norris. Ivy Norris, dont le corps a été découvert la nuit dernière.

— Je suis au courant, monsieur, répondit Erika. J'étais une des premières sur place.

— Le rapport de Woolf indique qu'au cours de cet incident qui s'est déroulé à la réception, vous vous en êtes prise physiquement à l'enfant en le frappant à l'arrière de la tête. Qu'avez-vous à dire à ce sujet ?

Oakley leva les yeux de son dossier pour la jauger.

— Est-ce que ce rapport mentionne aussi que le petit venait de me planter ses dents dans la main ? demanda-t-elle.

— Vous étiez donc très près de lui. Pourquoi cela ?

— Il était assis sur ma valise, monsieur. Il ne voulait pas se lever.

— Il était assis sur votre valise, répéta Oakley.

Il tapota sur le bureau avec son stylo.

— En vous agressant, ce petit garçon de sept ans vous a-t-il blessée ? s'enquit-il.

— Oui, répondit Erika. À la main. Une coupure.

— Le rapport de Woolf n'en dit pas plus. Cependant, selon la procédure, vous deviez vous faire examiner par un médecin. Avez-vous consulté ?

— Non.

— Pour quelle raison ?

— Je n'étais pas en danger de mort ! Contrairement à certains, je préfère faire mon boulot que de perdre mon temps en remplissant de la paperasse.

— Pas en danger de mort, releva Oakley, mais en situation dangereuse pour votre carrière.

Erika chercha le regard de Marsh. Celui-ci demeura muet.

Oakley replongea dans son dossier.

— J'ai ici des images extraites de la vidéosurveillance de la réception. L'incident est enregistré dans son intégralité. Ce qui inclut le fait qu'Ivy Norris vous a menacée avec un couteau, comme le rapporte aussi le Sergeant Woolf. Malgré cette altercation, six minutes plus tard, on vous a vue prendre en charge Ivy Norris et ses trois petits-enfants dans votre véhicule de fonction.

Il posa sur le bureau une grande photo, parfaitement nette, d'Ivy et des enfants devant la voiture d'Erika. Une autre photo montrait Erika tendant quelque chose par sa vitre ouverte. Sur la dernière, on voyait Ivy et les enfants grimper dans la voiture.

— Il faisait un froid horrible. J'ai eu pitié d'eux et j'ai proposé de les déposer.

— Que tendez-vous à Ivy, sur cette photo ?

— De l'argent.

— Vous dites que vous les avez déposés. Où cette femme voulait-elle aller ?

— Catford High Street.

— Que s'est-il passé ensuite ?

— Je les ai amenés là où Ivy me l'avait demandé.

— Précisez.

— À côté d'un magasin de paris Ladbrokes. Ivy a refusé que je voie où elle habitait. Ils sont descendus de voiture et ils ont disparu dans une petite rue, entre les magasins.

— Sont-ils « descendus » ou bien se sont-ils enfuis ? Racontez ce qui s'est passé pendant le trajet – y a-t-il eu violence d'un côté ou de l'autre ?

— Aucunement.

— Mais on vous a de nouveau vue vingt-quatre heures plus tard harceler Ivy Norris à une veillée funéraire à laquelle vous n'étiez pas conviée.

— Je ne l'ai pas « harcelée ». Et elle était dans un lieu public. J'ajoute qu'il s'agissait d'un simple lock-in, monsieur.

— Le propriétaire du Crown a porté plainte. Le saviez-vous ?

— Sans blague ? En tant qu'indic ?

Oakley devint froid et coupant comme la glace.

— À votre place, je ne m'avancerais pas sur ce terrain, DCI Foster. Vous accumulez les allégations de manière alarmante. Votre numéro de téléphone a été retrouvé sur la scène de crime, sur le corps d'Ivy, et elle avait cent livres en liquide. Or, sur cette photo, vous lui donnez de l'argent…

— Elle avait mon numéro parce que je lui ai demandé de m'appeler si elle avait quoi que ce soit à me dire au sujet du meurtre d'Andrea Douglas-Brown.

— Nous avons la transcription du message qu'elle a laissé sur votre portable où elle dit, je cite : « J'ai des trucs pour toi. Que tu veux savoir. Mais il faut que tu me files cent livres… »

— Est-ce que vous insinuez que j'ai assassiné Ivy Norris ?

Erika se tourna vers Marsh ; celui-ci eut la décence de détourner les yeux.

— Nous n'insinuons rien, DCI Foster, reprit Oakley. Mais les faits brossent le portrait d'un officier de police franchement préoccupant, pour ne pas dire assez incontrôlable.

— Monsieur, nous avons tous nos indics, vous le savez bien. Nos informateurs, avec lesquels nous allons prendre un verre. Et je ne nie pas qu'il nous arrive d'échanger ce qu'ils ont à nous dire contre un peu d'argent. Il n'empêche que je n'ai jamais donné cent livres à Ivy Norris.

— DCI Foster, dois-je vous rappeler qu'il est illégal, pour un officier de police, de rétribuer des informateurs !

Ridicule… Erika éclata d'un rire amer.

— Vous avez aussi désobéi aux ordres concernant l'appel à témoins, ajouta-t-il en haussant encore le ton. Vous êtes intervenue, sans autorisation, et vous avez improvisé. Pour vous faire le porte-parole d'une pure intuition ! Qui sait quelles en seront les conséquences pour l'enquête ?

— Une intuition ? s'écria Erika, révoltée. Monsieur, il s'agit d'une piste solide. Un homme qui a été vu en compagnie d'Andrea Douglas-Brown quelques heures avant sa mort. Une barmaid était témoin. Ainsi qu'Ivy Norris.

— Une serveuse apparemment imaginaire et une femme instable et maintenant tout à fait morte, répliqua Oakley sans se départir de son calme exaspérant. Cherchez-vous à nuire à Sir Simon d'une manière ou d'une autre ? poursuivit-il avec le plus grand sérieux.

— Bien sûr que non !

— Son rôle dans la signature de contrats de défense a été controversé et a touché la politique de tous les départements de police et de forces armées.

— Monsieur, je n'ai pas d'autre but que d'arrêter l'assassin d'Andrea Douglas-Brown et d'Ivy Norris. Serais-je la première à souligner que les circonstances de leurs morts sont étrangement similaires ?

— Vous croyez donc que les deux meurtres sont liés ?

— Monsieur, objecta mollement Marsh. Ce n'est pas la piste que nous poursuivons.

— Je suis certaine que ces deux meurtres sont liés, maintint Erika. Et que ma propre piste d'investigation aurait plus de chances de nous conduire jusqu'à l'assassin.

— Et moi, je répète que nous enquêtons dans une autre direction, répliqua Marsh.

— Dans ce cas, laquelle ? lui demanda-t-elle, droit dans les yeux. Le prétendu suspect numéro un du DCI Sparks a un alibi ! La piste n'a pas tenu trois heures !

— Vous seriez au courant si vous aviez daigné assister au briefing de 8 heures ce matin ! s'exclama Marsh.

— Il y a eu une coupure d'électricité chez moi cette nuit et mon téléphone ne s'est pas rechargé, expliqua Erika. Il n'a pas sonné, mon alarme non plus et je n'ai pas eu accès à ma messagerie. Mes états de service montrent que ça ne m'est jamais arrivé auparavant.

Il y eut un silence.

— Comment allez-vous ? demanda Oakley. Psychologiquement.

— Bien. Pourquoi cette question ?

— Ce que vous avez vécu, ces derniers mois, aurait déstabilisé n'importe qui. Vous étiez à la tête d'une équipe de douze officiers, lors du raid de Rochdale ; seuls sept d'entre vous en sont sortis vivants...

— Je connais mon dossier par cœur.

Oakley poursuivit :

— Vous êtes allée à Rochdale insuffisamment renseignée et avec des moyens insuffisants... Comme si vous aviez un besoin vital de vous jeter dans l'action. Exactement comme maintenant. Êtes-vous consciente que cela peut être considéré comme de l'impulsivité ?

Erika prenait sur elle-même. Elle resserra les doigts sur les bras de son fauteuil.

— Cinq officiers ont trouvé la mort, ce jour-là, continua Oakley, dont – et c'est tragique – votre mari, le DI Mark Foster. À la suite de quoi vous avez été suspendue. Nous pensions que vous en aviez tiré les enseignements qui s'imposaient. Mais ce n'est pas le cas.

Erika bondit de son fauteuil et s'empara du dossier. Puis elle le déchira et le jeta sur le bureau.

— Franchement, s'écria-t-elle, vous croyez que je ne comprends pas pourquoi vous me faites ce numéro ? Je vais vous le dire ! Hier, j'ai pris une initiative dans l'intérêt d'Andrea. Seulement, ça n'a pas plu à Simon Douglas-Brown et maintenant il veut dicter sa loi ! Et imposer une direction à cette enquête !

Elle resta debout, les bras ballants, sonnée par sa propre audace. Oakley se redressa dans son fauteuil.

— DCI Foster, lui notifia-t-il sur le ton de l'autorité sûre de son bon droit, je vous relève officiellement de vos fonctions en attendant que l'enquête soit menée sur votre conduite et que vous passiez devant un psychiatre qui évaluera votre habilité à servir dans la police d'Angleterre et du pays de Galles. Vous allez nous remettre vos armes, votre carte d'identification, nous rendre votre voiture de fonction et bientôt vous recevrez un courrier. Vous continuerez de bénéficier de votre salaire en attendant les résultats de l'enquête et vous vous présenterez, sur convocation, au psychiatre de la police.

Elle serra les dents pour ne pas répliquer. Mais elle fut incapable de se contenir.

— Je n'ai jamais eu d'autre objectif que de confondre le tueur, dit-elle en rendant son badge. Il semble que ce ne soit pas votre cas.

Sur ces mots, elle tourna les talons et quitta le bureau. Woolf et deux autres agents l'attendaient.

— Désolé, dit-il d'un air coupable, on doit vous raccompagner à la porte du poste.

Erika les laissa l'escorter. Ils passèrent devant la salle des opérations. Sparks était en plein briefing. Moss et Peterson détournèrent les yeux en la voyant.

— Effacée de la carte ! maugréa-t-elle.

Arrivé à la réception, le Sergeant lui demanda ses clés de voiture.

— Maintenant ?

— Oui. Navré.

— Mais enfin, Woolf ! Il faut que je rentre chez moi !

— Je peux vous arranger le coup avec un de mes collègues. Il va vous ramener.

— Allez vous faire foutre.

Elle posa les clés sur le comptoir et sortit. Une fois dans la rue, elle chercha un arrêt de bus, puis un taxi, mais il ne s'en présentait aucun. Alors elle se mit en route pour la gare de Lewisham. En chemin, elle fouilla dans ses poches pour chercher de la petite monnaie. Soudain, elle sentit sous ses doigts quelque chose qui avait tout l'air d'une petite enveloppe cartonnée. Elle l'examina. Le papier était de bonne qualité. Peut-être même coûteux. Elle retourna l'enveloppe et la décacheta. Puis elle déplia la feuille de papier qui se trouvait à l'intérieur.

Elle resta tétanisée au beau milieu des passants qui étaient obligés de la contourner et ne le faisaient pas tous de bonne grâce. L'enveloppe contenait une photocopie d'un article de journal sur le raid de Rochdale. Une photo montrait les corps inertes, au beau milieu des éclats de verre et du sang, devant la maison, couverts d'un drap blanc. Sur une deuxième photo, les hélicoptères de la police tractaient deux de ses collègues, ceux qui trouveraient la mort plus tard à l'hôpital. Et enfin, une photo en noir et blanc, très agrandie, montrait un officier qu'on reconnaissait à peine, sanglé sur un brancard, baignant dans son sang et levant faiblement sa main. C'était la toute dernière photo de Mark vivant. Quelqu'un avait écrit au marqueur rouge :

VOUS ÊTES EXACTEMENT COMME MOI, DCI FOSTER. NOUS EN AVONS TUÉ CINQ.

33

L'intervention d'Erika à la conférence de presse
avait allumé un véritable incendie médiatique et provoqué des réactions très négatives à propos du meurtre
d'Andrea dans les jours qui l'avaient suivie. Le feu
avait d'abord pris doucement par des allusions aux relations passées de la jeune fille. Puis il avait été attisé
par des révélations lui prêtant de nombreux amants,
hommes et femmes. Si bien que, à la fin de la semaine,
les tabloïds s'embrasèrent.

Un ancien petit ami d'Andrea, un prétendu « per-
formeur », sortit de l'ombre pour vendre leur histoire
à la presse à sensation ainsi qu'une sex-tape où on les
voyait pratiquer ensemble sexe oral et sodomie, et où
Andrea, attachée, en robe de latex lacérée, et bâillonnée par un gag-ball, se faisait fouetter dans un donjon
BDSM. Cédant tout de même à la pudibonderie, le
tabloïd avait pixelisé les images ; mais les lecteurs ne
pouvaient pas se tromper sur la nature des pratiques
auxquelles Andrea s'était livrée ce jour-là.

Les journaux sérieux condamnaient les tabloïds mais
contribuaient à alimenter l'incendie en donnant leur

point de vue. Quant à la presse conservatrice, l'affaire lui fournissait un nouvel angle d'attaque contre Douglas-Brown. Il n'était pas totalement impossible, lisait-on, qu'Andrea ait été consentante et même qu'elle ait été l'instigatrice de ces ébats déviants.

Pendant quatre longs jours, Erika n'avait pas bougé ou presque et s'était installée dans son nouvel appartement. Elle avait fait rétablir l'électricité et regardé les nouvelles concernant Andrea à la télévision. Elle était aussi allée se soumettre comme prévu à un bilan au Lewisham Hospital, où elle avait expliqué à un officier dans quelles circonstances elle avait été exposée à des fluides corporels. On lui avait demandé de revenir d'ici à trois mois pour une autre prise de sang. Toute la visite médicale lui avait paru d'une froideur inhumaine… Elle s'était sentie totalement insignifiante, et minuscule…

Seule entre ses quatre murs, elle revenait sans cesse à la note qu'elle avait trouvée dans sa poche, essayant de comprendre à quel moment on avait pu l'y glisser. Est-ce qu'elle perdait la tête ?… Comment était-il possible qu'elle n'ait absolument rien remarqué ? Elle se repassait mentalement les heures qui avaient précédé l'instant de la découverte, les endroits par où elle était passée – en vain. Le messager pouvait être n'importe qui et il pouvait avoir agi n'importe où. Pour l'instant, elle conservait l'enveloppe et la note dans un de ces petits sacs en plastique de la scientifique. Bien sûr, la règle et la situation auraient voulu qu'elle les confie à Sparks mais son intuition lui soufflait de n'en rien faire.

Le cinquième jour au matin, elle descendit acheter la presse le matin chez le marchand de journaux en

241

face de la gare. Mauvaise idée, la une du *Daily Mail* lui donnait la vedette, et en gros caractères : ON RETIRE L'AFFAIRE ANDREA À FOSTER.

L'article expliquait dans le détail comment, après une succession de fautes évidentes et de bévues dans la manière dont elle avait conduit le dossier, elle avait été relevée de ses fonctions. Elle allait faire l'objet d'une enquête. On l'accusait de faire preuve de comportements imprévisibles, d'avoir laissé fuiter des informations au bénéfice de la presse et divulgué l'identité de certains de ses informateurs, ce qui, « selon toute vraisemblance », avait causé la mort d'Ivy Norris.

Comme si cela ne suffisait pas, l'article était illustré d'une photo en gros plan de son visage, prise alors qu'elle était assise à la place du passager dans une voiture. Les yeux affolés et la bouche tordue par une grimace. La légende disait : Foster se plante !

Bon Dieu, c'était un de ces clichés que les photographes avaient pris aux abords de la scène de crime du Horniman, quand leur voiture avait failli se fracasser au bas de la route verglacée ! Indignée, elle jeta le journal et rentra chez elle sans avoir rien acheté. Elle se prépara du café fort et alluma la télévision. La BBC News Channel déclinait les titres principaux et le visage d'Andrea apparut à l'écran. À peu près au même moment, la voix off du présentateur annonça qu'un homme répondant au nom de Marco Frost venait d'être appréhendé. La caméra zooma ensuite sur le présentateur.

— Un homme de vingt-huit ans, Marco Frost, d'abord écarté par la police de la liste des suspects possibles, vient d'être convaincu de mensonge. Il avait prétendu se trouver en Italie au moment du meurtre d'Andrea Douglas-Brown.

Le reportage montra le visage de Marco – un garçon séduisant, brun, qui émergeait menotté de l'entrée d'un immeuble. Il baissait la tête et deux policiers l'escortaient et le faisaient monter en voiture. Puis ce fut au tour de Simon Douglas-Brown d'occuper l'écran, accompagné de Giles Osborne et de Marsh. Tous trois se tenaient devant Scotland Yard, sous le panneau pivotant.

— Ce matin, disait Marsh, la police a perquisitionné au domicile de Marco Frost et découvert des éléments de nature à laisser penser que l'homme est lié au meurtre d'Andrea Douglas-Brown. Il semble que Marco Frost avait développé une obsession malsaine pour la victime depuis des mois, et cette obsession pourrait l'avoir conduit à l'enlever et à l'assassiner.

Les traits tirés, les mains dans les poches de sa veste, Sir Simon s'avança péniblement.

— Je veux remercier la police métropolitaine pour son efficacité et ses efforts constants dans cette enquête complexe. Je veux aussi dire que j'ai une confiance totale dans la nouvelle équipe, que je la remercie de déployer tant d'énergie. Ma famille et moi continuerons, bien entendu, à travailler main dans la main avec la police. Merci de votre attention.

Le présentateur revint à l'image et passa au sujet suivant. Erika attrapa le téléphone prépayé qu'elle avait acheté la veille et composa le numéro du poste de Lewisham Row. Woolf décrocha.

— C'est Foster. Passez-moi le Sergeant Crane, s'il vous plaît.

— Patron, je ne peux pas...

— S'il vous plaît. C'est important.

Woolf s'exécuta. Un bip, et Crane répondit. Elle alla droit au but.

— Évidemment, il n'y a pas de charges suffisantes contre lui pour l'arrêter, n'est-ce pas ? demanda-t-elle.

— Donnez-moi votre numéro et je vous rappelle, se contenta de lui répondre Crane.

Il raccrocha. Dix minutes s'écoulèrent. D'accord, il s'était juste débarrassé d'elle...

Mais elle eut à peine le temps de formuler cette pensée que son téléphone sonna.

— Pardon, patron, il va falloir que je fasse vite parce que je vous téléphone depuis mon mobile et je me gèle les miches sur le parking. Marco Frost a menti ; il n'était pas en Italie. On s'en est aperçus en visionnant les enregistrements de la CCTV de la station de London Bridge, la nuit où Andrea a disparu. En fait, il est monté vingt minutes après elle dans un train de la ligne qui va à Forest Hill. On n'a pas d'image qui le prenne sur le fait sur la scène du crime, mais il s'est condamné tout seul en mentant sur son emploi du temps et en obtenant de son oncle et sa tante qu'ils lui fournissent un faux alibi.

— Ça peut très bien être une coïncidence malheureuse, objecta Erika.

— Sa petite amie qui vit dans le Kent lui a aussi fourni un alibi, seulement... maintenant qu'il a menti, il est vraiment suspect. On le garde pour les trois jours qui viennent.

— Du nouveau sur le meurtre d'Ivy Norris ?

— Quelqu'un de la maison l'a pris en charge, répondit Crane. Écoutez, patron, tout ça ne sent pas bon pour votre théorie.

— Parce que maintenant c'est une « théorie » ?

Crane resta muet. En arrière-plan sonore, Erika entendait la circulation.

— Patron, reprit Crane, ça va ?

— Je tiens le coup. Faites passer le mot parce que je suis sûre que tout le monde a vu les gros titres…

— Je ne savais pas, pour votre mari… Mes condoléances.

— Merci.

— Est-ce que je peux faire quelque chose pour vous ?

— Oui. Me garder dans la boucle. Même si, pour ça, vous êtes obligé de vous geler les miches sur le parking.

Crane éclata de rire.

— OK, patron, je ferai de mon mieux.

Erika raccrocha. Puis elle attrapa son manteau. Une visite à Isaac Strong s'imposait.

34

Isaac Strong savourait sa quiétude. Apaisé par la voix de Shirley Bassey, sa chanteuse préférée, il se préparait à rédiger son rapport d'autopsie dans son bureau qui jouxtait le labo. Un parfum de menthe poivrée fraîche montait de la tasse de thé encore frémissant qui fumait à côté de son ordinateur. Ces rares moments de calme contrastaient avec la dure et violente réalité de son quotidien : disséquer des cadavres, analyser des organes, le contenu des intestins et des estomacs, chercher des traces d'ADN et lister tous les sévices infligés aux victimes pour en reconstituer le déroulement – l'histoire d'un décès.

Un petit bip se fit entendre et une fenêtre s'ouvrit sur son écran. La vidéosurveillance. Erika Foster se tenait dans le hall d'entrée du labo. Elle leva les yeux vers la caméra. Isaac hésita. Puis, finalement, il décida de la laisser entrer.

Il l'observa après l'avoir accueillie à l'entrée du labo. Elle avait l'air très fatiguée, d'autant qu'elle n'était pas maquillée.

— Officiellement, vous n'avez pas le droit de venir ici, lui rappela-t-il. On vous a retiré l'affaire.

— Yep. Pas de carte d'identification, pas de voiture. Je ne suis pas là en tant que flic.

De nouveau, Isaac l'observa.

— Dans ce cas, rien ne s'oppose à ce que je vous offre une tasse de thé ? suggéra-t-il.

Erika entra dans le bureau d'Isaac Strong. « The Girl From Tiger Bay » passait en fond sonore. Elle s'installa dans un fauteuil confortable pendant qu'il lançait la petite bouilloire électrique et regarda autour d'elle. L'ordre régnait, des étagères chargées de livres tapissaient les murs. Strong possédait pour l'essentiel des ouvrages médicaux ; mais la bibliothèque située à côté du système audio Bose ne contenait que des romans – des thrillers.

— Je vois que vous n'êtes pas amateur de polars... ironisa-t-elle.

Isaac Strong se tourna vers elle en riant.

— En fait, non. Ces exemplaires m'ont été envoyés par l'éditeur pour me remercier d'avoir fait office de consultant sur quelques volumes de la série des *DCI Bartholomew*. Du thé à la menthe, ça vous conviendra ? J'évite le café.

— Parfait. Moi aussi, j'aurais mieux fait d'éviter la caféine aujourd'hui.

Un petit plant de menthe en pot était situé dans la lumière, sous une lucarne. Strong coupa quelques feuilles.

— L'auteur de la série *DCI Bartholomew*, Stephen Linley, est mon ex-compagnon, dit-il.

247

— Vraiment ?

— Eh oui, je suis gay. Et je conçois que vous trouviez bizarre que j'aie pu vivre avec un auteur de thrillers.

— Du tout.

Isaac déposa les feuilles dans la tasse et attendit que l'eau bouille. Puis il la versa.

— En fait, si... admit Erika. C'est un peu bizarre.

— Stephen s'est inspiré de moi pour un de ses experts en psychologie. Il a tué le personnage quand nous nous sommes séparés.

— De quelle façon ?

— Agression homophobe. On m'a balancé pieds et poings liés dans la Tamise.

— Hélas ! on a coutume de dire que la plume est plus puissante que l'épée, fit remarquer Erika.

Isaac s'assit à son bureau, face à elle.

— Il y avait deux spermes différents dans le vagin d'Ivy Norris, annonça-t-il sans transition. Ses bras étaient attachés et elle a été étranglée. Quand on l'a découverte, elle était morte depuis moins d'une heure. L'agresseur ne s'est pas attardé sur les lieux.

— Que disent les échantillons de sperme ?

— Pour l'instant, rien.

Erika porta la tasse fumante à ses lèvres. Machinalement, elle regarda sa main blessée.

— C'est une morsure ? s'enquit Strong.

— Oui. Un cadeau du petit-fils d'Ivy.

— Ivy était séropositive. On ne peut vraiment pas exclure qu'elle ait transmis le virus au petit *via* sa propre fille.

— Je sais, reconnut Erika en sirotant son thé.

— Allez faire un test.

Il nota un numéro sur un bout de papier et ajouta :

— Ici, vous n'avez pas besoin de prendre rendez-vous et vous aurez le résultat très vite. Ça restera anonyme. Soyez vigilante, le virus peut parfois mettre six à neuf mois à se manifester ; il faudra que vous effectuiez un second test. Et maintenant, qu'allez-vous faire, puisqu'on vous a retiré l'affaire Douglas-Brown ?

— Je vais être convoquée pour une évaluation psychiatrique. Et une visite médicale.

— Si vous êtes diagnostiquée séropositive…

— Si c'est le cas, j'aviserai. Pour l'instant, la peur de mourir est vraiment la dernière de mes préoccupations.

La musique s'était arrêtée et un agréable silence s'installa. Isaac Strong la regardait, comme s'il se demandait s'il allait ou non lui parler.

— Ne laissez pas tomber l'affaire, finit-il par dire.

— C'est l'affaire qui m'a laissée tomber, répliqua Erika.

— J'ai repris certains de mes dossiers. Trois autopsies. Des filles d'Europe de l'Est, probablement entrées au Royaume-Uni illégalement. Les trois ont été violées et étranglées, les mains attachées, et jetées dans l'eau aux environs de Londres. On les avait tirées par les cheveux et on avait arraché leurs vêtements sous la ceinture.

— Comment ? s'exclama Erika. Mais quand ces meurtres ont-ils eu lieu ?

— Le premier en mars 2013, le deuxième en novembre de la même année et le troisième en février 2014. Il y a un an.

— C'est dingue... Pourquoi est-ce que ça n'a jamais été signalé ?

— Parce que ces pauvres filles étaient des prostituées, qu'elles l'aient choisi ou pas. Elles se sont ajoutées à la longue liste des meurtres qui tombent dans l'oubli, et ce d'autant plus facilement que les prostituées sont très exposées. Personne n'a jamais fait le lien entre ces trois histoires et on n'a jamais bouclé les dossiers.

Un sentiment de dégoût envahit Erika.

— Des filles de l'Est qui font le trottoir et qu'on retrouve étranglées, on s'en fout... Tandis que la fille d'un millionnaire...

— Oui, on regarde ça d'un œil radicalement différent, n'est-ce pas ? reconnut amèrement Isaac Strong.

— Pourquoi n'avez-vous pas mentionné ces affaires plus tôt ?

— C'est la façon dont on a tué Ivy qui m'y a fait penser. Bien sûr, Andrea n'a pas été violée. Mais quand même. Les corps des trois autres filles étaient déjà décomposés quand on les a trouvés, et elles se prostituaient. Il est possible qu'elles aient été violées, mais peut-être pas par leur assassin. Ivy Norris aussi se prostituait et on a trouvé sur elle le sperme de deux individus. Alors peut-être que son assassin ne l'a pas violée, elle non plus...

Erika se leva.

— Ça, c'est une avancée capitale ! Cinq meurtres qui pourraient être liés...

— Bien sûr, j'ai tout de suite transmis l'information au DCI Sparks.

— Quand ?

— Hier matin.

250

— Et qu'a-t-il dit ?

— Pas de retour de sa part. Je pense qu'il se concentre sur son suspect numéro un, l'Italien.

— Il devrait au moins vérifier où était Frost à la date où ces trois meurtres ont été commis ! Puis-je voir le dossier ?

— Je regrette.

— C'est un non ?

— J'ai beaucoup réfléchi avant de vous en parler. J'avais décidé de ne rien vous dire. Et puis, vous êtes arrivée ici et... Enfin, je me trompe rarement sur les gens...

Il jeta un coup d'œil sur l'étagère où se trouvaient les romans.

— Sauf quand il s'agit de mes compagnons.

Erika insista.

— S'il vous plaît, montrez-moi les dossiers !

— Navré. C'est très injuste pour vous, tout ce qu'a fait et dit la presse, mais il faut que vous vous calmiez et que vous changiez de tactique. Par exemple, un de vos collègues pourrait peut-être jouer les infiltrés ?

— Possible. Mais, vraiment, vous ne me direz rien de plus ?

Il prit une feuille de papier.

— Voici les noms et les dates de naissance des trois victimes. Et que je n'en entende pas parler ! Vous me le promettez ?

— Je vous le promets.

Erika quitta le bureau. Grâce à la caméra de surveillance, Strong la vit se ruer dans le corridor. Il n'avait plus qu'à espérer qu'elle tiendrait sa promesse.

De retour à Brockley Station, Erika alla droit au café, se commanda un espresso, ouvrit son ordinateur portable et lança Internet. Avec les noms des filles et leurs dates de naissance, il ne lui fallut pas longtemps pour que sa recherche aboutisse. La première, âgée de dix-neuf ans, s'appelait Tatiana Ivanova. Une Slovaque. En mars 2013, un nageur solitaire l'avait trouvée morte dans un étang de Hampstead Heath. Cette année-là, en raison d'un printemps précoce, la glace n'avait pas longtemps préservé le corps... La presse à faits divers avait publié une photo de Tatiana prise lors d'un concours de danse. Elle posait, main sur la hanche, en justaucorps noir à franges argentées. Sans doute était-elle entourée des autres filles de la troupe mais on ne les voyait pas. Erika l'observa ; une très jolie fille, brune, et qui paraissait bien moins que ses dix-neuf ans...

Elle s'intéressa ensuite à Mirka Bratova. Une Tchèque. Dix-huit ans. Retrouvée morte en novembre 2013, huit mois après sa disparition. Un gardien du Serpentine Lido avait découvert son corps à fleur d'eau, au milieu des feuilles mortes et des déchets, près de l'écluse. Une très jolie fille brune, elle aussi. Sur la photo, debout sur un balcon ensoleillé, elle câlinait un chaton noir. Des immeubles se découplaient en arrière-plan.

Karolina Todorova, la troisième victime, avait juste dix-huit ans quand un homme, sorti promener son chien tôt le matin sur la rive du lac de Regent's Park, était tombé sur son cadavre. Une petite Bulgare. Un Photomaton montrait une fille brune, avec une mèche rose, habillée pour sortir, enlacée par une copine dont le visage était flou.

De ces tragédies, les journaux avaient fait un compte rendu à la fois sommaire et dédaigneux. Néanmoins, un détail important revenait : entrées en Angleterre pour travailler comme jeunes filles au pair, les trois victimes avaient toutes « plongé » dans la prostitution.

Erika s'interrogea : les choses s'étaient-elles réellement passées progressivement ? Il se pouvait aussi qu'on ait fait miroiter à ces filles l'espoir d'une vie meilleure, un emploi, la chance d'apprendre l'anglais, mais dans le seul but de les attirer au Royaume-Uni pour les mettre sur le trottoir...

Elle regarda par la fenêtre. Dehors, il pleuvait fort, les gens s'abritaient là où ils le pouvaient. Elle but une gorgée de son café. Froid. Elle aussi, elle avait quitté la Slovaquie à dix-huit ans avec le même projet : travailler comme jeune fille au pair. Elle se rappela la gare routière de Bratislava, ce matin lugubre de novembre, le départ en car pour Manchester alors qu'elle parlait à peine l'anglais... La famille vivait dans une rue de banlieue sinistre, et le couple entretenait des relations très tendues. La femme la traitait avec froideur, un peu comme si, à ses yeux, les Européens de l'Est n'étaient pas tout à fait des êtres humains. Ainsi, à l'approche de Noël, quand on avait diagnostiqué une cirrhose à sa mère, Erika avait demandé à rentrer un peu plus tôt que prévu en Slovaquie. Elle s'était heurtée à un refus. Et puis, dix-huit mois plus tard, ils avaient décidé qu'ils n'avaient plus besoin d'aide et lui avaient donné un préavis de trois jours. Sans même se demander si elle avait un nouveau point de chute…

C'était moche ; pourtant, quelle chance elle avait eue par rapport à Tatiana, Mirka et Karolina… ! Qui sait si elles avaient pu dire au revoir à leurs parents ? D'autres images lui revinrent… Tous ces cars pleins à craquer… La pluie… Les abris au-dessus des plates-formes… Les gens qui pleuraient… Ces toutes jeunes filles obligées de quitter leurs familles, de laisser derrière elle un pays qu'elles aimaient mais qui ne leur offrait aucun avenir… Ils avaient dû en verser des larmes, les parents de Tatiana, Mirka et Karolina, mais ils ignoraient que leurs filles ne reviendraient jamais.

Et une fois qu'elles étaient arrivées à Londres, que s'était-il passé ? Comment avaient-elles fini sur le trottoir ?

Erika sentit rouler des larmes de colère. Elle se dépêcha de détourner la tête et de les essuyer pour les cacher au serveur qui était venu débarrasser sa table. Assez de larmes ! Elle avait suffisamment pleuré pour une vie entière. Il était temps de passer à l'action.

36

En tant que civile, Erika ne voyait plus très bien comment se rendre utile à l'enquête. Depuis le début de l'après-midi, il lui semblait avoir épuisé toutes les options. Tout en soupesant d'éventuelles possibilités, elle se prépara une énième tasse de café.

Une sonnerie. Celle de l'entrée de l'immeuble. Elle descendit ouvrir. Une surprise l'attendait. Moss. Sur le pas de la porte. Celle-ci ne laissait rien transparaître de ses intentions.

— Vous démarchez à domicile, maintenant ? demanda Erika.

Moss répliqua d'un ton désabusé.

— C'est ça, je viens vous vendre des Tupperware…

Erika s'effaça et elles montèrent à l'appartement. Elle n'avait pas prévu de recevoir qui que ce soit ; pour offrir une place à Moss, elle dut d'abord dégager le sofa. Puis elle débarrassa la table basse des assiettes sales et de la tasse pleine de mégots qui lui servait de cendrier. Moss ne fit aucun commentaire ; elle se contenta de s'asseoir et de poser son petit sac à dos.

— Du thé ? proposa Erika.

— Volontiers, patron.

— Je ne suis plus votre patron, objecta-t-elle en déposant les assiettes dans l'évier. Appelez-moi Erika.

— Sûrement pas. J'ai pas du tout envie que vous m'appeliez Kate.

Erika suspendit son geste.

— Sans blague, vous vous appelez Kate Moss ?

Elle se retourna pour s'assurer que sa collègue ne plaisantait pas. Celle-ci hocha la tête d'un air contrit.

— Une idée de votre mère ? reprit Erika en préparant le thé.

— Quand on m'a donné ce prénom, expliqua Moss, l'autre Kate, celle qui est un peu plus mince…

Un éclat de rire échappa à Erika.

— Un peu ?

— Absolument, celle qui est un peu plus mince, répéta Moss, n'était pas encore un top model.

— Du lait ?

— Et deux sucres, s'il vous plaît.

Erika revint au salon avec le thé, des mugs et des biscuits. Entre-temps, Moss avait sorti un dossier de son sac à dos. Elle saisit sa tasse, but une gorgée.

— Hé, ça, c'est un thé comme je les aime ! dit-elle. Où avez-vous appris à le préparer ? En Slovaquie ?

— Non, c'est mon mari, Mark, qui m'a passé le virus. Et mon beau-père.

Moss parut navrée d'avoir déplacé la conversation sur ce terrain.

— Pardon, patron… Personne ne savait, au bureau… Et il faut que je vous dise aussi qu'on a été désolés de voir tout ce qui a été écrit sur vous, ces derniers temps.

— Il faudrait que je commence à parler un peu de Mark, je l'avoue. Mais le plus souvent, quand on perd quelqu'un, non seulement on est endeuillé mais les gens autour de soi refusent d'aborder le sujet. Moi, à force, ça me rendait comme folle, ce silence, comme si Mark avait été effacé... Bon, et si vous me disiez pourquoi vous êtes là, Moss ?

— Je pense que vous tenez quelque chose, patron, expliqua-t-elle. Isaac Strong a envoyé des rapports d'autopsie concernant trois filles, des prostituées. Le DCI Sparks refuse de voir le lien entre ces différentes affaires de meurtre, n'empêche que les circonstances sont similaires et qu'il y a beaucoup de points communs avec les morts d'Andrea et d'Ivy – le fait qu'on les ait étranglées, qu'elles aient été trouvées dans l'eau, les mains attachées, qu'on leur avait arraché des cheveux. La probabilité d'un viol.

— Je suis au courant, admit Erika.

— Ce n'est pas tout. Il y a du neuf concernant l'emballage de téléphone qu'on a trouvé sous le lit d'Andrea. Crane a demandé qu'on remonte à partir du numéro IMEI mentionné sur la boîte. Il correspond à l'IMEI de l'ancien iPhone d'Andrea, celui qu'elle a prétendu avoir perdu. Crane est entré en contact avec l'opérateur et leur a communiqué l'IMEI. Pour eux, le téléphone est toujours actif.

Erika laissa éclater son excitation.

— J'en étais sûre ! s'exclama-t-elle, triomphante. Andrea a raconté qu'elle avait perdu son téléphone, mais elle l'a gardé et elle a changé la carte SIM !

— Oui. La dernière fois qu'il a borné, c'était près de London Road, le 12 janvier, ajouta Moss.

— Quelqu'un l'a piqué et l'utilise ?

Moss déplia une grande carte de l'Ordnance Survey[1].

— Le signal venait d'un égout pluvial, six mètres sous terre, qui part de London Road, va vers la gare de Forest Hill, à côté des voies ferrées, et ensuite jusqu'à la prochaine gare de la ligne, Honor Oak Park.

Erika se pencha sur la carte.

— L'égout pluvial est un affluent important, dit-elle.

— Ces derniers jours, poursuivit Moss, avec la neige et la pluie, une énorme quantité d'eau a pénétré les sols et submergé l'égout pluvial.

— Le courant a tout entraîné, y compris un téléphone, acheva Erika.

— Voilà…

— Évidemment, la batterie est morte ?

— On n'a rien détecté. C'est un iPhone 5S ; le fournisseur de réseau dit qu'il peut localiser l'antenne jusqu'à cinq jours après que la batterie s'est déchargée mais le délai est passé, bien sûr.

Sur la carte, Moss avait tracé une ligne rouge de London Road à Honor Oak Park. Deux kilomètres et demi.

— Donc, l'idée, c'est que le téléphone est tombé dans l'égout ou bien qu'on l'y a jeté quand on a enlevé Andrea ?

— Oui. Mais le DCI Sparks et le Superintendent Marsh ne veulent pas en entendre parler. Ils sont convaincus que Frost est leur homme et ils subissent une pression énorme de la part d'Oakley qui veut un coupable. Ils sont entrés dans l'ordinateur de Frost et ils

---

1. *Se*rvice cartographique de l'État.

ont trouvé des tonnes de trucs sur Andrea – des photos, des lettres qu'il lui a écrites, des recherches Google sur les endroits qu'elle fréquentait et sur ses futures sorties…

Erika prit le temps de réfléchir. Elle se leva pour refaire du thé.

— Pourquoi venez-vous me dire tout ça, Moss ?

— J'étais présente à l'interrogatoire de Marco Frost et, c'est vrai, il est – il était obsédé par Andrea. Mais je ne crois pas qu'il l'ait tuée. Ne serait-ce que parce qu'il a de très grandes mains. Rappelez-vous, Isaac Strong nous a montré la trace des doigts de l'assassin sur la gorge d'Andrea… Enfin, après tout, ce n'est qu'une intuition.

— Si vous voulez aller dans cette direction, il va falloir envoyer des égoutiers là-bas pour qu'ils y jettent un coup d'œil.

— Patron, qui me donnerait l'autorisation de débloquer les fonds nécessaires, alors que tout le monde est concentré sur ce qu'on a trouvé chez Marco Frost ?

Erika laissa la question faire son chemin.

— Y a-t-il quelqu'un qui partage vos doutes à propos de Frost ?

Moss acquiesça.

— Peterson ? Crane ?

— Et bien d'autres, affirma Moss. On a fait des copies des rapports sur Tatiana Ivanova, Mirka Bratova et Karolina Todorova, dit-elle en tendant les dossiers à Erika.

Elle les feuilleta, étudia les photos des filles – toutes étendues sur le dos, nues en dessous de la ceinture, les cheveux mouillés et plaqués sur le visage, la peau translucide. Et surtout la même expression de terreur chez chacune d'elles.

— Vous pensez qu'il leur laisse délibérément les yeux ouverts ? demanda-t-elle à Moss.

— Pas impossible.

— Si vraiment il n'y a qu'un seul et même tueur, comment Andrea s'est-elle retrouvée parmi ses victimes, bon sang ?

— Oui, son profil est différent.

— Seulement parce qu'elle est riche ; sinon ces quatre filles se ressemblaient : brunes, belles, une jolie silhouette.

— D'après vous, Andrea monnayait ses prestations sexuelles ? Vous avez vu ces trucs dans les journaux…

— Elle ne manquait pas d'argent, objecta Erika. À mon avis, elle cherchait avant tout le frisson du danger.

— Le frisson de la chasse.

— Elle est peut-être tombée amoureuse du chasseur. Elle était attirée par les hommes sombres et séduisants.

— Et Ivy Norris ? Même si les circonstances de sa mort sont similaires, elle ne correspond pas au profil des autres filles. Elle n'était ni jeune ni jolie.

— Le mobile pourrait être différent. Si elle a vraiment vu Andrea avec le tueur, au pub, on l'aura tuée pour qu'elle se taise. Et tout de même, elle se prostituait comme les trois autres filles.

Dehors, la pâle lumière de ce jour gris de pluie déclinait déjà. Sa collègue venait de lui témoigner sa confiance ; Erika décida que le moment était venu d'aller chercher l'enveloppe. Elle se leva, ouvrit un tiroir de la cuisine, puis revint et plaça la note devant Moss sur la table basse.

— Putain… D'où ça vient ? s'écria Moss.

— Du fond de ma poche.

— Quand l'avez-vous trouvée ?

— Juste après avoir été suspendue.

— Et vous ne l'avez pas versée au dossier ?

— Je m'apprêtais à le faire.

Moss leva les yeux sur Erika.

— Je vous crois.

— Ça veut dire qu'on a un tueur en série dans la nature, dit Erika.

— Qui peut vous approcher suffisamment pour glisser ça dans votre poche. Vous voulez que je vous fasse protéger ? Une voiture en bas de chez vous ?

— Pas la peine. Ma hiérarchie me croit déjà dérangée et me fait passer devant le psychiatre, alors pas besoin de jeter de l'huile sur le feu en disant que j'ai un harceleur aux trousses.

Erika regarda Moss et ajouta :

— Au cours de ma carrière, j'ai reçu toutes sortes de courriers dégueulasses, vous savez.

— Mais pas directement de la main d'un tueur.

— C'est bon, Moss, tout va bien. Voyons plutôt ce qu'on peut faire pour l'enquête.

— Comme vous voulez… Crane est en train de comparer les emplois du temps de Frost et des filles, mais on n'a pas l'heure exacte de leur mort.

— Il faut qu'on se procure ce téléphone ! C'est la clé de tout ! Andrea a peut-être communiqué avec ce type. On pourrait trouver son numéro, ses messages… Même des photos de lui.

— Mais avec quelles ressources ? répéta Moss.

— Je vais tenter ma chance auprès de Marsh...

— C'est risqué, non ?

— On se connaît depuis très longtemps.

— Vous êtes sortis ensemble ?

— Seigneur, non. Je me suis entraînée avec lui. Et je lui ai présenté sa femme. Ça compte, vous savez ! Et même si ce n'est pas le cas, de toute façon je n'ai rien à perdre.

37

Bien que repu, Marsh s'était resservi de la crème brûlée. Elle était succulente... Il plongea sa petite cuiller dans l'entremets, la pellicule de caramel craqua délicieusement. Marcie lui avait cassé les pieds pour qu'il lui offre à Noël un de ces chalumeaux de pâtissier, avec la promesse de lui préparer de la crème brûlée chaque semaine. Et, depuis, elle tenait parole.

Ils avaient des invités à dîner, ce soir. Il la regarda dans la lumière douce des bougies, lancée dans une conversation avec un type – un brun à la bouille ronde – dont il n'avait pas retenu le nom. D'ailleurs, Marcie elle-même l'avait-elle mentionné ? Non. Marsh avait pourtant tendu l'oreille... Quand une femme oubliait le nom du major de sa promo, ça ne risquait pas de finir au lit, songea-t-il... Alors que lui, il désirait profondément sa femme. Elle avait lâché ses cheveux, sa longue robe blanche et fluide mettait en valeur la rondeur de ses seins. À côté d'elle, les trois autres invités lui paraissaient si insignifiants... Une quinqua à la bouche écarlate qui, en dépit de ses efforts pour être élégante, manquait de soin. Un homme plus âgé avec une barbe de prophète et des ongles trop longs – un pique-assiette, sans aucun doute. Enfin, un dernier invité, qui portait en catogan le peu de cheveux qu'il lui restait encore.

La conversation roulait sur Salvador Dalí... Proposer de servir le café alors qu'on n'avait pas encore terminé le dessert, est-ce que ça paraîtrait grossier ?

Un coup à la porte d'entrée l'interrompit dans ses ennuyeuses réflexions. Marcie l'interrogea du regard.

— Ne te dérange pas, lui dit-il. J'y vais.

Erika piaffait impatiemment devant la porte. Elle frappa de nouveau. Il y avait du monde. Les rideaux de la grande fenêtre de façade étaient tirés mais elle distinguait des silhouettes en ombres chinoises et entendait des rires. Au bout d'un moment, le hall s'éclaira et Marsh apparut sur le seuil.

— Vous, DCI Foster ? Vous avez besoin de quelque chose ?

Il était très séduisant, ce soir, dans son pantalon chino beige et sa chemise bleue dont il avait roulé les manches sur ses avant-bras.

— Vous ne répondez pas à mes appels et il faut que je vous parle, expliqua-t-elle.

— Ça peut sûrement attendre. Nous avons du monde à dîner.

Puis son regard se posa sur le dossier qu'Erika serrait contre elle. Elle se jeta à l'eau.

— Monsieur, je crois que les meurtres d'Andrea Douglas-Brown et d'Ivy Norris sont liés à trois autres meurtres. Des jeunes filles retrouvées dans les mêmes circonstances qu'Andrea. Les meurtres se produisent régulièrement depuis mars 2013…

Marsh l'interrompit, exaspéré.

— Je n'en reviens pas, Foster… !

— Premier point commun, poursuivit Erika : toutes les victimes ont été jetées à l'eau. Autre point commun : les trois autres meurtres concernaient des jeunes filles originaires d'Europe de l'Est.

Elle ouvrit son dossier et brandit la photo du cadavre de Karolina Todorova.

— Regardez, elle avait juste dix-huit ans. On l'a étranglée ; on lui a attaché les mains dans le dos avec du ruban de plastique et arraché les cheveux. Et on l'a balancée à la flotte comme un sac-poubelle !

Marsh se contenta de lui ordonner de partir. Erika s'obstina. Elle sortit deux autres photos.

— Tatiana Ivanova, dix-neuf ans, et Mirka Bratova, dix-huit. Même traitement. Découvertes dans un rayon de seize kilomètres autour du centre de Londres. Et elles correspondent au même profil : brune, les cheveux longs, des courbes… Monsieur, ça fait deux jours que le DCI Sparks détient ces informations ! Les similarités sautent aux yeux, même un flic juste sorti de…

Une porte s'ouvrit dans le corridor, laissant échapper un éclat de rire. Marcie venait rejoindre son mari.

— Qui est-ce, Tom ? demanda-t-elle.

Et soudain, elle vit la photo qu'exhibait Erika, celle du corps décomposé de Karolina.

— Qu'est-ce qui se passe ?

Elle regarda tour à tour Erika et son mari.

— Rentre, Marcie, je m'en occupe.

— Ah oui ? poursuivit Erika, révoltée. Voyons ce que Marcie pense de ça ! s'écria-t-elle en présentant la photo de Mirka Bratova, inerte, terrorisée, livide, couverte de feuilles humides et de sang.

De dégoût, Marcie plaqua la main devant sa bouche.

— Erika, comment osez-vous ? Ici, chez moi !

Erika n'entendait pas capituler.

— La fille venait d'avoir dix-huit ans, Marcie. Dix-huit ans ! Elle était venue en Angleterre en pensant qu'elle allait travailler dans une famille comme jeune fille au pair et, au lieu de ça, on l'a obligée à se prostituer. Elle a sans doute été violée. Et souvent. Et un jour, quelqu'un l'a enlevée et sauvagement étranglée... Le temps passe vite, Marcie – quel âge ont vos jumelles, déjà ?

Marcie se tourna vers son mari, atterrée.

— Qu'est-ce qu'elle fait là ? hurla-t-elle. Pourquoi vous ne réglez pas ça au bureau ?

— Assez, maintenant, Erika ! cria Marsh à son tour.

— Justement, répliqua Erika, un ton plus haut, en s'adressant directement à Marcie, le problème c'est qu'il ne règle pas ça au bureau ! Monsieur, je vous en prie, je sais qu'on a retrouvé la trace d'un téléphone appartenant à Andrea. Donnez-moi les moyens de mettre la main sur ce téléphone qui contient tous les secrets de la vie de cette jeune fille. Il pourrait nous mener au tueur. Regardez ces photos ! Regardez-les bien !

— De quoi s'agit-il, Tom ? s'enquit de nouveau Marcie, tremblante.

— Rentre. Immédiatement !

Marcie jeta un dernier coup d'œil horrifié à la photo et tourna les talons. De nouveau, un rire s'échappa de la salle à manger quand la porte s'ouvrit, puis on n'entendit plus que des conversations feutrées.

— Vous dépassez les bornes, Erika ! s'exclama Marsh.

— Non, monsieur, nous dépassons tous les bornes en ne faisant pas notre devoir. D'accord, j'outrepasse mes droits en me présentant à votre porte mais, vous, vous dormez sur vos deux oreilles, en ce moment ? Rappelez-vous, quand nous avons rejoint les rangs de la police, autrefois, nous n'avions aucun pouvoir ; aujourd'hui, vous l'avez, vous pouvez prendre la décision de vous occuper de ces filles. Bon Dieu ! Je paierai les frais, s'il le faut, et je me fous que vous m'envoyiez devant un tribunal, parce que, honnêtement, je me fous de tout, en ce moment. Allez ! Regardez ! Regardez ces photos !

— Je vous ai assez vue ! s'écria Marsh.

Et il claqua la porte. Erika entendit qu'il tirait les verrous. Elle baissa les yeux sur les visages des jeunes filles.

— J'aurai essayé… dit-elle.

Puis elle ferma le dossier, le glissa dans son sac et descendit la rue.

38

À la faveur du crépuscule, il avait émergé de sa cachette dans l'allée, en face de chez Erika. Juste avant que la DI Moss sorte de l'immeuble et s'éloigne en voiture. Qu'est-ce qu'elle venait faire là, cette petite gouine, avec tous ses kilos ?

C'est un élément nouveau.

Surveiller les faits et gestes de la DCI Foster devenait progressivement une drogue, pour lui. La pluie l'y aidait ; c'était si facile de la suivre. Il mettait sa capuche, baissait la tête, enfilait un des trois K-way différents qu'il emportait avec lui dans son sac à dos.

Le secret, pour passer inaperçu, c'est de ne pas chercher à passer inaperçu. Les gens se foutent pas mal de vous ; ils sont absorbés par leurs propres petites personnes.

Il leva les yeux. Erika regardait par la fenêtre. Elle fumait.

À quoi pense-t-elle ? Et l'autre flic, Moss, pourquoi lui a-t-elle rendu visite, tout à l'heure ? Normalement, la DCI Foster n'est plus sur le coup...

Soudain, il la vit baisser les stores. Quelques minutes plus tard, elle sortait de l'immeuble. Elle portait un sac et prenait la direction de la gare. Il retourna vivement dans l'ombre et courut vers sa voiture, qu'il avait garée en contrebas de l'immeuble. Puis il roula jusqu'à la rue principale en s'efforçant d'adopter une vitesse raisonnable, de se fondre dans la masse anonyme de la circulation automobile.

Il la rattrapa aux abords de Brockley Station. Au même moment, face à lui, une autre voiture commença à manœuvrer pour quitter sa place de parking. Il dut marquer l'arrêt ; il en profita pour observer Erika – maintenant, elle empruntait la passerelle pour rejoindre le quai opposé. Le conducteur termina sa manœuvre, le remercia d'un geste. C'était le moment ; il pouvait retourner là-bas.

Il passa devant l'appartement d'Erika, plongé dans le noir, et alla se garer quelques rues plus loin. Dans le silence, il prit le temps d'étudier l'arrière de l'immeuble. Un mur d'une bonne hauteur entourait la propriété et une allée courait sur l'un des côtés. La maison avait été divisée en appartements et certains des nouveaux propriétaires avaient changé les fenêtres, mais d'autres pas. Il restait de l'ancienne architecture de vieilles huisseries, des tuyaux de descente et des gouttières hétéroclites.

Il descendit de voiture et ouvrit le coffre pour y prendre son sac à dos.

Je n'avais pas prévu de faire ça maintenant, mais les événements s'accélèrent... La guetter ne me suffit plus...

Il croisa quelques banlieusards indifférents qui rentraient chez eux, se campa sous l'appartement d'Erika et réfléchit à la meilleure façon d'atteindre le dernier étage, où cet appartement se situait. Puis il escalada le mur d'enceinte.

Avance doucement jusque derrière l'immeuble. Maintenant, commence par poser le pied sur l'appui de la fenêtre, au rez-de-chaussée, et accroche-toi au tuyau. Balance la jambe sur l'appui de fenêtre, à l'étage supérieur, et hisse-toi, grâce au tuyau.

Les appuis étaient en pierre lisse, l'effort lui accaparait tout son souffle mais, pour l'instant, la chance était avec lui. Il fit une courte pause, puis s'encouragea à reprendre son ascension.

Aide-toi du paratonnerre, du gros tuyau comme prise, et encore trois fenêtres alignées...

Voilà, il venait d'atteindre la fenêtre de la salle de bains. Il était inondé de sueur, à bout de forces. La fenêtre était fermée mais il s'y attendait. Il considéra la petite bouche d'aération – du matériel de mauvaise qualité, installé dans le mur à la va-vite, qui ne résisterait pas. Il referma la main sur la grille de plastique, tira. Un craquement, et la grille céda et sauta, laissant à nu le tuyau de ventilation.

Il glissa le bras dedans, entra en contact avec la grille intérieure de la bouche d'aération. Puis il poussa fort et délogea la grille. Il avait pris soin de glisser dans une des poches de son sac à dos le crochet d'un cintre qu'il introduisit dans le tuyau de ventilation. Il dut s'y reprendre à plusieurs fois mais le crochet finit par harponner la poignée intérieure de la fenêtre, qui s'ouvrit.

Alors, aussi vite que possible, tête la première et mains en avant, il plongea.

J'y suis.

Quelle sensation enivrante ! Être chez elle, après l'avoir si longtemps vue vivre de loin... Il regarda autour de lui. Une petite salle de bains, fonctionnelle. Il ouvrit l'armoire de toilette – une boîte de tampons, une crème vaginale et un vieux paquet de bandes de cire dépilatoire. La date d'utilisation était dépassée. Que c'était pathétique... elle avait apporté des bandes de cire dépilatoire inutilisables.

Il rassembla tout ça et se rendit dans la chambre. Parfois, l'odeur des femmes pouvait être intéressante et inattendue ; ou au contraire repoussante. Ici, il n'en perçut aucune qui lui inspire une impression particulière...

Juste l'odeur du tabac froid... la friture... des effluves de parfum bon marché.

Il repoussa la couette, disposa soigneusement sur le matelas les objets qu'il avait trouvés, puis remit le linge de lit en place avant de poursuivre sa visite.

La lumière orangée de la rue baignait le salon. Aussitôt, son regard tomba sur la table basse : au milieu des tasses sales, les rapports de police restés en évidence lui sautèrent aux yeux... Un accès de rage monta en lui. De sa main gantée de cuir, il s'empara d'un des rapports. Le dossier de Mirka Bratova. Mirka Bratova vivante ; Mirka Bratova morte et son corps décomposé, dans l'eau. Foster savait ! Elle avait fait le rapprochement et la garce de grosse gouine était en train de lui donner un coup de main !

À cet instant, un craquement se fit entendre dans l'escalier. Un bruit sur le palier. Il avança à pas feutrés jusqu'à la porte et regarda par le judas. Une vieille. Elle s'approcha, tellement que la lentille du judas déforma son visage de manière obscène. Il la vit tendre l'oreille… Sans doute rassurée, elle finit par tourner les talons et rentrer chez elle. Alors, soudain, il éprouva le besoin impérieux et urgent de sortir d'ici, de partir, de bâtir un plan.

Foster m'a forcé la main.

Il va falloir que je la tue.

39

Erika s'enveloppa dans un drap de bain. La longue douche chaude qu'elle s'était accordée lui avait fait du bien. Elle entra dans sa chambre, s'assit sur son lit ; les événements de la soirée passaient en boucle dans sa tête. En vain. Cet examen ne débouchait sur rien. Elle s'apprêtait à brancher son téléphone quand elle sentit quelque chose de dur sous sa cuisse. Et, en repoussant sa couette, elle découvrit ses affaires de toilette.

Quelqu'un était entré chez elle…

Son premier réflexe fut d'aller vérifier que la fenêtre de sa chambre était fermée ; c'était le cas. Elle l'ouvrit et se pencha à l'extérieur : il n'y avait rien le long du mur à quoi s'accrocher pour se hisser jusqu'au dernier étage et entrer par sa chambre. Par la fenêtre du salon, alors ?

Elle alluma : tout était comme elle l'avait laissé avant de partir – stores baissés, tasses, dossiers… Elle se campa devant la porte palière – l'avait-elle bien verrouillée en sortant ? Mais bon sang, évidemment ! Elle verrouillait toujours ! Dans la salle de bains, elle ouvrit l'armoire de toilette, au-dessus du lavabo : vide.

Elle ferma les yeux. Les idées tournaient dans sa tête. La confusion la gagnait. Elle s'efforça de se rappeler la succession de ses gestes. Avant qu'elle entre sous la douche, la fenêtre était fermée et elle ne l'avait pas ouverte depuis, elle en était certaine... Non, elle devait se tromper, la fatigue lui faisait perdre la mémoire. Bien sûr : c'est elle-même qui avait apporté ces objets de toilette dans sa chambre !

Parce que la vapeur envahissait la salle de bains, elle tira sur le cordon du ventilateur. Deux fois. Et merde ! Cassé ! Pas de bol que Marsh soit son propriétaire en plus d'être son patron ! Elle n'avait aucune envie de le contacter pour faire réparer ce truc ! Elle essuya d'un revers de main rageur le miroir embué et retourna dans sa chambre. La présence des objets sur son lit, ses souvenirs qui lui échappaient, tout cela la mettait plus que mal à l'aise. Oui ou non, les avait-elle pris dans l'armoire de toilette ou quelqu'un s'était-il introduit chez elle et les avait placés là ? Mais comment ? C'était inconcevable : il aurait fallu que cet individu ait une clé de l'appartement ! D'un autre côté, elle ne pouvait s'empêcher de faire le lien avec cette lettre qu'on avait glissée dans sa poche...

Le lendemain matin, tout en mettant de l'ordre dans son appartement, Erika songea à appeler le poste ; elle allait dire à ses collègues qu'il était « possible » qu'on ait pénétré chez elle – « possible » étant le mot le plus précis pour qualifier la situation. Mais elle fut distraite par le passage du facteur qui jetait le courrier dans le hall du rez-de-chaussée, et descendit récupérer le sien. Au milieu des factures de ses voisins, qu'elle déposa sur la table, près de la porte, elle trouva une enveloppe à son nom. La toute première lettre qu'elle recevait ici, dans son nouvel appartement… Ou plutôt la convocation à l'évaluation psychiatrique envoyée par la police métropolitaine. Il fallait qu'elle se présente au cabinet du psy dans sept jours.

— Je ne suis quand même pas folle, si ? murmura-t-elle.

Qui sait si elle n'était pas plus fragile qu'elle ne le pensait ?

Tout en remontant chez elle, elle reçut un appel sur son mobile.

— Erika, Marsh au téléphone. Je vous envoie une équipe de la Thames Water[1]. Vous avez six heures. Si vous ne trouvez pas le téléphone d'Andrea Douglas-Brown d'ici là, on arrête tout. C'est bien clair, cette fois ?

Elle se retint de sauter de joie.

— Oui, monsieur ! Merci !

— Il n'y a pratiquement aucune chance qu'on retrouve ce téléphone dans l'égout : vous avez vu le temps de chien qu'on a depuis ces derniers jours ?

Dehors, la pluie martelait les carreaux ; Erika regarda tomber les trombes d'eau.

— Je sais, monsieur. Je prends le risque. J'ai déjà affronté des situations où les chances de résoudre l'affaire sur laquelle je travaillais étaient encore plus minces.

---

1. *Water Utilities Ltd.* Compagnie privée responsable de l'approvisionnement en eau et du traitement des eaux usées pour Londres et quelques régions du Royaume-Uni.

— Je vous rappelle que vous ne résoudrez pas celle-ci : vous êtes suspendue, vu ? Vous transmettrez au DCI Sparks tout élément nouveau. Sans délai.

— Bien sûr, monsieur.

— Pour tout le reste, c'est Moss.

— Parfait.

— Et si jamais vous me refaites le coup de débarquer chez moi pour agiter sous le nez de ma femme des photos de scène de crime à vomir, je brise votre carrière.

— Ça ne se produira plus, monsieur.

Sur ces mots, Marsh raccrocha. Erika ne put s'empêcher de sourire. Derrière chaque homme de pouvoir, il y avait une femme qui savait sur quels points appuyer. Bravo, Marcie.

Moss et Peterson étaient déjà sur place. La bouche d'égout par laquelle les employés de la Thames Water s'apprêtaient à descendre se trouvait près du cimetière de l'église de Honor Oak Park, à quelques kilomètres seulement de chez Erika, et l'église elle-même – perchée sur une colline – se situait à une centaine de mètres au-delà de la gare.

Erika rejoignit ses collègues. La pluie avait cessé. Une pâle éclaircie perçait entre les nuages. À côté du grand véhicule au logo de la Thames Water, Peterson servait les cafés à des gars en combinaison. Moss la présenta et réciproquement.

— Voici Mike. Son équipe coordonnera les recherches.

— On est contents de vous revoir, patron, ajouta Peterson en lui tendant un gobelet de café.

Erika serra les mains de tous. Ces gars-là n'étaient pas des plaisantins ; ils engloutirent leur café sans traîner et, dans les minutes qui suivirent, ils soulevaient la plaque d'égout gigantesque et la faisaient rouler sur le côté. Mike fit alors monter Erika et ses collègues dans le camion équipé d'écrans de contrôle, d'une petite douche et d'un système de radiocommunication avec chacun des hommes envoyés dans l'égout. Sur l'un des écrans, une image satellitaire constamment actualisée permettait de suivre les évolutions de la météo au-dessus du Grand Londres.

— La vie de mes hommes est entre mes mains et cet écran m'aide à les protéger, l'informa Mike en pointant l'image avec son stylo. Sous terre, les eaux de pluie et les eaux sales se mélangent dans les tunnels qui peuvent se remplir très rapidement sous le coup d'une pluie forte et soudaine. Et là, c'est comme si un tsunami déferlait en direction de la Tamise.

— Comment procédait-on, sans la technologie ? demanda Peterson.

— La bonne vieille méthode, répondit Mike. À l'oreille… Quand on voyait arriver un orage, on soulevait de quinze centimètres la plaque de la bouche d'égout la plus proche et on la laissait retomber. Le bruit résonnait dans le réseau des tunnels et on croisait les doigts pour que les égoutiers, en bas, aient entendu le signal et puissent sortir du piège à temps.

— Il n'y a que des hommes, dans ce métier ? s'enquit Moss.

— Pourquoi ? Vous voulez postuler ? s'amusa Mike.

— Très drôle… répliqua-t-elle.

Ils descendirent du van et levèrent les yeux. Juste au-dessus d'eux, le ciel semblait se dégager ; mais l'horizon s'assombrissait.

— Il vaudrait mieux ne pas perdre de temps, reconnut Mike.

Il se dirigea vers ses hommes, Erika le suivit et se pencha au-dessus du trou : dans le puits, des barreaux de fer descendaient avant de disparaître dans le noir.

— Donc, on cherche un téléphone, c'est ça ? reprit Mike.

— Un iPhone 5S.

Moss distribua à chaque homme une photo plastifiée.

— Nous sommes bien conscients que ce téléphone séjourne dans les égouts depuis presque deux semaines, expliqua Erika. Mais si vous le trouvez, pouvez-vous, s'il vous plaît, éviter de le toucher ? Nous devons protéger tout indice exploitable pour la scientifique. Tenez, voici des sacs : il faudra le mettre dedans immédiatement.

Les gars la regardèrent d'un air sceptique.

— Ne pas le toucher ? Et on le sort comment de toute cette merde ? s'exclama l'un d'eux. Avec une baguette magique ?

Peterson intervint :

— On apprécie vraiment votre coup de main. L'affaire implique trois jeunes filles. Assassinées. Une horreur. Le téléphone constitue une pièce du puzzle et votre aide est cruciale à ce stade de l'enquête.

Les paroles de Peterson avaient fait mouche. Les égoutiers n'exprimèrent plus ni doutes ni hostilité. Ils mirent leurs casques, s'assurèrent du bon état de marche de leurs lampes et de leurs radios et se rassemblèrent autour de Mike. Celui-ci sonda l'intérieur du puits.

— Je vérifie le degré de toxicité des émanations, expliqua-t-il. Parce que, là-dedans, il n'y a pas que de la merde et de la pisse ! Il y a de l'acide carbonique – ce que les mineurs d'autrefois appelaient le gaz asphyxiant ; du méthane, qui peut exploser ; et de l'hydrogène sulfuré provenant de la putréfaction... Vous avez vos détecteurs, les gars ?

— Bon sang, vous ne préféreriez pas bosser dans un supermarché ? lança Moss.

— Ça paie nettement moins bien, rétorqua un tout jeune homme.

Il s'engagea le premier. Puis vint le tour des autres. La lumière qui venait de leurs casques trouait l'obscurité et révélait les parois crasseuses de l'égout. Erika échangea des regards avec Moss et Peterson.

— Autant leur demander de chercher une aiguille dans une botte de foin...

À mesure que les hommes s'enfonçaient l'un après l'autre, la lumière de leurs lampes diminuait d'intensité. Et, bientôt, on ne les entendit même plus. Mike retourna dans le van pour surveiller leur progression sous terre...

Ils patientaient dans le froid. Une heure s'était écoulée et ils n'avaient toujours rien à signaler... Un appel radio interrompit leur attente : un incident venait de se produire au supermarché de Sydenham. L'individu avait sorti une arme et des coups de feu avaient été tirés.

— On est d'astreinte, aujourd'hui, rappela Moss à Peterson.

— On n'a pas intérêt à traîner. Marsh nous a bien spécifié que notre présence ici n'était pas prioritaire.

— Allez-y, moi je reste, déclara Erika.

Moss et Peterson sautèrent dans leur voiture et Erika demeura seule. Pas de badge, pas de pouvoir. Elle n'était personne. Juste une femme ordinaire qui espérait que quelque chose sorte enfin de ce trou. Autant aller rejoindre Mike dans le van suivre avec lui la progression des égoutiers dans les tunnels.

— Rien de neuf, annonça-t-il en la voyant monter. Et ils arrivent au point que je ne veux pas qu'ils dépassent. C'est l'endroit où les ramifications du réseau partent dans plusieurs directions vers le centre de Londres.

— OK. Où ça débouche ?

— Dans les usines de traitement, autour de Londres.

— Donc… ?

— Donc nos chances de retrouver ce téléphone tout petit sont ridicules. Pas comme si un chien avait avalé une bague. Vous saisissez ?

— J'ai compris l'image, répondit Erika.

Incapable de rester plus longtemps désœuvrée, elle sortit fumer une cigarette. Elle s'assit sur une souche. Là-haut, l'église rayonnait d'une lumière douce. Un train fila au loin dans le froid… Une heure et demie passa sans que rien ne se produise. Puis, progressivement, elle vit les hommes de la Thames Water apparaître un par un à la surface, crottés jusqu'au cou, le visage ruisselant de sueur, totalement épuisés. Bredouilles.

— Je m'y attendais. À l'heure qu'il est, ce téléphone peut être n'importe où, même dans la mer, qui sait ? Les égouts pluviaux sont ouverts depuis le 12 janvier et ils ont dû drainer des tonnes de trucs. La pression de l'eau a été si forte que je ne vois pas bien ce qui aurait pu résister au courant.

— Merci, répondit Erika. On aura essayé.

— Non, répliqua Mike. Eux, ils ont essayé.

Il montra ses gars.

— J'avais prévenu votre patron qu'il se faisait des illusions, ajouta-t-il. Que vous partiez sur une piste qui ne vous mènerait nulle part.

Un drôle de déclic résonna en Erika. Marsh n'avait-il autorisé cette opération que pour lui prouver qu'elle se plantait ?... Qu'il pense ce qu'il voulait. Elle demeurait convaincue qu'il fallait déployer tous les moyens possibles pour retrouver le téléphone d'Andrea.

Tout en rentrant chez elle sous la pluie qui avait repris, elle repensa à la lettre, aux objets de toilette... Marco Frost n'était pas coupable ; en l'arrêtant, la police s'était trompée. Mais il semblait qu'elle soit la seule à le savoir.

40

Pendant trois jours, Erika n'entendit plus parler ni de Moss ni de Peterson. Son enthousiasme et son optimisme s'évanouirent petit à petit ; le désœuvrement aggravait son sentiment de détresse. Mais, après tout, peut-être ce répit forcé lui offrait-il une chance d'appeler Edward et de se rendre sur la tombe de Mark ? Elle hésitait…

Son portable sonna. Moss.

— Patron, vous n'allez jamais le croire ! Le téléphone d'Andrea a réapparu.

— Quoi ? Dans les égouts ?

— Non, un magasin de mobiles d'occasion, à Anerley.

— À peine à quelques kilomètres…

— Exactement. Crane a fait le tour des magasins de téléphones du coin avec le numéro IMEI en passant le message aux vendeurs que, si l'appareil correspondant arrivait entre leurs mains, ils devaient contacter d'urgence le poste de Lewisham.

— Et ils ont joué le jeu ? s'étonna Erika.

— Il leur a promis une somme équivalente à la valeur d'un iPhone 5S neuf. On n'attire pas les mouches avec du vinaigre…

— Dites-m'en plus.

— C'est une femme qui l'a trouvé. La semaine dernière, à cause de la neige et des pluies, les égouts qui descendent Forest Hill Road ont été submergés. L'eau a exercé une pression telle sur le réseau que le goudron de la rue s'est crevassé. C'est comme ça que le téléphone a dû être recraché… La femme s'est dit qu'elle pourrait en tirer quelques shillings…

— Il fonctionne ?

— Non. L'écran est salement abîmé, mais nous l'avons envoyé à l'équipe de cybertechnologie. Ils se sont mis au travail sur-le-champ. Ils vont essayer de récupérer le maximum d'informations dans la mémoire.

— J'arrive, Moss.

— Non, ne bougez pas, patron. Pas tant que vous n'aurez pas une vraie bonne raison de débouler et de leur dire leurs quatre vérités.

Erika s'apprêta à protester ; Moss ne lui en laissa pas la possibilité.

— Sérieusement. Je vous promets que je vous appelle à la seconde où je sais quelque chose.

L'unité de cybercriminalité avait extrait du téléphone un nombre considérable de données. La longue attente imposée à Erika – six heures interminables d'une tension extrême – prenait enfin tout son sens. Elle sauta dans un taxi et descendit à l'adresse indiquée par Moss. Celle-ci l'attendait dehors, devant la London Cyber

Crime Unit[1], basée dans un ensemble de bureaux quel-conque près de Tower Bridge. L'ascenseur les déposa au dernier étage. Un immense espace s'ouvrit devant elles, une fourmilière en pleine activité. À chaque bureau, un officier travaillait dans un apparent désordre d'écrans, d'ordinateurs portables en pièces détachées, de téléphones, de fils et de câbles. Au fond de la salle, Erika remarqua ce qui ressemblait à une rangée de postes de visionnage équipés de vitres fumées. Quelles horreurs ces hommes étaient-ils obligés de regarder défiler, assis derrière leurs écrans ?... Elle frissonnait rien que d'y penser.

Un type en pull, pas très grand mais avenant, vint à sa rencontre. Il s'appelait Lee Graham. Ils traversèrent tous les trois l'open space jusqu'à une grande pièce de stockage où s'amoncelaient sur des étagères, envelop-pés dans du plastique et scellés, parfois couverts de sang séché, des ordinateurs, des téléphones, des tablettes... Le téléphone d'Andrea était posé sur un bureau, dans un coin, et raccordé à un grand PC à deux écrans.

— Vous allez avoir de quoi faire, avec ce qu'on a trouvé là-dedans, assura Lee Graham en s'asseyant devant les écrans. Le disque dur était en bon état.

Moss tira une chaise et s'assit à côté de lui.

— Il y a trois cent douze photos, reprit-il, seize vidéos et des centaines de textos. J'ai passé toutes les photos au système de reconnaissance faciale relié au répertoire informatique national des individus ayant commis un ou plusieurs délits. Une photo commune est sortie.

---

1. Unité de cybercriminalité.

Erika et Moss se regardèrent ; leur excitation monta.

— Le nom de cet homme ? demanda Erika.

Tout en pianotant sur son clavier, Lee Graham lâcha une bombe.

— Ce n'est pas un homme.

Il fit défiler sur son écran toute une série de petits icones, repéra celui qui l'intéressait et cliqua dessus. Erika vit apparaître un visage familier.

— *Elle ?* murmura-t-elle.

— Elle est fichée ? ajouta Moss, clouée par la surprise.

Assises à une table, dans un bar, Andrea et sa sœur Linda avaient l'air passablement ivres. Avec son assurance habituelle, Andrea fixait la petite lentille de son mobile. Elle était parfaite, dans son chemisier crème déboutonné. Un collier en argent habillait son décolleté et descendait se nicher entre ses seins. À côté, Linda était rougeaude et hirsute. Elle portait un pull noir dont le col roulé soulignait son double menton. Un de ces pulls que, apparemment, elle affectionnait : avec de petits caniches qui cabriolaient... Une croix en or, de belle taille, pendait à son cou. Elle tenait la main d'Andrea.

— C'est la mère de la victime ? demanda Lee Graham.

— Sa sœur... Elles ont quatre ans d'écart, expliqua Erika.

Un silence éloquent suivit.

— Bon, reprit Lee Graham, j'ai sorti sa fiche ; je l'imprime...

41

Lee Graham leur trouva un bureau disponible dans
l'open space et ils se plongèrent dans la fiche de Linda
Douglas-Brown. Erika tombait des nues : en plusieurs
années, la jeune fille s'était rendue coupable d'incendie
criminel, de vol et vol à l'étalage…

— Entre juillet et novembre, l'an dernier, lut-elle,
Giles Osborne s'est rendu trois fois à la police pour
déclarer que sa future belle-sœur le harcelait et lui
envoyait des mails de menaces.

— Et je vois que des officiers se sont entretenus
avec elle à ces trois occasions, ajouta Moss.

— Pas d'arrestation. La première plainte de Giles
Osborne a été déposée en juillet 2014. Elle concerne les
mails qu'il recevait de Linda – d'abord, elle le menace
de tuer son chat, et ensuite de s'en prendre à sa personne. Un mois plus tard, il porte de nouveau plainte
– on a empoisonné son chat et retourné son appartement. Il y a des empreintes de Linda partout. Seulement,
l'avocat fait valoir que c'est normal puisqu'elle était
invitée au dîner qu'Osborne avait récemment donné
pour fêter ses fiançailles avec Andrea.

— Sauf que, quelques minutes après le cambriolage, elle est filmée par la caméra de sécurité dans une rue qui jouxte l'appartement d'Osborne. Cette fois, elle reconnaît qu'elle était bien dans le quartier mais argue qu'elle est arrivée après le cambriolage et qu'elle est entrée pour essayer de sauver le chat. Selon ses dires, elle a regardé par la fenêtre en passant, et cette bête lui a semblé complètement affolée.

— Tu parles ! Moi je dis qu'elle a surtout un super bon avocat, conclut Moss.

— Peut-être bien. N'empêche qu'il n'y a pas eu de preuves suffisantes pour établir sa culpabilité… Troisième plainte, en octobre, l'an dernier. Elle a causé pour huit mille livres de dégâts dans les bureaux de Yakka. Elle a balancé une brique contre un grand panneau vitré. Là, la caméra de surveillance l'a piégée en pleine action.

Bien que l'image en noir et blanc soit surexposée, on voyait très bien une silhouette corpulente en manteau long, le visage dissimulé par la visière d'une casquette de base-ball. Au moment où la vandale prenait son élan pour jeter la brique, les pans du manteau s'ouvraient sur un pull orné de caniches.

Moss avait apporté son ordinateur portable. Elle le sortit de son sac et l'alluma, brancha sa clé USB et commença à télécharger le contenu du téléphone d'Andrea. Un moment plus tard, la lumière rouge de la clé USB s'alluma et les photos s'affichèrent en rafale sur l'écran. D'abord des photos de soirée. Beaucoup de selfies d'Andrea, des portraits d'elle, nue jusqu'à la taille devant le miroir de sa salle de bains, se tenant les seins dans une attitude provocante, tête renversée.

Venait ensuite une série de clichés pris dans un bar, la nuit ; peut-être bien le bar où Andrea s'était photographiée avec Linda.

— Stop ! s'écria Erika. Revenez en arrière !

— Je ne peux pas, il faut attendre la fin du téléchargement, expliqua Moss. Ça y est.

— Voilà les plus récentes, celles du bar, dit Erika.

— Qui est-ce, là, d'après vous ? demanda Moss en se penchant vers l'écran.

Un homme d'une trentaine d'années – cheveux bruns et yeux noirs, traits virils, barbe de trois jours, belles épaules carrées – apparaissait plusieurs fois au côté d'Andrea. C'était elle qui avait pris ces photos. Partout, elle était lovée contre lui. Il était incroyablement attirant.

— Un beau ténébreux, murmura Erika, séduite.

— On se calme, répliqua Moss, pas vraiment indifférente non plus.

Les photos continuèrent de défiler. Une soirée. Une foule de gens en arrière-plan, assis ou en train de danser. Andrea s'était déchaînée : elle avait pris photo sur photo d'elle avec son partenaire, à qui cela avait visiblement plu. Des photos côte à côte, des regards enamourés d'Andrea, l'inconnu l'embrassant à pleine bouche…

— Tout ça date du 23 décembre de l'an dernier, fit remarquer Moss. Comme celle de Linda avec Andrea. Le même soir et la même fête…

Elle revint sur l'image en question.

— Vu leur état, je dirais que cette photo a été prise en fin de soirée. Donc, Linda connaît cet homme.

Peut-être même que c'est lui qui les a photographiées elle et Andrea.

Les photos suivantes avaient été prises quelques jours après. Au lit. Toujours avec l'inconnu. Et elles étaient nettement plus chaudes. Andrea offrant explicitement ses seins nus. Un gros plan de son partenaire en train de mordiller un de ses mamelons. Elle, étendue sur le dos dans une pose impudique, tout sourires. Et ensuite, elle encore, le sexe de son partenaire dans la bouche, et lui qui lui tenait le menton.

On retombait sur des scènes moins X juste après. 30 décembre, Andrea et son partenaire main dans la main, dans la rue. Et, en arrière-plan...

— Bon sang ! la tour d'horloge du Horniman Museum, dit Moss.

— Quatre jours précisément avant qu'Andrea soit portée disparue, ajouta Erika. Ce type pourrait être le tueur.

— Sauf que le fichier national ne le connaît pas. Il n'est pas fiché au Royaume-Uni.

— De quelle origine est-il ? Russe ? Roumaine ? Serbe ? Il est peut-être fiché sur le continent ?

— Sans son nom, ça va prendre un temps fou pour l'identifier.

— Linda Douglas-Brown, elle, sait comment il s'appelle, rappela alors Erika.

— Qu'est-ce qu'on fait ?

— Minute...

— Comment ça, « Minute » ! Patron, de toute évidence, elle nous a caché des choses.

— C'est vrai, mais il faut être très prudent. À la seconde où nous bougerons, les Douglas-Brown feront intervenir leurs avocats. Ils ont déjà dépensé une fortune pour maintenir Linda dans le droit chemin.

Moss se tut un instant ; puis elle lança, l'air de rien :

— Patron, vous savez ce qui manque, dans votre appartement ?

— Dites toujours...

— Un beau bouquet de fleurs fraîches.

— Bien vu. On va aller faire un tour chez une fleuriste de ma connaissance.

42

Jocasta Floristry était situé sur Kensington High Street, entre un élégant bijoutier et un immeuble de bureaux qui dressait sa façade de granit poli. Le décor de la vitrine claironnait avec optimisme l'arrivée prétendument prochaine du printemps. Des jonquilles, des tulipes et des crocus de toutes les couleurs émaillaient un tapis de pelouse tandis que des lapins de Pâques en porcelaine pointaient le nez derrière des champignons et de gros œufs mouchetés. Mais, sur un coussin de velours rouge, une petite photo d'Andrea jetait de l'ombre sur ce tableau. Moss voulut pousser la porte. Au même instant, elle remarqua une petite cloche blanche et une pancarte qui disait : sonnez. Erika appuya sur le bouton et patienta. À sa grande surprise, elle vit arriver la gouvernante des Douglas-Brown. Celle-ci les chassa d'un geste dédaigneux. Erika sonna de nouveau.

— Qu'est-ce que vous voulez, encore ? demanda la vieille dame en ouvrant. Nous avons déjà répondu aux questions de la police et un homme est en garde à vue. Savez-vous que nous préparons les obsèques d'Andrea ?

Elle s'apprêta à fermer la porte mais Moss l'en empêcha.

— Nous souhaiterions parler à Linda, s'il vous plaît. Est-elle ici ?

— Pourquoi ? Vous avez arrêté un homme, répéta la gouvernante. Laissez cette famille tranquille.

— Madame, nous continuons de réunir des informations, répondit Moss, et nous avons de bonnes raisons de croire que Linda serait en mesure de nous aider à confirmer certains détails et à affermir nos convictions.

La vieille dame les regarda tour à tour. Ses paupières lourdes et la manière dont sa peau tressautait et se plissait évoquaient les mouvements oculaires d'un caméléon. Elle se résigna finalement à s'effacer pour les laisser entrer.

— Essuyez vos pieds, leur ordonna-t-elle en leur montrant d'un mouvement de tête le trottoir mouillé.

Elle leur fit traverser un salon blanc. Une grande table occupait le fond ; le plateau de verre était éclairé de l'intérieur et changeait de couleur. Les photos des prestations de Jocasta Floristry ornaient les murs : mariages mondains, lancements de produit… La vieille dame disparut par une porte et Linda apparut, les bras chargés de jonquilles jaunes. Sous son tablier blanc, on voyait pointer un autre de ses matous chéris – celui-ci avait des yeux languides –, dessiné sur le pull-over qu'elle portait sur une jupe droite noire.

— Ma mère est absente. En fait, elle est au lit, dit-elle d'un ton qui laissait penser que Diana Douglas-Brown se la coulait douce.

Elle disposa les fleurs sur la table et commença à composer des bouquets.

— Je m'étonne de vous voir, DCI Foster, poursuit-elle. Je croyais qu'on vous avait dessaisie de l'affaire…

— Les gens ne devraient pas prendre pour argent comptant ce qu'ils lisent dans la presse.

— C'est vrai. Les journalistes sont des hyènes. Un tabloïd m'a traitée de « vieille fille » et a comparé mon visage à une lune.

— J'en suis navrée pour vous, Linda.

— Ah bon ? répliqua la jeune fille en la foudroyant d'un regard qui en disait long sur la valeur qu'elle accordait à cet accès de compassion. Si vous me disiez plutôt ce que vous faites ici ?

— Quand nous sommes venus vous parler, chez vos parents, nous vous avons demandé de nous donner toutes les informations dont vous disposiez qui pourraient faire avancer notre enquête. Vous avez oublié de mentionner qu'Andrea avait un deuxième téléphone.

Linda resta silencieuse. Elle continua d'arranger les fleurs.

— Alors ? demanda Moss.

— Alors quoi ? Vous ne m'avez pas posé une question, vous avez affirmé quelque chose.

— On la refait : Andrea avait-elle deux téléphones ?

— Non, pas à ma connaissance.

— Pourtant, elle en avait bien deux, expliqua Erika. Elle a fait une fausse déclaration de vol en juin 2014.

— Et acheté une carte prépayée, ajouta Moss.

— En quoi ça vous concerne ? Vous n'êtes pas mandatées par la compagnie d'assurances pour enquêter sur un cas de fraude !

Erika décida qu'il était temps de mettre fin à ce petit jeu.

— Linda, nous sommes au courant, pour vos délits passés. Sacré casier : agression, vol à l'étalage, fraude à la carte de crédit, vandalisme…

La jeune fille se figea et lâcha ses jonquilles. Puis elle leva les yeux.

— Depuis, j'ai rencontré Dieu, confessa-t-elle. J'ai changé, je ne suis plus la même personne. Soyez honnêtes : nous avons tous commis des fautes que nous regrettons.

— De quand date votre conversion ? s'enquit Moss.

— Je ne comprends pas bien…

— Il y a quatre mois, vous avez causé pour huit mille livres de dommages dans les bureaux de Giles Osborne. Pourquoi avez-vous fait ça ?

— Par jalousie, avoua Linda. J'étais jalouse de ma sœur, de sa relation avec Giles. Inutile de vous dire que je n'ai personne dans ma vie.

— Vous vous êtes rendue coupable de harcèlement. Qu'en pensaient Andrea et Giles ?

— J'ai demandé pardon, j'ai promis que ça n'arriverait plus et on a tous tourné la page.

— Giles vous a aussi pardonné d'avoir tué son chat ?

— JE N'AI JAMAIS FAIT ÇA ! s'écria Linda. Jamais je ne pourrais faire une chose pareille ! Il n'y a pas de créatures plus belles, plus intelligentes… Vous pouvez les regarder droit dans les yeux, ils savent tout. Il ne leur manque que la parole.

Son visage tremblotant s'était assombri. Elle frappa du poing sur la table. Erika fit signe à Moss de ne pas la pousser plus loin dans ses retranchements.

— C'est pas moi ! répéta Linda. Et je ne suis pas une menteuse !

— C'est bon, c'est bon, admit Moss.

Elle sortit la photo d'Andrea en compagnie de l'inconnu et la posa sur la table, à côté des fleurs.

— Connaissez-vous cet homme ?

Linda baissa rapidement les yeux sur le cliché.

— Je ne sais pas, dit-elle.

Moss prit la photo, la brandit sous son nez.

— Regardez-la bien, s'il vous plaît.

De nouveau, la jeune fille regarda la photo.

— Je ne sais pas, répéta-t-elle.

— Et qu'avez-vous à propos de cette photo-là ? demanda Moss en sortant cette fois la photo où Linda et Andrea étaient ensemble. Elle a été prise le même soir que la précédente, et dans le même bar. Probablement par cet homme.

Linda sembla se ressaisir ; puis, après avoir jeté un autre coup d'œil à la photo, elle déclara :

— Voyez-vous, le mot que vous utilisez – « probablement » – en dit long. Je suis arrivée dans ce bar quelques minutes avant la fermeture. J'avais travaillé toute la soirée. Andrea était seule ; je ne sais pas avec qui elle était venue, mais il n'y avait personne avec elle, c'est moi qu'elle attendait pour boire un verre. On voulait se retrouver, juste nous deux, avant le tourbillon des fêtes de Noël en famille. Je ne nie pas que cet homme était dans le bar, mais pas en même temps que moi.

— Andrea n'a pas parlé de lui ?

— Andrea attirait les hommes comme le miel attire les ours. J'avais accepté de la rejoindre là-bas si elle me promettait de ne pas passer la soirée à parler mecs.

— Pourtant, vous aussi vous aimez les garçons, non ?

Linda leva les yeux au ciel avec mépris.

— Vous savez, entre filles intelligentes, il y a tout de même d'autres sujets de conversation.

Erika intervint.

— Quel était le nom de ce bar ?

— Euh... Le Contagion, je crois.

— Avec qui était Andrea ?

— Je ne sais pas, je vous l'ai dit. Avec elle, ça tournait beaucoup, elle faisait la fête avec des tas de gens différents.

— Giles n'était pas là ?

— S'il est venu, il est sans doute reparti avant que j'arrive pour éviter de me croiser.

— Parce que vous le harceliez, renchérit Moss, parce que vous avez mis à sac ses bureaux et parce que vous avez tué son...

— Arrêtez avec ça ! cria la jeune fille. Je n'ai pas fait de mal à Clara !

Les larmes montèrent. Elle tira la manche de son pull sur sa main et s'essuya les yeux. Puis elle prit dans sa poche un mouchoir en papier et tamponna ses paupières.

— C'était une petite bête... adorable. Elle ne se laissait caresser que par moi. Même Giles ne réussissait pas à l'approcher.

— Alors qui l'a empoisonnée, d'après vous ?

— Qu'est-ce que j'en sais ?

— Vous aurez peut-être plus de choses à dire sur ceci, supposa Moss.

Elle présenta à Linda le sac en plastique qui contenait la note anonyme trouvée par Erika. La réaction de la jeune fille ne se fit pas attendre ; elle recommença à pleurer, les joues en feu.

— C'est quoi, ça ? Je ne sais rien, je ne sais rien !

À cet instant, la voix de la gouvernante s'éleva dans leur dos, depuis le pas de la porte.

— Linda s'est montrée suffisamment accommodante comme ça, maintenant, ça suffit !

Elle approcha.

— Si vous désirez poursuivre, puis-je suggérer que ce soit sous une forme plus officielle et en présence de l'avocat de la famille ?

Mais Moss insista.

— Linda, cet homme, dit-elle en tapotant la photo de l'inconnu, est un suspect dans le meurtre de votre sœur mais aussi dans l'assassinat et le viol de trois jeunes filles d'Europe de l'Est, ces deux dernières années, et il a récemment tué une femme plus âgée.

Linda écarquilla les yeux d'horreur. La gouvernante montra la sortie à Moss et Erika.

— Contactez-nous si quelque chose vous revient, lança Erika depuis le seuil. Même s'il s'agit d'un détail qui vous paraîtrait insignifiant.

La porte de verre se referma derrière elle. Elles s'éloignèrent de quelques pas dans la rue.

— Soit elle dit la vérité et elle ne connaît pas cet homme, soit c'est une sacrée bonne menteuse, conclut Moss.

— En tout cas, ajouta Erika, une chose est certaine : elle n'a pas tué le chat.

— Oui mais, nous, on n'enquête pas sur les tueurs de chats.

— C'est le moment de retourner voir Giles Osborne. On va lui demander ce qu'il a à dire à propos de Linda et de ces photos.

43

— Elle est complètement dérangée. Au point qu'elle me fait peur et qu'elle effraie mes employés.

Depuis la découverte du corps d'Andrea, Giles Osborne avait maigri, il était défait et n'avait pas dû beaucoup dormir. Assise dans le grand bureau aux parois de verre qu'il occupait, Erika regardait le paysage en contrebas – les petits carrés de jardin d'une rangée de maisons mitoyennes, derrière laquelle passaient les trains dans un grand bruit de ferraille, et qui était bordée sur un côté par un terrain industriel. Cette vue lugubre jurait avec le bâtiment sophistiqué dans lequel Erika se trouvait…

— Ils sont tous conscients qu'elle ne va pas bien, poursuivit-il. Apparemment, ça fait des années qu'elle fait n'importe quoi. Elle a été renvoyée de toutes les écoles. À neuf ans, avec son compas, elle a blessé une professeure qui en a perdu un œil.

— Donc, selon vous, Linda souffre de désordres psychologiques ?

— N'en faites pas un mal plus mystérieux ni exotique qu'il n'est. C'est une folle, voilà tout. Une folle banale. Seulement, comme la famille a de l'argent et que son père est influent… Linda sait qu'elle n'aura pas à assumer les conséquences de ses actes.

— Il n'empêche, objecta Moss.

Giles Osborne haussa les épaules.

— Sir Simon est toujours prêt à payer pour régler les problèmes, ou à glisser un mot à une de ses relations haut placées… Par exemple, il a acheté une maison à la professeure. Elle vit en haut et loue le rez-de-chaussée. Ça vaut presque la peine de se faire crever un œil, vous ne trouvez pas ?

Il y eut un silence. Un train fila en sifflant. Osborne se reprit.

— Pardonnez-moi, je ne cherchais pas à me montrer cruel. J'organise les funérailles d'Andrea alors que j'avais prévu de préparer notre mariage… C'est Linda qui s'occupe des fleurs. Elle a insisté pour que la cérémonie ait lieu dans l'église qu'elle fréquente à Chiswick. Et moi, je suis assis là à essayer d'écrire son éloge funèbre, mais rien ne vient.

— Il faut bien connaître la personne concernée pour se livrer à cet exercice, insinua Moss.

— C'est sûr.

Erika décida d'orienter la conversation sur un terrain moins glissant.

— Andrea était-elle pratiquante ?

— Non.

— Et David ?

— Si les bonnes sœurs avaient de gros seins et de petits pulls moulants, il le serait certainement, répondit Giles avec un rire acerbe.

— Vous pouvez préciser ?

— Seigneur ! C'était juste une plaisanterie ! David aime les filles, c'est tout. Il est jeune et normalement constitué, heureusement. Et il est beaucoup plus attentionné avec sa mère que…

— Linda, acheva Moss.

— Oui.

— Est-ce qu'elle va régulièrement à l'église ?

— Oui. Mais ça m'étonnerait que Dieu saute de joie d'être obligé d'écouter chaque soir ses petites prières tordues.

— Linda est-elle venue à vos bureaux à plusieurs occasions ? demanda Erika.

— Une première fois avec Andrea, pour visiter, puis seule deux ou trois fois.

— Quand ? renchérit Moss.

— Juillet, août, l'an passé.

— Pourquoi est-elle venue seule ?

— Elle passait me voir et, très vite, j'ai compris qu'elle voulait, elle voulait… Eh bien, elle voulait coucher avec moi.

— À quels signes l'avez-vous compris ?

— Bon sang, d'après vous ? s'écria Giles, congestionné d'indignation.

Il ne savait plus ni où poser les yeux ni où se mettre.

— Elle a soulevé son pull et s'est exhibée. Et elle m'a dit que cela resterait entre nous.

— Comment avez-vous réagi ?

— Je l'ai chassée. De toute façon, même si elle n'était pas la sœur d'Andrea, Linda n'est pas exactement…

— Pas exactement quoi ?

— Un canon.

Moss et Erika eurent un silence éloquent, si bien qu'Osborne éprouva le besoin de se justifier.

— À ma connaissance, dit-il, ce n'est pas un crime de trouver qu'une fille est...

— ... repoussante ? acheva Erika.

— Je n'irais pas aussi loin.

— Reprenons. Donc, ensuite les choses s'enveniment. Linda vandalise vos bureaux et, si j'en crois son casier, rentre chez vous par effraction et empoisonne votre chat.

Osborne acquiesça.

— Sir Simon m'a demandé de retirer ma plainte. Je me suis trouvé en plein dilemme.

— Je vais devoir revenir sur un sujet pénible, Giles, pardonnez-moi : étiez-vous au courant qu'Andrea voyait d'autres hommes que vous ?

Giles baissa les yeux.

— Je le suis, maintenant.

— Quels sentiments cela vous inspire-t-il ?

— Nous étions fiancés ! Je pensais qu'elle était la femme de ma vie ! Bien sûr qu'elle aimait flirter et allumer les hommes – j'aurais dû davantage ouvrir les yeux – mais je me disais qu'elle se calmerait peut-être quand nous serions mariés... et qu'elle aurait pondu.

— Pondu ? releva Erika. Vous voulez dire : quand vous auriez eu des enfants ?

— J'ignorais qu'elle avait plusieurs mecs à la fois. Et quelle imbécile d'aller se mettre avec ce Marco Frost ! Un type détestable, obsédé au point qu'il faisait peur à Andrea même après leur rupture. Avez-vous assez de preuves pour l'arrêter et le jeter en prison ?

Erika jeta un coup d'œil à Moss. Puis elle posa sur la table une photo d'Andrea et de l'inconnu aux cheveux bruns.

— Monsieur Osborne, dit-elle, puis-je vous demander de regarder cette photo ?

— Jamais vu, affirma Osborne.

— Je ne vous ai pas demandé si vous le connaissiez. S'il vous plaît, regardez attentivement ; cette photo a été prise quatre jours exactement avant qu'Andrea disparaisse.

Osborne s'exécuta.

— Qu'est-ce que vous attendez de moi ? Ce type est sans doute un parmi tant d'autres à lui tourner autour.

— Et cette photo-là… Celle-ci… Et cette autre… ? dit Erika.

Erika disposa les clichés sous le nez d'Osborne : Andrea au lit avec l'inconnu qui lui mordillait les seins, ou en pleine fellation.

Il se leva brusquement et repoussa sa chaise. Les larmes envahirent ses yeux.

— C'est quoi, votre truc ? s'écria-t-il. Comment osez-vous venir ici et profiter de ma bonne volonté pour me montrer ces horreurs !

— Monsieur, ces photos proviennent du second téléphone d'Andrea. Nous venons de le retrouver. Et si nous vous les montrons, c'est pour une bonne raison : la date à laquelle elles ont été prises.

Osborne se dirigea vers la porte.

— Merci pour vos efforts. Mais, voyez-vous, aujourd'hui, je suis venu au bureau pour me recueillir et écrire l'éloge funèbre d'Andrea. On m'a demandé de prendre la parole à ses funérailles… Et vous ! Vous débarquez avec vos photos pornos et vous souillez l'image que je garde d'elle !

Il ouvrit la porte et fit signe à Erika et Moss de sortir.

— En fait, nous pensons que cet homme est aussi impliqué dans le meurtre de trois jeunes filles d'Europe de l'Est qui se prostituaient, et celui d'une femme d'âge mûr, expliqua Erika avant de partir. Andrea était probablement avec lui la nuit de sa mort.

Elle regarda Moss ; Osborne surprit cet échange muet.

— Attendez ! Et Marco Frost, alors ? Le Chief Superintendent Marsh m'a assuré que c'était le coupable, et l'Assistant Commissioner Oakley…

— Ma collègue et moi, nous ne privilégions pas cette piste, reconnut Erika.

— En fait, vous ignorez qui a tué Andrea ! Vous faites juste des suppositions ! Et ça vous semble suffisant pour venir jusqu'ici tester vos théories fumeuses sur moi ! D'accord, Andrea était imparfaite, elle avait des secrets, mais tout ce qu'elle cherchait, c'était de l'amour, de l'amour…

Osborne craqua. Secoué de sanglots, il plaqua la main sur sa bouche comme pour essayer de se maîtriser.

— Je n'en peux plus. S'il vous plaît ! Partez !

Erika et Moss rassemblèrent les photos. Puis elles quittèrent le bureau en laissant Osborne à son chagrin.

Une fois dans la voiture, garée quelques rues plus loin, Moss regarda Erika.

— Je sais, Moss. Vous devez faire votre rapport à Sparks. Tout va bien.

En dépit des dernières découvertes, Erika n'avait toujours aucune certitude. Et elle n'était pas près de réintégrer l'équipe et de récupérer son badge. Moss la déposa. Elle rentra chez elle, alluma la lumière, vit le reflet du salon et de son propre visage dans la vitre de la fenêtre. Puis elle éteignit et regarda dehors. La rue était déserte. Calme. Paisible.

44

Erika fulminait. Elle alluma rageusement une cigarette. Marsh venait de l'appeler.

— Est-il vrai que Moss et vous êtes allées rendre
visite à Linda Douglas-Brown et Giles Osborne, ces deux
derniers jours ? lui avait-il demandé de but en blanc.

— Oui, monsieur.

— Ils s'en sont plaints auprès de moi. Et Sir Simon
menace de nous attaquer en justice.

Elle avait bien failli lui lancer : « Autrement dit,
vous ne répondez pas quand je vous appelle mais vous
prenez ces gens-là au téléphone ? »

— Monsieur, j'y suis allée en tant que consultante
de Moss ; et ni Linda ni Giles ne m'ont demandé de
présenter mon badge.

— Ne me prenez pas pour un imbécile, Erika.

— Vous savez que nous avons retrouvé le second
téléphone ?

— Oui. Moss a fait son rapport.

— Et ?

— Et vous avez caché une information importante.
La note que vous avez trouvée dans votre poche.

— Mais, monsieur, cette note…

— Cette note peut venir de n'importe où. Rappelez-vous que vos collègues de Manchester sont encore très remontés contre vous…

Conscient d'être allé trop loin avec cette allusion à la tuerie de Rochdale, Marsh se radoucit.

— Je suis désolé pour ce coup bas… Ce que je veux dire, Erika, c'est qu'il faut que vous lâchiez l'affaire.

— Quoi ? Vous n'avez pas vu les photos ?

— Si, et j'ai lu très soigneusement le rapport de Moss. Qui fait écho à votre propre voix, d'ailleurs. Et ce rapport ne prouve pas que cet… homme, cet inconnu, soit impliqué dans la mort d'Andrea ou Ivy.

— Ni dans celles de Tatiana, Karolina ou Mirka ?

— Vous n'avez réussi qu'à agresser psychologi-quement des tas de gens et, pour filer la métaphore, à cracher sur la tombe d'Andrea Douglas-Brown !

— Ce n'est pas moi qui ai pris ces photos où elle…

— Bon Dieu ! Elle avait un téléphone secret ! Tout le monde a des secrets.

— Je crois comprendre que cette conversation est off ?

— Elle l'est, Erika. Et vous aussi, vous l'êtes – vous m'obligez à vous le rappeler : vous êtes suspendue. Alors, dorénavant, soyez raisonnable. Profitez-en, on vous paie quand même ! Et je tiens de source sûre que si vous vous faites toute petite et que vous la fermiez, vous serez réintégrée le mois prochain.

— Toute petite, jusqu'à ce qu'il se passe quoi ? Que Marco Frost aille au tapis pour un meurtre qu'il n'a pas commis ?

— Les ordres…

Elle l'avait interrompu, exaspérée.

— ... viennent d'où ? De vous, de l'Assistant Commissioner Oakley, de Sir Simon Douglas-Brown ?

— Écoutez, les funérailles ont lieu demain. Je ne veux pas vous y voir. Ni apprendre que vous serez encore allée fourrer votre nez quelque part où je vous aurais interdit d'aller. Et quand on en aura fini, et que vous serez réintégrée, je m'assurerai que vous serez transférée très, très loin d'ici. Me suis-je bien fait comprendre ?

— C'est parfaitement limpide.

Marsh avait raccroché. Depuis deux jours, Erika vivait dans l'incertitude ; elle attendait son audience. Moss et Peterson, eux, devaient témoigner dans l'affaire du supermarché de Sydenham. Depuis que les charges pesaient en défaveur de Marco Frost, la plupart des collègues de l'équipe initialement missionnés sur le cas Douglas-Brown avaient été réassignés... Son instinct l'avait-il trompée, cette fois ? S'était-elle fourvoyée ?... Non, elle avait raison, elle le sentait, et elle n'allait pas rester assise sur son canapé. Elle alluma une autre cigarette et se leva pour aller fouiller dans sa valise : elle allait bien trouver quelque chose à se mettre sur le dos qui convienne à des obsèques.

45

Il ne faisait pas encore jour quand Erika se réveilla.
Elle se prépara un café, alluma une cigarette, puis alla
s'asseoir près de la fenêtre du salon. Une longue journée l'attendait, hérissée d'écueils, et elle allait devoir
louvoyer entre chacun d'eux.

Elle se glissa sous la douche. Lorsqu'elle en sortit,
le ciel avait encore une teinte gris-bleu. Il était pourtant 9 heures. Peut-être le jour refusait-il de se lever
en signe de protestation ; enterrer une fille aussi jeune
n'était vraiment pas dans l'ordre des choses...

En cherchant dans sa valise, elle s'était rendu compte
que la plupart de ses vêtements se prêtaient à des funérailles. Elle déplia une robe noire élégante qu'elle avait
portée un an plus tôt, lors d'une soirée de Noël organisée par la police métropolitaine de Manchester. Le sou-
venir de cette soirée était encore si vif... L'après-midi
paresseux à faire l'amour avec Mark. Le bain qu'il
lui avait fait couler, parfumé à l'huile de santal, celle
qu'elle préférait. Les vapeurs odorantes qui montaient
de l'eau chaude. Mark s'était assis sur le bord de la
baignoire, ils avaient bavardé en buvant du vin tandis

qu'elle se prélassait. Lorsqu'elle avait passé sa robe, elle s'était sentie un peu à l'étroit ; avait-elle grossi ? Mark l'avait attirée à lui, enlaçant sa taille, lui murmurant qu'elle était parfaite. Elle était partie pour cette soirée avec le sentiment si rassurant d'être adorée et fière d'être la femme d'un homme tel que lui, d'avoir dans sa vie quelqu'un qui compte. Aujourd'hui, face au petit miroir de la chambre humide et nue, elle flottait dans cette même robe noire. Elle ferma les yeux, essaya de sentir la présence de Mark tout près d'elle, de s'imaginer dans ses bras. Elle n'éprouva que le vide. Elle était seule.

Alors elle rouvrit les yeux et fixa son reflet.

— Je n'y arrive pas, sans toi. C'est trop... La vie... Tout...

Là, dans sa tête, elle entendit ce que Mark avait l'habitude de lui dire quand il trouvait qu'elle dramatisait : « Descends de ta croix, quelqu'un a besoin du bois ! »

— Il faut bien que je m'accroche à quelque chose, non ? répondit-elle en riant au milieu de ses larmes.

Elle sécha ses yeux et chercha sa pochette de maquillage, à laquelle elle n'avait pas touché depuis des mois. Elle appliqua un peu de fond de teint, une couche de rouge à lèvres... De nouveau, elle s'apprêtait à désobéir aux ordres. Plusieurs fois, depuis ce matin, elle s'était demandé ce qui la motivait vraiment quand elle défiait son patron. Elle avait la réponse, à présent : elle le faisait pour Andrea, pour Karolina, Mirka, Tatiana, mais aussi pour son mari. Comme le salaud qui avait tué ces filles, l'assassin de Mark courait encore.

La haute tour sévère d'Our Lady of Grace and St. Edward et son architecture sinistre de brique rouge auraient mieux convenu à un bâtiment victorien de pompage des eaux qu'à une église. Le glas sonnait, couvert par le bruit incessant de la circulation. La lumière grise de la matinée faisait luire la carrosserie lustrée du fourgon funéraire, dont les vitres arrière disparaissaient sous un arc-en-ciel de fleurs. Erika patientait sur le trottoir d'en face ; entre les voitures, elle voyait les proches des Douglas-Brown entrer les uns après les autres. Sir Simon, Giles Osborne et David se tenaient aux portes de l'église en costume noir et distribuaient l'ordre de service à des invités bien habillés, beaucoup plus âgés qu'Andrea. Il y avait parmi eux trois membres du cabinet de David Cameron ; Sir Simon les accueillit chaleureusement quand ils pénétrèrent dans l'église. Des photographes triés sur le volet avaient reçu l'autorisation d'assister à la cérémonie ; pour l'instant, ils gardaient leurs distances et prenaient des photos à l'extérieur, presque respectueux. Mais après tout, cette triste histoire se passait de mise en scène et de questions. Une fille était morte, jeune, beaucoup trop jeune, et des gens se rassemblaient pour la pleurer. Bien sûr, le livre ne se refermerait pas avec ces obsèques ; dans les mois à venir, le procès de Marco Frost s'ouvrirait et, à n'en pas douter, on assisterait alors à un nouveau déballage des détails pénibles et sordides de la vie complexe d'Andrea, et de sa mort. On rejouerait la scène, on remanierait, on débattrait de plus belle... Cependant, pour l'instant, la cérémonie mettait le point final à la première partie.

Une superbe BMW se gara le long du trottoir. Marsh et l'Assistant Commissioner Oakley en descendirent en complet noir. Marcie et l'épouse d'Oakley, une femme d'âge moyen, les suivaient, elles aussi vêtues de noir. Ils échangèrent quelques mots avec Sir Simon et Giles Osborne devant les portes de l'église, donnèrent l'accolade à David qui semblait vulnérable, bien qu'il soit plus grand que les autres.

La mère d'Andrea, Linda, et la gouvernante furent les dernières à arriver. Linda descendit la première et fit le tour de la limousine pour aider Lady Diana. Dans leur tenue de deuil, Lady Diana et la gouvernante étaient chics, élégantes, mais d'une maigreur bouleversante. Quant à Linda, elle était enveloppée dans un vêtement noir informe, une veste de laine, et portait autour du cou une grande croix de bois. Elle avait les cheveux propres et coiffés mais on aurait dit qu'on avait placé un bol sur sa tête et coupé tout ce qui dépassait. Malgré le froid, la sueur perlait à son visage, et elle n'était pas maquillée. Tandis que sa mère et la gouvernante baissaient la tête pour échapper à l'intérêt avide des photographes, elle leur fit face d'un air de défi.

Erika patienta encore quelques minutes et, lorsqu'il lui sembla que les dernières personnes étaient entrées, elle traversa la rue et se glissa dans l'église pleine à craquer. Elle trouva une place, au fond, à l'extrémité d'une travée. Devant l'autel, un superbe cercueil de bois orné reposait sur un socle, décoré de gerbes de fleurs. La famille Douglas-Brown occupait le premier rang.

Bientôt, l'orgue cessa de jouer. Le silence se fit dans l'assemblée. Erika remarqua que Lady Diana jetait des regards inquiets derrière elle. Le curé approcha dans sa chasuble blanche. Il semblait attendre un signe de Simon Douglas-Brown pour commencer la cérémonie. Ce dernier secoua la tête ; il se pencha vers sa femme, cachée sous le large bord de sa grande capeline, et les deux échangèrent quelques mots. Linda se pencha à son tour, de l'autre côté, et se joignit à leur conciliabule. Il ne manquait que David… C'était certainement lui, le sujet de leur conversation.

Linda se leva. Devant tout le monde, plantée dans l'allée centrale, sous les yeux du prêtre embarrassé d'attendre, elle passa un premier coup de fil bref. Puis elle pianota de nouveau, dit quelques mots avant d'être interrompue par son père à qui elle tendit le téléphone. Celui-ci lui fit signe d'approcher. Elle haussa les épaules, demeura campée où elle était. Puis elle finit par céder et fit un pas vers Sir Simon qui prit le téléphone. Erika comprit que la conversation s'échauffait. De là où elle était, la teneur des propos lui échappait mais le ton révélait clairement de la colère et l'église en résonnait. Une rumeur gênée courut dans l'assemblée, qui s'agita. Une atmosphère tendue qui s'accordait mal avec la solennité du moment… Tout à coup, on n'entendit plus Sir Simon. Erika fit en sorte de mieux voir ce qui se passait. Au même instant, une faible sonnerie de téléphone s'éleva derrière elle, près de la porte. Sir Simon se leva, gagna l'allée latérale de l'église, téléphone à l'oreille. Erika quitta son banc ; il fallait qu'elle découvre la raison de ce remue-ménage.

Des maisons et des magasins entouraient l'église de leur masse, ne laissant libres sur le devant qu'un petit parvis et un étroit trottoir de dalles. Quant au chevet de l'église, il était adossé à un mur. David se tenait là, une cigarette entre les dents. Il fourra son téléphone dans sa veste.

Erika le rejoignit.

— Vous voulez du feu ? demanda-t-elle en sortant ses cigarettes et son briquet.

Il la regarda puis se pencha, protégeant la flamme entre ses mains en coupe, avant de tirer fébrilement sur sa cigarette dont le bout rougeoya. Erika alluma la sienne. Amaigri, David avait les joues creuses, le teint jaunâtre, des traces d'acné sous les pommettes. En dépit de tout, il restait un beau jeune homme, avec ses yeux bruns et ses lèvres pleines qui rappelaient celles d'Andrea.

— Ça va à peu près ? s'enquit Erika tout en rangeant son paquet dans la poche de son manteau.

Il lui jeta un coup d'œil, haussa les épaules.

— Vous n'assistez pas au service ?

— Non. C'est du grand n'importe quoi... Ce sont mes parents qui ont orchestré cet hommage prétentieux. Ça ne correspond pas du tout à Andrea. Andrea était une *bitch* tape-à-l'œil et vulgaire, avec la capacité de concentration d'une mouche. Mais... elle nous apportait tellement de gaieté, de joie de vivre ! Un rayon de soleil, voilà ce qu'elle était... Je déteste cette formule, on la sert à tout bout de champ, mais dans le cas d'Andrea c'était vrai. Mon Dieu, pourquoi est-ce tombé sur elle plutôt que sur Lin...

David s'interrompit. La honte se lut sur son visage.

— Linda ?

— Mes paroles ont dépassé ma pensée. Encore que Linda a une telle soif d'attention qu'elle ne détesterait pas subir le même sort qu'Andrea. Ça permettrait

d'écrire sur sa page Facebook des choses plus intéressantes que : « Je travaille comme fleuriste et j'aime
les chats. »

Il se mit à pleurer puis jura en sortant un paquet de
mouchoirs.

— Et merde, merde, merde. Je m'étais promis de
ne pas les utiliser.

— Écoutez-moi, David, si vous restez à l'écart, vous
aurez des remords. Croyez-moi, vous avez besoin de
tourner la page. Un autre cliché, je sais.

— Pour quelle raison êtes-vous venue ? demanda-t-il.

— Par respect.

— Mes parents vous reprochent d'avoir attisé l'intérêt des médias, vous ne l'ignorez pas ?

— Et vous, qu'en pensez-vous ?

— Je dis qu'Andrea n'a jamais menti : elle aimait
sortir avec des hommes et elle adorait le sexe.

— Quelle était la place de Giles Osborne ?

— Il voulait une femme trophée. Une belle pouliche
de race pour renouveler les gènes de sa famille. Chez
les Osborne, il y a eu trop de mariages entre cousins.
Vous avez certainement remarqué qu'il a un côté…
un peu grotesque.

— C'est-à-dire ?

— Un petit genre artiste de cirque ou de carnaval…

— Pas faux.

— Désolé d'être aussi con.

— Vous en avez le droit. Surtout aujourd'hui.

— Oui. Et après tout, on a attrapé le tueur. Marco
Frost.

Erika tira sur sa cigarette.

— Pour vous, reprit David, Frost n'est pas le coupable, c'est ça ?

Erika botta en touche.

— Votre mère tient-elle le coup ?

David ne fut pas dupe.

— Si vous cherchez à changer de sujet, répliqua-t-il, posez-moi une question moins stupide. D'autant que vous me paraissez loin d'être stupide.

À son tour, il tira sur sa cigarette.

— Entendu, répondit Erika.

Elle sortit une copie de la photo d'Andrea, dans le bar, en compagnie de l'inconnu brun.

— Vous l'avez déjà vu ?

— Enchaînement en douceur...

— David, s'il vous plaît, coupa Erika en le regardant gravement. C'est important.

Il prit la photo, se mordilla la lèvre.

— Non, jamais vu.

— Vous êtes formel ?

— Oui.

— Linda aussi était dans ce bar, cette nuit-là.

— Peut-être, mais pas moi.

Une voix tonna derrière eux.

— Je ne peux pas croire ce que je vois !

Erika se tourna. Sir Simon traversait la cour, les yeux brillants de colère. Lady Diana le suivait en vacillant sur ses talons hauts, chapeau et lunettes noires un peu de travers. Il se carra face à Erika, le visage tout près du sien.

— Vous n'avez donc aucun respect ?

Elle refusa de se laisser intimider et soutint son regard.

— David, pourquoi restes-tu dehors ? demanda sa mère d'une voix brisée.

— Je demande à votre fils s'il a déjà vu cet homme, expliqua Erika. Je pense que…

Sir Simon saisit la photo, en fit une boule et la jeta. Puis il attrapa Erika par le bras et se mit à la tirer vers la rue.

— J'en ai assez de vous voir foutre le nez dans mes affaires ! hurla-t-il.

Erika essaya de se dégager de sa poigne, en vain.

— Je fais ça pour vous, pour Andrea… dit-elle.

— Pas du tout ! Vous ne pensez qu'à votre sale petite carrière. Si je vous prends de nouveau à tourner autour de ma famille, je demanderai une injonction restrictive. Mes avocats affirment que ce serait fondé !

Ils atteignirent la rue juste au moment où un taxi passait. Sir Simon le héla. La voiture se rangea devant eux. Sir Simon ouvrit grand la portière et poussa Erika si fort sur la banquette, qu'elle se cogna la tête. Elle le fixa sans ciller.

— Emmenez-moi cette conne loin d'ici ! lança-t-il au chauffeur, ivre de rage, en lui jetant un billet de cinquante livres par la fenêtre ouverte.

— Ça va aller, ma belle ? s'enquit l'homme en cherchant le regard d'Erika dans le rétroviseur.

— Ne vous inquiétez pas, roulez, répondit-elle.

Le taxi se faufila dans la circulation et elle jeta un coup d'œil derrière elle. Depuis le trottoir, Simon Douglas-Brown observait la voiture qui s'éloignait. David se dirigeait lentement vers l'entrée de l'église, sa mère s'accrochait à lui. Elle se frotta le bras. Sir Simon l'avait empoignée sans ménagement et son bras lui faisait mal.

46

Quelques heures plus tard, Erika avait rendez-vous au crématorium de Brockley, dans une petite rue résidentielle et calme. Comme l'endroit n'était pas très loin de chez elle, elle s'y était rendue à pied. Elle emprunta une allée sinueuse, plantée de grands conifères, et aperçut le Sergeant Woolf devant la double porte de verre du bâtiment. Il portait un costume mal coupé et le froid rougissait ses joues.

— Merci d'être venue, patron.

— Vous avez eu une bonne idée, dit-elle en le prenant par le bras pour entrer.

La chapelle était agréable mais un peu impersonnelle, avec ses rideaux rouges et sa moquette fatiguée. Le bois des bancs était un peu abîmé. Tout au fond, un chariot funéraire en bois supportait un petit cercueil de carton. Un employé des services sociaux, d'origine indienne et d'âge moyen, était assis au premier rang avec les trois petits-enfants d'Ivy. On les avait lavés et habillés proprement, les filles en robe bleue et le petit garçon avec un costume un peu trop grand pour lui. Ils regardèrent Erika et Woolf avec la prudence hostile qu'ils réservaient au reste du monde. Trois autres personnes assistaient à la cérémonie : la grosse femme qu'Erika avait vue au pub avec Ivy, une blonde décolorée avec cinq centimètres de racines noires, maigre et dure, et, derrière elles, le propriétaire du Crown, ses cheveux roux disciplinés par le peigne et imposant dans son costume chic. Il salua Erika d'un signe de tête quand elle s'assit près de la porte.

Le prêtre se leva et expédia un service respectueux mais sans âme. La modeste assemblée fut invitée à réciter le « Notre Père », puis Erika eut la surprise de voir Woolf s'avancer et aller au pupitre. Il chaussa ses lunettes de vue, prit une grande inspiration et commença sa lecture :

« Quand j'aurai quitté ce monde, libère-moi, laisse-moi aller,
J'ai tant de choses à voir et à faire,
Qu'un trop-plein de larmes ne te retienne pas à moi,
Remercie plutôt pour toutes les années heureuses passées ensemble.

Je t'ai aimé, et toi seul sais quel bonheur tu m'as donné.
Merci pour tes preuves d'amour,
À présent, il est temps pour moi de voyager seule.

Alors, pleure-moi un moment, si pleurer tu dois,
Puis laisse-toi réconforter par la confiance.
Nous ne nous séparons pas pour toujours,
Chéris les souvenirs dans ton cœur.

La vie continuera, je ne serai pas loin.
Si tu as besoin de moi, appelle et je viendrai.

Tu ne pourras ni me voir ni me toucher, mais je
serai tout près.
Et si tu écoutes avec ton cœur, tu entendras
Tout mon amour t'entourer, doux et clair.

Et quand, à ton tour, tu prendras seul ce chemin,
Je t'accueillerai en souriant et en te souhaitant la
"bienvenue chez nous[1] ". »

Erika pleurait et éprouvait presque de la colère. Bien
sûr, cette lecture était touchante, c'était une belle initiative ; cependant, elle qui s'était attendue à un office
funèbre sinistre, elle était bouleversée et transportée
malgré elle là où elle n'aurait pas voulu aller. Woolf,
en s'éloignant du pupitre, s'aperçut qu'elle pleurait, il
la salua gauchement d'un signe de tête, puis se dirigea
vers la porte. La musique démarra et le cercueil d'Ivy
roula vers le rideau, qui s'ouvrit en ronronnant et se
referma derrière lui…

Woolf patientait dehors, à l'entrée principale, près
d'un cercle de plates-bandes dénudées.

— Ça ira, patron ? dit-il comme Erika émergeait
de la chapelle.

— Ça va. Ce poème était très beau.

— Je l'ai trouvé sur Internet. Le titre, c'est « À ceux
que j'aime et à ceux qui m'aiment ». Il est d'Anon[2].

Il ajouta, gêné :

---

1. Traduction française de Véronique Roland.
2. Ce poème est attribué à un anonyme. Le personnage confond
l'abréviation Anon (pour « Anonyme ») avec un nom d'auteur.

— Je me suis dit qu'Ivy méritait bien quelque chose pour son départ.

— Vous viendrez à la veillée ? demanda quelqu'un.

Ils se tournèrent : c'était le propriétaire du Crown qui avait posé cette question.

— Il y a une veillée ?

— On va boire des coups. Ivy était une habituée.

— Une seconde, dit Erika, je reviens.

Elle venait de remarquer les deux femmes qui avaient assisté à l'office, la grosse et la blonde. Elles fumaient sous un arbre dans le petit jardin du mémorial. Elle couvrit à grands pas la distance qui la séparait d'elles et sortit de son sac la photo d'Andrea en compagnie de l'inconnu brun.

— Toi alors, tu ne manques pas d'air ! s'écria la grosse.

— Il faut absolument que je vous pose une question, répondit Erika.

Avant qu'elle ait pu poursuivre, la femme lui avait craché au visage.

— T'es pas gênée de venir poser tes fesses devant le cercueil d'Ivy pour verser tes larmes de crocodile ! C'est toi qui l'as tuée, espèce de saleté !

Sur ces mots, elle s'éloigna, laissant Erika sous le choc.

— Et de toute manière, on sait rien, poursuivit la blonde en jetant un coup d'œil à la photo avant de rejoindre sa copine.

Erika chercha un mouchoir dans son sac et s'essuya. Entre-temps, Woolf était parti. En revanche, le propriétaire du Crown l'attendait.

— Votre camarade a reçu un appel ; il a dû filer, expliqua-t-il. Ça vous dirait d'aller prendre un verre ?

— Sérieusement, vous voulez me revoir dans votre pub, après ce qui s'est passé la dernière fois ?

— Va savoir. On dirait que je suis attiré par les blondes pénibles, répondit-il en souriant. Allez, vous me devez bien ça. Je vous ai sortie d'un beau merdier.

— Si tentant que ce soit d'être de nouveau sauvée par vous pendant une veillée funèbre… désolée, mais je dois vous quitter.

— Comme vous voudrez ! dit-il. Ce gars, là, c'est celui que vous recherchez ? George Mitchell ?

Erika se figea.

— Pardon ?

— La photo… Qu'est-ce qu'il devient, George ?

— Vous connaissez cet homme ?

— Je sais deux ou trois trucs, mais je n'irais pas jusqu'à dire que c'est un pote ! répondit-il en riant.

Erika brandit la photo.

— Ce type s'appelle George Mitchell ?

— Oui. Dites, vous m'inquiétez, là. C'est pas quelqu'un que vous allez faire chier. Ça va pas me retomber dessus, hein ?

— Non. Vous savez où il vit ?

— Non. Et j'ai rien de plus à dire. Je sais rien d'autre. Je vous ai jamais parlé, OK ? Je plaisante pas, d'accord ?

— D'accord.

Il n'était plus question de prendre un verre… Erika regarda l'homme monter dans sa voiture et sortir du parking du cimetière. Elle se tourna, contempla le bâtiment de plain-pied, ses jardins soignés. Une volute de fumée noire s'éleva de la haute cheminée.

— Envole-toi, Ivy, à présent, tu peux partir librement ! murmura-t-elle avec espoir. Je crois que je viens juste de mettre la main sur le bâtard qui t'a fait ça.

47

Erika avait essayé de joindre Moss, Peterson, Crane et même Woolf. Comme aucun d'eux n'était disponible quand elle avait appelé Lewisham Row, elle avait laissé des messages sur leurs mobiles.

À présent, il était 22 heures passées. Travaillaient-ils encore ? Impossible à dire, mais une chose était sûre : ils avaient une vie en dehors du boulot, contrairement à elle. À peine rentrée du crématorium, elle s'était ruée au coffee-shop pour faire une recherche Internet sur George Mitchell. Pour rien. Elle n'avait trouvé aucune information intéressante.

Elle ouvrit le réfrigérateur dans l'idée de se servir un verre de vin. La bouteille était vide… Soudain, la lassitude s'abattit sur elle ; il fallait qu'elle dorme. Mais avant, elle allait prendre une longue douche chaude. Quand elle en sortit, la salle de bains était envahie de vapeur et pourtant il y faisait froid. Le contraste l'agaça. Le confort de sa précédente salle de bains lui manquait, la maison elle-même, maintenant louée à d'autres, lui manquait. Ses meubles, son lit en bois massif, le jardin… Elle essaya de nouveau de chasser la vapeur en actionnant le ventilateur. Peine perdue ; elle essuya la buée sur le miroir. Ce soir, tout l'irritait. Alors elle prit sa décision : si personne ne lui avait répondu d'ici demain matin, elle irait faire un tour au poste. En se mettant au lit, elle fit une dernière tentative et laissa de nouveaux messages à Peterson et Moss pour leur répéter que, désormais, l'inconnu de la photo avait un nom. Puis, frustrée, elle éteignit.

Erika flottait dans un sommeil léger. Les banlieusards du dernier train étaient déjà passés devant l'immeuble et il n'y avait plus un bruit dans la rue. La lumière douce de l'éclairage extérieur traversait l'appartement du salon jusqu'au fond de la salle de bains. Elle se tourna, changea de position sur l'oreiller. Elle n'entendit pas le boîtier du ventilateur sauter et se balancer en raclant le mur. Mais elle se réveilla en sursaut. Son horloge de chevet indiquait 00 : 13 en chiffres rouges. Sa chambre était plongée dans le noir.

Elle déplaça son oreiller. Elle s'apprêtait à se rendormir quand elle perçut un très léger craquement. Aux aguets, elle retint son souffle. Le craquement se répéta. Quelques secondes encore, et elle perçut un froissement de papier dans le salon. Puis un tiroir – qu'on ouvrait très précautionneusement. À toute allure, elle chercha du regard une arme, un objet pour se défendre. Il n'y avait rien. Si, sa lampe de chevet. En métal, lourde, avec un petit pied en forme de bougeoir. Lentement, calmement, sans quitter la porte des yeux, elle se pencha et débrancha la prise, puis, respirant à peine, elle enroula le fil autour du pied.

Un nouveau craquement se produisit, cette fois derrière la porte de sa chambre. Elle brandit la lampe, prête à frapper, puis se glissa hors de son lit. Encore un craquement – dans l'entrée, et qui s'éloignait de sa chambre. Elle se figea, écouta. Silence. Alors elle se déplaça jusqu'à l'endroit où son téléphone était en train de se charger, sur le sol, près du mur, et l'alluma en regrettant de ne pas avoir fait installer de ligne fixe.

Craquement du côté de la salle de bains. En son for intérieur, elle n'espérait qu'une chose : que l'intrus, peu importe qui, se rende compte qu'il ne trouverait rien à voler d'intéressant ici, et qu'il fiche le camp.

Mais tandis qu'elle avançait vers la porte, prenant soin de poser les pieds bien à plat et sans bruit à chaque pas, la sonnerie de son téléphone se déclencha et la trahit, déchirant le silence. Bordel ! Quelle putain d'erreur débile ! Son cœur se mit à battre à cent à l'heure tandis que les pas se dirigeaient vers sa chambre. Maintenant, c'étaient des pas lourds, assurés, qui ne cherchaient pas à être discrets ; les pas de quelqu'un qui n'avait plus peur qu'on l'entende.

La suite se produisit dans un éclair : l'intrus ouvrit la porte d'un coup de pied et, vêtu de noir des pieds à la tête, encagoulé, les mains gantées de cuir, il se jeta sur elle et l'agrippa à la gorge. La poigne était si puissante qu'elle fut sonnée et sentit sa trachée s'écraser. La lampe lui échappa de la main tandis que son agresseur la poussait sur le lit sans la lâcher. Elle essaya de le frapper avec ses pieds, se débattit à l'aide de ses jambes mais il esquiva tous les coups et la cloua sur le matelas. Elle essaya alors de lui arracher sa cagoule ; cette fois, il lui rabattit les bras brutalement, avec la pointe de ses coudes. Il serrait toujours plus fort. Elle ne pouvait plus ni inspirer ni bouger. Elle bavait, la salive coulait de sa bouche grande ouverte sur son menton. Elle se sentait de plus en plus congestionnée. Son crâne allait exploser sous la pression du sang et des mains implacables de son agresseur, avant même qu'elle soit tout à fait asphyxiée ! Il était si calme. Si déterminé ! Il tremblait sous l'effort, respirait profondément et régulièrement pour continuer à empêcher l'air de pénétrer dans les poumons d'Erika, il écrasait sa trachée avec ses pouces.

La douleur devint intolérable. Sa vision se brouilla, elle vit danser et se multiplier de petits points noirs devant ses yeux. Elle allait s'évanouir, mourir...

Et soudain, elle entendit qu'on sonnait à sa porte. Aussitôt, l'intrus chercha à l'achever, resserra l'étau autour de sa gorge. Tout devint noir et elle se sentit sombrer. On sonna de nouveau, plus longtemps, en insistant. Puis on frappa, fort, et elle reconnut la voix de Moss.

— Patron, vous êtes là ? Désolée de venir si tard mais il faut que je vous parle !

Impossible de s'arracher des mains de son agresseur. Il allait la tuer, elle le savait. Elle ferma les poings. Sentit quelque chose. La lampe ! À côté d'elle. Sur le lit. Dans un effort surhumain, elle rassembla toute l'énergie qui lui restait et déplia les doigts. Elle sentit bouger la lampe. Moss cogna à la porte d'entrée une deuxième fois. Erika étira encore un peu plus le bras, autant que le lui permit son ultime sursaut. Mais cette fois, la lampe tomba du lit sur le plancher et l'ampoule se brisa.

— Patron ? cria Moss en tambourinant. Patron ? Qu'est-ce qui se passe ? Répondez sinon j'enfonce la porte !

À ces mots, elle sentit que son agresseur lâchait prise. Il disparut rapidement de la chambre, la laissant là, étendue sur le dos, suffocante, luttant pour reprendre sa respiration, attirer l'air dans sa gorge ravagée, l'aspirer jusque dans ses poumons. Pendant ce temps, Moss essayait d'enfoncer la porte. Erika inspira une première fois, une deuxième fois, elle se souleva, péniblement. La vision lui revint, tout son corps respira un peu. Elle put rouler jusqu'au bord de son lit. Se laisser choir sur le sol. Les éclats de l'ampoule se fichèrent dans son avant-bras. Puis elle se traîna jusqu'à la porte. Rien à foutre, si le tueur était encore là, rien à foutre...

Moss donnait de grands coups d'épaule dans la porte. Le panneau céda au troisième assaut et s'ouvrit à la volée.

— Bon Dieu ! Patron ! cria-t-elle en découvrant Erika.

Elle cherchait l'air, se tenait la gorge, le sang coulait de son bras blessé et maculait son menton et son cou.

— Merde, patron, qu'est-ce qui vous est arrivé ?

Erika s'effondra sur le sol.

— Le sang... juste mon bras, dit-elle d'une voix qui ressemblait à un affreux croassement. Quelqu'un est... entré... ici.

48

Moss ne perdit pas de temps. Elle demanda du renfort et, dans les minutes qui suivirent, l'appartement d'Erika grouillait de flics. L'équipe de la scientifique effectua des prélèvements sur ses ongles, son cou et la prévint qu'il faudrait qu'elle leur remette tous ses vêtements. Elle dut enfiler la combinaison obligatoire sur une scène de crime ; car c'était bien ce que son appartement était devenu : une scène de crime.

Assise sur le canapé de sa voisine, elle laissa les ambulanciers soigner son bras et appliquer un bandage compressif. Dans un premier temps, la vieille dame avait fait des difficultés pour ouvrir à Moss ; mais, quand elle avait vu la police, les secours et la scientifique s'activer à l'étage et dans l'escalier, elle s'était montrée plus conciliante et accueillante.

— Voudriez-vous une tasse de thé, ma chérie ? demanda-t-elle à Erika.

— Pas de boisson chaude, répondit l'un des deux ambulanciers.

Des perruches sautillaient et picoraient dans une cage suspendue au mur. Un miroir doré surmontait la cheminée, incliné de telle sorte qu'il reflétait tout le salon. Erika y surprit son image. Elle avait la gorge et le cou enflés et striés de vilaines marques cramoisies ; ses yeux injectés pleuraient malgré elle. Elle remarqua qu'une tache rouge était apparue dans son œil gauche.

L'ambulancier le lui confirma.

— Un petit vaisseau a éclaté, dit-il en l'examinant avec une lampe de poche. Maintenant, je vais vous demander d'ouvrir la bouche. Ça va faire mal, mais ouvrez aussi grand que vous pourrez, s'il vous plaît.

Erika déglutit en grimaçant de douleur et s'exécuta.

— OK, comme ça, ça va pour moi, dit-il en balayant sa gorge avec le faisceau de la lampe. Faites comme si vous soupiriez.

Sa tentative se solda par des signes d'étouffement.

— Doucement… Selon moi, pas de fracture du larynx ni d'œdème des voies respiratoires supérieures.

Moss passa la tête sur le seuil.

— Tout va bien ?

L'ambulancier hocha la tête.

— Est-ce qu'elle peut boire quelque chose de frais ? J'ai de la liqueur de cassis dans mon réfrigérateur, suggéra la voisine.

— Rien d'autre qu'un petit peu d'eau plate, répondit l'autre ambulancier. Avez-vous d'autres blessures ?

Erika secoua la tête. La douleur immédiate provoqua une grimace et un tressaillement.

— Reposez-vous, patron, lui recommanda Moss. Je vais parler aux collègues qui travaillent dans votre appartement.

— On vous attend, ajouta l'ambulancier en fermant sa mallette de premiers secours. Il va falloir qu'on recouse cette coupure à votre bras.

La voisine apporta un verre d'eau. Erika but une gorgée avec précaution mais elle s'étrangla et fut prise d'une quinte de toux. La vieille dame s'empressa de prendre un mouchoir et de le lui tenir sous le menton.

— Essayez encore, ma chérie, de toutes petites gorgées.

Mais avaler la brûlait.

— Quel quartier c'est devenu, gémit la vieille dame. J'ai emménagé ici en 1957. Tout le monde se connaissait. Une véritable communauté. On pouvait laisser sa porte ouverte. Mais de nos jours… Pas une semaine sans qu'on entende dire qu'il y a eu un vol ou un cambriolage… Vous avez vu ? J'ai fait installer des barreaux à toutes mes fenêtres, et j'ai une alerte sur moi, conclut-elle en tapotant, au bout d'un cordon, un petit bip à bouton rouge qu'elle portait autour du cou.

Elle se leva pour aller répondre à la porte. Quand elle revint, elle affichait un air circonspect.

— Ce grand monsieur noir dit qu'il est officier de police, expliqua-t-elle.

Peterson la suivait.

— Nom de Dieu, patron ! s'exclama-t-il en voyant l'état d'Erika.

Elle sourit faiblement et acquiesça quand sa voisine lui demanda si elle était bien la chef du grand monsieur noir.

— Alors vous êtes une femme policier ? s'étonna la vieille dame.

— Et même Detective Chief Inspector, précisa Peterson.

Puis il ajouta à l'intention d'Erika :

— Une tonne d'agents ont été mobilisés pour faire du porte-à-porte, mais avec zéro résultat… L'individu s'est envolé !

— Seigneur… murmura la vieille dame. Quand je pense que cet individu s'en est pris à une Detective Chief Inspector ! Mais alors, il ne doit avoir peur de personne ? Et vous, demanda-t-elle à Peterson, vous êtes quoi ?

— Un policier.

— Bien sûr, mon cher. Mais quel est votre grade ?

— Detective.

— Vous me rappelez quelqu'un, poursuivit-elle. Comment s'appelle cette série, avec un policier noir ?

— *Luther*, répondit Peterson en dissimulant tant bien que mal sa lassitude.

— C'est cela, *Luther*. Il est formidable. On ne vous a jamais dit que vous lui ressembliez un peu ?

— Si. En général des gens comme vous.

Erika ne put s'empêcher de sourire.

— Oh, merci ! s'écria la vieille dame qui, manifestement, n'avait pas saisi le second degré dans la remarque de Peterson. Vous savez, je fais de mon mieux pour ne regarder que les fictions de qualité, poursuivit-elle. Pas cette « téléréalité », comme ils l'appellent. Quel est le grade de Luther ?

— DCI, je crois. Écoutez…

— Alors, répondit la vieille dame en flattant le bras de Peterson, s'il y arrive, vous pouvez y arriver aussi.

— Madame, coupa Peterson, pourriez-vous, s'il vous plaît, nous laisser seuls une minute ?

Elle hocha la tête et s'éclipsa enfin. Peterson leva les yeux au ciel en soupirant et Erika sourit.

— Sincèrement, boss, je suis désolé de ce qui vous arrive.

Il sortit son calepin et l'ouvrit à une page vierge.

— On vous a dérobé quelque chose ?

Incapable d'articuler un son, Erika secoua la tête. De toute façon, qu'aurait-elle pu répondre aux questions d'usage de son collègue ? Rien. Elle ne disposait d'aucune information. Tout ce qu'elle savait, c'est que son agresseur était grand et capable de déployer une force impressionnante.

— Je m'en veux, murmura-t-elle de son mince filet de voix éraillée. J'aurais dû…

Et elle mima le geste d'arracher une cagoule.

— Ne vous faites pas de reproches. Ça paraît toujours plus simple, avec le recul.

À cet instant, Moss entra dans le salon. Elle tenait le boîtier du ventilateur.

— L'individu s'est servi du système de ventilation, l'informa-t-elle. On va travailler ici toute la nuit avec la scientifique. Vous avez un endroit où aller dormir ? s'enquit Peterson.

— Hôtel.

— Négatif. Vous allez venir chez moi, objecta Moss. J'ai une petite chambre d'amis. Et je trouverai bien aussi des vêtements à vous prêter… Avec votre

332

combi, on dirait que vous êtes sur le point de sortir dans une boîte de la fin des années 1990.

Un rire déchira la gorge d'Erika. Puis un constat étrange lui vint à l'esprit : elle se sentait bizarrement satisfaite. L'assassin était venu *pour* elle et il n'avait pas réussi à la tuer.

49

Il roulait à tombeau ouvert dans Camberwell High
Street en hurlant son dépit.

Putain, j'étais si près du but ! SI PRÈS !

Des larmes de fureur et de souffrance lui coulaient
des yeux, ses narines frémissaient de rage. S'échapper
de l'appartement de la DCI Foster avait été un enfer.
D'abord, il avait dû glisser le long de la façade de
l'immeuble, réussissant à grand-peine à s'accrocher
aux rares aspérités pour tomber sur le mur de brique
et finalement s'écraser quasiment sur le trottoir.
Terrifiant. Mais il n'avait même pas senti la douleur :
il n'avait songé qu'à courir, courir dans l'obscurité,
sans se préoccuper de savoir si on l'avait vu, ruisselant de sueur, galvanisé par la peur qui lui avait donné
l'énergie d'un fou.

Foster était sur le point de mourir ! Dans ses yeux,
la lumière était juste sur le point de s'éteindre ! Et il
avait fallu que…

Il ne vit qu'au dernier moment le feu rouge se préci-
piter vers son pare-brise. Il pila net ; la voiture s'arrêta
dans un crissement de pneus à l'angle d'un pub, juste

après avoir passé le carrefour. La bande de jeunes qui se trouvait là approcha ; ils se bousculèrent autour de la voiture, se mirent à le montrer du doigt et à rire.

Merde, je n'ai pas enlevé la cagoule.

Certains martelèrent la malle arrière au passage. Des filles qui contournaient par l'avant cherchèrent à voir qui était au volant.

Calme-toi, enlève cette cagoule, fais comme eux – c'est rien de plus qu'une étudiante débile.

Il retira sa cagoule d'un geste sûr, se composa une affreuse grimace et révéla son visage déformé aux étudiants. Il dut exprimer suffisamment de dinguerie car les filles poussèrent des cris et s'enfuirent ; quant au garçon qui se trouvait à côté de la fenêtre, il tressaillit et ne put s'empêcher de vomir. Le feu passa enfin au vert. Il démarra pied au plancher, filant dans un nouveau hurlement de pneus vers l'Oval et le Blackfriars Bridge.

Elle n'a rien vu, elle n'a pas pu. J'étais masqué.

J'étais masqué...

À la peur succéda la colère.

Elle a refusé que je la tue.

50

Moss conduisit Erika au Lewisham Hospital où on lui fit passer une radio et où on lui posa douze points de suture. On lui ordonna de se reposer pendant une semaine et, par-dessus tout, de ne pas parler. Elle arriva chez Moss à 4 heures du matin. Maintenant que l'adrénaline était retombée, l'épuisement l'accablait. Toute tremblante, elle suivit sa collègue qui poussait le portail d'un pavillon de Ladywell. Une jolie blonde leur ouvrit la porte ; elle tenait dans ses bras un petit bonhomme brun en pyjama bleu.

— Il s'est réveillé, alors je me suis dit qu'il pouvait venir faire un bisou avant de retourner au lit.

— Excuse-moi d'avoir manqué l'heure de l'histoire du soir, répondit Moss en prenant l'enfant dans ses bras.

Elle lui planta un gros baiser sur la joue. Il se frotta les yeux et sourit timidement.

— Patron, je vous présente ma femme, Celia, et notre fils, Jacob.

Celia salua Erika. Elle hésitait visiblement sur l'attitude à adopter, face à l'état d'Erika et à sa combinaison blanche.

— Tu étais dans l'espace ? demanda Jacob en l'observant sérieusement.

La remarque fit sourire Erika, et Moss et Celia éclatèrent de rire. La glace était brisée.

— Il n'y a pas de méchants dans l'espace, Jacob, dit Celia. Je parie que ça doit être très tranquille. Allez, je retourne coucher ce petit bout. Erika, vous êtes la bienvenue, ne vous gênez pas. Vous voulez prendre une douche ?

Erika acquiesça.

— Kate, donne une serviette de bain à Erika, il y en a dans le séchoir. Le lit de la chambre d'amis est fait et j'ai installé le chauffage. Jacob, dis « bonne nuit », maintenant.

Le petit garçon sourit et fit ce qu'on lui demandait. Puis Moss embrassa son fils et Celia.

— Jolie famille, la félicita Erika.

Ne sachant pas trop quoi faire d'elle, elle s'était assise sur le bras du canapé.

— Chut, le médecin a dit de ne pas parler... Mais merci. Je sais que j'ai de la chance. Celia a porté Jacob. J'adorerais qu'on ait une petite fille aussi. On s'est toujours dit que chacune de nous porterait un enfant, seulement... avec mon boulot...

Erika baissa les yeux.

— N'attendez pas qu'il soit trop tard... chuchota-t-elle.

Moss acquiesça ; le message était passé. Puis elle alla chercher à la cuisine deux verres de jus d'orange et une paille pour Erika.

— J'ai l'impression que ça ne vous fera pas de mal.

Erika sirota doucement.

— À propos de George Mitchell, reprit Moss, j'ai chargé un des agents d'astreinte de nuit de le rechercher dans la banque de données. Rien.

Moss se tut quelques secondes.

— On a essayé de vous tuer. Vous pensez qu'il y a un lien ?

Erika répondit oui d'un mouvement de tête mais, en fait, elle se sentait incapable de penser. Contrecoup, fatigue, elle n'en savait rien et, de toute façon, quelle importance... ! Tout ce qu'elle voulait, c'était dormir. Et d'abord se défaire de cette combinaison.

— Douche, dit-elle.

— Pas de souci, patron.

Moss contempla Erika. Son regard exprimait à la fois l'inquiétude et la compassion.

Erika resta longtemps sous le jet de la douche, le bras tendu pour éviter de mouiller son bandage, à inhaler la vapeur pour essayer d'adoucir la douloureuse sensibilité de sa gorge. Puis elle se glissa dans le pyjama prêté par Moss et se regarda dans le miroir. Les yeux lui sortaient de la tête, ils étaient toujours rouges, et elle avait la gorge tellement enflée qu'on aurait dit un goitre. Avant d'aller se coucher, elle ouvrit l'armoire à pharmacie, espérant y trouver des anxiolytiques ou des somnifères ; mais il n'y avait là-dedans que des antalgiques et du sirop Night Nurse. Le sirop ferait l'affaire. Elle en but craintivement – et, en déglutissant, elle souffrit atrocement. Puis elle sortit de la salle de bains ; toutes les lumières étaient éteintes dans la maison, à l'exception de la veilleuse de l'entrée.

Comme elle se dirigeait vers la chambre d'amis, elle s'arrêta devant la porte entrouverte de Jacob. Il dormait profondément, blotti sous sa couverture bleue. Au-dessus de son lit, un mobile jouait une berceuse en tournant et de douces lumières glissaient le long des murs de la pièce. Dehors, Moss risquait sa vie tous les jours ou presque, côtoyait les dingues, ceux qui jouaient du couteau et des armes à feu, qui ne connaissaient que le langage de la violence et des rancunes. Mais ici, dans son monde, avec ses deux mamans, ses jouets, la musique rassurante de son mobile, le petit Jacob dormait et respirait tranquillement. Tout ça valait-il la peine de se battre ? Pour la première fois de sa carrière de flic, elle se posa la question. Quand on arrêtait un salaud, dix nouveaux venaient le remplacer… Alors à quoi bon ?

La chambre d'amis se trouvait au bout du couloir. Une pièce minuscule et meublée d'un lit simple. Erika se coucha, tira la couverture jusque sur sa tête. Mais dès qu'elle ferma les yeux, elle revit la silhouette menaçante du tueur, au-dessus d'elle, en train d'extraire de son corps ce qui lui restait de vie. Elle revit le visage anonyme, dissimulé par la cagoule. Juste deux yeux dans la pénombre. Et chaque fois qu'elle voulut s'abandonner au sommeil, cela recommença. À quoi devait-elle que Moss ait sonné à sa porte juste au moment où tout allait basculer ? Au destin ? Pourquoi sa vie avait-elle été épargnée et pas celle de Mark ? Lui, si bon, bien meilleur qu'elle. Gentil, patient et brillant officier de police. Il s'était fait une place dans ce monde. Et puis il avait fait tant de bien autour de lui et il en aurait fait tellement plus encore…

Alors pourquoi elle et pas lui ?

51

Celia se montrait d'une grande gentillesse ; elle lui apportait de la soupe, des magazines. Quant à Jacob, il passait la voir en rentrant de l'école ; deux ou trois fois, elle s'assit avec lui sur le lit et ils regardèrent ensemble les DVD de *Minions* et *Hotel Transylvania*. Au début, elle dormit beaucoup, tant elle était épuisée. Mais, bientôt, entre la douleur, la frustration de ne pas pouvoir parler et l'impression de claustration qu'elle éprouvait dans cette toute petite chambre, elle se sentit minée. Les détails de l'affaire lui revenaient et lui tournaient dans la tête. Elle les déroulait. Le corps d'Andrea découvert dans la glace. Puis la confrontation avec sa famille – Sir Simon et Lady Diana, ces gens si occupés qu'ils étaient des parents distants ; Linda et David, aussi différents que le jour et la nuit, liés à Andrea chacun à sa façon mais ignorant et l'un et l'autre ce que faisait leur sœur la nuit de sa disparition. Incapables de dire pourquoi elle était allée retrouver dans un pub minable et dangereux de South London ce George Mitchell et la blonde qui, pour l'instant, n'avait pas de nom. Erika pensait aussi à Ivy Norris ;

cette nuit-là, Ivy avait vu, par hasard, Andrea et les deux autres. Pareil pour Kristina, la barmaid. Et aucune des deux n'était plus là pour raconter leur histoire... Les trois filles de l'Est, que par loyauté et compassion elle refusait d'appeler des prostituées. Ces meurtres avaient-ils un lien avec ceux d'Andrea et d'Ivy ? Ou bien ces pauvres filles s'étaient-elles simplement trouvées au mauvais endroit au mauvais moment ?... Marco Frost. En s'appuyant sur des faits ténus mais incontestables qui avéraient le lien de ce garçon avec Andrea, Sparks avait sauté aux conclusions et fait de lui son suspect numéro un... Tout s'emmêlait et s'enchevêtrait comme dans un jeu de ficelle géant. Parce que quelque chose, quelque part, manquait, qui permettrait de mettre en rapport ces meurtres et l'agression dont Erika venait d'être victime.

Dans ses cauchemars, l'intrus faisait de nouveau irruption chez elle. Mais quand il l'attrapait à la gorge, elle réussissait à lui arracher sa cagoule. Il avait chaque fois un visage différent : celui de George Mitchell, de Simon Douglas-Brown, de Mark, David ou Giles Osborne – et même de Linda. Il avait même pris les traits d'Andrea, morte, les yeux fixes, les dents nues, et ses longs cheveux noirs mouillés et mêlés de feuilles.

Pendant ce temps, Marsh brillait par son silence. Les audiences et d'autres affaires accaparaient Moss qui n'avait guère le temps que de lui dire deux ou trois mots le soir. On n'avait rien trouvé sur George Mitchell dans la base de données de la police et les recherches dans les listes électorales ou auprès de l'administration fiscale n'avaient rien donné non plus. Seul élément nouveau : un minuscule follicule pileux, prélevé sur les vêtements portés par Erika la nuit de son agression, qui, peut-être, appartenait à son assaillant – sauf que, là non plus, l'ADN ne correspondait à rien de connu dans la base de données…

Au bout de quatre jours, le matin, elle sentit que l'état de sa gorge s'améliorait et elle fut de nouveau en mesure de parler. Le moment était venu pour elle d'affronter la réalité et de retourner à l'appartement. Elle emprunta des vêtements à Celia, la remercia pour son hospitalité, serra le petit Jacob dans ses bras ; avant qu'elle ne quitte la maison, il lui donna un dessin : il l'avait représentée en combinaison blanche, montant à bord d'un OVNI en partance pour l'espace avec un groupe de Minions. Cela résumait parfaitement la disposition d'esprit dans laquelle elle était. Puis elle prit le volant. Silencieuse, Moss gardait un œil sur elle, assise sur le siège passager.

— Ça va, patron ?

— Oui.

— Qu'est-ce que vous allez faire ?

— Sais pas. Rendre visite à mon beau-père.

— Et l'enquête ?

— Trouvez-moi George Mitchell, Moss. C'est lui, la clé.

— Mais vous ?

— Quoi, moi ? Je suis suspendue. Le mieux est que je patiente jusqu'à l'audience en espérant récupérer mon badge sans perdre ma dignité. Non, en fait, je me fous pas mal de ma dignité, mais sans mon badge je suis impuissante.

Elles se garèrent au pied de l'immeuble.

— Merci, Moss, dit Erika, merci pour tout, vraiment.

— Vous voulez que je monte ?

— Non. Il faut que vous alliez au boulot.

— Je vous promets que je ne laisse pas tomber l'enquête.

— J'en suis certaine. Mais vous avez une famille. Faites ce que vous avez à faire.

Erika arriva sur le palier de l'appartement. Quel désordre... La poudre noire qu'on utilisait pour relever les empreintes digitales couvrait toutes les surfaces et le ruban de scène de crime barrait toujours la porte. Elle entra dans la chambre et regarda le lit. La couette portait encore l'empreinte de son propre corps et celle, plus marquée, des longues jambes et des genoux de son agresseur quand il avait pesé sur elle de tout son poids. Elle tira sur l'ourlet de la housse. L'empreinte disparut. Elle ne s'attarda pas. Dans son armoire, elle prit quelques vêtements qu'elle jeta sur son lit, puis elle alla chercher ses affaires de toilette dans la salle de bains – remarquant au passage le dépôt de poudre noire sur le miroir et le ruban qui fermait l'arrivée d'air à l'endroit où se trouvait normalement le ventilateur – et boucla rapidement sa valise.

Elle marcha jusqu'à la gare. Il faisait froid et beau ; elle eut envie d'un café chaud – et tant pis si cela devait lui brûler la gorge –, entra dans le coffee-shop, en face de la gare, et passa sa commande. Le charmant serveur au piercing plaisanta avec elle.

— Du sucre, mon petit sucre d'orge ?

— Oui. Le petit sucre d'orge a bien besoin d'une surdose de sucre, répondit-elle.

— Ça doit pouvoir se faire...

Elle le regarda préparer son café. Il lui tendit son gobelet, avec un clin d'œil auquel elle répondit par un sourire. Puis elle traversa la rue pour entrer dans la gare.

— Bonjour ! J'espère que vous n'allez pas fumer dans mon joli hall, cette fois, lui dit le contrôleur en ouvrant le distributeur de billets.

— Aucun risque, j'ai arrêté.

Elle acheta un aller simple pour la gare de Manchester Piccadilly, et présenta sa carte de crédit.

— Vous avez bien fait, ma belle.

La machine éjecta le ticket. Sur le quai, il n'y avait qu'une poignée de personnes. Elle sortit son téléphone et composa le numéro d'Edward. Celui-ci répondit au bout de quelques sonneries et sa voix s'égaya dès qu'il la reconnut et plus encore quand elle lui expliqua qu'elle était en route pour venir le voir.

— J'espère que je ne te préviens pas trop tard ?

— Mais pas du tout ! Je n'ai qu'à faire le lit de la chambre d'amis ! dit-il. Passe-moi un coup de fil avant d'arriver à la gare, je préparerai du thé.

— Je ne resterai que deux ou trois jours…

— C'est toi qui décides.

Elle raccrocha ; le train approchait. Elle chercha une poubelle où jeter son gobelet vide. De nouveau, son téléphone sonna. Au bout de la ligne, Moss était hors d'haleine.

— On vient de relâcher Marco Frost !

Le train se présenta sous la passerelle. Erika regarda défiler les voitures.

— Pour quelle raison ? demanda-t-elle.

344

— Son avocat a travaillé sur son alibi. Il a dégoté la vidéo de surveillance d'un marchand de journaux de Micheldever.

À présent, le train ralentissait ; suffisamment pour qu'on puisse distinguer les voyageurs.

— Micheldever ? Où est-ce ?

— À une heure au sud de la gare de London Bridge. Marco soutenait qu'il se rendait là-bas la nuit du 8 janvier. Vous vous souvenez, il ne disposait pas de suffisamment d'éléments pour étayer son alibi ; Micheldever est une toute petite gare qui ne possède pas d'installation de vidéosurveillance...

Le train freina et s'arrêta. Sur le quai, les voyageurs se présentèrent devant les portes.

— Mais la vidéo du marchand de journaux montre bien Frost en train d'allumer une cigarette à 20 h 50. Comme le magasin se situe à environ trente-cinq minutes à pied de la gare de Micheldever, ça veut dire que Frost est bien arrivé par le train de 20 h 10, en provenance de London Bridge.

Erika sentait monter l'excitation. Le signal d'ouverture des portes du train se fit entendre. De nouveaux usagers se pressèrent autour d'elle, prêts à monter.

— Conclusion, poursuivit Moss, on peut dire qu'au moment où Andrea a disparu, Marco Frost était à trente-cinq minutes de Londres. Il n'aurait jamais eu le temps de revenir à la gare pour sauter dans un train pour Londres le soir même. Il est hors de cause.

Il ne restait plus qu'Erika sur le quai. Les secondes de l'horloge électronique s'égrenaient. Le départ du train était imminent.

— Inutile de dire que Marsh est dans tous ses états ! Il a proclamé devant toute la presse qu'il avait arrêté le tueur, et maintenant un simple avocat commis d'office et la vidéo d'un marchand de journaux font tout voler en éclats !... Allô ? Vous êtes toujours là, patron ?

Le chef de gare siffla et interpella Erika.

— Si vous ne montez pas à bord, reculez derrière la ligne jaune, s'il vous plaît !

Elle jeta un coup d'œil à l'intérieur de la voiture ; tout près de la porte, une place n'attendait qu'elle, de l'air chaud lui parvenait de l'intérieur. Le signal de fermeture des portes résonna.

— Je pensais que vous sauteriez de joie en apprenant ça, s'étonna Moss.

— C'est le cas.

— Je voulais vous mettre au parfum parce que je pense que Marsh va vous appeler.

Un homme en veste de cuir dévala les marches de la passerelle. Il se précipita sur le quai et monta à bord juste au moment où les portes se refermaient et il se retrouva coincé. Les portes se rouvrirent. Dans le même temps, Erika reçut un signal d'appel : le nom de Marsh s'afficha en attente.

— C'est lui, dit-elle à Moss.

Cette fois, les portes du train allaient se fermer pour de bon. C'était sa dernière chance d'embarquer et d'aller dans le Nord... Pourtant, elle prit l'appel.

— DCI Foster, je viens prendre de vos nouvelles. Comment allez-vous ?

Aucune sincérité dans la voix du Superintendent, seulement de la panique.

— Disons que, maintenant, je sais ce qu'éprouve un poulet juste avant qu'on le tue, répliqua Erika avec acidité.

Les portes se verrouillèrent et le train se mit en branle. Sans elle.

— Navré de ne pas m'être manifesté, j'ai eu une semaine de folie.

— Oui. J'ai entendu dire que vous aviez dû relâcher Marco Frost.

— Il est impératif que nous parlions. Venez au poste, voulez-vous ?

Elle ne répondit pas tout de suite ; elle contempla le train, qui disparaissait déjà dans la courbe des rails, au loin.

— Je serai sur place dans un quart d'heure, monsieur.

Sur ces mots, elle attrapa sa valise, jeta un dernier regard à la vraie vie qu'elle avait fugitivement eu le sentiment de pouvoir rejoindre, puis lui tourna le dos pour se hâter vers la sortie de la gare.

52

Deux adolescents se tapaient dessus, aiguillonnés par les encouragements de leurs frères et sœurs et de leurs mères, encore jeunes. Ils roulèrent au sol, le plus grand plaqua l'autre et le frappa au visage, faisant jaillir le sang dans sa bouche. Il en avait plein les dents. Woolf s'interposa, épaulé par deux autres agents.

Erika se fraya un chemin au milieu de la bagarre et Moss lui ouvrit la porte.

— Ça fait vraiment plaisir de vous revoir ici, dit-elle comme elles remontaient le couloir vers le bureau de Marsh.

— Ne rêvez pas. Je suis convoquée, pas invitée.

N'empêche qu'elle se sentait excitée et fébrile.

— Marsh balise sec.

— C'est ce qui se passe quand on laisse des gens extérieurs à l'enquête vous imposer leurs diktats, rétorqua Erika.

Moss frappa à la porte de Marsh et entra sans attendre. Il était debout, penché sur son ordinateur, pâle comme un linge, et regardait les infos sur le site de la BBC News qui annonçait la remise en liberté de Frost.

— DCI Foster, asseyez-vous, s'il vous plaît. Detective Moss, je n'ai plus besoin de vous.

— J'aimerais qu'elle reste, suggéra Erika. La Detective Moss a travaillé sur l'affaire pendant que je…

— Je sais. Pendant que vous « investiguiez » de votre côté.

On frappa un petit coup sec ; la secrétaire de Marsh passa la tête par la porte.

— J'ai Sir Simon Douglas-Brown en ligne. Il dit que c'est urgent.

Plus préoccupé que jamais, Marsh passa nerveusement la main dans ses cheveux.

— Dites-lui que je suis en réunion, une réunion de première importance, et que je le rappellerai aussitôt que possible.

La secrétaire acquiesça et se retira.

— C'est moi, votre réunion de première importance ? lança Erika.

Marsh alla s'asseoir derrière son bureau, et Erika et Moss s'avancèrent chacune une chaise.

— Écoutez, DCI Foster… Erika, commença Marsh en s'essayant à sourire. Ce qui s'est passé est tout à fait malheureux. J'admets qu'on a pu vous traiter avec injustice et je le ferai savoir de manière appropriée en temps voulu. Mais en attendant, nous nous trouvons au beau milieu d'une crise. On est sur la défensive. J'ai besoin que vous me communiquiez toutes les informations dont vous disposez et que vous m'exposiez les hypothèses qui ressortent de l'enquête que vous avez menée en parallèle.

— Et qui devient l'enquête prioritaire, j'espère ?

— J'en serai seul juge. Contentez-vous de me dire ce que vous avez.

— Non.

— Non ?

Elle fixa Marsh droit dans les yeux.

— Patron, je vous dirai tout, et je vous exposerai mes théories, quand vous m'aurez rendu mon badge et rétablie à la direction de cette enquête.

— Mais pour qui vous prenez-vous… ? commença-t-il.

Elle l'interrompit immédiatement et se leva pour quitter la pièce.

— Très bien. Je vous laisse papoter avec Sir Simon. Saluez-le de ma part.

— Ce que vous demandez est irrecevable, compte tenu des allégations qui pèsent contre vous, DCI Foster !

— Ce sont des conneries. En m'écartant, l'Assistant Commissioner Oakley n'a fait qu'exécuter des ordres de Simon Douglas-Brown. Le petit Mike Norris a fait plusieurs séjours en maison de détention pour mineurs. Il a agressé des éducateurs et, je le répète, quand je l'ai frappé, il venait de me planter ses dents dans la main… Maintenant, si vous considérez que c'est là-dessus que repose toute l'affaire, pas de problème ! Seulement, vous pouvez dire adieu à quelqu'un qui est sur la piste du véritable tueur. Et, bien entendu, j'irai raconter tout ça à la presse. Parce qu'il n'est pas question que je me fasse enfoncer de cette façon.

La nervosité de Marsh augmentait à vue d'œil.

— Avec son alibi, Marco Frost vous fait passer pour une bande d'empotés incompétents, poursuivit Erika. Est-ce que le DCI Sparks a seulement pensé à faire

350

quelques vérifications pour assurer ses arrières ? Bon Dieu, c'est incroyable ! La vidéo d'un marchand de journaux ! Et, bien sûr, la presse sait qu'il y a un tueur qui court toujours grâce à Sparks, à vous et au renard lustré en personne, Oakley.

Marsh semblait sur le point d'exploser. Erika soutint son regard.

— Rendez-moi l'enquête et je vous coffre ce salopard, dit-elle.

Marsh se leva et alla se planter devant la fenêtre. Dehors, l'hiver plombait le paysage.

— Merde, c'est d'accord, finit-il par lâcher. Mais vous n'avez pas les coudées franches, c'est bien compris, DCI Foster ?

Moss adressa à Erika un sourire discret de jubilation.

— J'ai entendu. Merci, monsieur.

Il retourna s'asseoir.

— Et maintenant, parlez. Comment comptez-vous vous y prendre ?

— Rendons tout ça public. Lancez un nouvel appel et, si vous y arrivez, laissons la télé donner sa propre version. Nous allons affronter la critique et reconnaître que nous nous sommes fourvoyés, avec Marco Frost. Il faut vous préparer à occuper constamment la presse avec tout ce que nous mettrons en œuvre ; comme ça, les médias se concentreront sur le positif et pas sur notre fiasco.

Marsh attendit la suite.

— On a déjà sorti le champagne une fois en croyant avoir mis la main sur le tueur, reprit-elle. Nous ne pouvons pas nous permettre de remettre ça, pas avant d'avoir appréhendé le vrai coupable. Alors prenons de l'avance sur le cycle des nouvelles. Focalisons-nous sur George Mitchell, inondons la presse avec la photo où on le voit en compagnie d'Andrea... Et nous avons aussi besoin d'un bouc émissaire dans nos propres rangs. Parce que les médias veulent voir que quelqu'un paie pour ce bordel. Personnellement, je sais qui je choisirais.

53

Erika respira un grand coup et poussa la porte de la salle des opérations. Sparks parlait devant des tableaux immaculés à une équipe visiblement abattue. Il n'était pas beau à voir non plus : défait, rageur, la mèche rejetée en arrière et le col plein de pellicules.

— Je vais vous prendre entre quat'z'yeux les uns après les autres et repartir depuis le début avec chacun d'entre vous. On ne vous fera pas de cadeaux. On va trouver qui, exactement, a merdé et n'a pas vérifié le putain d'emploi du temps de Marco Frost depuis London Bridge jusqu'à...

Il s'interrompit en remarquant l'arrivée d'Erika et Moss, et ricana.

— Foster, vous ici ? Vous venez chercher votre P45 ?

L'équipe demeura de marbre.

— Non, mon badge, en fait, répliqua Erika du tac au tac.

Sparks ne put dissimuler sa perplexité.

— Prenez-vous le mot « responsabilité » au sérieux, DCI Sparks ?

— Eh bien, sachant que seul l'un de nous deux peut s'en targuer, oui. Est-ce que je peux quelque chose pour vous ? Je suis en plein briefing, là.

— Être « responsable » d'une enquête, poursuivit Erika sans se troubler, n'est pas un privilège de l'ancienneté et n'autorise pas à bousculer son équipe quand ça tourne mal. Être « responsable » signifie assumer qu'on a foiré.

Sparks perdit un peu de son arrogance.

— Je ne comprends pas.

— C'est tout le problème depuis le début. Bien... On vient de me confier à nouveau la responsabilité de cette enquête, et mon premier ordre, c'est que vous allez me foutre le camp dans le bureau de Marsh.

Sparks se figea.

— Immédiatement, DCI Sparks.

Il regarda Erika, tout comme le reste de l'équipe ; puis il se dirigea lentement vers son bureau, prit son manteau. Avant qu'il quitte la salle, Crane commença à applaudir, bientôt suivi par d'autres officiers, et Peterson mit les doigts entre ses lèvres et siffla. Erika baissa les yeux ; elle était si touchée qu'elle rougit.

— Merci, tout le monde. J'apprécie, vraiment. Mais n'oublions pas qu'il y a toujours un tueur dehors.

Les applaudissements cessèrent. Elle alla se camper devant les tableaux et punaisa la photo d'Andrea avec George Mitchell.

— Voici notre suspect principal, George Mitchell. L'amant d'Andrea Douglas-Brown et, en fin de compte, son assassin présumé. Il a peut-être aussi violé et tué Tatiana Ivanova, Mirka Bratova, Karolina Todorova et Ivy Norris. Jusqu'à ce jour, le meurtre d'Andrea

Douglas-Brown a focalisé l'attention de tout le monde : on a vu son visage à la une de tous les journaux, sur Internet et à la télévision. Oui, elle était riche et privilégiée, mais elle a connu une mort atroce dans la terreur, le désarroi et la solitude.

« Tatiana Ivanova, Mirka Bratova, Karolina Todorova et Ivy Norris étaient des prostituées, elles ; mais je vous garantis que ce sont les aléas de l'existence qui les ont poussées à le devenir. Avec un peu plus de chance, elles auraient pu être aussi heureuses dans la vie qu'Andrea. Et elles aussi ont connu une mort cruelle.

« Si je vous dis tout ça, c'est parce que j'attends de vous que vous oubliiez la position sociale de ces femmes. Que vous ne fassiez pas ce que nous faisons jour après jour dans ce pays : diviser les gens et les enfermer dans des catégories. Ces femmes sont nos égales, elles sont toutes des victimes et elles méritent toutes le même engagement de notre part.

Pendant qu'elle parlait, Crane avait épinglé les photos des femmes assassinées.

— Donc, reprit Erika en désignant celle de George Mitchell, cet homme est notre suspect principal et nous n'allons pas le lâcher. Il entretenait une relation sexuelle avec Andrea. Ils ont été photographiés ensemble quatre jours avant qu'elle soit portée disparue. J'ai aussi de bonnes raisons de croire qu'elle avait rendez-vous avec lui la nuit de l'enlèvement, et avec une fille blonde que nous n'avons toujours pas réussi à identifier. Je veux que vous revérifiiez le contenu du deuxième téléphone d'Andrea. Regardez tout d'un œil neuf. N'écartez aucune question, même celles qui vous paraîtraient idiotes. Si on trouve ce type, je pense que l'affaire sera bouclée.

L'ensemble de l'équipe manifesta son approbation. Erika poursuivit :

— Cet après-midi, nous allons lancer un nouvel appel à témoins. On fonce : on lâche le nom de George Mitchell. Si la chance est avec nous, il y aura des résultats, ou bien ça fera sortir le loup du bois, quel que soit l'endroit où il se cache.

Elle marqua une pause, s'assura qu'elle avait toujours toute l'attention de son équipe.

— Mettez aussi le paquet sur les autres victimes. Les meurtres de Tatiana Ivanova, Mirka Bratova, et Karolina Todorova n'ont été ni élucidés ni mis en rapport précédemment avec ceux d'Andrea et d'Ivy Norris. Je veux que vous ressortiez les dossiers et que vous les épluchiez. Cherchez des liens, des similitudes ; est-ce que les victimes se connaissaient ? Comment se seraient-elles rencontrées ? Pourquoi ?

À cet instant, on frappa à la porte ; Colleen entra.

— Désolée de vous interrompre, DCI Foster ; j'attends un appel de l'agence Reuters d'une minute à l'autre pour une conférence téléphonique. Je me suis dit que vous voudriez y participer.

— Absolument. Eh bien, merci à tous. Il faut qu'on avance là-dessus. Laissez tomber Marco Frost. N'écoutez pas les journalistes. Oubliez vos idées préconçues. On s'occupe d'ici et maintenant. On devance le cycle des nouvelles et, là, on commence à gagner la partie.

54

Il fallait que le nouvel appel à témoins frappe par son contraste avec la conférence de presse de Marble Arch. Erika avait insisté pour communiquer de façon plus spontanée et plus pressante sans aucun procédé sophistiqué – ni écrans de vidéo ni salle de conférences chic – sur les marches du poste de Lewisham Row. De surcroît, elle avait fermement demandé que Marsh ne soit pas présent, ce qui n'était pas allé de soi.

En cette fin d'après-midi, le jour déclinait déjà. Elle se présenta dans la lumière crue des caméras et devant les journalistes de la presse écrite, avec Moss et Peterson.

— Merci d'avoir répondu présents, dit-elle en forçant la voix pour se faire entendre de cette foule.

Des dizaines d'objectifs étaient braqués sur elle. Les flashs crépitaient. Moss et Peterson s'efforçaient de regarder droit devant eux.

— J'imagine sans difficulté que beaucoup d'entre vous ont déjà en tête l'histoire qu'ils vont écrire et que leur opinion est faite sur ce que je m'apprête à dire. Néanmoins, avant de soupirer d'ennui ou de rédiger mentalement l'article brillant où vous décrirez l'incompétence de la police, et aussi avant que vous décidiez que la mort d'Andrea mérite davantage votre intérêt que celle d'une femme qui n'aurait pas eu la chance de naître dans le même milieu privilégié, je voudrais que vous vous rappeliez avec moi pourquoi nous sommes tous ici cet après-midi. Mon job est d'arrêter les criminels ; le vôtre est de communiquer de manière aussi honnête et juste que possible. Alors, c'est vrai, nous nous utilisons les uns les autres : la police se sert des médias pour faire avancer les affaires, pour diffuser ses messages. Vous, vous en faites vos gros titres et vous vendez vos journaux grâce à eux. Et cet après-midi, mesdames et messieurs les journalistes, je vous demande de collaborer avec nous.

Elle marqua une pause.

— Faute de preuves suffisantes de sa culpabilité, Marco Frost a été relâché aujourd'hui. Il a fourni un alibi solide, il est innocent, rien ne justifie que nous le gardions. Mais ce n'est pas l'histoire qui vous intéresse ; ce qui vous intéresse, c'est que l'assassin d'Andrea est toujours dehors, en liberté parmi nos concitoyens. Or, après avoir reconsidéré les faits et recentré notre enquête, nous avons de fortes raisons de croire que l'assassinat d'Andrea n'est pas un meurtre isolé. L'homme que nous traquons a déjà tué. Notre conviction est qu'il s'en est pris à trois jeunes femmes d'Europe de l'Est : Tatiana Ivanova, Mirka Bratova et Karolina Todorova. Toutes trois étaient venues à Londres persuadées qu'un travail décent les y attendait. Mais la vérité, c'est qu'elles ont été les victimes d'un trafic de prostitution et qu'on les a obligées à faire le trottoir pour rembourser leurs dettes. Le même individu s'est très probablement aussi rendu coupable du meurtre d'Ivy Norris... Maintenant, je vous prie de regarder la photo de notre suspect. Il s'appelle George Mitchell.

Depuis la salle des opérations, Marsh et Colleen écoutaient la conférence en direct sur BBC News. Les visages d'Erika, de Moss et de Peterson disparurent de l'écran, remplacés par celui de Mitchell.

— Ça ne fait pas pro. Elle a l'air d'une donneuse de leçons, commenta Marsh.

— Évidemment, il suffit qu'une femme ait des convictions pour qu'on trouve qu'elle fait maîtresse d'école, rétorqua Colleen.

Un numéro de téléphone et des adresses mail apparurent au bas de l'écran, puis Erika fut de nouveau à l'image.

— Si vous avez des informations sur cet homme, contactez-nous par l'un de ces moyens. Votre appel restera anonyme. Si vous voyez cet homme, ne l'approchez pas. Mesdames et messieurs les journalistes, merci pour votre aide et pour le temps que vous nous avez consacré.

Les questions commencèrent à fuser.

— Marco Frost recevra-t-il réparation pour le préjudice subi ?

— Le cas de Marco Frost sera traité comme n'importe quel autre cas. Mais le Crown Prosecution Service[1] va considérer son dossier comme une affaire urgente.

---

1. Le Service des poursuites judiciaires de la Couronne est l'organisme spécialisé en Angleterre et au pays de Galles.

— Tous ces meurtres sont-ils liés aux activités de Sir Simon Douglas-Brown ?

— Sir Simon est avant tout un père, un père dont la fille est morte de manière tragique. Tout comme les autres victimes du tueur ; elles aussi avaient des familles à qui elles manquent chaque jour. Jusqu'ici, le bon déroulement de cette enquête a été entravé par l'idée qu'on s'est faite de la façon dont la police devait agir. Ne commettons pas deux fois la même erreur. Ce sont les secrets d'Andrea qui vont nous mener à son assassin ; alors, s'il vous plaît, ne la jugez pas, ne jugez pas sa famille.

À ces mots, Marsh se prit la tête dans les mains.

— Bon sang ! je savais que c'était une mauvaise idée de la laisser faire...

— Au contraire, objecta Colleen. Elle est excellente, elle parle directement aux gens. Cette conférence de presse n'a pas le côté préparé et compassé de la précédente !

Marsh lui jeta un regard oblique ; elle était scotchée devant l'écran, fascinée par la prestation d'Erika. Un plan large montra Erika, Moss et Peterson qui remontaient les marches du poste et rentraient dans les locaux, puis l'image revint sur le studio de BBC News. Le présentateur donna la parole au reporter.

— C'est audacieux de la part de la police de changer de cap, alors qu'après plusieurs jours d'enquête elle est encore très peu avancée. Avec un suspect dans la nature, le temps presse.

Marsh ricana.

— Comment ça, le temps presse ?

— Sir Simon Douglas-Brown est confronté à une nouvelle salve de révélations dans la presse, poursuivait le reporter. Concernant ses liens avec l'Arabie saoudite dans le cadre de transactions d'armes et, plus récemment, suite à une allusion à une relation extraconjugale.

— Cette conférence de presse marque un tournant net dans l'enquête, remarqua le présentateur. Alors que jusqu'ici la Met semblait jouer la partition de la famille Douglas-Brown, la police ne serait-elle pas en train de gagner un peu en crédibilité dans l'enquête, ce qui montre bien que la famille devrait peut-être être tenue en dehors des médias ?

— Oui, c'est mon avis, répondait le reporter. Pas sûr que l'Establishment prenne bien ce qui vient de se passer ; il n'empêche que cette conférence de presse peut apporter aux forces de police davantage de crédibilité et d'autonomie, ce qui, c'est une certitude, aidera à regagner le soutien de l'opinion.

— Voilà, vous voyez, Marsh ! dit Colleen satisfaite. C'est exactement l'angle que nous cherchions. Je vais passer des coups de fil et faire circuler les enregistrements de ces commentaires.

Mais Marsh sentait la sueur lui couler sur le front. Son téléphone vibra. C'était Simon Douglas-Brown.

55

Il avait passé ces derniers jours dans un brouillard de frustration. La rage le rongeait d'être arrivé si près du but pour finalement devoir tout lâcher. D'autant que non seulement la DCI Foster avait survécu mais elle était revenue sur le devant de la scène, et plus forte. On lui avait rendu cette putain d'affaire ! Et maintenant, qu'est-ce qu'il allait faire ? Il venait d'assister à l'appel de Lewisham Row, où Foster formulait publiquement l'hypothèse d'un lien entre les différents meurtres, et il se sentait tiraillé. D'un côté, l'instinct de fuite l'animait – partir loin, recommencer ailleurs. Mais, de l'autre, il éprouvait déjà le besoin de gratter cette démangeaison qui ne le laissait jamais longtemps tranquille. Après tout, la police n'avait aucun indice pour étayer le lien entre les différents meurtres ; de ça, il était certain.

Alors, à 18 heures, il monta dans sa voiture et roula jusqu'à la gare de Paddington, là où les taxis déposaient et prenaient en charge les clients, et où les filles racolaient…

La fille parut troublée quand il arrêta sa voiture. Elle attendait le client un peu à l'écart sur une bretelle d'accès que les taxis utilisaient pour tourner, et où rôdaient les hommes qui cherchaient du bon temps.

— Tu veux de la compagnie ? demanda-t-elle mécaniquement en mâchant son chewing-gum.

C'était une fille menue, pâle, aux traits aigus, dont les cheveux raides balayaient les épaules. Elle avait maquillé ses yeux avec une ombre à paupières pailletée. Dans son grand manteau miteux de fausse fourrure, elle frissonnait, avec ses leggings moulants et son haut à bretelles. Et elle parlait avec un fort accent d'Europe de l'Est.

Elle s'appuya contre une benne à ordures en attendant la réponse.

— Je veux un truc un peu différent… Moins banal, lui dit-il.

— Ah ouais ? Ben, quand le truc est différent, ça coûte plus.

— Je connais ton mec.

Elle lui rit au nez.

— C'est ça ! Vous dites tous pareil… Si tu veux une ristourne, va te faire foutre.

Elle était déjà prête à partir.

Il se pencha et lui lança un nom qui la fit aussitôt s'arrêter, revenir sur ses pas, près de la voiture, et abandonner sa mine aguicheuse. La peur se lisait dans ses yeux. De la peur au milieu des paillettes.

— C'est lui qui t'envoie ? demanda-t-elle en jetant des coups d'œil autour d'elle aux voitures qui passaient.

— Non. Mais il sait que je lui rapporte un max… Alors il me donne ce que je veux.

La fille plissa les yeux. Elle avait de l'instinct. Ce serait plus difficile qu'il ne l'avait cru.

— Donc, tu viens ici et tu me balances le nom de mon mec. Qu'est-ce que tu veux qu'on fasse, toi et moi ?

— J'aime quand on fait ça dehors.

— OK.

— Et quand la fille fait comme si elle avait peur.

— Tu veux jouer à me violer ? répliqua-t-elle sans prendre de gants et en ouvrant grand les yeux.

De nouveau, elle regarda autour d'elle et tira sur son top.

— Ça sera cher.

— J'ai les moyens.

— Ah ouais ? Montre-moi ça.

Il sortit son portefeuille et l'ouvrit sous le nez de la fille.

— Tu me donnes mille cinq cents. Et on a un *safeword*, dit-elle en prenant son téléphone.

Il posa la main dessus.

— Non, non, non. Je veux que ce soit aussi réaliste que possible. Tout en restant dans le fantasme. Ne dis à personne où on va.

— Il faut que je prévienne.

— Je te donne cinq cents de plus. Ton mec n'a pas besoin de savoir.

— Pas question. Je le préviens, et je veux un *safeword*.

— D'accord. On est clairs. Deux mille. Le *safeword* est « Erika ».

— Erika ?

— C'est ça.

La fille hésita encore, mais finalement elle tomba dans le piège.

— D'accord, dit-elle.

Elle ouvrit la portière et monta dans la voiture.

Il démarra, activa le système central de verrouillage. Ça aussi, ça faisait partie du jeu, lui annonça-t-il.

56

Après la conférence de presse, il ne se passa pas
grand-chose dans la salle des opérations, mis à part
quelques appels, les enquiquineurs habituels. Ce calme
tendu et lourd de frustration plombait l'atmosphère.

— Bon sang ! Est-ce que quelqu'un va enfin nous
filer une info ! s'écria Erika en regardant sa montre.
Je ne supporte plus cette attente. Je sors fumer une
cigarette vite fait.

Elle atteignait à peine les portes que le Sergeant
Crane la héla.

— Patron ! Un coup de fil qui va vous intéresser.

— De qui ?

— Une jeune fille. Elle dit qu'elle s'appelle Barbora
Kardosova et qu'elle a longtemps été la meilleure amie
d'Andrea.

Erika traversa en courant la salle des opérations
et prit l'appel. La voix était jeune, avec un accent
d'Europe de l'Est.

— Allô ? Vous êtes bien l'officier de police qui a
parlé à la télévision tout à l'heure ?

— Oui. Je suis la Detective Chief Inspector Erika Foster. Avez-vous quelque chose à nous apprendre sur George Mitchell ?

— Oui.

Un silence.

— Mais pas au téléphone.

— Je peux vous assurer que tout ce que vous nous direz restera confidentiel, précisa Erika.

Elle baissa les yeux et vit que Barbora Kardosova appelait depuis un numéro masqué. Elle fit signe à Crane qui hocha la tête pour lui faire comprendre qu'il tentait déjà de retracer l'appel.

— Je suis désolée, mais je ne dirai rien par téléphone, répéta la jeune fille d'une voix tremblante.

— OK, pas de problème. Est-ce qu'on peut se rencontrer ? Où vous voudrez.

Peterson griffonna rapidement sur son bloc-notes : dites-lui de venir au poste.

— Vous êtes à Londres ? Vous pourriez venir ici, au poste de Lewisham Row ?

— Non, non, non ! s'écria la jeune femme, gagnée par la panique.

Erika interrogea Crane du regard et lut sur ses lèvres : « Téléphone prépayé. »

— Barbora, vous êtes toujours en ligne ?

— Oui, mais j'en dis pas plus. Je dois vous dire des choses. Je peux vous rencontrer à 11 heures, demain matin. À cet endroit...

Erika se dépêcha de noter et voulut poser une nouvelle question ; mais Barbora Kardosova avait raccroché.

— Je n'ai pas pu la localiser, patron.

— Elle a l'air vraiment très mal, s'inquiéta Erika.

— Où a-t-elle fixé le rendez-vous ? demanda Peterson.

Erika entra le nom du lieu dans son ordinateur. Une image Google Maps apparut à l'écran : une vaste étendue de vert.

— C'est dans le Norfolk.

— Le Norfolk ? s'étonna Moss. Qu'est-ce qu'elle fabrique dans le Norfolk ?

Erika entendit son mobile sonner. C'était Edward.

— Navrée, dit-elle à ses collègues, il faut que je réponde. Préparez un itinéraire et nous verrons comment procéder quand j'aurai raccroché.

Elle quitta la salle ; le corridor était calme.

— Alors, ma fille, si je comprends bien, tu ne viens pas ?

Il était plus de 17 heures.

— Pardonne-moi... J'espère que tu ne m'attendais plus ?

— Non, ma fille. Je t'ai vue à la télé, tout à l'heure, et je me suis dit qu'à moins qu'il ne te pousse des ailes, tu ne pourrais pas être là à 17 heures.

Depuis ce matin, le temps avait passé si vite... Il semblait s'être écoulé une éternité.

— Tu as fait du bon travail, ma belle, avec cette conférence de presse, reprit Edward. Tu m'as rendu cette Andrea touchante. Jusque-là, on n'a pas lu des choses très sympathiques sur elle, dans les journaux, tu sais.

— Merci. Les événements se sont accélérés d'un coup. On m'a appelée ce matin, j'étais sur le point de monter dans le train et...

368

— Et tu n'as pas pu.

— Voilà, murmura Erika.

— Écoute, ma belle, fais ce que tu as à faire. Je reste là pour toi si tu as besoin de moi.

À cet instant, Moss passa la tête.

— Excuse-moi, je dois te laisser. Je peux te rappeler plus tard ?

— Quand tu veux. Prends soin de toi, surtout. Attrape ce type, boucle-le et jette la clé.

— J'en ai bien l'intention.

Edward raccrocha.

— Je jure que je vais le boucler, répéta Erika pour elle-même.

Mais quand ? Quand aura-t-elle les moyens d'honorer sa promesse ?

57

Le lendemain, Erika, Moss et Peterson quittèrent Londres assez tôt pour le lieu de rendez-vous donné par Barbora Kardosova. Les recherches qu'ils avaient menées sur elle n'avaient abouti à aucun résultat ; depuis plus d'un an, elle était comme effacée de tous les fichiers : assurance sociale, état civil, banque. On savait juste que sa mère était morte deux ans plus tôt et qu'elle n'avait aucun autre parent vivant.

Juste au moment où le soleil réussissait à percer les nuages, ils s'engouffrèrent dans le Blackwall Tunnel et, quand ils en émergèrent, un amoncellement de nuages gris acier avait déjà eu raison de l'éclaircie. Erika conduisait. Assis à l'arrière, Peterson était absorbé par son téléphone. Moss jouait les navigatrices.

— Maintenant qu'on a traversé la Tamise, on cherche l'A12, patron, dit-elle.

Ils s'étaient arrêtés juste avant Greenwich pour prendre de l'essence et Moss en avait profité pour céder à son faible pour les sucreries en achetant des rouleaux de réglisse.

Bientôt, la périphérie urbaine de Londres céda la place à la quatre-voies mal entretenue et à son paysage uniformément plat. Des champs noirs en friche hérissés d'arbres dénudés défilaient derrière les vitres de la voiture. En suivant la direction d'Ipswich, ils quittèrent la quatre-voies et ralentirent pour emprunter une petite route. Peterson, qui n'avait pas dit un mot jusque-là, leva la tête.

— Sinistre, cette route toute droite à travers rien ! s'exclama-t-il. C'est pas votre avis ?

La route en question traçait un sillon dans une immensité nue et sans relief, sur laquelle rugissait le vent. Des bourrasques secouaient la voiture. Ils passèrent sur un pont de métal qui enjambait l'eau agitée d'un canal bordé à l'infini de roseaux morts aux feuilles grises. On aurait dit que l'eau coulait jusqu'au bout du monde avant de se jeter dans le néant.

— L'A12 est une ancienne voie romaine, expliqua Moss en mâchant le rouleau qu'elle venait de mettre dans sa bouche.

— Les gens du Suffolk et du Norfolk ont brûlé des centaines de sorcières, ajouta Peterson.

Ils dépassèrent un moulin à vent abandonné, aux abords du canal. Moss frissonna et augmenta le chauffage.

— Un jour ou l'autre, ici, tout coûtera cher, il y aura des embouteillages, du smog et des Nando blindés de monde, dit-elle. Bon, c'est encore loin ?

Peterson consulta son iPhone.

— Environ dix kilomètres.

Le paysage prit progressivement un aspect moins dépouillé, les arbres poussaient plus serrés et, bientôt, ils roulèrent à travers des bois, jusqu'à ce qu'ils aperçoivent une aire de stationnement et de pique-nique. Un simple banc sur un carré de sol dégagé, avec un panneau de bois planté devant. On y avait peint le numéro 14.

— Qu'est-ce qu'elle a dit, déjà ? demanda Erika. L'aire de pique-nique numéro 17 ?

Peterson vérifia sur son téléphone.

— C'est ça, patron.

Ils continuèrent ; les bois devinrent plus denses, la route serpenta, passa devant l'aire numéro 15, puis un virage serré les mena au numéro 16, un endroit envahi de broussailles et dont le banc de bois pourri s'était effondré.

La voix de Crane grésilla dans le haut-parleur de la radio.

— Votre position ?

— Nous y serons dans quelques minutes, skip, répondit Moss.

— Bien noté. Restez en ligne. C'est un ordre du Super.

Marsh avait trouvé absurde ce rendez-vous dans le Norfolk, il ne s'en était pas caché, et il avait répugné à y envoyer trois de ses officiers à la fois. Mais Erika lui avait tenu tête, soulignant que Barbora Kardosova était une des plus proches amies d'Andrea et qu'elle disait connaître George Mitchell.

— Et c'est seulement maintenant qu'elle se manifeste ? avait répliqué Marsh. Comment expliquez-vous ça, alors qu'Andrea fait la une de tous les journaux depuis des jours ? Et on pourrait très bien envoyer une équipe locale pour recueillir sa déclaration. Ça ne me plaît pas du tout que vous vous absentiez de Londres une journée entière alors qu'on vient juste de lancer un appel à témoins !

— C'est notre piste la plus sérieuse, monsieur. Nous partirons tôt, nous resterons en contact tout le temps. Je vous le redemande : fiez-vous à mon intuition, cette fois.

Marsh s'était enfoncé dans son fauteuil, frottant ses yeux fatigués.

— Pour quelle raison a-t-elle utilisé un numéro masqué ? On n'a aucune idée de l'endroit où elle se trouvait.

— Elle ne tient peut-être pas à ce qu'on la trouve. Ce n'est pas un crime, si ?

— Bon Dieu, les choses seraient tout de même plus faciles si chacun était équipé dès la naissance d'une puce qui le géolocaliserait. On économiserait des fortunes…

— J'en toucherai un mot au prochain journaliste que je croiserai, soyez-en certain, avait rétorqué Erika.

Exaspéré, Marsh l'avait chassée d'un geste de la main.

— En tout cas, vous me tenez informé à chaque étape.

Moss dut allumer les phares. Le ciel s'était alourdi, les bois s'épaississaient encore et l'entrelacs de leurs branches nues semblait impénétrable. Le panneau 17 apparut enfin devant eux. Ils se garèrent sur la parcelle qui portait encore la marque des quatre pieds d'un banc qu'on avait déboulonné. Moss coupa le moteur, éteignit les phares, et ils furent encerclés par le silence. Erika ouvrit sa portière ; dehors, une brise froide portait avec elle des odeurs d'humidité et de feuilles en décomposition. Elle boutonna son col.

— Et maintenant ? demanda Moss.

— Elle a dit qu'elle viendrait nous rejoindre ici ; à cet endroit précis, répondit Erika en montrant le bout de papier où elle avait griffonné les instructions de Barbora.

Mais il n'y avait rien aux alentours ; pas un signe de vie.

— On dirait bien qu'il y a un chemin, par là-bas, remarqua Moss.

Ils se dirigèrent vers une trouée dans les ronciers et les buissons. Celle-ci déboucha bientôt sur un sentier de randonnée. Bien entretenu, il courait sous les frondaisons d'arbres énormes, s'étirait jusqu'à l'angle du bois, puis disparaissait. C'était un endroit lugubre, désolé à glacer le sang. Près de quarante minutes s'écoulèrent. Crane vérifiait régulièrement leur position.

— C'est une putain de sale blague, soupira Peterson. Aucun doute...

Il se tut. Ils venaient d'entendre un craquement de feuilles mortes. Erika posa un doigt sur ses lèvres. De nouveau, un froissement, et, soudain, une fille blonde aux cheveux courts surgit des buissons dans un imper rose et des leggings noirs. Elle tenait un couteau d'une main et, de l'autre, ce qui ressemblait à une bombe lacrymogène.

Elle s'arrêta à une cinquantaine de mètres d'eux.

— C'est quoi, ce plan ? s'exclama Moss.

Erika la fusilla du regard pour la faire taire et interpella la fille.

— Barbora ? Barbora Kardosova ? Je suis la DCI Erika Foster ; et voici mes collègues, la Detective Moss et le Detective Peterson.

— Sortez vos cartes et lancez-les-moi, ordonna la fille.

La peur faisait trembler sa voix et, tandis qu'elle approchait, Erika vit que ses mains aussi tremblaient. Erika fit ce que la jeune femme avait demandé. Sa carte atterrit à quelques mètres de Barbora. À contrecœur, Moss et Peterson s'exécutèrent à leur tour. Barbora ramassa les cartes et, gardant son aérosol braqué dans leur direction, les vérifia.

— C'est bon ? Vous nous faites confiance, maintenant ? demanda Erika. S'il vous plaît, rangez ce couteau et cet aérosol.

Barbora posa ses armes et avança prudemment. Suffisamment près pour que, bientôt, Erika la reconnaisse : le visage de la photo postée sur Facebook. La jeune fille était toujours belle mais son nez était plus court et plus droit, ses joues plus rondes, et elle avait coupé et teint en blond ses longs cheveux noirs. Un homme brun et une fille blonde...

— On veut juste vous parler, pourquoi faites-vous toutes ces histoires ? lança Moss. Vous savez quoi ? On pourrait vous embarquer tout de suite rien qu'à cause de ce couteau. La lame fait plus de dix-sept centimètres et je ne parle même pas de ce spray...

Barbora avait des larmes plein les yeux.

— J'ai tellement peur, avoua-t-elle. Mais il faut que je vous parle. Il y a des choses que je dois vous dire sinon je ne me le pardonnerai jamais… Je n'aurais pas dû vous contacter sous mon vrai nom, ajouta-t-elle. Je suis un témoin sous protection.

58

Un témoin sous protection... Moss, Peterson et Erika se figèrent. Le vent soufflait fort dans la cime des arbres.

Moss jura.

— Merde, ç'aurait dû nous sauter aux yeux.

— Je ne vous révélerai pas ma nouvelle identité, reprit Barbora de sa voix tremblante.

— Non, surtout n'en dites pas plus, renchérit Erika.

Le bip de la radio et la voix de Crane les rappelèrent à leurs devoirs.

— Il faut qu'on réponde, patron, et qu'on les informe de ce qui se passe ici, l'enjoignit Moss. Si une personne engagée dans un programme de protection des témoins se révèle ou est démasquée, il faut le signaler.

— Il va vous falloir une nouvelle identité, expliqua Peterson à Barbora Kardosova.

— Je vous en prie, attendez, supplia-t-elle. D'abord, je vous parle. Je vous ai fait venir parce que j'ai besoin de parler de George Mitchell.

Elle déglutit péniblement, toute secouée de frissons.

— Je connais son vrai nom.

— Comment s'appelle-t-il ? s'enquit Erika.

De nouveau, elle déglutit difficilement, comme si prononcer ce nom représentait pour elle un véritable effort physique.

— Igor Kucerov.

Peterson fit un pas vers la voiture.

— Par pitié ! s'écria la jeune fille. Laissez-moi vous parler avant de… avant de rendre tout ça officiel.

Il y eut un silence. Au loin, la voix métallique de Crane se perdait dans l'air.

— Peterson, dites à Crane que nous attendons toujours et que tout va bien, ordonna Erika. Et, s'il vous plaît, tant que Barbora ne nous a pas tout dit, vous ne lâchez pas un mot sur ce qui se passe ici.

Il hocha la tête et courut jusqu'à la voiture.

— Écoutez, Barbora, reprit Erika, on ne veut pas connaître votre nouveau nom ni savoir où vous vivez actuellement.

— Loin d'ici. J'ai plus à perdre que vous trois réunis mais j'ai pris ma décision : je veux parler. Suivez-moi, il y a une aire de pique-nique dans cette direction.

Erika et Moss lui emboîtèrent le pas, laissant Peterson s'occuper de la radio dans la voiture. Après avoir marché cinq minutes, les trois femmes débouchèrent dans une clairière mais la lumière peinait à percer les hautes branches des arbres alentour. Encore un endroit qui devait être splendide aux beaux jours mais n'inspirait que l'angoisse dans ce froid et cette luminosité d'apocalypse. Mieux valait ne pas y penser.

Elles s'assirent toutes trois à la table de pique-nique, Barbora d'un côté, Moss et Erika de l'autre. Erika offrit une cigarette à la jeune femme. Quand elle la prit et se pencha pour l'allumer, ses doigts tremblaient toujours.

Erika observait Barbora tout en fumant. Elle semblait au bord de la nausée et passait nerveusement la main dans ses courts cheveux blonds, grossièrement décolorés, aussi secs et jaunes que la paille.

— J'ai rencontré George Mitchell... commença-t-elle en prenant sur elle. Igor Kucerov... il y a trois ans, j'avais vingt ans. J'habitais Londres et je cumulais deux jobs.

Elle tira sur sa cigarette.

— Au Debussy's, un club privé du centre, et au Junction, un café de New Cross. C'était un endroit amusant, vivant, fréquenté par les artistes du quartier, des peintres, des poètes. C'est là que j'ai vu Igor pour la première fois. Il venait régulièrement prendre un verre et, chaque fois, on bavardait. À l'époque, je le trouvais très beau et marrant comme tout. Et puis, j'étais flattée qu'il passe du temps à parler avec moi... Un jour, j'étais très contrariée parce que mon petit iPod s'était cassé et j'avais perdu des chansons et des photos auxquelles je tenais. Sur le coup, Igor n'a rien dit ; mais quand je suis revenue travailler, quelques jours plus tard, il m'attendait avec un sac cadeau : il m'avait offert un nouvel iPod... Et pas un petit comme le précédent, non, le modèle le plus récent et le plus cher, plusieurs centaines de livres.

— Et vous avez commencé à sortir avec lui ? demanda Moss.

Barbora acquiesça. Au-dessus de leurs têtes, le ciel s'était encore assombri et des nuages menaçants se formaient.

— C'était merveilleux, au début. J'étais certaine d'être amoureuse et d'avoir trouvé l'homme avec lequel je passerais le reste de ma vie.

— Que pensait de lui votre famille ?

— Je n'avais que ma mère. Elle est arrivée en Angleterre, elle n'avait pas trente ans. Elle espérait rencontrer un homme et vivre une belle vie de femme de la classe moyenne. Seulement, elle est tombée enceinte de moi. Son petit ami n'a rien voulu savoir ; alors elle s'est débrouillée toute seule pour m'élever. J'avais dix ans quand le diagnostic de sclérose en plaques lui est tombé dessus. Au début, la maladie évoluait lentement, mais ça s'est salement aggravé six ans plus tard. J'ai dû quitter l'école pour m'occuper d'elle. C'est là que j'ai pris le job de jour au café et de nuit au club.

— Depuis combien de temps sortiez-vous avec Igor ? demanda Moss.

— Environ un an. Il était tellement gentil avec nous... Il nous aidait. Il a fait installer pour ma mère une baignoire spéciale et il a payé. Il renflouait les comptes...

Barbora souriait à ces souvenirs d'un passé heureux, encore vivace. Elle tira sur sa cigarette, un voile passa devant ses yeux.

— Et puis, un soir où on était allés au cinéma à Bromley, des garçons ont fait des commentaires sur moi pendant qu'on achetait nos billets. Des trucs sur mon physique. Igor l'a mal pris mais je lui ai dit de laisser tomber. On est entrés, on a regardé le film, je pensais qu'il avait passé l'éponge. Seulement, à la sortie – il était tard, il n'y avait pas grand monde dans la rue –, Igor a repéré l'un de ces garçons qui partait ;

il venait dans notre direction, sur le parking. Igor l'a coincé près de notre voiture et il l'a frappé. Il était déchaîné, une bête. Le garçon était à terre, et pourtant Igor continuait à le rouer de coups de pied, même à la tête. Je ne l'avais jamais vu dans un état pareil ; j'étais bouleversée... J'ai essayé de m'interposer mais il m'a frappée au visage, moi aussi. Il ne s'est arrêté que lorsqu'il n'a plus eu de force, et il est parti en abandonnant ce garçon...

Barbora se mit à pleurer, Moss lui tendit un paquet de mouchoirs en papier. La jeune fille prit une grande inspiration et sécha ses yeux.

— J'ai suivi Igor, dit-elle. On a laissé le garçon sur le parking entre deux voitures... Igor m'a demandé de conduire, pourtant je n'étais pas assurée, mais je lui ai obéi. Il a attrapé mon sac à main pour y prendre mes lingettes démaquillantes et nettoyer ses poings et son visage du sang de la bagarre. Et puis il m'a déposée chez moi. Je n'ai plus entendu parler de lui pendant plusieurs jours ; jusqu'à ce qu'il resurgisse avec un cadeau. Ma mère était tellement contente de le voir ! J'ai fait comme si de rien n'était et la vie a continué.

— Qu'est-il arrivé au garçon ? demanda Erika.

Barbora haussa les épaules. Au loin, le tonnerre roula et un éclair déchira le ciel.

— Et Andrea, dans tout ça ? s'enquit Moss.

— J'avais commencé à travailler au Debussy's quelques semaines avant, comme barmaid. Andrea est venue un soir prendre un verre. Il n'y avait pas beaucoup de clients, alors, quand je l'ai servie, on a commencé à papoter. Elle s'est mise à passer plus régulièrement, j'ai appris à la connaître. Elle disait qu'elle détestait les filles à papa snobinardes de son milieu. En entendant que je vivais dans les quartiers sud, elle m'a dit qu'elle adorerait que je l'invite chez moi. Elle a dit ça comme si, pour elle, c'était partir en vacances, ou quelque chose du genre... Alors que New Cross est à seulement dix minutes de train de Charing Cross.

Barbora rit avec amertume.

— Alors Andrea est-elle venue chez vous ?

Barbora secoua la tête.

— Non. Mais elle a fréquenté le Junction. Elle adorait ce café. Elle disait que c'était bohème, qu'il y avait des gens intéressants, des gens qui menaient une vie libre, pas enfermés comme elle dans une cage... Je lui ai fait remarquer qu'il s'agissait tout de même d'une cage dorée mais elle ne comprenait pas. Je ne sais même pas si elle saisissait le sens du mot « doré ».

— Quand vous a-t-elle parlé de son père ? Dit qui il était ?

— Pas tout de suite, et elle faisait des mystères autour de lui. Mais, à force de passer au café, elle est entrée en compétition avec les filles qui tournaient autour des artistes et des peintres, et elle a fait des allusions, l'air de rien, dans la conversation.

— Comment ont réagi les gens ?

— La plupart étaient blasés... En revanche, avec George – enfin, Igor –, ce n'est pas tombé dans l'oreille d'un sourd. À partir du moment où il a su, il s'est intéressé à Andrea.

— Ils ont couché ensemble ?

Barbora hocha la tête.

— C'est arrivé si vite... Ça m'a complètement fichue en l'air.

382

— Était-il déjà violent avec vous, Barbora ?

— Non. Enfin, si, quelquefois. Il me menaçait, surtout. Il perdait le contrôle... Quand j'ai découvert sa liaison avec Andrea, là, pour la première fois, il m'a vraiment frappée.

— Ça s'est passé où ?

— Chez moi. Un dimanche soir. Ma mère était dans son bain. Je ne sais pas pourquoi c'est sorti à ce moment-là mais c'est sorti : j'ai dit à Igor que je savais tout pour Andrea et lui.

— Et qu'est-il arrivé ?

— Il m'a donné un coup de poing dans l'estomac. J'en ai vomi. Et ensuite il m'a enfermée dans le placard sous l'escalier.

— Longtemps ?

— Non, parce que je l'ai supplié. Ma mère était dans son bain, il fallait que j'aille l'aider pour qu'elle ne prenne pas froid. Il était d'accord, à condition que je promette de ne plus jamais aborder le sujet de son histoire avec Andrea.

— Et ensuite ?

— Les choses ont repris un cours normal pendant un moment. Comme si ça s'était calmé. Mais ça n'a pas duré. Un jour où j'étais à la maison, il a débarqué par la porte de la cuisine, derrière la maison. Il y avait une fille avec lui, jeune, peut-être dix-huit ans. Elle tenait à peine debout, son visage était couvert de sang, son T-shirt aussi, et elle pleurait. Qu'est-ce que je devais faire ? Je les ai laissés entrer. En fait, Igor ne l'avait pas ramenée pour la soigner. Au contraire, il l'a poussée dans le placard, sous l'escalier, qu'il a fermé à clé. Il était comme fou. Il hurlait qu'il voulait savoir où était son téléphone, que cette fille le lui avait pris...

L'orage approchait, à présent, l'obscurité s'épaississait sous les arbres.

— Qu'est-ce qu'il a fait à cette fille ? demanda doucement Erika.

— Il m'a ordonné de monter et de rester dans ma chambre, sinon j'aurais des ennuis. J'ai entendu la fille pleurer, crier. J'ai eu l'impression que ça durait des heures... Et tout à coup, plus rien. Igor est venu me voir et a demandé à aller dans la chambre de ma mère. Quand elle l'a vu, elle lui a souri ; elle n'avait rien entendu, elle avait dormi tout ce temps. Il a pris mon sac de sport, le grand, celui que je prenais quand je partais... Il était d'un calme... Je suis descendue quelques minutes après lui ; il était sur le point de quitter la maison, le sac sur l'épaule.

— Qu'y avait-il dans ce sac ? demanda Moss, tout en se doutant de la réponse.

— La fille, répondit Barbora. C'est elle, qui était dans le sac. Et Igor s'est tiré.

— Vous, qu'avez-vous fait ? s'enquit Erika.

— J'ai nettoyé le placard. Le sang, et tout le reste...

— Continuez.

— Igor a fini par revenir, il m'a dit que j'avais fait du bon travail, il m'a même donné de l'argent, avoua Barbora avec des accents de dégoût de soi. Et puis, de nouveau, la vie a repris comme si de rien n'était. Sauf qu'il s'est mis à me parler de son boulot. Qu'il abordait les filles qui descendaient des bus, à la gare routière de Victoria ; qu'elles venaient travailler pour lui.

— Quel genre de travail ?

— Prostitution. Plus j'en savais sur ses activités, plus Igor me donnait d'argent. Il a acheté à ma mère un fauteuil roulant électrique, elle pouvait le diriger toute seule, on n'avait plus besoin de la pousser. Ça a transformé sa vie.

— Quel rôle jouait Andrea, dans tout ça ?

— J'étais tellement mal que je ne réussissais plus à avaler quoi que ce soit ; je n'ai plus eu mes règles. Igor ne me regardait plus, tout simplement, alors Andrea a pris le relais, elle lui a rendu ce service.

— C'était déjà comme ça, quand vous êtes partie en vacances avec la famille d'Andrea ?

— Oui.

— Avez-vous appris que, un peu plus tard, Andrea s'était fiancée ?

Barbora hocha la tête et accepta une deuxième cigarette.

— Andrea savait à qui elle avait affaire, avec Igor ? Le genre d'activité dans lequel il trempait ? demanda Erika.

— Je n'ai jamais abordé le sujet avec elle. Au début, on était proches et même si ça peut paraître bizarre, on est restées proches pendant les vacances dans sa famille, mais… je me refermais sur moi-même. Je crois qu'Andrea trouvait ça romantique, qu'Igor soit une espèce de voyou, comme dans les films de Guy Ritchie.

— Dans quelles circonstances avez-vous intégré le programme de protection des témoins ? s'enquit Moss.

— Quand on a retrouvé mon sac de sport, avec le corps de la fille dedans.

— Où ça ?

385

— Une décharge d'East London. On est remonté jusqu'à moi grâce à une vieille carte de fidélité du magasin, qui était dans la poche intérieure. La police a dit qu'on me surveillait depuis un bon bout de temps et, en échange de mon témoignage, on m'a proposé un marché.

— Et vous avez accepté ?

— Évidemment. Ma mère venait de mourir. Dieu merci, elle n'aura jamais su… Igor semblait me faire confiance, il voulait que je commence à aborder moi-même les filles de la gare routière de Victoria. Elles débarquaient en Angleterre en croyant devenir femmes de ménage… Igor disait que ma présence les rassurerait et que, du coup, elles ne feraient pas de difficultés pour monter dans la voiture.

— Donc, il faisait du trafic de filles ?

— Oui.

— Des complices ?

— Non. Enfin, je ne sais pas, c'était tellement compliqué… Il y avait d'autres hommes et aussi leurs petites amies.

— Quand les filles arrivaient, où les emmenait-il ? Et il y en a eu combien en tout ? demanda Moss.

— Je ne me souviens pas…

Barbora fut incapable de finir sa phrase. Elle craqua, écrasée par les sanglots.

— Calmez-vous, murmura Erika.

Elle prit la main de Barbora mais celle-ci tressaillit à son contact et se dégagea aussitôt.

— Donc, Igor a été arrêté, n'est-ce pas ?

— Oui, c'est allé jusqu'au procès.

Moss et Erika se regardèrent, stupéfaites.

— Comment ça, un procès ? Il n'y a pas le moindre dossier à son nom… On peut savoir pourquoi ?

— L'accusation s'est effondrée parce que les preuves n'étaient pas assez solides. Le jury n'a pas pu trancher… Je crois qu'Igor a payé certains témoins… Il connaît tellement, tellement de gens.

Barbora était livide.

— Je sais de quoi j'ai l'air, dit-elle, dévastée, quelle mauvaise personne je suis, et j'ai conscience d'avoir fait des choses terribles. Tout ça par amour pour un homme. Quand j'ai vu ces pauvres filles à la télé, et vous qui avez lancé votre appel, je me suis souvenue de l'une d'elles – Tatiana. Elle était si contente d'arriver à Londres… Il fallait que je vous parle. Vous devez attraper ce salaud.

— Vous avez revu Andrea après avoir intégré le programme ? demanda Moss.

— Oui, admit Barbora avec embarras.

— Était-ce la nuit du 8 janvier, dans un pub appelé The Glue Pot ?

— Oui.

— Igor était avec elle ?

— Quoi ? Non ! Je n'aurais jamais approché Andrea si… Mon Dieu, il était là ?

— Non, la rassura Erika. Qu'est-ce que vous étiez venue faire à Londres, ce soir-là, alors que vous étiez déjà sous protection ?

— J'y vais une fois par mois pour me recueillir sur la tombe de ma mère. Je nettoie et j'apporte des fleurs fraîches. C'est très dur, vous savez, d'être une étrangère, d'avoir changé d'identité ! J'ai envoyé un texto à Andrea, pour qu'on prenne un café ensemble. Je sais, c'était stupide... Andrea a changé trente-six fois le lieu du rendez-vous. Je n'aurais pas dû la rejoindre, seulement... elle me manquait.

Moss eut du mal à dissimuler son incrédulité.

— On ne s'est pas vues longtemps, reprit Barbora. Elle était seule mais elle devait retrouver son petit ami un peu plus tard... C'était comme s'il ne s'était jamais rien passé entre elle et moi. Elle n'était pas surprise que j'aie disparu et que je resurgisse. En fait, elle n'en avait rien à faire.

— À quelle heure avez-vous quitté le Glue Pot ?

— Avant 20 heures, je dirais. Je savais qu'il y avait un train en provenance de London Liverpool Street juste avant 21 heures.

— Et vous n'avez vu personne d'autre qu'elle ?

— Personne. Andrea m'a dit qu'elle allait prendre un verre au bar. Il y avait une fille qui travaillait... J'ai voulu la prévenir, lui dire : « Fais attention, je suis passée par là »... Mais je n'ai pas eu le courage.

— Il va falloir que nous prenions votre déposition, Barbora.

Barbora se tut brusquement. Et quand elle reprit la parole, sa voix semblait lointaine.

— J'ai mon mobile sur moi, j'ai enregistré pendant que je vous parlais. Tenez...

Elle tendit son téléphone.

— Il me reste encore deux ou trois choses à vous révéler, ajouta-t-elle, mais d'abord, j'ai besoin d'un peu d'intimité.

— Vous êtes sûre ? Dans ces bois ? Il fait noir comme dans un four et...

— S'il vous plaît, dit-elle d'un ton pressant.

Erika capitula.

— Bon… Alors ne vous aventurez pas trop loin… On ne bouge pas.

— Et prenez cette petite lampe torche, ajouta Moss en la sortant de la poche de son manteau.

Barbora la saisit, se leva et disparut dans les buissons. Les grondements de tonnerre se succédaient, à présent, de plus en plus proches. Un éclair fendit le ciel de la clairière.

— J'appelle Peterson, l'informa Erika. Dès qu'elle revient, on passe à l'action, on la ramène à Londres. Elle vient de se démasquer et sa nouvelle identité est bonne à jeter. Personnellement, je ne sais pas du tout comment on procède dans ce genre de cas.

— Et ce procès, patron ! Quand je pense qu'il n'y a pas la moindre trace de George Mitchell ni d'Igor Kucerov… Même pas une photo dans la base de données nationale, que dalle… Je n'aime pas ça du tout, cette affaire commence à sentir mauvais.

Erika acquiesça et alluma une cigarette.

— Il faut qu'on fasse confirmer sa nouvelle identité. Et qu'on vérifie tout ce qu'elle nous a lâché.

— Encore un rebondissement dans le meurtre plus complexe que prévu d'Andrea Douglas-Brown.

Erika étudia le téléphone de Barbora, le manipula et écouta rapidement la voix de la jeune femme.

— C'est bon, dit-elle, c'est bien enregistré. Il y a de quoi impliquer George Mitchell, ou Igor Kucerov.

Moss appela Peterson pour faire le point avec lui. Le signal était faible.

— Ça ne passe pas, patron.

Le ciel gronda et, de nouveau, la clairière s'illumina de manière aveuglante.

— Au secours ! s'écria Moss. Pas question que j'utilise ce mobile en plein orage. Peterson attendra !

— D'accord, d'accord, calmez-vous.

Erika essaya son propre téléphone, puis de nouveau celui de Moss – en vain.

Et soudain, un étrange sentiment monta en elle.

— C'est pas un peu long, pour une pause pipi ? fit remarquer Moss au même moment.

Elles se regardèrent. Bondirent en même temps et s'engouffrèrent à leur tour dans les buissons, là où Barbora s'était éclipsée, jouant des bras et des jambes pour se frayer un chemin dans les ronces.

Quand elles débouchèrent sur le sentier pédestre, à découvert, la pluie les bombarda. Droit devant elles, un éclair révéla subitement un grand arbre. Une corde grinçait à l'une des branches basses et, au bout de la corde, le corps de Barbora se balançait dans la brise. Inerte.

59

Une pluie torrentielle crevait maintenant le ciel et s'abattait sur les arbres. Le chemin boueux était masqué par le rideau blanc qui ruisselait de leurs branches. Moss essaya d'escalader l'arbre d'où pendait le corps inanimé de Barbora mais la pluie réduisait ses efforts à néant.

— Descendez ! hurla Erika dans le fracas de l'orage. C'est trop tard, elle est morte ! Retournez à la voiture et faites venir des renforts ; je reste ici.

— Sûr, patron ?

— Oui, allez-y !

Moss partit en courant à travers bois et Erika patienta, les pieds dans la boue, indifférente à la pluie qui traversait ses vêtements. Elle réfléchissait à toute allure. Bon sang, plus elle descendait dans cette enquête, moins elle y voyait clair. L'orage rugissait exactement comme s'il s'était concentré au-dessus de sa tête, l'air grésillait d'électricité. Elle n'eut pas d'autre choix que de s'abriter sous l'arbre, mais elle se mit du côté du tronc qui lui cachait le corps de Barbora. Et, enfin, la pluie se fit moins drue. L'orage se déplaçait.

Elle essayait de capter un signal de réseau quand elle entendit un hurlement de sirènes. Ses collègues arrivaient. Au loin, sur le chemin, apparut une voiture qui, péniblement, progressa jusqu'à elle, labourant de ses pneus les ornières de boue gorgées d'eau. Elle alla à la rencontre des deux jeunes officiers et leur présenta sa carte.

— Vous n'avez touché à rien ? demanda l'un des deux en découvrant le corps de Barbora. On va devoir sécuriser le périmètre.

— C'est un suicide, expliqua Erika. Elle était avec nous juste avant de… faire ça.

Erika et ses collègues étaient restés longtemps sur place. Cela était dû en grande partie au fait que Barbora avait intégré un programme de protection des témoins et que de nombreuses vérifications avaient été nécessaires. Quand ils reprirent la route, le jour déclinait. Erika et Moss profitèrent du trajet pour mettre Peterson au courant des détails.

— Alors, dit-il, vous pensez que cet Igor Kucerov est le meurtrier d'Andrea, des trois filles et d'Ivy ?

— Et de la fille qu'il avait amenée chez Barbora. Celle dont il a planqué le cadavre dans le sac de sport.

— Je ne comprends pas… Il a été arrêté pour ce meurtre-là, il y a eu un procès, et pourtant on ne trouve rien dans aucun système ni aucune base de données ?

— Pas sous le nom de George Mitchell, répondit Erika.

La radio crachota soudain.

— Patron, lança Crane, on a trouvé une adresse pour Igor Kucerov en passant par les impôts locaux. Il habite à Kilburn. Trente-sept ans. Origine russo-roumaine. Marié. La maison est au nom de sa femme, une certaine Rebecca Kucerov. Ils ont un fils de cinq ans.

— Mon Dieu, soupira Moss.

— Marié depuis combien de temps ? s'enquit Erika.

— Dix ans.

— Et côté boulot ?

— Il dirige une entreprise d'entretien de jardins paysagers. C'est lui le patron mais, comme pour la maison, l'affaire est au nom de sa femme. On fouille dans nos ordinateurs pour découvrir s'il avait des contrats sur les lieux où on a retrouvé les corps des filles assassinées.

Il y eut un silence.

— On l'arrête ? demanda Crane.

Erika regarda l'heure. 17 heures. Devinant ses pensées, Peterson la devança.

— On sera à Londres dans deux heures, environ.

— Non, Crane, ordonna Erika, ne bougez pas. Je veux me le faire. Envoyez une équipe planquer devant chez lui, qu'ils fassent en sorte de ne pas se faire repérer et qu'ils le gardent à l'œil quoi qu'il arrive.

— C'est noté, patron.

— En attendant, je veux que vous rassembliez tout ce que vous pouvez trouver sur lui : relevés bancaires, mails, sociétés, déboires financiers s'il en a eu... Et cherchez du côté de sa femme – je veux un profil exhaustif. Je suis sûre qu'elle lui sert de prête-nom quand il a quelque chose à cacher. Il va falloir aussi débloquer l'identité qui avait été attribuée à Barbora Kardosova. Maintenant qu'elle est morte, ça devrait poser moins de difficultés.

— On travaille déjà là-dessus, lui annonça Crane. Vous allez bien ? On sait qu'elle s'est pendue quasi sous vos yeux.

— On va bien. Maintenant, lâchez cette radio et concentrez-vous sur Igor Kucerov.

Dehors, il faisait noir, l'opacité avait englouti les champs et les marécages. Seuls les feux de croisement de la voiture perçaient cette nuit sans lune, sans étoiles, à peine éclairée par la pollution lumineuse. Erika avait hâte de laisser derrière elle l'étendue lugubre des Fens, et cet arbre où se balançait le corps de Barbora. Hâte et besoin de retrouver la ville, les immeubles serrés les uns contre les autres, tout autour d'elle. Là où il y avait du bruit et où le temps ne restait pas immobile.

Elle fit pivoter le pare-soleil côté passager et la veilleuse s'alluma au-dessus du miroir de courtoisie. Elle était barbouillée de boue. Depuis la banquette arrière, Peterson croisa son regard.

— Même avec le temps, on ne s'y habitue pas, n'est-ce pas, patron ?

— Non, on ne s'y habitue pas, avoua-t-elle tout en s'essuyant le visage.

Puis elle releva le pare-soleil et l'habitacle fut de nouveau plongé dans l'obscurité. Ils ne prononcèrent plus un mot de tout le trajet. La nuit qui les attendait serait longue. Ils auraient besoin de toute leur énergie.

60

L'orage s'était déplacé sur Londres en même temps qu'ils s'éloignaient du Norfolk, et la pluie les attendait à Lewisham Row, martelant le parking. Crane vint leur ouvrir. Il était 19 heures, toute l'équipe était encore présente, sur le pied de guerre.

— Bonsoir, tout le monde, lança Erika, épatée par tant d'implication. Je vois que Crane vous a briefés sur les derniers événements. Bien. Qu'est-ce que vous avez pour moi ?

Par ce temps de chien, l'un des agents avait eu la riche idée de remonter des serviettes éponge de la salle de gym du sous-sol, à l'intention d'Erika et de ses collègues.

Crane prit la parole.

— On s'est plongés dans les archives : la fille qui a été retrouvée dans le sac de sport s'appelle Nadia Greco. Elle avait dix-sept ans. Et il y a eu un procès au tribunal de Southwark Crown Court.

— Et ? demanda Erika tout en se frictionnant la tête.

— C'est là que ça bloque, patron. Les minutes du procès sont classées CMP[1].

— C'est quoi, cette histoire ? Pourquoi le procès de Kucerov fait l'objet du même traitement légal qu'un dossier top secret ?

— Je n'en sais rien, admit Crane. On a des transcriptions, mais sans les noms.

— Dans ce cas, comment êtes-vous certain qu'il s'agit bien de son procès ?

— Parce que c'est le même mot de passe que celui qui donne accès aux informations sur le meurtre – le lieu et les détails concernant la victime ne sont pas classés CMP.

— Quel a été le verdict ? s'enquit Erika.

— Non-lieu, faute de preuves suffisantes.

— Et on n'a aucune trace de l'arrestation d'un Igor Kucerov ou d'un George Mitchell ?

— Non. On a googlé Igor Kucerov et plusieurs résultats ont été retirés du fait de la loi européenne de protection des données. Il n'y a rien sur lui, rien sur George Mitchell.

— Ça ne me plaît pas du tout.

— On va creuser, patron.

— Quoi de neuf du côté de l'identité de Barbora Kardosova ?

— Les bureaux n'ouvrent pas avant 9 heures demain matin. La protection des témoins est un département hautement sensible ; ils travaillent sur un réseau informatique interne.

---

1. Les *Closed Material Procedures* sont les pièces d'un procès dont le juge a décidé qu'elles ne pouvaient en aucun cas être rendues publiques ni même connues de la partie adverse.

Erika se dirigea vers les tableaux où étaient punaisées les photos des victimes. Il y avait aussi les images extraites de la vidéo, celle où Andrea apparaissait vivante pour la dernière fois, quand elle était montée dans le train, et, à côté, celle où on la voyait en compagnie de George Mitchell, désormais connu sous son véritable nom, Igor Kucerov. On avait ajouté la photo du permis de conduire de Kucerov. Enfin, les photos de vacances de la famille Douglas-Brown, avec Barbora Kardosova, avant que celle-ci se coupe les cheveux, les teigne en blond pour intégrer le programme de protection des témoins, et disparaisse dans la nature.

Erika se tourna vers son équipe.

— Écoutez, la journée a été longue pour tout le monde et j'en suis bien consciente, mais il faut qu'on remue ciel et terre. Je voudrais qu'on bosse quelques heures de plus, qu'on revienne de nouveau au début et qu'on repasse toute cette enquête au peigne fin. Sans rien laisser de côté. Je sais quel énorme effort je vous demande. Je vais commander des cafés, c'est moi qui invite. Il faut qu'on trouve le truc ! Andrea Douglas-Brown, Igor Kucerov et les meurtres sont liés : mais par quoi ? Voilà ce qu'il faut trouver, et ça peut être une toute petite chose qui nous serait passée sous le nez. Et comme je le dis toujours : il n'y a pas de question idiote.

« À partir de maintenant, avec ce procès classé CMP, on navigue dans des eaux dangereuses, mais il ne faut pas avoir peur d'y aller, surtout avec Sir Simon. Avant, il était intouchable ; ce n'est plus le cas. Et nous avons l'enregistrement de Barbora Kardosova ; je vais le télécharger sur l'intranet. Qui veut bien rester ?

S'était-elle montrée suffisamment persuasive ? Erika guetta avec anxiété les réactions de ses collègues. Lentement, les mains se levèrent. Alors elle regarda Moss, qui sourit et leva la main à son tour, imitée par Peterson.

— Si je n'étais pas une vieille bique désabusée, je vous embrasserais tous. Merci ! Bon, rentabilisons chaque seconde des heures qui nous restent et trouvons ce qu'on cherche.

La salle des opérations se mit à bourdonner comme une ruche. Crane s'empara d'une pile de dossiers.

— Dites donc, patron, ils venaient de chez qui, les donuts, la dernière fois ?

— Krispy Kreme. Vous avez carte blanche pour la commande. Où est Marsh, au fait ?

— Il a quitté le bureau de bonne heure pour partir en week-end avec sa chérie à une espèce de séminaire artistique, en Cornouailles, répondit Crane.

— Ah bon, parce qu'il peint, lui aussi ?

— Non, il la dépose. Mais je pense qu'il va prendre du bon temps, ce soir, parce qu'il nous a demandé de ne pas le déranger… sous aucun prétexte.

— Typique ! On est à un point crucial de l'enquête et il décide de se tirer pour un petit break.

— Vous voulez que je l'appelle ? demanda Crane.

— Surtout pas, répondit Erika.

L'absence de Marsh lui laissait les coudées franches.

61

La chambre était superbe, avec une vue grandiose sur le parc national de Dartmoor. Marsh n'avait pas retenu le nom de l'hôtel ; tout ce qu'il savait, c'est qu'il était loin de Londres et du boulot et qu'il se réveillait d'une nuit torride avec Marcie, ce qui ne leur était plus arrivé depuis la naissance des jumelles. Elle avait posé la tête sur son torse. La peau de Marcie, son odeur et sa chaleur après l'amour le mettaient dans un état second...

La sonnerie du téléphone l'arracha à cette béatitude en hurlant dans le silence. Marsh poussa un juron et se tourna vers le réveil : 9 h 30. Il se pencha, attrapa le récepteur et raccrocha aussi sec.

— Tu avais demandé qu'on nous réveille ? murmura Marcie.

— Bien sûr que non.

Marcie ronronna.

— Mmm... Ça m'excite, que tu n'aies pas répondu.

Elle l'embrassa, laissa sa main glisser sur son ventre...

Le téléphone sonna de nouveau. Cette fois, Marsh roula sur le flanc et arracha la prise. Puis il se tourna vers sa femme et lui prit la main pour la poser sur son sexe.

— Je crois que nous en étions là, lui dit-il.

— Encore, officier Marsh ? dit-elle d'un ton amusé.

Mais ils furent interrompus ; on frappait à la porte.

— Mais qu'est-ce que c'est ? s'exclama Marsh.

— Je suis navré, c'est la réception…

— Envoie-le promener, murmura Marcie.

Le petit jeune de la réception insista, tout tremblant.

— Monsieur ? Monsieur, je sais que vous avez expressément demandé à ne pas être dérangé, seulement nous avons en ligne l'Assistant Commissioner de la police de Londres, M. Oakley. Sur votre ligne… Monsieur ? Il dit que si vous ne prenez pas la communication, il y aura des conséquences… Ce sont ses termes, monsieur… C'est ce qu'il a dit.

Marsh se leva, batailla pour rebrancher le téléphone. Et à peine eut-il décroché qu'Oakley lui sauta dessus.

— Bon Dieu ! Où est-ce que vous étiez, Marsh ? On a un vrai gros problème !

— Pardon, monsieur, j'ignorais que l'appel venait de vous…

— Un de vos officiers, cette emmerdeuse de Foster, s'est présenté chez Sir Simon Douglas-Brown à 5 heures ce matin avec son unité d'intervention rapide. Elle les a embarqués, lui et sa fille Linda, et ils sont en garde à vue. *Idem* pour Giles Osborne.

— Les bras m'en tombent !

— Marsh, je suis en Écosse, en vacances. Je les ai bien méritées, ces vacances, et je ne veux pas y

400

renoncer pour rentrer à Londres. Alors je compte sur vous pour remettre de l'ordre dans tout ça.

— Je m'en occupe, monsieur.

— Vous avez intérêt ! Ce n'est pas tous les jours que je suis tiré du lit par un membre du Cabinet ! Si ça continue, des têtes vont tomber !

Oakley raccrocha brusquement. Marsh resta un moment sans voix. Puis il composa le numéro de Lewisham Row et exigea en hurlant qu'on lui passe Foster. Immédiatement. Il n'en fallut pas davantage à Marcie pour se rhabiller. Elle ravala sa déception ; le job de son mari venait encore une fois de gâcher leurs vacances.

62

Erika et son équipe luttaient contre le manque de sommeil. Ils avaient travaillé toute la soirée, reconstituant le puzzle, assemblant les pièces en intégrant les nouvelles informations. Et, enfin, vers 1 heure du matin, ils avaient découvert un élément capital. Aussitôt, Erika s'était jetée frénétiquement dans la mise au point pratique du plan qu'elle avait désormais en tête. À 3 heures du matin, et avant de passer à l'action, elle avait renvoyé tout le monde grappiller un peu de sommeil. Ils se retrouveraient tous aux aurores pour la phase un.

Il était 11 heures, à présent. Elle regardait les quatre écrans de contrôle en compagnie de Moss, Peterson et Crane, dans la salle d'observation de Lewisham Row. À l'image, impassible, mains sur la table, Simon Douglas-Brown attendait dans la salle d'interrogatoire numéro 1. À le voir si chic, dans son pantalon noir, sa chemise bleue sans un pli et son pull à col en V, on n'aurait jamais cru qu'il avait été tiré du lit par un groupe d'intervention. Linda Douglas-Brown, quant à elle, très agitée, arpentait la salle d'interrogatoire numéro 2 de long en large. Elle portait une longue jupe de couleur foncée et un grand pull taché de thé.

— Il n'a pas quitté la caméra des yeux depuis vingt minutes, fit remarquer Crane en désignant du bout de son stylo l'image de Giles Osborne, installé dans la salle numéro 3.

Étrange allure. Il portait un jean serré vert bouteille et un T-shirt près du corps, imprimé de palmiers, qui couvrait à peine son ventre.

— Le seul qui donne l'impression de n'en avoir vraiment rien à cirer, c'est Igor Kucerov, nota à son tour Erika en observant l'écran de la salle numéro 4.

L'homme était avachi sur sa chaise, jambes largement écartées. Quand la police était arrivée pour l'arrêter chez lui, une maison dans une jolie rue plutôt bourgeoise de Kilburn, il était en plein travail. Il portait une tenue de sport Nike, pantalon et chaussures noirs, T-shirt blanc orné de la virgule de la marque sur le devant. C'était un homme mince, musclé et hâlé. Il avait rasé le chaume de barbe qu'on lui voyait sur la photo prise avec Andrea.

Il fixa la caméra de ses yeux noirs.

— Essayons d'abord avec lui, décida Erika.

Elle quitta la pièce avec Peterson. Moss et Crane resteraient devant les écrans.

Dans le couloir, elle tomba sur l'avocat de Kucerov, un type maigre et grisonnant, avec une petite moustache bien nette. Il ne perdit pas une seconde pour s'indigner : pourquoi retenait-on son client ?

— Je vais recommander à mon client de ne répondre à aucune de vos questions tant que vous n'aurez pas de...

Erika l'ignora et entra dans la salle d'interrogatoire. Kucerov n'avait pas changé de position, comme si rien de ce qui se passait autour de lui ne le concernait. Il se contenta de la toiser pendant qu'elle et Peterson s'installaient face à lui et à son avocat.

Elle lança l'enregistrement.

— Il est 11 h 05, nous sommes le 24 janvier. Je suis la DCI Foster et je suis avec le DI Peterson. M. Kucerov est accompagné de son avocat, John Stephens.

Puis elle consulta les pièces de son dossier, vérifia certains éléments et leva enfin les yeux sur Kucerov.

— Allons-y, monsieur Kucerov. Ou dois-je vous appeler George Mitchell ?

— Vous m'appelez comme vous voulez, chérie, répliqua-t-il en souriant.

Il avait une voix grave avec une pointe d'accent russe.

— Pourriez-vous m'expliquer pourquoi vous utilisez ces deux noms ?

Il afficha une totale désinvolture et ne répondit pas.

— Est-ce que vous travaillez pour le MI5 ou le MI6[1] ? Vous êtes un agent secret, un espion ? Peut-être que vous avez signé l'Official Secrets Act[2] ? Que vous êtes sous protection ?

Il la gratifia d'un sourire asymétrique et se frotta le menton.

— Du tout, dit-il finalement.

1. MI5 ou *Military Intelligence* : service de renseignements intérieurs, par distinction avec le MI6, service de renseignements extérieurs.
2. Législation qui assure la confidentialité des secrets d'État, principalement en rapport avec la sécurité nationale.

— Pardonnez-moi, mais ces questions sont absurdes, déclara l'avocat.

— Au contraire, objecta Erika. Êtes-vous informé, monsieur Stephens, que votre client a été jugé pour le meurtre d'une jeune fille répondant au nom de Nadia Greco ? Son cadavre décomposé a été retrouvé dans un grand sac, le genre fourre-tout à fermeture Éclair. On l'avait abandonné dans une carrière qui servait de décharge.

Erika posa la photo de Nadia sur la table. Son corps gonflé et noir apparaissait dans l'ouverture du sac.

— Le sac a mené la police jusqu'à Barbora Kardosova, qui était à l'époque la petite amie de M. Kucerov. Nadia Greco a été battue à mort dans la maison de Barbora, et on a retrouvé l'ADN de M. Kucerov sur la scène de crime. Barbora a témoigné contre lui lors du procès qui a suivi. Néanmoins, le jury n'ayant pas pu trancher, le procès a été annulé.

L'avocat jeta un regard en coin à Kucerov.

— Vous n'aviez aucune preuve, lui rappela ce dernier en haussant les épaules.

— C'est une donnée du problème, en effet. Curieusement, les minutes de votre procès et ses transcriptions sont désormais classées CMP. Cette classification est réservée aux procès qui pourraient affecter la sécurité nationale. Alors, étiez-vous au courant de ce détail, monsieur Stephens ?

L'avocat botta en touche.

— Oui, je sais ce qu'est le CMP, répliqua-t-il avec agacement.

— Donc, vous admettez que c'est une procédure exceptionnelle. Et que le fait que cette restriction ait été appliquée au procès de votre client, alors qu'il n'a aucun lien avec les services de renseignements, pose question, acheva Erika.

Kucerov s'étira, puis il détendit son cou et fit craquer ses vertèbres.

— Peut-être que je ressemble un peu à James Bond, suggéra-t-il.

— Non, c'est pas à ça qu'on pense quand on vous regarde, rétorqua Peterson froidement.

— Sois pas si amer, mec. Ta chance viendra. On n'a pas parlé d'avoir un James Bond noir ?

Peterson se tut ; il poussa plus près de Kucerov la photo du cadavre de Nadia Greco.

— Regardez, lui dit-il. Vous la reconnaissez ?

L'avocat s'interposa.

— Ne répondez pas.

— Bien. Et qu'avez-vous à dire sur cette photo-là ? C'est vous avec Andrea Douglas-Brown. Avez-vous entendu parler du meurtre de cette jeune femme ? Cette photo a été prise quatre jours avant son assassinat, et celle-ci, et celle-ci...

Peterson étalait les photos sur la table au fur et à mesure. D'abord, celle où Kucerov et Andrea posaient dans les jardins du Horniman Museum, puis les clichés explicites.

Kucerov pinça les lèvres.

— Cette même Andrea Douglas-Brown qui a été assassinée.

— Nous sommes tous au courant, fit remarquer l'avocat. Êtes-vous en train d'accuser mon client de ce meurtre ?

Erika ignora la question.

— Vous avez été vu en compagnie d'Andrea quelques heures avant sa mort, au Glue Pot, à Forest Hill.

— Je ne suis pas obligé de répondre à vos questions, répliqua Kucerov. Je veux partir.

Il se leva.

— Rasseyez-vous, lui ordonna Erika.

Il croisa les bras et resta debout.

— Et contrairement à ce que vous dites, poursuivit-elle, vous *devez* répondre à mes questions. Reprenons : vous avez été vu avec Andrea.

— Non, je n'ai été vu nulle part, rétorqua-t-il, pour la bonne raison que je n'étais pas au Royaume-Uni à cette période. J'étais en Roumanie. Du 31 décembre au 15 janvier. J'ai encore les billets, et vous pouvez vérifier mon passeport.

— Le vôtre, ou bien celui de George Mitchell ?

— Vous savez, objecta Kucerov, la loi n'interdit pas de changer de nom. Vous, par exemple, vous êtes slovaque, non ? Et vous vous appelez Foster ?

— C'est mon nom d'épouse.

— Vous êtes mariée ? Comment vous avez fait ?

Erika abattit son poing sur la table.

— Asseyez-vous ! cria-t-elle.

— Si vous avez l'intention d'accuser mon client… commença Stephens.

Il n'eut pas la possibilité d'achever ; Erika s'était levée et quittait la pièce. Peterson mit fin à l'enregistrement.

— La DCI Foster vient de quitter la salle d'interrogatoire. J'arrête l'enregistrement à 11 h 12.

— Quel bâtard ! s'écria Erika quand Peterson la rejoignit. Et tellement content de lui !

Elle tremblait de colère.

— Je n'aurais pas dû le lâcher si vite ! Vérifiez son alibi, cette histoire de voyage en Roumanie.

— OK, patron. Ne le laissez pas vous bouffer ; on vient à peine de commencer, avec lui. Vous voulez qu'on y retourne ?

Erika respira profondément.

— Non, je vais passer à Simon Douglas-Brown.

63

L'avocat de Simon Douglas-Brown attendait lui aussi dans le couloir. Une version chic de John Stephens.

— Ça se passe ici, l'informa Erika en lui montrant la porte de la salle d'interrogatoire numéro 1.

— Je vous préviens que je vais demander à mon client de ne pas vous répondre jusqu'à ce que…

Erika et Peterson l'ignorèrent. Quand ils entrèrent, Simon Douglas-Brown les fusilla du regard et siffla entre ses dents.

— Faites-moi confiance, je vais m'occuper de votre cas. Vous allez vous retrouver sur Old Kent Road à faire la circulation pour le reste de votre carrière !

Erika ne releva pas. Une fois que tout le monde fut assis, elle mit en route l'enregistrement et ouvrit son dossier.

— Qu'avez-vous fait de ma fille Linda ? demanda Simon Douglas-Brown. J'ai le droit de savoir où est ma fille !

— Elle est ici, en garde à vue, répondit Peterson.

— Laissez-la en dehors de tout ça, vous m'entendez ? cria Simon Douglas-Brown en se relevant. Elle ne va pas bien !

— Pas bien ?

— Elle subit beaucoup trop de pressions ; elle n'est pas en état d'être interrogée.

— Qui vous dit qu'on va l'interroger ? s'enquit Erika.

— Quand vos hommes sont venus tambouriner à ma porte au petit jour, équipés comme pour une émeute et armés, j'ai bien compris que ce n'était pas pour bavarder. Je suppose, évidemment… Je vous préviens…

— Votre femme est à la réception. Où est votre fils, David ?

— Il est à Prague avec des amis, pour un enterrement de vie de garçon.

— Où loge-t-il ?

— Je n'en ai pas la moindre idée ! Un pub ou un hôtel. Ça pourrait aussi être une auberge de jeunesse. C'est une fête.

— Et qui enterre sa vie de garçon ? demanda Peterson.

— Un de ses amis de l'université. Je peux me renseigner auprès de ma secrétaire, elle s'est occupée des réservations.

— On l'appellera nous-mêmes, merci.

Erika feuilleta son dossier.

— Sir Douglas-Brown, est-il exact que vous dirigez plusieurs sociétés en rapport avec vos affaires personnelles ?

— Bien sûr que c'est exact. Quelle question idiote…

— Une de ces sociétés est-elle la Millgate Ltd. ?

— Oui.

— Et aussi Peckinpath.

— Oui.

— Quantum, Burbridge, Newton Quarry…

L'avocat intervint.

— DCI Foster, je ne vois pas bien ce qui vous motive à lire à mon client la liste de ses sociétés. Il connaît parfaitement ses affaires. En outre, l'information est publique et accessible à tout un chacun puisque ces sociétés sont des sociétés anonymes à responsabilité limitée.

Sir Simon se rassit ; il fulminait.

— Tout à fait, reconnut Erika, mais j'ai besoin d'une confirmation pour l'enregistrement avant de commencer l'interrogatoire. Désolée d'avoir fait perdre à votre client un temps si précieux pour lui… mais je pose de nouveau la question…

— Oui, oui et encore oui ! s'écria Douglas-Brown. Est-ce que j'ai parlé assez fort pour que votre maudit engin m'enregistre ?

Erika tira un feuillet de son dossier et le posa devant Sir Simon.

— J'aimerais attirer votre attention sur un de vos relevés bancaires du mois de septembre de l'année dernière.

— Attendez, comment se fait-il que vous soyez en possession de ce document ? Et avec quelle autorisation ?

— La mienne, répliqua Erika avant de poursuivre. Vous avez procédé à un versement au bénéfice de Cosgrove Holdings Ltd., société sous laquelle Yakka Events est enregistrée à la chambre de commerce

– Yakka Events, dirigée par Giles Osborne. Il s'agit d'un versement de quarante-six mille livres, ajouta-t-elle en pointant le chiffre sur le document.

Sir Simon se cala dans sa chaise et soutint le regard d'Erika.

— Absolument. J'ai investi dans cette société.

Elle prit un autre relevé dans le dossier.

— J'ai également un relevé de Giles Osborne. Pour Cosgrove Holdings Ltd., à la même date. Et qui montre une entrée de ces quarante-six mille livres…

— Mais où voulez-vous en venir ? s'écria l'avocat.

Erika le fit taire de la main et continua.

— Seulement voilà, le même jour, on note un mouvement de ces mêmes quarante-six mille livres… Un débit.

Sir Simon éclata de rire et chercha la complicité d'autres rieurs. En vain. Peterson demeura de marbre.

— Interrogez donc Giles ! suggéra-t-il. Je suis un associé passif, je ne mets pas mon nez dans les comptes quotidiens de sa société.

— Mais vous avez investi quarante-six mille livres. N'est-ce pas un peu beaucoup pour un simple associé passif ?

— Tout est question d'échelle. Pour moi, quarante-six mille livres ne représentent pas une somme énorme. Évidemment, pour vous, avec votre salaire d'officier de police, c'est un montant faramineux.

— Dans ces conditions, aucun doute que, Giles et vous, vous avez dû vous mettre d'accord sur ce que votre investissement devait rapporter ? fit remarquer Erika.

— J'ai toute confiance en Giles. Avant la mort brutale de ma fille, je l'accueillais dans ma famille comme mon gendre.

En même temps que Sir Simon évoquait le meurtre de sa fille, son masque de colère se fissura et laissa entrevoir la douleur encore fraîche et cruelle du deuil.

— Donc, en tant que gendre, Giles vous a-t-il confié pourquoi, sitôt perçues, il a versé vos quarante-six mille livres à une société du nom de Mercury Investments Ltd. ?

Sir Simon consulta son avocat du regard. Erika ne relâcha pas sa pression.

— La question est simple : vous l'a-t-il dit, oui, ou non ?

— Non, admit Sir Simon.

— Et connaissez-vous une société appelée Mercury Investments ?

— Non.

— Cette société est au nom de Rebecca Kucerov, l'épouse d'Igor Kucerov. Juste au cas où vous l'auriez oublié, nous avons retrouvé ces photos dans le deuxième mobile d'Andrea. On y voit Kucerov.

Erika sortit les photos érotiques et les posa devant Sir Simon. Il les regarda, ferma les yeux et fut secoué par un sanglot.

Son avocat s'indigna aussitôt.

— Je proteste ! Mon client vient juste d'enterrer sa fille. Il n'a pas à subir...

— Alors, qu'est-ce que votre client a à dire sur ces quarante-six mille livres ? Nous pensons que cet homme, sur les photos, Igor Kucerov, se livre au trafic de jeunes femmes d'Europe de l'Est, qu'il introduit au

Royaume-Uni. Il a aussi été jugé pour le meurtre d'une jeune fille, une certaine Nadia Greco.

— Et condamné ? demanda sèchement Sir Simon.

— Non. Néanmoins, c'est une présomption de plus. Donc, je pose de nouveau ma question : savez-vous pourquoi Giles Osborne a transféré vos quarante-six mille livres à Igor Kucerov ?

Sir Simon parut ébranlé.

— Mon client n'a pas de commentaire à faire, déclara l'avocat.

Erika fit signe à Peterson et tous deux se levèrent.

— Très bien, conclut-elle. L'interrogatoire est suspendu pour l'instant.

— Quelle heure est-il ? s'enquit Sir Simon.

— 12 h 15.

— J'aimerais parler à Linda. Immédiatement.

Ni Erika ni Peterson ne lui répondirent.

64

Sir Simon se déchaînait contre « cette garce de flic » qui n'avait pas le droit de l'empêcher de voir sa fille.

— J'ai l'impression que ça le rend dingue, d'être enfermé ici, observa Moss, comme ils se retrouvaient tous les trois en salle d'observation, devant les écrans.

— Peut-être qu'ils ont tous besoin de mariner un peu, renchérit Peterson.

— Sauf qu'on ne les a que pour vingt-quatre heures. Après, si on n'a rien contre eux, on sera obligés de les relâcher.

Moss soupira.

— Si seulement on pouvait arrêter de nouveau Kucerov pour le meurtre de Nadia Greco.

— On n'a aucune preuve, objecta Erika, et on perdrait notre temps à en chercher. Il faut qu'on le coince sur ses liens avec Sir Simon et Osborne. Et Linda est le maillon entre Andrea et lui.

Ils observèrent les écrans. Linda s'était assise ; elle traçait machinalement des cercles à la surface de la table sur laquelle elle avait posé la tête. Igor Kucerov se tenait toujours avachi, tête contre le mur, jambes allongées devant lui. Quant à Giles Osborne, impassible sur sa chaise, il jetait des coups d'œil autour de lui comme si un garçon de café avait oublié sa commande.

— On attend quelques minutes, décida Erika.

Elle attrapa son paquet de cigarettes et alla prendre l'air.

Enveloppée dans un long manteau de fourrure noire, Diana Douglas-Brown fumait sur les marches de l'entrée principale du poste. Elle avait l'air épuisée. En la voyant, Erika songea à rebrousser chemin, mais trop tard : Lady Diana avait remarqué sa présence.

— S'il vous plaît, que se passe-t-il ? demanda-t-elle.

— Nous menons des interrogatoires, répondit froidement Erika en tournant les talons.

Elle espérait que Lady Diana n'insisterait pas, en vain.

— Pourriez-vous donner ceci à Linda ?

Elle tenait un porte-clés au bout duquel se balançait un petit chat noir en peluche.

— Navrée, je ne peux pas faire ça.

— Mais pourquoi ? Je vous en supplie… Vous ne comprenez pas, Linda a besoin de ses repères.

Lady Diana tira sur sa cigarette.

— Quand je l'ai mise au monde, elle a manqué d'oxygène. Elle souffre de troubles émotionnels.

Sa voix devint plus aiguë.

— Elle ne tiendra pas le coup.

Erika s'efforça de la rassurer.

— Nous voulons simplement lui poser quelques questions. Je vous promets qu'elle va bien.

Lady Diana éclata en sanglots. Elle baissa la tête et ses cheveux si bien coiffés vinrent cacher son visage, tandis qu'elle pressait le petit chat contre sa joue en pleurant. Impuissante, Erika rentra dans le poste de police.

— On a vérifié, ça colle, fut obligé d'admettre Crane. J'ai la liste des passagers : Kucerov a bien quitté le pays le 31 décembre. Il est parti de London Luton Airport pour la Roumanie. Et il est revenu le 15 janvier.

— Et merde ! enragea Erika.

Elle avait juré si haut que tous les yeux se tournèrent vers elle.

— Et entre ces deux dates, qu'est-ce qu'il a fait ? On a des vidéos de surveillance où on le voit passer la porte d'embarquement ?

— Patron, l'information vient du service des passeports et de l'immigration.

— Je sais, je sais. N'empêche. Kucerov a déjà bénéficié d'un traitement spécial, quelqu'un s'est chargé de le protéger. Alors est-ce qu'il aurait pu faire ni vu ni connu un aller-retour en bus, en voiture, que sais-je ?

Crane se gratta la tête.

— Oui, je suppose que c'est faisable… dit-il.

— Eh bien, arrêtons de supposer, cherchons et trouvons. Je veux des images du contrôle des passeports, de l'arrivée en Roumanie ; et des empreintes digitales qui confirment que Kucerov a bien quitté le territoire britannique le 31 décembre et y est revenu le 15 janvier.

— D'accord, patron.

— Il nous reste dix-neuf heures.

Erika sortit de la salle des opérations.

— Si Kucerov était en Roumanie du 31 décembre au 15 janvier, dit-elle à Moss et Peterson, il n'a pas tué Andrea. Ni Ivy. Il n'était même pas là quand Andrea a disparu...

— Donc on ne peut pas l'épingler pour ces meurtres, conclut Moss.

Erika confirma d'un signe de tête.

— Et les autres filles ? Tatiana Ivanova, Mirka Bratova et Karolina Todorova ? demanda Peterson. Puisqu'on connaît la date à laquelle leurs cadavres ont été découverts, on doit pouvoir vérifier où était Kucerov au moment de leur mort, non ?

— Aucune information sur le moment exact où elles auraient disparu. Et trop peu de relevés de la scientifique pour les trois cadavres, déplora Erika. Cela dit, j'ai affirmé publiquement que ces trois meurtres étaient liés à ceux d'Andrea et Ivy et je le crois toujours. Ou alors nous avons affaire à un copycat... Bon Dieu, quel sac de nœuds !

Elle surprit un échange de regards entre Moss et Peterson.

— Quoi ? Qu'est-ce que vous savez ?

— L'avocat de Simon Douglas-Brown vient de lancer les hostilités. Il a essayé d'appeler l'Assistant Commissioner.

— Vous êtes sûrs ?

— Oui. Et il n'est pas passé par le standard. Il avait la ligne directe d'Oakley.

— Ils se sont parlé ?

— Non, pas encore. Oakley est en week-end.

— Je rêve ! Oakley est en week-end. Marsh se tape la cloche avec sa femme à un stage de peinture… Putain, mais qui commande, alors, ici ?

— Ben… du coup, c'est vous, patron, répondit Peterson.

— Exact ! conclut Erika. Bien, allons interroger Giles Osborne. Immédiatement.

65

Quand Erika l'interrogea à propos des quarante-six mille livres reçues de Simon Douglas-Brown, et pourquoi ces fonds avaient été immédiatement reversés à Mercury Investments, la société de Kucerov, Osborne se pencha vers son avocat et lui murmura quelque chose à l'oreille.

— Pour répondre à votre question, l'informa l'avocat, mon client aurait besoin de revoir ses comptes.

— Voici le relevé de la banque, rétorqua Erika en leur passant le document. Les mouvements du compte sont tout à fait lisibles. Que vous faut-il de plus ?... On continue : je constate que Mercury Investments s'occupe de maintenance de jardins paysagers. Or, Yakka Events n'a pas grand-chose à voir avec le jardinage...

Giles Osborne eut l'air de fouiller ses souvenirs.

— Je crois que l'argent a été utilisé pour acquérir un arbre, une essence rare de Nouvelle-Zélande, dit-il.

— Je vous demande pardon ? s'étonna Peterson.

— Cet arbre doit occuper le centre de mon patio, précisa Osborne. J'ai oublié son nom. Bien entendu, si vous m'en laissez le temps, je peux vous fournir la facture pour vous prouver que je dis vrai.

— M. Kucerov taille des haies et tond des pelouses, il ne vend pas d'arbres, fit remarquer Erika.

— Et Sir Simon ignore tout de cette transaction ? ajouta Peterson sur un ton faussement intrigué.

— Pourquoi serait-il au courant ? C'est un associé passif. Il n'a fait qu'acheter des parts dans Yakka Events, il en est actionnaire à 13,8 %, pour être précis. Cela dit, je ne peux pas vous confirmer ce chiffre puisque vous me retenez ici depuis ce matin et que vous m'avez confisqué tous mes appareils électroniques.

Osborne adressa un sourire narquois à Erika.

— Qui vous a présenté Igor Kucerov ? demanda-t-elle.

— Andrea.

— Saviez-vous qu'elle couchait avec lui ?

— À cette époque, je l'ignorais. Depuis, vous m'avez montré les photos...

— Et comment Andrea avait-elle rencontré cet homme, vous le savez ?

— Elle a dit que c'était... heu... par une amie. Barbora quelque chose...

— Kardosova, Barbora Kardosova ?

— Je crois, oui.

— Étiez-vous au courant que Barbora Kardosova avait elle aussi une relation avec Igor Kucerov ?

Giles Osborne secoua la tête d'un air perplexe. Son avocat intervint.

— Mon client a répondu à vos questions concernant les quarante-six mille livres d'investissement.

Je ne vois pas pour quelle raison il devrait rendre aussi des comptes sur les relations privées de l'amie de sa fiancée.

Erika fixa Osborne. Puis elle décida de s'en tenir là pour le moment.

— Ce qui signifie que mon client peut partir ?

— Je n'ai pas dit ça, répliqua-t-elle en se levant.

— Mais…

— Nous allons revenir.

Elle retourna avec Peterson dans la salle d'observation.

— Alors, lança Moss qui avait suivi chaque seconde de l'interrogatoire à l'écran, vous croyez que si nous allons jusqu'au procès il faudra apporter l'arbre au tribunal comme pièce à conviction ?

— Le truc, c'est qu'on a vu la déco des bureaux d'Osborne : cette histoire d'arbre rare colle assez bien avec ses goûts prétentieux, soupira Peterson.

— D'accord, mais où est-il, son arbre ? s'écria Erika. L'argent a été versé il y a plus d'un an !

— Peut-être qu'ils attendent qu'il pousse, suggéra sombrement Moss.

Ils en étaient là quand Woolf vint les interrompre.

— Patron, j'ai le Superintendent au téléphone. Il exige de vous parler. Pour votre information, il est en route…

— Il a donné sa position ?

— Il est encore dans le Devon.

— Dites-lui que je suis introuvable.

— Patron ! Il sait parfaitement que vous êtes en train d'interroger toute la bande.

— Creusez-vous la tête, Woolf, inventez quelque chose. J'assumerai. Tout ce que je vous demande, c'est de me faire gagner du temps.

Woolf s'exécuta. Une fois qu'il fut parti, Erika se replongea dans l'observation des écrans.

— On retourne voir ce que Kucerov dit sur tout ça, et ensuite on passe à Linda, décréta-t-elle.

66

— Il voulait que je lui trouve un arbre pour ses bureaux.

— Et c'est dans vos compétences de jardinier, ça ? s'étonna Erika.

Igor Kucerov s'étira. Des auréoles jaunâtres se dessinaient sous ses aisselles. D'ailleurs, la pièce commençait à empester le confinement et la sueur.

— On est à Londres. La plupart des gens veulent des trucs de fou dans leurs jardins. Avec Internet, c'est pas difficile de les satisfaire.

— Pourquoi la société est-elle au nom de votre épouse ?

— C'est comme ça.

— Et qui vous a présenté Giles Osborne ? s'enquit Peterson même s'il connaissait la réponse.

Kucerov sourit.

— Andrea, bien sûr.

— Votre femme connaît l'existence d'Andrea ?

— Qu'est-ce que vous croyez ?

— Est-ce qu'elle était au courant, pour votre relation avec Barbora Kardosova ?

— Ma femme est une bonne épouse.

— Vous voulez dire qu'elle sait se taire ? demanda Erika. Fermer les yeux ? Vous lui avez dit que vous trempiez dans le trafic de jeunes filles d'Europe de l'Est ? Que vous les embarquiez à la gare routière de Victoria ?

— Mon client n'a pas à répondre à ce genre de questions, objecta l'avocat. Vous spéculez ! Vous n'avez aucune preuve de ce que vous avancez !

— Nous avons en notre possession une déclaration enregistrée de Barbora Kardosova qui confirme tout. Ainsi que le meurtre de Nadia Greco.

— Et puis-je vous demander où est ce témoin ? s'enquit l'avocat.

Erika regarda Kucerov droit dans les yeux.

— Elle a mis fin à ses jours juste après notre conversation. Elle était tellement terrifiée d'avoir dit la vérité sur vous qu'elle s'est suicidée.

— Une femme suicidaire n'est pas ce que j'appelle un témoin fiable, argua l'avocat. Et elle n'a pas déposé sous serment, de toute façon.

Bien installé sur sa chaise, Kucerov afficha de nouveau son air arrogant et confiant.

— Pendant que vous vous promeniez d'une salle d'interrogatoire à l'autre, poursuivit l'avocat, j'ai fait bon usage de mon temps et passé en revue les documents du procès. Des passages entiers des minutes ont été censurés. Donc, d'un point de vue légal, ils n'ont aucune existence... Vous rendez-vous compte que, d'ici quelques heures, vous allez devoir réunir des preuves contre mon client ? Le temps file, mademoiselle Foster.

— On dit « DCI » Foster, répliqua Erika.

Elle ravala sa frustration comme elle put, s'efforçant de ne rien laisser paraître, puis suspendit de nouveau l'interrogatoire. Avant qu'elle ne quitte la pièce, Stephens lui rappela que les suspects avaient légalement droit à une pause repas. L'avocat avait raison : le temps semblait lui filer entre les doigts.

Calmement assise, Linda paraissait sereine.

— Linda, savez-vous pourquoi vous êtes ici ? lui demanda Erika.

— Parce que vous croyez que je sais des choses. Par exemple, que je connais la personne qui a tué Andrea. Ou vous pensez que c'est moi qui l'ai tuée. Ou peut-être que j'ai tué JR[1] ? Ou bien le président Kennedy.

— On n'est pas là pour s'amuser, répliqua sèchement Erika.

Elle posa les photos de Kucerov sur la table, devant Linda.

— Cet homme est Igor Kucerov. Il se fait aussi appeler George Mitchell. Andrea couchait avec lui.

Linda regarda la photo de Kucerov. Puis les photos explicites. Elle ne bougea pas un cil.

— Vous voyez cette photo de votre sœur et vous ? Nous savons que c'est lui qui l'a prise.

---

1. *Who shot JR ?* (« Qui a tiré sur JR ? ») était une accroche publicitaire que la chaîne américaine CBS inventa en 1980 pour promouvoir le feuilleton télévisé *Dallas*.

Linda poussa un petit soupir de mépris.

— Pff… N'importe quoi. Comment sauriez-vous ça ?

— Parce que nous avons arrêté Kucerov, expliqua Erika, et que nous le soupçonnons du meurtre de votre sœur, et aussi de ceux de Tatiana Ivanova, Mirka Bratova, Karolina Todorova et Ivy Norris. On l'interroge en ce moment même, ajouta-t-elle. Dans la pièce à côté.

— Vous mentez et je ne parle pas aux menteuses.

Elle se tourna vers son avocat.

— Je suis obligée de parler à ces menteurs ?

— Avez-vous la preuve de ce que vous avancez ? s'enquit l'avocat.

Erika l'ignora et passa à la question suivante.

— Andrea avait une amie, une fille appelée Barbora. Vous vous souvenez d'elle ?

— Absolument.

— Elle est venue deux ou trois fois en vacances avec votre famille, l'été. Exact ?

— Elle était gentille ; peut-être un peu trop – et sérieuse. Et trop bien pour Andrea. D'ailleurs, devinez quoi ? Andrea l'a jetée !

— Racontez-moi ce qui s'est passé.

— Oh, la routine. Au début, Andrea la trouvait formidable, elle en avait plein la bouche… Et puis son enthousiasme est retombé et elle l'a traitée comme une pauvre fille. La dernière fois que Barbora a passé des vacances avec nous, elle était très maigre, elle avait perdu beaucoup de poids. Andrea pensait que c'était le top de la mode. Ça a dû suffire pour qu'elle la répudie.

— Andrea vous a dit où était allée Barbora ?

Linda plissa les yeux, méfiante.

— Pourquoi ? Elle a juste dit qu'elle avait déménagé.

Erika mit Linda au parfum. Les liens entre Barbora et Igor Kucerov... Le trio Barbora, Igor et Andrea... L'avocat l'interrompit.

— Puis-je vous souligner que cette information a été censurée ?

Erika le détrompa.

— Non. Le fait que Barbora entretenait une relation sexuelle avec Igor Kucerov, qu'elle a intégré le programme de protection des témoins et qu'elle s'est suicidée n'a pas été censuré.

Les derniers mots eurent un effet inattendu sur Linda. Les larmes lui vinrent aux yeux et elle parut secouée.

— Suicidée ? dit-elle. Mais comment ?

— Elle s'est pendue... Elle était terrorisée. Alors, maintenant, vous comprenez combien il est important que nous sachions la vérité sur Igor Kucerov ? Il est directement lié à Andrea.

Linda essuya ses larmes.

— Je l'ai rencontré – pas souvent – dans un club de Kensington et dans un pub de Chiswick. Comme je vous l'ai déjà dit plein de fois, Andrea faisait marcher les garçons, elle les manipulait... Ils étaient comme des tampons hygiéniques, pour elle : elle était contente de se les mettre, et hop ! ensuite, elle les jetait et elle tirait la chasse.

Les paroles de la jeune femme furent accueillies par un silence. Son avocat ne réussit pas à cacher sa désapprobation dégoûtée. Erika ouvrit son dossier, et sortit la note anonyme qu'on avait glissée dans sa poche.

— Qu'avez-vous à me dire là-dessus ? demanda-t-elle en observant la réaction de Linda.

— Vous m'avez déjà montré ce mot. Quand vous êtes venue au magasin.

Elle leva les yeux.

— On vous l'a envoyé ? À vous ? s'enquit-elle.

— C'est une menace personnelle, en effet, répondit Erika. Mais aussi une manière de narguer la police dans le cadre du meurtre de votre sœur. Et de se moquer des autres victimes.

Linda devint glaciale.

— Et pourquoi vous me montrez ça à moi ?

— Linda, vous avez un casier. Par le passé, plusieurs fois, vous avez envoyé des mails de menace. Vous avez envoyé des lettres à Giles Osborne, et à d'autres – des professeurs, un médecin, des amis d'Andrea. Même à Barbora. Elle en parle dans la déclaration que nous avons enregistrée.

— Une fois de plus, DCI Foster, objecta l'avocat de Linda, vous n'avez aucune preuve. Vous êtes en train de faire des rapprochements hâtifs et vous usez de ruse pour faire parler ma cliente. Elle n'entrera pas dans votre jeu.

— À sa guise. Mais son silence ne peut que lui porter préjudice, argua Erika.

Puis elle s'adressa de nouveau à Linda.

— Linda, c'est une histoire entre vous, votre père, Giles Osborne, Barbora et Igor Kucerov. Vous êtes tous liés dans cette affaire. J'ai votre ordinateur portable, nous avons saisi les ordinateurs de votre père, de Giles Osborne, et je fais fouiller leurs disques durs. Nous allons mettre en évidence votre complicité ; ce n'est qu'une question de temps. Alors parlez-moi, Linda, je peux vous aider...

— Non, je ne dirai rien.

Linda adopta une attitude têtue et se mit à triturer les bouloches de son pull. Puis elle regarda fixement Erika. Elle paraissait parfaitement maîtriser ses nerfs, Erika était dans une impasse.

— Vous aimez les chats ? demanda alors Peterson.

— Je vois que vous êtes prêts à tout, susurra Linda avec un petit sourire aguicheur. Monsieur Lloyd, ajouta-t-elle à l'intention de son avocat, puis-je répondre à cette question ? Je ne voudrais pas qu'on m'implique aussi dans un scandale de chats…

L'homme leva les yeux au ciel et acquiesça.

— Oui, DI Peterson, j'aime les chats.

— Vous en avez un ?

Linda se raidit.

— Pas en ce moment.

— D'autres questions pertinentes de ce genre ? railla Lloyd.

— Non, ce sera tout pour l'instant, répondit Erika en essayant de faire bonne figure.

Elle sortit de la salle, minée par la déception. Ça n'avançait pas. Par-dessus le marché, Woolf lui sauta dessus.

— Quoi ? lança-t-elle.

— Marsh.

— Il attendra. Je le rappellerai plus tard.

— En fait, il est arrivé. Dans son bureau. Il veut vous parler.

Marsh tournait comme un lion en cage. Erika poussa la porte du bureau et affronta son regard. Pourtant, elle ne put s'empêcher de sourire : Marsh portait un pantalon de toile blanche, une chemise ouverte et une casquette du genre bohème.

— Vous essayez de ressembler à David Beckham, monsieur, ou c'est votre tenue de peintre ?

Il se découvrit, jeta sa casquette sur les dossiers qui s'entassaient sur sa table de travail.

— Asseyez-vous, ordonna-t-il. DCI Foster, est-ce que vous avez perdu la raison ?

Il semblait plus accablé que furieux, comme gagné par la lassitude devant la situation.

— Est-ce que vous avez conscience de la tempête que vous venez de déchaîner en arrêtant les Douglas-Brown ? Le Cabinet m'a appelé.

— Monsieur, si vous m'écoutez…

— Non. Je vous ordonne de relâcher Sir Simon, Linda, Giles Osborne et Igor Kucerov. Compris ? Vous avez mis en danger un témoin sous protection, vous avez parlé ouvertement des détails d'un procès confidentiel…

— Monsieur, Barbora Kardosova s'est tuée, elle n'est plus sous protection.

Erika lui expliqua les mouvements d'argent entre Sir Simon, Giles Osborne et Igor Kucerov. La déclaration de Barbora, dénonçant le trafic de filles d'Europe de l'Est d'Igor Kucerov. Néanmoins, elle préféra garder pour elle ses doutes concernant la présence de Kucerov au Royaume-Uni à la date du meurtre d'Andrea.

— Ça fait beaucoup de coïncidences, admettez, conclut-elle. Des coïncidences inquiétantes.

Marsh l'avait écoutée très attentivement. À présent, il réfléchissait, toujours aussi agité, et il semblait oppressé.

— Quelle heure est-il ? demanda-t-il.

— Bientôt 17 heures.

— Quand est-ce que se termine leur garde à vue ?

— 9 heures demain matin.

— Ils ont eu leur pause repas ?

— Pas encore.

— Et vous savez qu'ils ont aussi droit à huit heures de repos.

— Justement, j'ai besoin de plus de temps. J'attends les résultats de la scientifique. Les gars auront des choses à nous dire sur ce qu'il y a dans les ordinateurs portables de Sir Simon, de Linda et d'Osborne. Sans parler des relevés bancaires. Donnez-moi douze heures de plus. Je n'ai pas le pouvoir de prolonger la garde à vue, vous si.

— Vous vous trompez, répondit Marsh.

Il s'assit et regarda Erika droit dans les yeux.

— Écoutez, Erika, vous êtes un officier brillant, mais...

— Monsieur, soupira-t-elle, quand vous commencez comme ça, c'est que vous allez m'interdire un truc.

— Je dis que vous êtes brillante parce que c'est la vérité, répliqua calmement Marsh. Et aussi parce que je vois comment tout cela va finir : les gens auxquels vous vous attaquez pèsent très lourd, ici, et vous ne disposez pas de beaucoup d'atouts.

Erika ricana.

— Ah ! On se croirait dans *Hunger Games*...

— Je ne plaisante pas. Relâchez vos suspects ; après, je ferai mon possible pour vous protéger.

Erika n'en crut pas ses oreilles.

— Me protéger ?

— Comme si vous ne saviez pas comment ça marche ! L'Establishment gagne toujours. Nous l'avons vu tous les deux. Vous manquez de preuves irréfutables. Alors, s'il vous plaît, quittez la partie, sauvez votre carrière. Parfois, il faut accepter de lâcher prise.

— Navrée, monsieur, c'est non. Trop facile. Cinq femmes sont mortes et leurs assassins s'en tireraient pour la seule raison qu'ils appartiennent à l'Establishment ? Et pour quoi ? Pour qu'ils puissent faire encore plus de fric ? Qu'ils entretiennent leur train de vie confortable ?

— Vous allez y laisser votre badge et votre réputation !

— Mon boulot m'a déjà tout enlevé ou presque. Mark. Une vie que j'aimais, dans le Nord, entourée d'amis. Ma maison... Le sens moral est la seule planche de salut qui me reste – ça, et le fait que, jusqu'à demain 9 heures, je peux encore faire en sorte que justice soit rendue à ces femmes.

Marsh l'observait avec bienveillance. Plus aucune colère ne planait entre eux, à présent ; pourtant, le fossé qui les séparait n'en demeurait pas moins immense et elle se tenait du côté qui menaçait le plus de se dérober.

— D'accord. Vous avez jusqu'à 9 heures demain matin pour boucler cette affaire. Et vous en assumerez les conséquences.

— Merci, monsieur.

Erika se leva et quitta le bureau. Marsh avait capitulé ; mais elle n'avait pas manqué de noter la tristesse de son regard.

Les interrogatoires se poursuivaient. Erika sentait l'issue lui échapper d'heure en heure, aussi sûrement que le jour finissait. Conscients que rien de tangible ne lui permettait de les envoyer chez le juge, ses suspects affichaient une confiance grandissante, s'obstinaient à se taire, bottaient en touche… Mais elle les surprit tous, à commencer par les avocats incrédules, quand elle annonça qu'elle garderait tout le monde et que les interrogatoires reprendraient le lendemain matin.

Vers minuit, il ne restait plus qu'elle et Crane dans la salle des opérations.

— Vous avez encore besoin de moi, patron ? Les vidéos de l'aéroport ne sont pas arrivées mais je ne pense pas qu'on nous les enverra dans les heures qui viennent.

Elle leva les yeux de son écran d'ordinateur.

— Alors rentrez chez vous et essayez de dormir.

— Vous devriez en faire autant. Vous êtes retournée chez vous ?

— Pas encore. En attendant que je range, la Met m'offre une chambre d'hôtel.

— Où ça ?

— Au Park Hill.

Une chambre élégante et confortable, au sixième étage, où elle se sentait à des milliers de kilomètres de son enquête.

Crane siffla.

— Pas mal, dis donc ! C'est là qu'on a fêté les quatre-vingt-dix ans de ma grand-mère. Et le parcours de golf est sympathique lui aussi.

— Bonne nuit, Crane. On se voit demain de bonne heure.

Mark qui s'effondre. Les déflagrations qui retentissent partout autour d'elle. Le crâne de Mark qui explose...

Erika se réveilla trempée de sueur, la tête pleine de ces images familières. Elle ferma les yeux. La sensation d'étouffement fut telle qu'elle bondit hors de son lit et se rua à la fenêtre. Depuis son sixième étage, elle plongeait au-delà de l'étendue noire du golf sur les rangées de maisons, blotties les unes contre les autres, qui s'étiraient vers Lewisham. Quelques fenêtres étaient encore éclairées. Elle voulut ouvrir la fenêtre mais la sécurité ne permettait de laisser entrer qu'un filet d'air.

— Bon sang ! Je ne vais pas me jeter par la fenêtre ! Je veux juste respirer l'air frais.

Elle s'habilla et descendit dans le hall de l'hôtel. Il n'y avait personne, mis à part un réceptionniste aux yeux rougis de fatigue qui jouait au solitaire. Il leva le nez et la salua d'un signe de tête.

Au-dehors, elle crut revivre en recevant de plein fouet le froid glacial de la nuit. Que c'était bon... Elle alla s'asseoir sur un banc, alluma une cigarette et exhala la fumée dans le noir. Les frissons chassèrent le cauchemar et l'enquête envahit de nouveau toutes ses pensées. Cette affaire serait-elle son premier échec ? Celle qu'elle ne résoudrait jamais ? Tous les officiers de police étaient hantés par les crimes qu'ils n'avaient pas su élucider... Soudain, elle entendit un miaulement dans l'obscurité. Un chat noir apparut, sorti de derrière le banc. Il vint se frotter contre ses jambes. Elle se pencha pour le caresser.

— Salut, toi.

Le chat ronronna et se dirigea en se pavanant vers de petites coupelles posées sous la baie vitrée. Il lapa un peu d'eau puis renifla une autre coupelle...

Linda Douglas-Brown... Linda, la fille aux chats. L'image venait de s'imposer à Erika. Qu'avait-elle fait, après la séance de cinéma à laquelle Andrea n'était pas venue ? Que s'était-il passé ? Que savait-on de Linda, mis à part son affection extrême pour les chats ? Était-elle une pauvre fille, une victime ? Pas le chouchou de sa famille, en tout cas. Elle transpirait l'amertume et l'envie. Donc, elle pouvait très bien avoir tué Andrea – mais quid des autres femmes ? Les prostituées embarquées par Igor Kucerov ?... Linda le connaissait, ils s'étaient rencontrés, peut-être n'ignorait-elle pas qu'il avait assassiné trois filles ? Dans ce cas, qui sait si elle n'avait pas imaginé tuer Andrea en imitant le mode opératoire de Kucerov... La fille au *chat*. Une copy*cat*.

Les questions tournaient dans la tête d'Erika. Linda, la fille aux chats… qui n'avait pas de chat. Quand Peterson lui avait posé la question, elle avait répondu bizarrement – « Pas en ce moment » – et son visage s'était voilé d'une ombre étrange. Sur le coup, Erika n'y avait pas accordé d'importance, mais, maintenant, la réponse de Linda résonnait à ses oreilles comme une alarme. Aussitôt, elle remonta dans sa chambre, sauta dans ses vêtements et prit la route pour le poste de Lewisham Row. Elle arriva juste après 5 heures du matin. L'agent d'astreinte ne la connaissait pas mais il lui confia les clés de la résidence des Douglas-Brown sans faire d'histoires et, bientôt, elle roulait en direction de Chiswick dans le calme de la nuit finissante.

Tandis qu'elle traversait Elephant and Castle, les immeubles de bureaux encore déserts dressaient leurs silhouettes presque menaçantes. Elle traversa la Tamise par le Blackfriars Bridge puis suivit le fleuve en longeant l'Embankment. Des écharpes de brume rampaient sur l'eau, masquant la surface du fleuve, et prenaient une teinte bleutée à mesure que le jour se levait.

— Moss, c'est Erika. J'ai essayé de vous joindre mais vous êtes sur répondeur, alors voilà : il est 5 h 30, je vais chez les Douglas-Brown. Quelque chose me tracasse, concernant Linda. Je veux revoir sa chambre. Si je ne suis pas au poste à 7 heures, reprenez l'interrogatoire avec elle – laissez Peterson mener l'échange, elle l'aime bien. Faites-la parler des chats… Oui, je sais, ça paraît idiot, mais il y a un truc, et je n'arrive pas à mettre le doigt dessus : elle est folle de chats, et en même temps elle n'en a pas…

Son téléphone bipa trois fois, signe qu'il était déchargé. Merde ! Pas le temps de retourner à l'hôtel pour le recharger. De toute façon, elle arrivait sur Chiswick High Road. Elle allait devoir faire vite et rentrer à Lewisham par le métro, pas en voiture, si elle voulait être au poste avant qu'expirent les vingt-quatre heures fatidiques. Elle fourra son téléphone dans sa poche et se gara dans une des rues secondaires.

70

Au fond de son impasse, la maison dominait la rue. Sa couleur beurre frais et ses briques polies la faisaient resplendir malgré la brume. Le portail tourna sur ses gonds sans un grincement et Erika se retrouva face au regard vide et fixe des baies vitrées de la façade. Par prudence, elle sonna et attendit un moment. Comme personne ne venait, elle ouvrit la porte, tendit l'oreille, puis entra et ferma derrière elle. Elle connaissait le chemin. L'horloge de parquet et son balancier ; la grande cuisine de granit noir et d'acier, calme, immaculée, ses casseroles de cuivre suspendues à la crédence au-dessus de l'îlot central, et le mur vitré qui donnait sur le jardin paysager. Un merle se posa sur la pelouse ; il s'envola au premier mouvement qu'elle fit.

L'escalier la mena à l'étage, elle dépassa les chambres d'amis, élégantes et impersonnelles, une salle de bains en marbre. Enfin, au bout du couloir, à l'arrière de la maison, elle atteignit la porte de la chambre de Linda. Un petit panneau disait : « Bienvenue dans la chambre de Linda. Merci de frapper avant d'entrer. » Quelqu'un avait ajouté : « Parce que je ne porte peut-être pas de culotte ! » Elle ne put s'empêcher de sourire : l'œuvre de David, certainement ; les petits frères adoraient embêter leurs sœurs. Linda avait fait disparaître le commentaire sous des croix.

Erika ouvrit la porte, et pénétra dans la chambre…

71

Les officiers commençaient à arriver en salle des opérations, les yeux encore bouffis de sommeil. Peterson apporta les cafés et les distribua.

— J'ai un message du patron, lui dit Moss. Elle veut qu'on reprenne les interrogatoires, en commençant par Linda.

— Son avocat est déjà là ?

— Ouais. Je l'ai vu à la réception. Et il n'a pas l'air content qu'on l'ait fait venir à cette heure indue.

— De toute façon, à 9 heures, ce sera plié, lança Singh en saisissant le dernier gobelet de café.

— Celui-là, il est pour moi, tu m'excuses, répliqua sèchement Moss. Va t'en chercher un au distributeur.

Singh obtempéra.

— T'es pas un peu dure avec elle ? demanda Peterson.

— Elle fait comme si on regardait tourner les aiguilles en attendant la fin de la garde à vue... Une formalité, pour elle.

— Et tu trouves qu'elle a tort ?

Moss riposta catégoriquement.

— Absolument ! Maintenant, écoute bien : le patron a eu une idée…

72

La chambre n'était ni grande ni lumineuse. On voyait le jardin depuis la fenêtre à guillotine et le banc de coussins moelleux qui se trouvait dessous. Erika s'approcha ; des plaques de neige sale émaillaient encore la pelouse.

La chambre de Linda était meublée d'une grosse armoire sombre. La porte craqua quand Erika l'ouvrit : côté penderie, de grandes jupes de couleurs foncées et des chemisiers blancs repassés, certains à col de dentelle ; tout le reste de l'espace était occupé par une collection de gros pulls ornés de chats. Sur l'étagère du haut, il y avait un tas d'escarpins, de sandales pour pieds sensibles, une paire de chaussures de running bleu pastel, des patins à glace poussiéreux et un petit appareil de musculation rose...

Linda dormait dans un lit simple, lui aussi de bois sombre, installé dans l'angle du mur du fond. Un lourd crucifix de métal surplombait la tête de lit de bois sculpté. Visiblement, avant d'être emmenée par la police, la jeune fille avait pris le temps de faire son lit mais aussi de ranger ses peluches. Soigneusement placés du plus grand au plus petit sur le patchwork parfaitement tiré de part et d'autre du matelas, les chats dissipaient en partie la tristesse de la pièce de leurs regards attendrissants, aussi optimistes que des personnages de dessin animé.

Une lampe de style Tiffany ornait la table de chevet. À côté, une boîte en plastique contenait un appareil dentaire transparent. Un petit cadre attira l'attention d'Erika : on voyait Linda, plus jeune, assise sur une balancelle ; elle caressait un chat noir aux pattes blanches, lové sur ses genoux… Elle sortit la photo de son cadre et la retourna ; au dos, Linda s'était appliquée à écrire : « Mon chat chéri, Boots, et moi. »

Erika continua d'observer la chambre. Au pied du lit, un secrétaire à l'ancienne, du même bois que le lit, avec des stylos et un jeu d'enveloppes et de papier à lettres girly ; il portait encore la marque de l'ordinateur emporté par la police. Entre le secrétaire et la fenêtre, une coiffeuse avec juste ce qu'il fallait : un gros pot de crème E45, un sac de boules de coton, et puis une brosse, pleine de démêlures.

Elle passa en revue la grande bibliothèque, à côté de la porte. Les étagères étaient bourrées de romans de Jackie Collins et de Judith Krantz, ainsi que de romances historiques. Il y avait aussi quelques photos des vacances en famille en Croatie, au Portugal et en Slovaquie – surtout des clichés de Linda et Andrea avec des chats –, ainsi qu'une photo de Linda en compagnie d'un grand blond hâlé, au pied d'une falaise. Elle était équipée pour l'escalade, casque compris, et souriait si largement que la mentonnière s'enfonçait dans la chair tannée et luisante de son visage.

Erika observa longuement un grand tableau de photos. Un pêle-mêle entièrement consacré à Boots, le magnifique chat noir aux pattes blanches... Linda à vélo et Boots dans le panier d'osier ; Linda sur la balancelle du jardin et Boots sur ses genoux ; Linda et Andrea, au petit déjeuner, et Boots affalé sur le dos en travers de la table, en train de jouer avec un morceau de toast – les filles riaient aux éclats ; Boots, paresseusement allongé sur le bureau de Sir Simon, au milieu de ses papiers – son père avait donc laissé Linda l'interrompre en plein travail pour prendre une photo... Erika ôta la première série de photos de Boots pour regarder celles qui étaient en dessous. C'est là qu'elle s'aperçut que, sur plusieurs de ces clichés, la silhouette de quelqu'un avait été découpée. Quelqu'un qui figurait sur les photos de réunions familiales.

73

Peterson entra dans la salle d'interrogatoire. Linda lui semblait à bout. Elle avait les cheveux en bataille et la tête de quelqu'un qui n'avait pas dû dormir beaucoup la nuit précédente.

— Tenez, Linda, je vous ai pris un café en venant, lui dit-il.

Il s'assit en face d'elle. Son avocat essuya ses lunettes, les chaussa et eut le désagrément de constater que lui n'avait pas eu droit à la même attention. Peterson leva son gobelet.

Linda le regarda, hésita, puis finit par tendre la main vers le sien. Un immense sourire éclaira son visage.

— Oh, ils ont dessiné un petit chat !

— Je me suis dit que ça vous ferait plaisir, déclara Peterson.

Aussitôt, elle fut sur ses gardes. Et elle repoussa le gobelet.

— Je vous vois venir, dit-elle. Je ne suis pas idiote.

— Je n'ai jamais pensé que vous l'étiez, répondit Peterson.

Puis il enclencha l'enregistrement.

— Linda, hier, vous avez dit que vous n'aviez pas de chat.

— Non, je n'en ai pas.

— Vous en avez déjà eu un ?

Elle but une gorgée de café et répondit tristement.

— Oui. Il s'appelait Boots.

— Pourquoi l'avoir appelé Boots ?

— Eh bien... Il était noir mais avec des pattes blanches, comme s'il portait des bottines.

Linda s'anima à mesure qu'elle parlait du chat. Elle en était à raconter que le petit animal avait pris l'habitude de dormir avec elle, sous la couverture et la tête sur l'oreiller, quand son avocat considéra qu'il était temps d'intervenir.

— DI Peterson, quel rapport cette discussion a-t-elle avec votre enquête ?

Linda se tourna vers lui et lui cloua le bec sèchement.

— Merci de ne pas m'interrompre, je parle de mon chat.

— Je défends votre intérêt, mademoiselle Douglas-Brown...

— Peut-être bien, mais moi, je parle de mon chat, putain ! C'est compris ?

— Parfaitement.

— Ça me rend malade, les gens qui pensent que les chats ne sont que des jouets vivants, reprit-elle à l'intention de Peterson. Les chats sont des créatures magnifiques, intelligentes...

— Mon chien s'appelait Barnaby Clive. Est-ce que Boots aussi avait un deuxième nom ?

— Non. Juste Boots Douglas-Brown, c'était bien comme ça... Moi, j'aurais bien aimé avoir un deuxième prénom. Ou même un nom plus joli que Linda. Linda, ça fait vieux et ça craint.

— Je ne dirais pas ça. J'aime bien.

— Mais Boots, c'est plus exotique.

— J'ai cru comprendre qu'il n'est plus de ce monde. Que lui est-il arrivé ? demanda Peterson.

Linda se crispa. Elle agrippa le bord de la table. Peterson sentit qu'il pouvait pousser son avantage.

— Vous avez l'air bouleversée. Ça vous touche à ce point de parler de la manière dont Boots est mort ?

— Évidemment que ça me touche ! Il est MORT !

Linda venait de crier. Puis elle ne dit plus un mot. Dans son oreillette, Peterson entendit la voix tranquille de Moss qui suivait l'interrogatoire depuis la salle d'observation.

— Elle va craquer, Peterson. Ne la lâche pas.

Combien de temps était-elle restée dans la chambre de Linda, à regarder les photos de famille, à s'imprégner de la tristesse qui suintait de tout ce que possédait Linda ? Elle avait emporté les photos du chat et, à présent, elle remontait le couloir de la maison silencieuse dont l'atmosphère irrespirable pesait sur elle de toute la lourdeur de ses secrets.

De nouveau, elle passa devant les chambres d'amis, la grande salle de bains, une immense armoire à linge. Deux grandes fenêtres qui donnaient sur le mur nu de l'arrière de la maison voisine. Et, à l'autre bout de l'étage, au point le plus éloigné de la chambre de Linda, elle finit par trouver celle de David. Elle n'eut qu'à pousser la porte. Ce qu'elle découvrit n'avait rien de commun avec le petit monde de Linda : l'univers de David était stylé, brillant, il y flottait l'odeur légère d'un after-shave de luxe. Le cadre métallique d'un grand lit double et une penderie à portes-miroirs accrochaient la lumière. Sur un grand bureau, un portable MacBook ouvert. À côté, un iPod posé sur sa station d'accueil et, suspendus au-dessus, six casques

Skullcandy de différentes couleurs vives. Au mur, un poster de Che Guevara cohabitait avec le calendrier Pirelli ouvert à la page du mois de janvier. Une belle blonde posait en couvrant de ses bras sa poitrine nue.

Erika avisa un chargeur de téléphone dont le fil s'échappait de derrière le bureau ; elle y brancha son mobile. Sitôt qu'il commença à charger, elle le mit en route. Puis elle reprit son inspection de la chambre. Le MacBook, d'abord. Elle effleura le pad. L'écran s'alluma – mais il fallait entrer un mot de passe. Elle passa aux affiches qui décoraient le mur côté bureau – de grandes affiches en noir et blanc de la Battersea Power Station, du National Theatre et du Billingsgate Fish Market. Puis elle s'intéressa aux étagères, pleines de livres d'architecture ; guides de poche, livres d'art… Il y en avait de toutes sortes. Et, soudain, la couverture bleue et brillante de l'un d'entre eux attira son attention : *Swimming London : London's 50 Greatest Swimming Spots*. Elle l'ouvrit, se mit à le feuilleter et, à mesure que les photos défilaient sous ses yeux, un goût de bile lui monta de l'estomac…

75

Woolf passa la tête dans la salle de visionnage.

— Ça vient juste d'arriver pour la DCI Foster, dit-il.

Il tendit à Moss une feuille de papier qu'elle parcourut rapidement.

— Le médecin personnel de Linda Douglas-Brown certifie qu'elle est mentalement inapte à subir un interrogatoire de police…

— Bon sang, mais dans quoi on a mis les pieds !

— Qui a apporté ce document ? demanda Moss.

— Diana Douglas-Brown ; elle est ici, avec un autre avocat. Il faut que vous arrêtiez d'interroger sa fille.

— On nous répète qu'elle ne sait rien, mais on nous apporte ce doc en mains propres juste avant 7 heures du matin ? s'écria Moss, furieuse.

— Écoute, Moss, tu sais que tu peux compter sur moi, mais, là, ça devient chaud. Et ça vient de très haut.

Moss tint bon.

— Reviens dans dix minutes, Woolf. Donne-moi juste dix minutes.

Le Sergeant hocha la tête avec réticence mais obtempéra. Moss reprit le micro.

— Vas-y, Peterson, pousse Linda dans ses retranchements.

Dans la salle d'interrogatoire, Peterson se fit plus pressant.

— Alors, Linda, comment Boots est-il mort ?

— Ça ne vous regarde pas.

Son menton tremblait ; elle serrait fort les doigts autour de son gobelet de café et caressait le dessin du chat.

— Votre famille était-elle triste ?

— Oui.

— Andrea et David, ils devaient être plus jeunes, eux aussi ?

— Évidemment ! Andrea était toute retournée. Mais David…

Linda s'assombrit encore ; elle se mordit la lèvre au sang. Peterson la relança :

— Vous étiez sur le point de dire que David…

— Rien. Il était retourné aussi.

— Linda, vous n'avez pas l'air convaincue. David était-il bouleversé, oui ou non ?

Elle se mit à respirer plus vite, à avaler de grandes goulées d'air qu'elle expulsait péniblement.

— Il… était… bouleversé… aussi, dit-elle, les yeux écarquillés et frisant l'hyperventilation.

Peterson insista encore.

— David ? Bouleversé ? Vraiment ?

Linda perdit ce qui lui restait de sang-froid.

— FAITES CHIER ! J'AI DIT QUE OUI ! IL ÉTAIT BOULEVERSÉ !

L'avocat s'apprêtait à intervenir mais Peterson l'ignora.

454

— Linda, David est bien parti à un enterrement de vie de garçon, n'est-ce pas ?

— Oui. Ça m'a fait bizarre de le laisser partir, répondit-elle, la mine soudain figée et soucieuse.

Des larmes roulèrent bientôt sur ses joues. Peterson gagnait du terrain.

— Allons, il ne sera pas longtemps absent. Quelques jours, seulement, non ?

De nouveau, l'avocat s'interposa.

— Ma cliente est...

Peterson poursuivit :

— Calmez-vous, Linda... Il va revenir... David va revenir.

À ces mots, Linda devint rouge et s'accrocha au bord du bureau. Sa bouche se tordit. Un crachat de mots s'en échappa.

— Je ne veux pas qu'il revienne.

Peterson rebondit aussitôt ; l'atmosphère grésillait de tension.

— Pourquoi ne voulez-vous pas que David revienne ? Linda, vous pouvez me faire confiance ; je vous aime bien. Parlez-moi.

— Le plus loin possible... Je veux qu'il aille très, très loin... QU'IL PARTE !

— Pourquoi ? Pourquoi voulez-vous que votre frère David parte si loin ?

Cette fois, Linda hurla.

— IL A TUÉ MON CHAT ! IL A TUÉ BOOTS ! Tué Boots. On ne m'a pas crue ! Ils ont tous dit que c'était des histoires, mais c'était la vérité, il a tué mon petit chat. Et aussi celui de Giles, et il a fait comme si c'était moi ! Cet enculé !

455

— David ? David a tué votre chat ?

— Oui !

— Comment ?

Congestionnée, Linda essaya de toutes ses forces de renverser le bureau boulonné au sol. Maintenant qu'elle avait ouvert les vannes, elle allait tout dire.

— Il l'a étranglé… Il l'a étranglé… Comme… Comme…

Elle se mordit la lèvre ; le sang perla.

— Comme qui ?

— Les filles, avoua-t-elle dans un murmure torturé.

Ses doigts tremblaient. Son cœur battait fort. Une section du livre était consacrée au Serpentine Lido, une autre au Brockwell Lido, à Hampstead Heath Ponds... Le Horniman mis à part, toutes les scènes de crime ! Pour chaque section, une main frénétique avait commenté les photos et les textes, noircissant même les marges de certaines pages autour des illustrations : indications sur la localisation des entrées, des sorties, des caméras de surveillance, des horaires d'ouverture, des emplacements les plus appropriés pour cacher une voiture à proximité... Et sur la carte qui occupait une double page à la fin, les noms de lieux étaient soulignés et entourés : une carte identique à celle de la salle des opérations. Erika balança le livre et attrapa son téléphone. Elle chercha dans le répertoire les numéros de poste de Moss ou Crane à Lewisham Row. Mais à cet instant, elle perçut dans son dos un frémissement de l'air, une ombre. Et dans la seconde qui suivit, une main se referma sur les siennes. On lui arracha le téléphone.

Linda Douglas-Brown était en train de craquer.

Marsh entra dans la salle d'observation. Atterré, il regarda dans un silence horrifié la jeune femme perdre les pédales et passer aux aveux. Le tueur, c'était donc David. Elle ne se maîtrisait plus, s'arrachait les cheveux, postillonnait de rage...

— David a tué Boots sous mes yeux. Il l'a étranglé ! Je l'ai dit mais ils n'ont pas voulu me croire ! Aucun d'eux ! Ils disaient tous que je mentais ! Que c'était moi !

— Vous dites que David a tué des filles ? Quelles filles ? demanda Peterson.

— Des filles... Le genre de filles qu'on paie. Avec elles, il dépensait vachement en...

— Vachement en quoi ?

— En fric, abruti ! Et pas le sien, de fric ! hurlat-elle. C'était papa qui allongeait. Mais moi, il ne voulait pas m'acheter un petit chat pour remplacer Boots... Sous prétexte que j'avais accusé David à tort. Ils l'ont cru LUI au lieu de me croire MOI. Un salaud de meurtrier ! je vous le demande : ma parole vaut moins que celle d'un meurtrier ? Papa était content de dépenser des milliers de livres pour David. Des MILLIERS !

— Pourquoi fallait-il qu'il dépense autant ? Ces milliers de livres, il les donnait à qui ?

— À Igor ! L'enculé de mec d'Andrea ! Pour les filles.

— Votre père le payait ?

— Il donnait l'argent à Giles qui payait Igor ! Et il a donné de l'argent à David pour qu'il quitte le pays. TOUT CE FRIC ET, MOI, IL VOULAIT PAS M'ACHETER UN PETIT CHATON !

Linda balança la tête en arrière puis vint délibérément se cogner le front sur le bureau. Une fois. Deux fois. Son avocat alla se réfugier dans un coin. Peterson déclencha l'alarme.

— Arrêtez, Linda ! Arrêtez ça !

Il leva les yeux vers la caméra.

— De l'aide ! EN URGENCE !

Dans la salle d'observation, Marsh eut un drôle de sentiment pénible.

— Où est la DCI Foster ? demanda-t-il.

Moss se décomposa.

— Elle est chez les Douglas-Brown… !

78

Erika fit volte-face. David lui barrait le passage et tenait maintenant son téléphone de sa main. Il en retira la carte SIM, la cassa en deux. Puis il lâcha l'appareil sur le tapis et l'écrasa sous le talon de sa botte.

Erika l'observa. Son masque de jeunesse et d'assurance sexy était tombé. La colère dilatait ses narines, un incendie brûlait dans ses yeux. Il était le mal en personne. Comment avait-elle pu se montrer aussi naïve ? Tout lui apparaissait si clairement, maintenant.

— Il était prévu que vous vous absentiez, non ?

— Ça ne va pas tarder. Je vais partir en week-end pour un enterrement de vie de garçon.

Erika baissa les yeux sur le tapis où elle vit le livre, ouvert à la double page de la carte de Londres.

— Ce n'est pas indiqué dans ce livre, mais vous avez aussi tué Andrea. Je me trompe ? dit-elle froidement.

— Oui, je l'ai tuée. Dommage, vraiment. Elle était beaucoup plus rigolote que Linda. Je devine ce que vous pensez : pourquoi Andrea et pas Linda ?

— C'est la question que vous vous posez à vous-même, David ?

— Non. Linda est un atout dans mon jeu : elle va trinquer pour le meurtre d'Andrea. Quant à Kucerov, il va tomber pour le meurtre des autres filles – après tout, il est proxénète et c'étaient ses putes. Et Ivy Norris… Cette pauvre merde est à la place qu'elle méritait.

— Est-ce que vous vous entendez parler ?

David ricana.

— Bien sûr que je m'entends.

— Pourquoi avez-vous fait ça ?

David haussa les épaules avec désinvolture.

— Vous n'éprouvez rien ? demanda Erika. C'est balayé ? Je n'en crois pas un mot.

Il durcit le ton.

— Eh bien, vous vous trompez. Vous imaginez que vous pouvez analyser mon comportement, le rationaliser ? Comprendre pourquoi je tue ? Je tue parce que j'en ai le POUVOIR.

— Non, vous ne l'avez pas. Vous ne vous en tirerez pas comme ça. Vos actes vont avoir des conséquences.

— Vous ne savez pas ce que c'est que d'être puissant et privilégié depuis l'enfance. Ça vous intoxique. Regarder les autres vous faire des courbettes, lécher les bottes à vos parents. La puanteur du pouvoir suinte par tous les pores de votre peau et ça infecte les gens autour de vous. Le pouvoir corrompt, tisse sa toile, magnétise… Plus mon père acquiert du pouvoir, plus il a peur de dégringoler.

— Donc, il savait que vous aviez tué Mirka, Tatiana et Karolina ?

— Bien entendu… Ça ne le faisait pas sauter de joie mais ce n'était que des paumées. Elles s'imaginent toutes qu'il suffit de baiser et de sucer pour arriver au sommet.

— Mais Andrea ! Votre propre sœur ! La préférée de votre père !

— Elle menaçait de tout dire à maman et d'aller baver à la presse ! Quelle idiote… Première leçon, quand tu appartiens à l'Establishment, tu la fermes. Sinon, quelqu'un te la fermera. Et pour toujours.

— Je ne peux pas croire que votre père vous couvrait de son propre gré. Qu'il vous ait laissé tuer sa fille adorée sans réagir.

— Bouclez-la. Vous ne savez rien de rien. Ce qu'il redoute plus que tout au monde, c'est de tomber en disgrâce. Il est mort de trouille à l'idée que les autres loups de la meute se jettent sur lui et le taillent en pièces… Cette peur-là est plus forte que l'amour. Il s'est trouvé devant un dilemme : me sauver, moi, ou sauver Linda. Linda est déjà à moitié givrée, de toute façon, et elle haïssait si profondément Andrea qu'elle aurait probablement fini par la tuer.

— Non. Linda n'aurait pas tué Andrea.

— Putain, vous la défendez, maintenant ? Évidemment. Je suppose que la plupart des gens ont pitié d'elle, une fois qu'ils ont vu sa chambre… Un soir où mes amis dormaient à la maison, on a trouvé son petit chat et on l'a enfermé dans une des caisses en métal dans lesquelles mon père range son cash, dans son bureau… Linda, on aurait pu lui faire faire n'importe quoi, en échange de la clé.

Erika s'efforçait de garder le contact visuel avec David.

— Boots. C'était le nom de son chat, dit-elle.

— Oui, ce cher petit Boots... Linda entrait dans des crises de rage pas possibles quand les choses ne se passaient pas comme elle voulait. J'en ai profité pour me débarrasser de Boots... Je l'ai étranglé, si ça titille votre curiosité. Vous avez déjà essayé d'étrangler un chat ?

— Non.

— De tuer un lapin, alors ?

— Non.

— Vous, les Slovaques, vous aimez bien le lapin, non ?

— Non.

— Le problème, avec les chats, c'est les griffes. Ils pètent les plombs. C'est fou comme ils se démènent pour survivre.

— Vos parents sont des gens intelligents. Comment n'ont-ils pas compris que c'était vous qui aviez tué ce chat ?

— C'est toute la question, quand on confie l'éducation de ses enfants aux autres. On emploie des nannies, et on n'est plus qu'un figurant dans la vie des gosses : on les voit avant le bain, une heure par-ci par-là... Et vous, l'enfant, vous devenez un pur ensemble de données : le petit a eu un A en maths, il sait jouer la *Lettre à Élise* au piano... Et si on lui achetait un poney pour aller avec sa tenue de polo ?...

Un moment, David sembla emporté par le courant de ses pensées. Mais cela ne dura pas. Il revint vite sur terre.

— J'ai cru comprendre que vos interrogatoires n'ont pas été fructueux ? Mon père a su rendre très lucratif le silence de toutes les personnes concernées ; quant à Linda, elle portera le chapeau pour la mort d'Andrea, je le lui ai fait promettre.

— Qu'est-ce que c'est censé lui rapporter ?

— Un chat. Je lui ai dit qu'elle pourrait en avoir un autre ; et sans vivre dans la peur que je m'en débarrasse.

— Ça ne tient pas debout.

— Mais si. Son avocat plaidera le dérèglement mental et elle atterrira pour des années dans une clinique très chère. Là-bas, mon père ne manquera pas de lâcher un peu de fric à un aide-soignant qui fourrera Linda là où ça la démange entre les cuisses... Peut-être même que la clinique la laissera avoir un chat. Sa petite chatte contre un petit chat.

David explosa de rire. Le rire d'un fou. Erika profita de ce moment inespéré d'inattention pour se ruer vers la porte. Mais David était vif. Plus rapide qu'elle. Il l'attrapa, lui crocheta le cou des deux mains et la plaqua contre la bibliothèque, si violemment qu'elle eut le souffle coupé. Seulement, cette fois, elle s'était préparée à l'affronter, il ne la prenait pas par surprise ni en plein sommeil. Elle réussit à lever le poing et à lui écraser le nez. Le cartilage craqua ; sous la douleur, David relâcha un peu sa prise si bien qu'elle se débrouilla pour le repousser et lui échapper. Elle allait sortir quand elle sentit qu'il lui saisissait le bras et la faisait tourner sur elle-même. Elle valsa sur le bureau et David lui sauta dessus. Il avait du sang plein le menton, la rage déformait ses traits. Elle avait beau battre des pieds, elle était à sa merci, il pesait sur sa poitrine, ses poumons la brûlaient, elle cherchait l'air. Il la maîtrisait. Il la réduisait à l'impuissance. Il parvint à poser un genou sur son bras pour l'immobiliser. De sa main libre, elle tâtonna sur le bureau. Ses doigts rencontrèrent la masse du presse-papiers. Elle s'en empara et l'abattit sur l'oreille de David. Il s'effondra sur le côté. Elle lui échappa pour la deuxième fois mais, là encore, il reprit ses esprits trop vite. Il allongea la jambe ; elle trébucha. S'affala. Il surgit au-dessus d'elle, avec un sourire halluciné, le visage et les dents couverts de sang. Alors elle sortit ses griffes et lui laboura le visage. Elle combattait comme un petit animal… Mais il arma son bras. Il la frappa en pleine face. Une fois. Une deuxième. Au troisième coup, Erika avala une de ses dents, et après ce fut le noir total.

79

— Monsieur, la DCI Foster a allumé son téléphone il y a une demi-heure, annonça Peterson. Le signal vient bien de la résidence des Douglas-Brown.

Marsh avait mis en œuvre tous les moyens d'une chasse à l'homme de grande envergure pour coincer David Douglas-Brown. La salle des opérations était en effervescence.

— Envoyez immédiatement sur place des hommes armés jusqu'aux dents. Bouclez le secteur sur un rayon de huit kilomètres autour de la maison. Lancez un mandat d'arrêt contre David Douglas-Brown. Faites circuler sa photo.

Crane apporta de nouvelles informations.

— Contrairement à ce qu'ont déclaré ses parents, David Douglas-Brown n'a pas quitté le territoire. Ce sont les services des passeports et de l'immigration qui l'affirment.

— Il faut qu'on lui mette la main dessus, et vite. La DCI Foster est sans doute en danger, affirma Marsh. Et ramenez Simon Douglas-Brown dans la salle d'interrogatoire…

— Vous avez conscience que ces aveux sont irrecevables ? s'exclama Simon Douglas-Brown. Mon avocat m'a informé que vous avez eu un fax du médecin de Linda. Un fax qui dit clairement que rien de ce qui sort de sa bouche ne peut être retenu contre quiconque. Elle est folle ou presque, elle l'a toujours été. Quant à David, il a changé ses plans sans m'en parler ; ce n'est pas un crime, si ? J'imagine que lui et ses amis ont reporté leur petite fête.

Simon Douglas-Brown se leva.

— Et maintenant, poursuivit-il, je vais appeler l'Assistant Commissioner Oakley et recommander que...

— Fermez-la, Simon, coupa Marsh.

— Je vous demande pardon ?

— Fermez-la et rasseyez-vous. Vous êtes encore sous contrôle judiciaire, et l'interrogatoire n'est pas terminé. Assis, j'ai dit.

Sidéré, Douglas-Brown eut l'expression de quelqu'un qui venait de prendre un coup sur la tête. Il se laissa doucement retomber sur sa chaise.

— À cette heure, reprit Marsh, un mandat d'arrêt a été lancé contre votre fils que nous croyons responsable de la mort de cinq femmes, dont votre propre fille.

Simon Douglas-Brown resta silencieux.

— Nous avons aussi découvert que le téléphone pour lequel Andrea a fait une déclaration de perte et réclamé une indemnisation était à votre nom. Andrea a menti : il n'a pas été volé ; nous avons pu récupérer ce téléphone.

Marsh ouvrit une enveloppe ; il en sortit un téléphone enveloppé dans du plastique.

— Alors voilà comment je vois la suite, reprit-il. Au mieux, vous serez accusé de fraude à l'assurance et vous connaissez la position très sévère du gouvernement sur cette question. Vous pourriez avoir à purger une peine de prison et vous y seriez un type très impopulaire, je pense. Sans compter que ça inciterait certains à se lâcher contre vous. Les journalistes, les politiciens à qui vous avez fait du tort. Ajoutez à ça le fait que votre fils a assassiné votre fille et que, en toute connaissance de cause, vous lui avez ordonné de quitter le pays pendant que vous monteriez un bateau aux dépens de votre autre fille...

— J'ai compris ! J'AI COMPRIS ! hurla Simon Douglas-Brown. Je vais tout vous dire...

Marsh l'interrompit.

— Simon Douglas-Brown, Baron of Hunstanton, vous êtes en état d'arrestation pour entrave à la justice et dissimulation d'actes criminels. Vous êtes également suspecté d'avoir abusé de votre position pour influencer le cours d'un ou plusieurs procès intentés par le procureur de la Couronne. Maintenant, vous pouvez parler. Et vite.

80

David se nettoya rapidement à la salle de bains et stoppa les saignements de son nez avec des mouchoirs en papier. Ensuite, il jeta Erika sur son épaule, attrapa son sac, prit son passeport, de l'argent, et descendit. Surprenant comme cette femme était lourde alors qu'elle n'avait que la peau sur les os.

Il arriva au sous-sol, dans le garage, où la lumière s'alluma automatiquement. Dans le coffre de sa voiture, la fille qu'il avait levée à la gare de Paddington, celle aux longs cheveux bruns, dormait pour toujours. Ils avaient dû rouler un petit moment, lui et elle ; elle avait glissé la main dans son pantalon et essayé de le branler mais ce n'était pas ce qu'il cherchait. En fait, il ne trouvait pas de place où se garer, il y avait du monde dans les rues, ce soir-là, des gens, des voitures de police qui patrouillaient. Impossible de se cacher dans les parcs et les lidos où il avait ses habitudes. Alors il avait bien fallu qu'il ramène la fille chez lui. Elle était tout excitée à cette idée, elle vérifiait son maquillage dans le miroir de courtoisie. Exactement comme s'il allait la présenter à ses parents !... Elle avait oublié qu'il l'avait louée pour la baiser. À croire qu'elle avait trop regardé *Pretty Woman*. Quelle conne ! Il en rigolait encore… Une fois dans le garage, à peine sorti de voiture, il l'avait envoyée d'une gifle s'éclater contre le mur de béton. Pas de bol, elle n'avait jamais repris conscience et il n'avait pas pu jouir de la voir mourir quand il l'avait étranglée. Mais, maintenant, il venait de décrocher le gros lot – la DCI Foster.

Il ouvrit le coffre ; la fille gisait sur le dos. Depuis qu'il l'avait étranglée, il était venu à trois reprises voir à quoi elle ressemblait. Fascinant, les changements. La fixité du regard à mesure que le cadavre gagnait en rigidité, la teinte bleue de sa peau quand elle semblait dormir, et, maintenant, la chair enflée qui gommait le relief de ses pommettes, avec ces hématomes qui s'épanouissaient comme des taches d'encre noire. Il ricana. Quelle tête ! Elle aurait détesté se voir devenir aussi bouffie.

Il souleva Erika, toute molle, l'allongea à côté de la fille, puis ferma le coffre et le verrouilla. L'heure était encore très matinale ; il préféra tout de même rouler prudemment pendant les quelques kilomètres qui le séparaient de l'échangeur de la M4. Une fois sur l'autoroute, il se fondit dans la circulation de l'heure de pointe sur la M25, au milieu des voitures qui contournaient Londres par la périphérie.

L'obscurité était totale. Il y avait quelque chose de dur contre sa joue. Un de ses bras était plié sous elle. Elle leva l'autre bras pour se toucher le visage mais elle rencontra un obstacle solide à quelques centimètres au-dessus de sa tête. Elle bougea ; une douleur fulgurante traversa son visage. Elle déglutit péniblement. Goût de sang dans la bouche.

Erika reprenait lentement conscience, comme bercée par un mouvement accompagné d'un grondement qui venait de dessous. Puis elle sentit autour d'elle le contour d'un espace confiné, métallique, verrouillé de l'extérieur… Le coffre d'une voiture. On l'avait enfermée dans le coffre d'une voiture ! Et soudain une odeur infecte et piquante lui envahit le nez. Un relent de pourriture. Un air rance à vomir qu'il fallut pourtant bien qu'elle respire.

La voiture accéléra et prit un virage. La route devint moins lisse, plus cahoteuse. La force centrifuge plaqua Erika contre un côté du coffre et une masse roula vers elle. Là, elle comprit – elle n'était pas seule dans ce coffre ; avec elle, il y avait un cadavre.

81

À mesure que les informations remontaient à la salle des opérations, Moss et Peterson comprenaient avec horreur que la DCI Foster risquait d'être la prochaine victime de David Douglas-Brown : on avait fouillé la résidence sans y trouver qui que ce soit ; or la voiture d'Erika était garée à deux rues de là et la plaque d'immatriculation de celle de David avait été photographiée au moment où le véhicule avait quitté la section ouest de la zone de Londres où s'appliquait la taxe sur la congestion de la circulation.

— La secrétaire de Simon Douglas-Brown a acheté pour David un aller simple dans l'Eurostar pour Paris, signala Crane en raccrochant le téléphone.

— Donc, pas pour Prague, murmura Moss.

— Merde… Où est la DCI Foster, alors ? lança Peterson.

— Elle n'est pas dans la maison. Elle n'est pas dans sa voiture. Elle est forcément dans celle de David Douglas-Brown, déduisit Moss. Crane, combien de temps pour faire décoller un hélicoptère en urgence ?

— Si c'est le Chief Superintendent Marsh qui donne l'ordre, quatre minutes.

— D'accord. J'appelle Marsh.

82

Quand le panneau indicateur de la gare internationale d'Ebbsfleet apparut, David mit son clignotant, quitta la M25 et ralentit en empruntant la courbe de la bretelle qui devenait une voie unique. Il y avait du monde sur l'A2 mais la circulation devint plus fluide à l'approche du Bluewater Shopping Centre, dont les flèches de la cathédrale futuriste transparente émergeaient de l'ancienne carrière dans laquelle il était construit.

David accéléra en dépassant un terrain vague industriel désert, puis il ralentit lorsqu'il aperçut l'aire de stationnement devant lui, et tourna. Là, il s'arrêta et descendit de voiture pour détacher la chaîne qui barrait l'accès à un petit chemin de terre.

Erika luttait pour contrôler la panique qui lui serrait la gorge. La panique de se trouver enfermée dans cette boîte avec un cadavre. La panique de ce qui allait arriver quand ils auraient atteint leur destination… Au prix d'un énorme effort sur elle-même, elle avait tâté le corps pour vérifier s'il n'y avait vraiment aucun signe de vie en lui. Tout ce qu'elle avait découvert, c'était qu'il s'agissait d'une fille, avec de longs cheveux, et morte depuis déjà un bon moment.

Ses yeux s'étaient progressivement habitués à l'obscurité. À l'emplacement du verrouillage, la lumière filtrait par deux trous pas plus gros que des têtes d'épingle. Du bout des doigts, Erika avait parcouru le mécanisme plein de graisse, cherchant le point faible, un moyen de le faire sauter. Mais la voiture avait penché et le cadavre était de nouveau venu se plaquer contre elle. Un nouvel accès de panique avait envahi Erika, la projetant au bord de la folie. Elle s'était agrippée au mécanisme. Arraché deux ongles. Une douleur physique plus intense encore que la panique. Alors elle était brusquement redevenue lucide. Il fallait qu'elle s'oblige à réfléchir. À rester calme.

Pour survivre.

Sous ses doigts, en tâtonnant, elle avait trouvé au bord du tapis de sol une sorte de languette qui permettait de le soulever pour accéder à la roue de secours et aux outils. Elle s'était allongée sur le côté, avait dû dominer sa répugnance à monter sur le cadavre, pour soulever suffisamment le tapis et s'emparer d'une clé à molette. Le métal était glacé dans ses mains moites.

La voiture venait de s'arrêter. Erika tendit l'oreille et se prépara. Une portière s'ouvrit. Le châssis de la voiture remonta un peu ; David était descendu. Un moment plus tard, la voiture oscilla. David s'était rassis. La portière claqua. Puis la voiture démarra doucement, roula en se balançant dans des grincements de suspension. Le cadavre bougea. Soudain, il roula jusqu'à Erika. Elle sentit dans son cou les longs cheveux de la morte.

Elle ferma les yeux. Réfléchir. Se concentrer. Se préparer à agir.

David avança lentement sur le chemin cahoteux qui menait au site d'une grande carrière désaffectée et à sa fosse remplie d'eau. Il s'arrêta à une vingtaine de mètres du bord, coupa le moteur, descendit de voiture et fit quelques pas. Les parois de la carrière étaient lisses, l'herbe poussait par touffes ici et là et un petit arbre avait trouvé à se nicher dans une fissure. Quinze mètres en contrebas, l'eau tranquille reflétait le soleil matinal dont les faibles rayons ne réussissaient pas à percer les plaques de glace trouble qui n'avaient pas encore fondu. Le Bluewater Shopping Centre se dessinait sur la gauche, bas sur l'horizon, et, à quelques kilomètres, dans la direction opposée, un train à grande vitesse quittait Ebbsfleet International pour filer silencieusement vers l'Eurotunnel et Paris.

David vérifia l'heure ; il avait juste le temps. Il sortit son sac à dos et le posa sur le sol à quelques mètres de la voiture. Ensuite, il ouvrit la portière arrière, s'assura que la sécurité enfant était activée, puis attrapa le bloque-volant avant d'aller se camper devant le coffre. Là, il écouta… et s'arma du bloque-volant au cas où. Une puanteur épouvantable le prit à la gorge quand il ouvrit son coffre. Bon sang ! c'était encore pire que dans le garage, maintenant qu'il était en plein air dans la carrière. Il se pencha. Erika n'avait pas repris conscience. Il s'apprêta à la sortir du coffre.

Mais il vit brusquement surgir son bras et elle le frappa à la tête avec une clé à molette.

Il vacilla en arrière, la vue troublée. Elle voulut s'échapper du coffre. Il eut la présence d'esprit de lui balancer le bloque-volant dans le genou gauche. Elle s'effondra sur la terre en gémissant. Il fit subir le même sort à son genou droit. Elle hurla. Maintenant qu'elle était neutralisée, il l'empoigna et la traîna jusqu'à la banquette arrière.

— N'essaie pas de me résister, lui dit-il.

— David, il est encore temps de ne pas…

Erika suffoquait de douleur. Elle voyait la vaste étendue d'eau s'étaler sous eux. Ses jambes ne répondaient plus et un de ses bras était complètement ankylosé d'avoir été si longtemps replié sous elle dans le coffre. Le coup qu'elle avait reçu à la tête continuait de l'étourdir et réfléchir lui demandait un effort surhumain.

David la jeta dans la voiture, et de nouveau elle se cogna la tête. La portière claqua. Elle était sur la banquette arrière. Le rétroviseur lui renvoya son reflet : elle avait les cheveux poisseux de sang, un œil noir et si enflé qu'elle n'y voyait plus… Elle essaya d'ouvrir sa portière. Verrouillée elle aussi. Essaya l'autre portière en geignant de douleur. Verrouillée aussi. David ouvrit la portière passager ; l'odeur fétide de décomposition envahit tout l'habitacle. Il portait le cadavre. Une horreur. Plus effrayant encore que ce qu'Erika avait imaginé. Une face bouffie dont la langue gonflée pendait hors de la bouche comme une grosse limace cramoisie, des yeux noirs troubles et nacrés, d'innombrables coupures, les tempes dépourvues de cheveux… Il poussa la morte sur le siège passager.

— David, écoutez-moi. Je ne sais pas ce que vous comptez faire mais vous ne vous en tirerez pas... Si vous vous rendez, je pourrai...

Il se retourna et la regarda fixement.

— Mais pour qui tu te prends, espèce de salope ? Tu t'es vue, la gueule défoncée, coincée dans une bagnole là où personne ne viendra te chercher, et tu crois encore que tu as le pouvoir ?

— David !

Il lui écrasa son poing dans la figure. Sa tête heurta violemment la vitre arrière. Pendant quelques secondes, elle ne vit plus rien et, quand elle recouvra la vue, David était en train d'attacher sa ceinture de sécurité. La portière claqua. Il baissa le frein à main. La voiture avança tout doucement...

— J'ai comme l'impression qu'il va encore geler cette nuit, lança-t-il avant de fermer la portière côté conducteur.

La voiture ne tarda pas à prendre de la vitesse. David ne s'arrêta de pousser qu'à quelques centimètres du bord. Horrifiée, Erika sentit les roues quitter la terre ferme. L'horizon sembla s'envoler. Le bleu du ciel fonça vers le pare-brise. Quand la voiture bascula, elle prit un coup dans la nuque d'une violence atroce. L'instant d'après, la voiture se redressa et s'écrasa à la surface de l'eau. La lumière du jour éclata dans l'habitacle.

Aussitôt, elle batailla avec la boucle de sa ceinture, mais rien à faire. L'eau glaciale entrait par les vitres que David avait délibérément laissées ouvertes de quelques centimètres et montait déjà. Trop vite. Elle qui avait espéré avoir le temps de se sortir de là... Elle secoua la portière. Et toute cette eau qui pénétrait à flots dans l'habitacle ! Bientôt elle en aurait jusqu'à la poitrine. Affolée, elle remplit ses poumons d'autant d'air qu'elle le put ; quand elle fut immergée, elle n'entendit plus rien. La voiture s'enfonçait à une vitesse terrifiante, l'eau devenait de plus en plus noire.

L'hélicoptère de la police se positionna au-dessus de la carrière ; plusieurs mètres plus bas, la voiture de David venait de basculer et heurtait la surface de l'eau.

Depuis l'appareil, Moss et Peterson étaient en liaison radio avec la salle des opérations de Lewisham Row ; au même moment, des véhicules de renfort et une ambulance fonçaient vers le site.

— Le suspect prend la fuite, signala Moss.

Elle braqua sur David Douglas-Brown la caméra gyroscopique fixée sous l'hélicoptère, qui transmettait les images aux officiers du poste.

— Alerte générale, à toutes les forces de police. Le suspect prend la fuite. Il se dirige vers le nord, la gare d'Ebbsfleet.

— Les renforts en ont pour combien de temps ? demanda Peterson. Et si elle est dans la voiture ?

— Les renforts seront là dans quatre ou cinq minutes, répondit Marsh par radio.

— Elle est forcément dans cette voiture ! hurla Moss dans la radio. Atterrissez, atterrissez !

Le pilote fit descendre l'appareil. À peine se fut-il posé que Moss et Peterson sautèrent au sol et se ruèrent vers l'étendue d'eau en se protégeant comme ils pouvaient des tourbillons de poussière que soulevaient les pales en tournant. Les secondes s'écoulaient à toute allure. Des bulles d'air montaient du fond de la carrière et trouaient la surface de l'eau.

— Autorisation de tirer, lança Marsh, mais vous nous le ramenez vivant.

Courant comme un fou, Peterson se mit à chercher un accès au bord de l'eau. Moss le suivit.

— Nous pensons qu'il y a un officier dans la voiture au fond de l'eau, transmit-elle par radio. Je répète, un officier est piégé dans la voiture immergée !

— Ils sont à trois minutes, répondit une voix.

— On n'a pas trois minutes, merde ! cria Moss.

Le pilote plaça son hélicoptère en vol stationnaire à l'aplomb des bulles d'air. Pendant ce temps, Peterson avait descendu la pente, il était au niveau de l'eau. Il se débarrassa de sa veste, de son arme, et entra dans l'eau. Il nagea jusqu'à l'endroit où la voiture s'était enfoncée, puis il plongea.

Marsh intervint par radio.

— Le suspect est en fuite, avons-nous des renforts à la gare d'Ebbsfleet ? Je répète, avons-nous des renforts ? Si le suspect réussit à monter dans ce train…

— Les renforts sont en route et la gare a été bouclée, répondit une voix.

— Moss au rapport. Notre visuel montre Peterson dans l'eau.

— Exact, monsieur, le DI Peterson a plongé, je répète : le DI Peterson a plongé, répondit Moss.

Il y eut un silence radio. L'hélicoptère vrombissait et se maintenait en vol stationnaire, creusant une forme ovale à la surface de l'eau.

— Allez, par pitié, allez ! disait Moss.

Elle était à deux doigts de plonger à son tour quand Peterson émergea enfin. Il avait récupéré Erika. Son corps inerte, en tout cas.

Le pilote de l'hélicoptère envoya le câble de sauvetage. Peterson y arrima Erika et s'y accrocha. Il leva le pouce et tous deux furent tractés sous les yeux de Moss, à la fois portés et traînés au ras de l'eau dont leurs pieds frôlaient la surface. Pendant ce temps, l'ambulance, le véhicule des pompiers et les renforts de police arrivaient sur le site qui résonnait maintenant des hurlements des sirènes.

— Ici, Moss. La DCI a l'air dans un sale état et elle est inconsciente, dit-elle. Vous allez trouver une pente sur votre gauche, on est en bas, au niveau de l'eau. Je répète, la DCI Foster est inconsciente !

L'hélicoptère déposa Peterson et Erika. Les secours les rejoignirent. Ils décrochèrent Erika du câble de sauvetage et l'allongèrent avec précaution. Après avoir enveloppé Peterson dans une couverture de survie, ils se concentrèrent sur Erika.

Quelques secondes s'écoulèrent, d'une insoutenable tension. Et, enfin, Erika suffoqua, cracha de l'eau, toussa…

— OK, maintenant, on la met sur le côté, en position de sécurité.

Elle toussa de nouveau, rejeta une grande quantité d'eau. Puis elle gonfla ses poumons qui se remplirent d'air frais.

— La DCI Foster a été sortie de l'eau et elle est en vie, dit Moss. Vivante, bon Dieu, merci !

En même temps qu'elle émergeait lentement du brouillard, Erika perçut un faible sifflement et un bip régulier. Elle se trouvait dans une chambre d'hôpital, à côté d'une fenêtre. Les stores avaient été baissés. Il faisait nuit. À la périphérie de son champ de vision, un autre lit. Un mouvement de couvertures, comme celui d'une respiration, au même rythme que le sifflement. Le patient devait être sous respiration artificielle.

Erika passa la langue à l'intérieur de sa bouche. Sèche. Des couvertures bleues. Certaines parties de son corps complètement engourdies : ses jambes, un de ses bras, le côté gauche de son visage. Elle ne souffrait pas, non, juste une sensation désagréable toute proche de la douleur sans en être. Ça n'allait pas tarder à lui faire mal, et alors il faudrait faire avec. Pour l'instant, elle flottait dans un état cotonneux, elle observait ; son corps engourdi, ses émotions engourdies. Elle ferma les yeux et se laissa aller…

Quand elle les rouvrit, Marsh était assis à son chevet, sur son lit. Il portait sa veste de cuir et une chemise élégante. La douleur était en train de monter – dans le bras, les jambes, le visage. Les émotions aussi étaient plus vives. La peur. Les souvenirs. La mémoire de la souffrance. Quand elle s'était crue en train de mourir. Quand elle n'avait plus été capable de retenir l'air dans ses poumons brûlants et qu'elle avait aspiré de l'eau... La fille morte dans la voiture avec elle, l'image trouble de son visage dans l'habitacle submergé, et ses longs cheveux qui flottaient en halo tout autour de sa tête.

— Vous êtes tirée d'affaire, murmura Marsh en lui prenant doucement la main.

Tiens... Elle avait la main gauche bandée, et elle n'entendait que d'une oreille – la droite, du côté opposé à Marsh.

— On vous a opérée. Vous avez une broche dans une jambe et l'os de la pommette a été fracturé. Il n'y aura pas de séquelles... J'ai posé une carte sur votre tablette, tout le monde l'a signée... Vous avez fait du sacré bon boulot, Erika, je suis fier de vous.

Elle essaya de parler.

— David ? dit-elle péniblement.

— Il a été arrêté à Ebbsfleet. Il est en garde à vue avec son père, Giles Osborne et Igor Kucerov. Isaac Strong a comparé son ADN avec celui de petites fibres capillaires trouvées sur Mirka Bratova, la deuxième victime – ça correspond. Nous avons le témoignage de Linda et la scientifique travaille sur la voiture. Ils l'ont sortie de la carrière avec la... la fille à l'intérieur...

Marsh sourit, presque gêné.

— Mais nous aurons tout le temps de vous en parler. Je tiens à ce que vous sachiez que je suis là... comme ami. Pour vous. Si vous avez besoin de quoi que ce soit. Marcie aussi ; elle a acheté des affaires de toilette. Je les ai rangées dans votre placard, ici.

Erika aurait voulu sourire mais elle avait de plus en plus mal. Une infirmière entra et vérifia les paramètres. Elle régla la perfusion.

— Peterson… Je veux remercier Peterson.

Elle ne put en dire davantage. Un bip, et sa main devint froide. Marsh, la chambre, tout s'enfonça alors dans un coton blanc où la souffrance n'avait pas de prise.

ÉPILOGUE

Erika respira profondément ; elle sentit l'air pur remplir ses poumons. Edward fit de même. Côte à côte, assis sur le banc de bois, enveloppés dans un silence paisible, ils contemplaient l'étendue de la lande et sa palette de verts et de bruns. Une pelote de nuages bleu-noir s'accrochait lourdement au ciel dans le lointain et se dirigeait vers eux.

— Un orage se prépare… dit Edward.

— Restons encore juste une minute… J'aime être là. Même l'herbe est plus verte, ici, dans le Nord.

— C'est une métaphore, ma fille ? demanda Edward en riant.

— Mais non. Je t'assure, elle est plus verte.

Elle sourit, se détourna du paysage grandiose et regarda Edward, assis à côté d'elle, emmitouflé dans son gros manteau d'hiver. Un petit sentier de gravier les séparait de la tombe de Mark.

— Maintenant, j'ai le cœur moins lourd qu'avant, quand je viens ici, murmura Edward. Une fois qu'on a accepté de faire face à ces lettres d'or, cette date de naissance et la date où il, enfin, tu sais... Je viens souvent et je lui parle.

Erika se mit à pleurer.

— Moi, je ne sais même pas par où commencer, dit-elle. Ni quoi lui dire.

Elle ravala ses larmes, chercha un mouchoir dans ses poches de manteau.

— Laisse venir les mots, lui conseilla Edward.

Il lui tendit un petit paquet de Kleenex. Puis il lui prit le menton. Le long de la ligne de points de suture, sur le côté de sa tête, ses cheveux commençaient à repousser.

— D'accord.

Elle s'essuya le visage.

— Tu sais quoi ? proposa Edward. Je vais rentrer et préparer le thé. Toi, pendant ce temps-là, tu lui parles. Bon, au début, tu trouveras ça un peu dingue... Mais, il n'y aura personne autour pour t'entendre.

Il pressa l'épaule d'Erika et s'éloigna sur le sentier. Elle le suivit des yeux. Il se retourna et lui sourit. Puis elle le vit qui avançait prudemment entre les tombes, jusqu'au village en contrebas. Incroyable comme sa démarche, ses gestes lui rappelaient ceux de Mark...

Elle posa les yeux sur la tombe.

— Eh bien... J'ai résolu cinq meurtres... Et j'ai échappé deux fois au meurtrier *in extremis*. Mais ce n'est pas ce que je suis venue te dire...

Son téléphone l'interrompit. Elle le sortit de sa poche. Moss cherchait à la joindre.

— Salut, patron. Ça fait un bail, alors je me suis dit que j'allais prendre de vos nouvelles.

— Salut.

— J'appelle au mauvais moment ?

— Non, en fait, je suis... Je suis sur la tombe de Mark.

— Oh, merde. Je rappellerai.

— Non, non. J'essayais de lui parler. Mon beau-père dit que ça me ferait du bien. C'est juste que je ne sais pas quoi lui dire...

— Et si vous lui disiez que le meurtrier sera jugé en mai ? Vous avez écouté les infos, aujourd'hui ? David Douglas-Brown a été déclaré apte à subir son procès. Et Simon Douglas-Brown a été exclu de la Chambre des lords... Quant à Igor Kucerov, il y a toutes les chances qu'il soit rejugé pour le meurtre de Nadia Greco. Nous attendons que le procureur de la Couronne décide du sort de Giles Osborne. Je suis confiante, il sera impliqué pour entrave à la justice... Allô, vous êtes toujours là, patron ?

— Oui. J'ai vu les infos. En fait, je crois que Mark n'a pas envie d'entendre tout ça. Si j'étais clouée six pieds sous terre, je préférerais que les êtres que j'aime me tiennent plutôt au courant des petits événements du quotidien...

Le silence se fit. L'herbe se ridait et ondulait sous le vent. À présent, la pelote de nuages noirs était toute proche.

— Désolée, s'excusa Moss.

— Il n'y a pas matière à l'être, je vous assure ! Est-ce que Peterson a reçu ma carte ?

— Oui. Mais vous le connaissez. Pas du genre à extérioriser. Il est venu vous rendre visite après, à l'hôpital, seulement vous étiez dans le cirage.

— Je sais qu'il est venu.

Il y eut de nouveau un silence.

— Alors, patron, on vous revoit quand ? finit par demander Moss.

— Je ne sais pas encore. Bientôt ? Marsh m'a dit de prendre tout le temps dont j'aurai besoin. Je vais rester un peu ici avec Edward.

— En tout cas, on est impatients de vous revoir. Vous allez revenir, n'est-ce pas ?

— Oui, je vais revenir. Je vous préviendrai.

— Tant mieux. Profitez de votre séjour dans le Nord, et quand vous… Enfin… quand vous parlerez à Mark, passez-lui mes amitiés.

— C'est vraiment pas banal, comme bonjour, répondit Erika avec une pointe d'ironie.

— J'aurais aimé le connaître.

Le tonnerre roula. Erika raccrocha. L'orage grondait juste au-dessus de sa tête. Elle contempla les lettres d'or gravées dans le granit noir.

À NOTRE BIEN-AIMÉ

MARK FOSTER

1er AOÛT 1970-8 JUILLET 2014

TU SERAS TOUJOURS DANS NOS CŒURS

— Voilà le mot le plus cruel, Mark : toujours. Je serai toujours sans toi, désormais. Je ne sais pas comment je vais m'y prendre, mais il va falloir que j'arrive à vivre sans toi. Pour avancer, je dois te laisser partir. Je vais continuer mon chemin de mon côté. Travailler. Vivre… Le plus souvent, je me dis que je ne m'en sortirai pas mais je n'ai pas le choix : le seul moyen pour moi d'affronter tout ce qu'il y a de

488

tellement moche, dehors, c'est de travailler. C'est ce que je vais faire.

Erika sentit de l'eau sur sa joue. Pas une larme, pour une fois, une goutte de pluie.

— Ton père est en train de me préparer du thé… Alors je vais te laisser. Mais je reviendrai, promis.

Elle se leva. La pluie crépitait sur le gravier du sentier et la tombe de Mark. Elle posa les doigts sur ses lèvres, puis sur la pierre, juste sous le nom de Mark. Enfin, elle jeta son sac sur son épaule et traversa le cimetière. Pour retrouver Edward, dans la chaleur de sa cuisine, autour d'une tasse de thé et d'une tranche de cake.

Note de l'auteur

Tout d'abord, je veux vous dire un grand merci, à vous qui avez choisi de lire *La Fille sous la glace*. Si ce roman vous a procuré du plaisir, je vous serai très reconnaissant d'en dire quelques mots sur les réseaux sociaux. Cela contribuera grandement à me faire connaître auprès de futurs lecteurs.

Et vous ? Qu'avez-vous pensé d'Erika Foster ? Comment imaginez-vous la suite ? Erika Foster ouvrira bientôt une nouvelle enquête ; j'y travaille. Le roman s'intitulera *Oiseau de nuit*.

Vous pouvez me retrouver sur ma page Facebook, sur Twitter, Goodreads et sur mon site www.robertbryndza.com. Je lis tous les messages et réponds à chacun. J'ai beaucoup de projets d'écriture ; donc, j'espère que vous m'accompagnerez dans l'aventure !

Robert Bryndza

P.-S. : Si vous voulez être prévenu par e-mail de la date de sortie de mon prochain roman, inscrivez-vous sur ma mailing-list en cliquant sur un des liens ci-dessous. Votre adresse mail ne sera pas partagée et vous pourrez vous désinscrire à n'importe quel moment.

Remerciements

Merci à Oliver Rhodes, Claire Bord, Keshini Naidoo, Kim Nash et à la merveilleuse équipe de Bookouture. Je suis très heureux de travailler avec vous. (Je vous sais gré de ne pas m'avoir ri au nez quand j'ai envoyé ce tout premier e-mail où je vous disais que je rêvais depuis longtemps d'écrire un polar !) Ma gratitude va tout particulièrement à Claire Bord pour ses encouragements. Claire m'a poussé à me surpasser.

Merci à Henry Steadman pour la couverture stupéfiante du livre, et à Gabrielle Chant qui a mis toute sa précision et tout son soin à l'édition du manuscrit. Et merci à Angela Marsons pour son amitié, son soutien et ses encouragements. C'est grâce à elle que je me suis lancé. Et, comme toujours, merci à Stephanie Dagg.

Merci à ma belle-mère, Vierka, qui a le don de débarquer à la maison avec de bons petits plats, de l'amour et de la gentillesse dès que je suis en panne d'inspiration, voire en retard dans mon travail d'écriture, et me rend ainsi immanquablement le sourire.

Merci à mon mari, Ján, qui m'encense et m'encourage chaque fois que j'en ai besoin mais sait aussi me houspiller pour que je respecte mon planning. Sans son amour et son soutien inconditionnels, j'exercerais encore un travail que je n'aimais pas et je rêverais toujours d'écrire au lieu de le faire.

Et enfin, merci à tous mes lecteurs et blogueurs, les nouveaux venus qui découvrent mon travail avec ce roman policier, comme ceux qui me suivent depuis Coco Pinchard. Sans vous, sans le bouche-à-oreille, je serais beaucoup moins lu.

Merci. Je vous avais bien dit que ce serait une aventure excitante !